ELLERY QUEEN

그리스 관의 비밀

엘러리 퀸 / 이제중 옮김

해문출판사

그리스 관의 비밀

차 례

제 1 부

제 2 부

머 리 말

나는「그리스 관의 비밀」의 서문을 쓰게 된 것에 특별한 애착을 가지는데, 왜냐하면 엘러리 퀸이 이 사건을 발표하지 않겠다고 이상하게도 고집을 피우다가 책의 간행을 허락했기 때문이다.

전에 발간된 퀸의 소설의 머리말을 읽은 사람은, 그 사건이 리처드 퀸 경감의 아들의 믿을 만한 회고록에 쓰여져 있는, 실제로 일어났던 사건들을 소설의 형식으로 고쳐 써서 대중 앞에 내놓은 것임을 알 수 있었을 것이다. 그리고 나서 퀸 부자는 오직 '명예를 위해서'라는 핑계를 대고 은퇴하여 이탈리아로 가 버렸다.

그러나 그의 아버지가 뉴욕 경찰국 형사과장 직책을 맡고 있던 동안에 있었던 그의 모험담을, 내가 엘러리를 설득해서 소설로서 처음 발표하고(「로마 모자의 비밀」) 난 다음에는 다음 사건들을 소설로 간행하기란 그다지 힘들지 않았다.

그렇다면 어째서 칼키스 사건의 소설 간행을 퀸 씨가 주저했을까? 거기에는 두 개의 흥미 있는 이유가 있다. 첫째로 칼키스 사건은 퀸 경감의 비호 아래 그가 비공식 수사요원으로 일한 초기의 사건이었기 때문이다. 그때는 엘러리가 유명한 분석추리법을 익히기 전이었다. 두 번째 이유는——나는 이것이 두 가지 이유 중에 더 중요한 부분이었다고 생각한다——칼키스 사건에서는 창피할 정도로 농락을 당했기 때문이다. 제아무리 겸손한 사람이라도—— 엘러리도 인정하겠지만, 그는 겸손하고는 거리가 먼 사람이다—— 자기의 실패를 세상에 떠벌리기를 좋아하지 않는다. 그는 공개적으로 창피를 당했고, 그 상처는 깊었다. "싫습니다." 하고 그는 딱 잘라서 말했다. "책으로라도 다시 그 창피를 당하기는 싫습니다."

나와 그의 출판업자가 칼키스 사건이(지금은「그리스 관의 비밀」이라는 제목으로 간행이 되었지만) 그가 지독하게 실패한 사건이 아니라 가장 성공한 사건이라고 몇 번이나 지적하고 나서야 그는 마음이 흔들리기 시작했다——이 점을 그가 사람됨됨이가 모자란다고 엘러리를 비꼬는 사람들에게 말해 주고 싶다——그런 뒤에야 그는 우리에게 손을 들었다.

나는 엘러리가 나중에 그토록 훌륭하게 사건들을 해결할 수 있었던 것은 칼키스 사건의 믿을 수 없을 정도로 어려운 장애를 뛰어넘었기 때문이라고 굳게 믿고 있다. 이 사건을 통해서야 그는 불로 단련되었던 것이다. 그래서…….

그러나 독자들의 책을 읽는 재미를 무너뜨리는 것은 무례한 행동이 틀림없다고 나는 생각한다. 엘러리도 나의 우호적인 열광을 용서하리라고 믿지만, 그 누구보다도 엘러리가 명석한 두뇌를 써서 해결한 모든 사건의 구석구석을 알고 있는 내가 여러 면에서 이「그리스 관의 비밀」이야말로 엘러리 퀸의 가장 훌륭한 모험이라고 하는 말을 믿어도 좋을 것이다.

범인 사냥을 잘 해보시기를!

J. J. McC.
1932년 2월

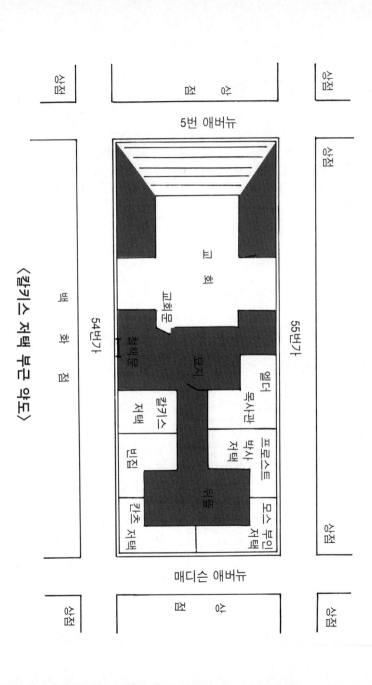

〈칼키스 저택 부근 약도〉

5번 애버뉴

상점

상점

상점

상점

상점

매디슨 애버뉴

55번가

54번가

백 화 점

상점

칼키스 저택

침실

교회당

교회

묘지

철책문

교회묘

엘더 목사관

프루스트 저택

노크부인 저택

카춘 저택

〈칼키스 저택 평면도〉

A ─ 칼키스의 서재
B ─ 칼키스의 침실
C ─ 데미의 침실
D ─ 부엌
E ─ 2층으로 가는 계단
F ─ 식당
G ─ 응접실
H ─ 현관홀
다락방은 칸막이가 안되어 있음

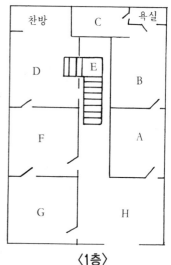

〈1층〉

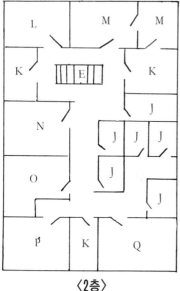

〈2층〉

J ─ 하인들 방
K ─ 욕실들
L ─ 브릴랜드 부부의 방
M ─ 슬론 부부의 방
N ─ 조앤 브레트의 방
O ─ 워드스 의사의 방
P ─ 앨런 체니의 방
Q ─ 제2객실

제1부

과학, 역사, 심리학을 포함해서, 나타나는 현상에 대하여 사고(思考)를 적용시켜야만 하는 모든 탐구는 보이는 것과 진실이 다를 경우가 많다. 미국의 저명한 사색가 로웰은, "현명한 회의론이야말로 훌륭한 비평가의 제일가는 특성이다." 라고 말하였다. 나는 범죄학 학생들에게도 같은 원리가 적용된다고 생각한다……

사람의 마음은 가공할 만한 것이며 비비꼬인 것이다. 그 어느 부분이 조금만—— 현대 심리학이 알 수 없을 정도로 조금이라도—— 뒤틀려도 그 결과는 사람을 당혹하게 만든다. 그 누가 어떠한 동기나, 어떠한 격정이나, 어떠한 생각의 진행 과정을 설명할 수 있겠는가?

기억하기도 싫을 만큼 오랜 기간 동안 예측할 수 없는 두뇌의 망상을 취급하여 온 나의 다듬어지지 않은 견해로 여러분께 조언하는 것은 이것이다. 사물을 자세히 관찰하고 하나님께서 주신 작은 회색의 뇌세포를 잘 이용하되 용의주도해야 한다는 것이다. 범죄 행위에는 어떠한 틀은 있지만 논리적인 것은 없다. 여러분이 할 일은 혼란에 부딪치면 그것을 조리 있게 정리하여 혼돈을 질서 있게 만드는 것이다.

〈뮌헨 대학 플로렌츠 바흐만 교수. 응용범죄학 종강 연설에서(1920)〉

제1장 무 덤

칼키스 사건은 처음부터 음침한 면이 있었다. 그것은 앞으로 전개될 사건들과 걸맞게 한 노인의 죽음으로 시작되었다. 이 노인의 죽음이 이제부터 일어날 얽히고설킨 죽음들의 시초였다. 사건이 해결되고 난 훨씬 뒤에도 그 섬뜩했던 얘기는 뉴욕 사람들의 입에 오르내렸다.

게오르그 칼키스가 심장마비로 죽었을 때 아무도, 특히 엘러리 퀸은 그 노인의 죽음이 살인 교향곡의 전주곡이 되리라고 의심하지는 않았다. 엘러리 퀸이 이 노인의 죽음을 알게 된 것은 모든 사람들이 노인의 영원한 안식처라고 생각한 곳에 노인의 눈먼 시신을 격식을 갖춰 매장하고 난 사흘 뒤였다. 신문들이 칼키스의 사망소식을 처음 알렸을 때 크게 떠들지 않았던 부분은——신문 읽기를 아주 싫어하는 엘러리는 그 사망 보도 기사 자체도 못 읽었다——노인의 흥미로운 무덤이었다. 이스트 55번가 11번지에 있는 칼키스의 오래 된 다갈색 저택은 5번 애버뉴를 향하여 5번 애버뉴와 매디슨 애버뉴까지의 구획을 절반이나 차지하고 있는 유서 깊은 교회 옆에 있었는데, 북쪽은 55번가, 남쪽은 54번가를 끼고 자리잡고 있었다. 칼키스 저택과 교회 사이에 뉴욕 시에서 가장 오래 된 묘지 중의 하나‘ 교회 부속 묘지가 있었다. 이 묘지에 죽은 노인의 뼈가 묻히기로 되어 있었다. 거의 200년 동안이나 이 교회의 교인이었던 칼키스 집안은 뉴욕 시 중심지에는 매장이 허락되지 않는다는 뉴욕 시 위생법에 저촉되지 않았다. 이 집안에서는 5번 애버뉴의 마천루 그늘에 있는 교회 묘지 소유권을 오래 전부터 갖고 있었기 때문이다. 지하 묘소는 입구가 지하로 3피트(약 90cm) 아래로 뚫려 있고, 묘비도 땅 위에 서 있지 않아 거리를 지나가는 사람들은 그곳이 묘지인지 알 수도 없었다.

장례는 조용히 눈물도 없이 집안 사람들만 참석한 가운데 치러졌다. 시신은 방부처리가 되어 번쩍이는 커다란 검은 관에 야회복차림으로 눕혀져 있었고, 관은 칼키스 저택 1층 응접실 안 관가(棺

게오르그 칼키스 심장마비로 사망
향년 67세

국제적으로 유명한 미술품 중개인 겸
수집가——3년 전에 시력을 잃었음

뉴욕 시의 저명한 미술품 중개인이며 감정가인 동시에 수집가인 게오르그 칼키스 씨가 자택 서재에서 토요일 아침에 심장마비로 사망. 뉴욕 시의 오래 된 칼키스 가문의 마지막 후손인 그는 67세.

기질성(器質性) 질환으로 수년간 활동이 저택으로만 제한되어 왔음에도 불구하고 그의 사망은 갑작스러운 것으로 생각되며, 주치의 던컨 프로스트 박사에 의하면 그는 그 질환으로 인해 실명하였다고 함.

그는 전 생애를 뉴욕 시에서 보냈으며, 현재는 박물관, 그의 고객, 또는 5번 애버뉴에 있는 그의 화랑에 소장되어 있는 많은 진귀한 미술품을 미국으로 반입하는 데 공로가 큼.

유족으로는 칼키스 화랑 지배인 길버트 슬론 씨의 부인인 누이동생 델피나, 델피나의 전 남편 소생의 조카 앨런 체니와 그의 사촌인 디미트리오스 칼키스 씨가 있음. 유족들은 모두 고인의 저택에 살고 있음. 저택 주소는 뉴욕 시 54번가 11번지.

장례는 고인이 여러 차례 요구했던 뜻에 따라 철저한 가족장으로 10월 5일 화요일 저택에서 거행함.

架)에 놓여 있었다. 장례식은 옆 교회의 존 헨리 엘더 목사에 의해 진행되었다. 가정부 심스 부인이 졸도한 것 외에는 장례중에 흥분이나 히스테리도 없었다.

그러나 조앤 브레트 양이 나중에 말한 것처럼 무엇인가 이상했다. 의사들이 '말도 안된다'고들 하는 여자들의 뛰어난 직감에 의한 것인지도 모른다. 어떻든 그녀는 눈썹을 꼿꼿이 하고 영국식으로 독특하게 '공기 중에 긴장감'이 감돌고 있었다고 표현했다. 그 긴장감이 누구에게서 왔는지, 누가 그 긴장감——만일 긴장감이 정말로 있었다면——에 대한 책임이 있었는지를 그녀는 몰랐거나, 적어도 말을 하려고 하지 않았다. 그러한 반면, 고인(故人)과 가까웠던 사람들이 억지로 참고 있는 비통 속에서 모든 일이 순조롭게 진행되고 있었다. 예를 들면, 간단한 의식이 끝나자 가족과 친지들, 그리고 하인들이 한 줄로 시신에게 마지막 조의를 표하고 예의바르게 제자리로 돌아오는 일도 순조로웠다. 기진맥진한 델피나는 울고 있었는데, 그 울음도 귀족적이었다——눈물 한 방울 흘리고, 손수건으로 한번 찍어 내고, 한숨을 한번 내쉬는 울음이었다. 디미트리오스——누구나 '데미'라는 이름 이외에는 그 이름을 제대로 부를 생각도 하지 않는——그는 멍한 눈길로 관 속에 있는 사촌의 차갑고 고요한 얼굴을 얼을 빼앗긴 듯이 바라보고 있었다. 길버트 슬론은 아내의 통통한 손을 토닥거리고 있었다. 앨런 체니는 얼굴이 약간 벌개져서 주머니에 두 손을 찌르고 찌푸린 얼굴로 허공을 보고 있었다. 칼키스 화랑의 관리자인 나시오 수이자는 완벽한 장례식 복장을 하고서 무감동한 표정으로 구석에 서 있었다. 죽은 사람의 변호사인 우드러프는 코를 만지작거리고 있었다. 그리고 항상 걱정스러운 표정을 하고 있는 은행가 타입의 장의사 스터게스가 일꾼들을 지휘하는 가운데 관 뚜껑이 재빨리 닫혔다. 마지막으로 앨런, 데미, 슬론, 그리고 수이자, 네 사람이 관가 옆으로 다가가서 으레 일어나는 작은 혼잡을 겪은 뒤 관을 어깨에 메고 관심 깊게 바라보는 스터게스 장의사 옆을 지나 엘더 목사가 작은 소리로 기도하는 가운데 저택을 나섰다.

엘러리가 나중에 안 일이지만, 조앤 브레트 양은 빈틈없는 아가씨였다. 그녀가 '공기 중의 긴장감'을 느꼈다면 거기에는 분명 긴장감이 있었을 것이다. 그러나 어디로부터——어느 방향에서 오는 것일까? 게다가 '누구'를 꼬집어 내기란 정말 어려운 일이었다. 그 긴장감은 브릴랜드 부인이나, 장의 행렬 맨 뒤에서 따라가고 있는 수염을 기른 워드스 의사에게서 오는 것일 수도 있다. 관을 메고 있는 사람들이나, 조앤과 함께 관을 바짝 뒤따르고 있는 사람들에게서 오는 것일 수도 있다. 아니, 어쩌면 침대에 누운 부인의 울음이나, 서재에서 바보스럽게 턱을 쓸고 있는 위크스 집사의 모습처럼 단순한 일 때문에 저택 자체가 긴장감을 느끼게 되는 것일까?

그 긴장감 때문에 장례에 지장이 있지는 않았다. 장례 행렬은 54번가를 향해 있는 정문으로 나가지 않고 뒤뜰 쪽으로 나 있는 뒷문으로 나섰다. 뒤뜰은 54번가와 55번가를 향하여 자리잡은 여섯 채의 저택으로 둘러싸여 있었다. 뒷문을 나선 장례 행렬이 왼쪽으로 돌아 뒤뜰 서쪽에 있는 문을 지나자 묘지가 나왔다. 지나가던 사람들과 호기심 많은 사람들이 파리떼같이 54번가에 몰려 있었다. 그 사람들은 놀림당한 기분이었을 것이다. 하기야 사람들이 많을 줄 알고 뒤로 해서 묘지로 가는 방법을 택한 것이니까. 사람들은 끝이 뾰족한 철책에 매달려 철책의 철봉 사이로 작은 묘지를 뚫어져라 쳐다보고 있었다. 그들 중에는 신문기자와 사진기자도 있었으나, 모두가 이상하리만큼 조용했다. 비극의 배우들은 관객들에게는 신경을 쓰지 않았다. 장례 행렬이 앞으로 더 나아가자, 풀밭에 장방형 구덩이와 파낸 흙더미를 둘러싼 몇몇 사람들이 이쪽을 향해 돌아섰다. 묘를 파낸 스터게스 장의사의 인부 두 명과 교회 관리인 허니웰, 그리고 매우 에스러운 까만 모자를 쓴 노부인이 약간 떨어져서 눈물을 닦고 있었다.

조앤 브레트 양이 말한 긴장감이 계속 감돌았다.

그러나 지금까지 그랬던 것처럼 다음 일도 순조로웠다. 의식 절차가 끝나고 묘를 파던 사람들이 몸을 구부려서 땅에 수평으로 박힌 철문의 녹슨 손잡이를 들어올리자 음울한 공기가 그곳에서 새어나왔다. 그런 뒤에 벽돌로 둘러싸인 지하 묘소에 관을 내리고, 관의 한쪽이 여러 개의 구멍 중 하나로 들어가자 나머지 부분을 모두 밀어넣은 다음 묘소의 철문을 닫고 그 위에 흙을 덮었다.

그러자 조앤 브레트 양이 그 순간 느낀 것을 나중에 말한 바에 의하면, 어찌된 일인지 긴장감이 사라져 버렸다.

제2장 추 적

긴 장감이 사라진 것은 장례 참석자들이 조금 뒤에 뒤뜰을 통해
서 저택으로 되돌아왔을 때까지였다.

이번에 나타난 긴장감은 나중에 나타난 무서운 여러 가지 일들
로 해서 그 원인이 무엇인가를 곧 알게 되었다.

무슨 일인가 벌어질 것임을 알려준 첫번째 징조는 마일스 우드
러프에 의해 깨우쳐진 것이었다. 그 당시의 상황은 이 점으로 보면
아주 선명했다. 엘더 목사는 가족들을 위로하려고 칼키스 저택으
로 되돌아왔고, 그 뒤를 몸집이 작은 교회 관리인 허니웰이 쫓아왔
는데, 그는 안절부절못하고 있어서 다른 사람들의 눈살을 찌푸리
게 했다. 장례 행렬이 묘지에 닿았을 때 젖은 눈을 하고 있던 작은
노부인도 되돌아온 사람들과 마찬가지로, 응접실에서 장의사와 그
의 직원들이 자기들이 사용한 기분 나쁜 도구들을 잽싸게 치우는
동안 관이 없는 관가를 주의 깊은 눈으로 바라보고 있었다. 아무도
그 작은 노부인을 집으로 들어오라고 하지도 않았고, 우둔한 데미
가 어렴풋이 불쾌한 눈으로 바라보고 있는 것을 빼고는 아무도 이
작은 노부인을 알아차리지도 못했다. 다른 사람들은 의자에 앉아
있거나 서성거렸고, 대화도 없었다. 장의사와 직원들만이 무엇을
해야 하는지 알고 있는 것 같았다.

마일스 우드러프 변호사도 뒤숭숭하기는 마찬가지여서 매장 뒤
의 시간을 메꿀 겸 아무 생각 없이 죽은 사람의 서재로 어슬렁거
리며 갔다고 나중에 진술하였다. 위크스 집사가 깜짝 놀라서 의자
에서 일어섰다. 졸고 있었던 모양이다. 우드러프는 손짓으로 앉아
있으라는 시늉을 하고 우울한 생각에 빠져 서재를 가로질러 두 개
의 서가(書架) 사이 벽에 파묻혀 있는 칼키스의 금고로 갔다. 우드
러프는 금고의 다이얼을 돌려서 자물쇠 번호를 맞추고 작은 금고
문을 연 것은 아무 생각도 없이 한 기계적인 행동이었을 뿐이라고
강력히 주장했다. 특히 그것을 찾으려는 생각은 고사하고, 없어졌
을 것이라고 생각하고 한 행동은 정말 아니었다고 나중에 주장했

다. 장례 행렬이 묘지로 떠나기 5분 전에 직접 보았고 만지기까지 했으니! 그러나 우드러프가 계획적이었든 우연이든 그것이 들어 있던 철제 상자와 함께 없어진 것을 발견한 것은 사실이었다. 그 발견은 마치 용수철 달린 광대가 튀어나오는 상자와 흡사한 경고 였고, 그 경고는 나중에 일어난 모든 무시무시한 사건들을 다시 한 번 예고하는 긴장감을 불러일으켰다.

우드러프의 반응은 굉장한 것이었다. 몸을 급히 돌려서, 변호사 가 별안간 돌아나 하고 생각하는 위크스에게, "저 금고에 손을 댔 나?" 하고 무서운 목소리로 소리쳤다. 위크스는 더듬거리며 손대 지 않았다고 부정했고, 우드러프는 씩씩거렸다. 그는 이곳저곳을 맹렬한 기세로 뒤졌고, 심지어 더 이상 좁은 곳도 없을 만큼 좁은 곳까지 뒤졌다.

"언제부터 여기에 앉아 있었나?"

"묘지로 장례 행렬이 떠나고부터 줄곧 앉아 있었습니다."

"앉아 있는 동안 들어온 사람은 없었나?"

"아무도 없었습니다." 위크스는 이젠 겁에 질렸다. 분홍빛 대머 리 밑에 삥 둘려 있는 솜처럼 흰 머리카락 중에 귀를 덮고 있는 성 성한 백발이 진실을 말하고 있는 것을 보이려는 듯 떨리고 있었다. 늙은 집사의 눈에는 주인이 하인을 대하는 듯하는 우드러프의 태 도에 무엇인지 무서운 것이 있는 것처럼 보였다. 우드러프는 자신 의 커다란 몸집과 벌겋게 화가 난 얼굴, 찢어지는 듯한 고함으로 노인을 위협해서 눈물이 나올 지경으로 만들었다. "당신 졸고 있 었지?" 하고 그가 계속 고함쳤다. "내가 이리 올 때까지 졸고 있 었어!"

위크스가 애절한 목소리로 중얼거렸다. "눈만 붙이고 있었습니 다. 잠깐 졸기만 했습니다. 잠은 안 잤습니다. 들어오신 즉시 제가 일어나지 않았습니까?"

"글쎄……" 우드러프는 누그러졌다. "그건 그랬지. 슬론 씨와 체니 씨를 이리로 급히 오시라고 하게."

두 사람이 어리둥절한 표정으로 왔을 때 우드러프는 금고 앞에 구세주처럼 서 있었다. 그는 말없이, 재판정에서 증인을 심문하는 식으로 그들을 바라보았다. 즉시, 무엇인지는 모르지만 슬론은 무엇인가가 잘못되었다는 것을 알았다. 앨런은 늘 그렇듯 얼굴을 찡그리고 있었고, 그가 우드러프 변호사 가까이로 왔을 때 입에서 위스키 냄새가 풍겼다. 우드러프는 군말없이 상황을 단도직입적으로 설명했다. 그는 금고를 가리키며 의심스런 눈초리로 그들을 무섭게 다그쳤다. 슬론은 힘차게 고개를 내저었다. 그는 인생의 절정기에 있었기에 힘깨나 있어 보였고, 옷은 모양을 잔뜩 내서 입고 있었다. 앨런은 아무 말도 하지 않고 관심없다는 듯 가냘픈 어깨만 으쓱했다.

"좋소." 하고 우드러프가 말했다. "내게는 상관없어요. 그렇지만 이것은 끝까지 해볼 겁니다. 당장!"

우드러프는 그의 위엄을 드러내어 집안의 모든 사람들을 서재로 불렀다. 놀랍게도 장례식 참석자들이 칼키스 저택으로 돌아온 뒤 4분 만에 모든 사람들——장의사 스터게스와 그 인부들을 포함해서 전부——이 서재로 왔고, 남자 여자를 막론하고 모든 이로부터 금고에서 무엇인가를 꺼내기는커녕 금고 근처에는 가지도 않았다는 대답을 들었다.

그 극적이고 약간은 우스꽝스런 순간에 조앤 브레트와 앨런 체니에게 같은 생각이 동시에 떠올랐다. 둘은 서로 부딪치며 서재 문을 뛰어나가 날듯이 현관의 홀로 갔다. 우드러프가 무슨 일인지도 모르고 소리치며 그들을 뒤쫓았다. 앨런과 조앤이 서로 도와 주거니 하며 현관문을 열고 약간은 놀라 서 있는 사람들을 향하여 섰다. 우드러프가 곧 뒤따라 나왔다.

조앤이 맑은 콘트랄토로 소리쳤다. "지난 30분 동안에 집안으로 들어간 사람이 있었나요?"

앨런이, "어떤 사람이든 말입니다!" 하고 소리질렀고, 우드러프도 같은 말을 소리쳤다. 신문기자 중에 용감한 사람 하나가, "없었소!" 하고 소리치자 다른 신문기자 하나가 천천히 말했다.

"아무것에도 손을 안 델 텐데 왜 우리들을 집안에 들여보내 주지 않는 거요?"

길거리에 있는 사람들 사이에서 작은 박수 소리가 나오자 조앤의 얼굴이 빨개지면서 무의식적으로 손을 올려 머리카락을 매만졌다. 앨런이, "집에서 나온 사람도 없었습니까?" 하고 큰소리로 묻자, "없었어요!" 하고 여러 사람이 고함쳤다. 우드러프는 이 많은 이들의 모습에 자신감을 잃은 듯 기침을 하고는, 두 젊은이를 집안으로 불쾌한 듯이 몰아넣고 나서 현관문과 홀 문, 두 개를 다 조심해서 잠갔다.

우드러프는 언제까지나 의기소침해 있는 사람이 아니다. 그는 다른 사람들이 기대감을 갖고 기다리고 있는 서재에 되돌아오자 자신감을 다시 찾았다. 그가 계속해서 한 사람 한 사람에게 질문을 퍼부었고, 집안 사람들 거의 모두가 금고의 자물쇠 번호를 알고 있다고 했을 때는 실망으로 으르렁거렸다.

"좋아요." 하고 그가 말했다. "좋다고. 여기에 있는 누군가가 약은 짓을 하려 들고 있어요. 누군가가 거짓말을 하고 있습니다. 곧 누군지 찾아낼 겁니다. 암, 찾아내고말고. 그 점은 약속하겠소." 그는 사람들 앞을 왔다갔다했다. "나도 당신들만큼 똑똑하게 굴 수 있어요. 내가 할 일은, 이것은 내 임무라서 꼭 해야 하는 것인데," 사람들이 마치 인형처럼 고개를 끄덕였다. "이 집안에 있는 모든 사람들을 당장에 수색하는 거요." 사람들의 끄덕이던 머리가 멈추었다. "그것을 싫어하는 사람이 이 안에 있어요. 나는 하기 좋아서 수색하는 줄 압니까? 싫어도 할 수 없이 해야지. 그것이 바로 내 코앞에서 없어졌단 말이오, 바로 이 코앞에서!" 이때 문제의 심각성에도 불구하고 조앤 브레트가 킥킥 웃었다. 우드러프의 코가 정말로 넓은 면적을 차지하게 되었다.

나시오 수이자가 웃음을 약간 띠면서 말했다. "아, 이봐요, 우드러프. 이건 좀 신파조라는 생각이 들지 않습니까? 간단한 해답이 있을 거요. 너무 일을 크게 만드는 것 같은데?"

"그렇게 생각합니까, 수이자 씨? 그렇게 생각한단 말이지요?" 우드러프가 노려보던 눈길을 조앤에게서 수이자에게로 돌렸다. "수색당하는 것이 싫은 모양인데, 왜 그렇소?"

수이자가 낄낄거리며 웃었다. "내가 재판이라도 받고 있소? 정신차려요, 우드러프. 당신은 모가지가 잘린 닭처럼 행동하고 있단 말이오." 그가 비난조로 덧붙였다. "장례 5분 전에 금고 속에서 상자를 보았다는 생각이 혹시 잘못된 것 아니오?"

"잘못? 그렇게 생각하시오? 당신들 중에 누군가가 도둑이라고 판명되면 내가 생각을 잘못했다고는 말 못할 거요!"

"어쨌든——" 수이자가 하얀 이빨을 드러냈다. "이런 일방적인 절차에는 응할 수 없소. 수색하려고 덤벼만 봐라."

그러나 결국엔 올 것이 왔다. 우드러프는 화가 머리 끝까지 치밀어 수이자의 뾰족하고 차가운 코끝에 주먹을 흔들며 소리질렀다. "맹세코 보여 주겠어! 진짜 고압적인 게 어떤 것인가를 보여 주겠다고!" 그리고는 처음부터 취했어야 할 조치를 취했다. 책상 위에 있는 전화기 두 대 중 하나를 꽉 쥐고 다이얼을 급히 돌렸다. 성이 나서 더듬거리며 통화한 뒤에 요란하게 수화기를 내려놓고 수이자에게 심술궂게 말했다.

"어디 수색을 안 당하는가 봅시다. 지방검사 샘프슨의 명령인데, 자기 사무실에서 누가 오기 전에는 집 밖으로 한 발자국도 나가지 말라고 했소!"

제3장 수수께끼

지방검사보 페퍼는 잘생긴 청년이었다. 우드러프가 전화를 한 지 30분 뒤에 그가 칼키스 저택에 도착하자 일들이 순조롭게 진행되었다. 그는 사람들에게 아첨을 잘했기 때문에——우드러프는 그런 것을 못했다——사람들을 떠벌리게 하는 재능을 갖고 있었다. 우드러프 자신도 페퍼와 말을 하고 나서 마음이 가벼워지는 데는 놀랐다. 아무도 페퍼와 같이 온 둥글넓적한 얼굴에 담배를 피우고 있는 사람——지방검사실에서 파견된 코헬런이라는 형사였다——에게 신경을 쓰지 않았다. 그것은 코헬런 형사가 페퍼의 지시에 따라 서재 문 근처에서 검은 담배를 피우며 자기 존재를 감추려는 듯 조용히 서 있었기 때문이었다.

우드러프가 건장한 페퍼를 구석으로 급히 데리고 가서 장례 애기를 늘어놓기 시작했다. "일이 이렇게 된 거요, 페퍼. 장례가 시작되기 5분 전에 내가 칼키스의 침실로 가서," ── 그가 서재에 있는 다른 문 쪽을 가리켰다 ── "쇠상자의 열쇠를 갖고 와서 금고를 열고 쇠상자를 열었을 땐 그것이 상자 안에 들어 있었소. 그 다음에는……."

"무엇이 있었다는 말씀입니까?"

"얘기 안했던가? 내가 흥분했었던 모양이군." 페퍼는 뻔하지 않느냐는 말은 하지 않았고, 우드러프는 얼굴에 흐르는 땀을 닦았다. "칼키스의 새로운 유언장! 새 유언장 말이오! 그곳에 있었던 것이 새 유언장이란 것은 의심의 여지가 없어. 내가 들고 봤는데, 내 봉인이 있었거든. 내가 유언장을 다시 쇠상자에 넣고, 그것을 금고에 넣고 나서 금고문을 잠그고는 서재를 나와……."

"잠깐만요, 우드러프 씨." 페퍼는 상대가 정보를 제공할 사람이면 꼭 '씨'라는 존칭을 썼다. "그 상자의 열쇠를 갖고 있는 사람이 또 있습니까?"

"절대로 없소, 페퍼! 그 열쇠가 단 한 개뿐이라는 말을 얼마 전에 칼키스에게서 직접 들었지. 내가 침실에 있는 칼키스의 옷에서 그 열쇠를 찾아냈소. 금고와 상자를 잠그고 난 다음에는 내 주머니에 넣고 다녔소. 열쇠 고리에 끼워서 아직도 내가 갖고 있지." 우드러프는 주머니를 뒤져서 열쇠 주머니를 꺼내어 작은 열쇠 하나를 떨리는 손으로 빼서 페퍼에게 주었다. "그 열쇠가 죽 내 주머니 속에 있었다는 것을 맹세할 수 있소. 아무도 내게서 그것을 훔칠 수는 없지!" 페퍼는 심각한 표정으로 고개를 끄덕였다.

"훔칠 시간이 없었어. 내가 서재를 떠나자마자 곧 장례식이 시작됐고, 묘지에서 돌아와서는 직감이랄까 무엇이 있어서 여기 다시 와서 금고를 열었으니까. 그랬더니, 세상에! 유서가 든 상자가 없는 거요!"

페퍼가 동정하는 것처럼 혀를 찼다. "누가 갖고 갔는지 짐작되는 것은 없습니까?"

"짐작?" 우드러프가 눈을 번뜩이며 방안을 둘러보았다. "짐작되는 것은 많지. 하지만, 증거가 없소. 내 말을 잘 들어요, 페퍼. 문제는 이렇소. 첫째, 내가 상자에 유언장이 들어 있다는 것을 확인했을 때 있었던 사람들은 전부 지금 이 집안에 있소. 둘째, 모든 사람들이 모두 함께 떠났고, 뒤뜰을 통해서 묘지에 갈 때도 함께 갔으며, 묘지에서도 함께 있었고, 묘지에 있었던 외부인을 제외하고는 다른 사람들을 접촉할 기회가 없었지. 셋째, 묘지에서 만난 외부인들도 여기를 떠난 사람들과 함께 돌아와서 지금도 여기에 있다는 사실이오."

페퍼의 눈이 빛을 발하고 있었다. "대단히 흥미로운 일입니다. 그러니까 여기에 있었던 사람이 유언장을 훔쳐서 외부인에게 건네주었다고 해도 소용이 없다는 말씀이군요. 묘지나 묘지에 가는 도중에 숨겨 놓지 않은 한 외부인들을 수색해 보면 나올 테니까요. 정말로 흥미롭게 되었습니다. 우드러프 씨, 당신이 말씀하시는 외부인들은 누구입니까?"

우드러프가 검은 구식 모자를 쓰고 있는 작은 노부인을 손으로 가리켰다. "저기 한 사람이 있소. 수전 모스 부인이라고, 뒤뜰을 둘러싼 여섯 채의 집들 중 하나에 살고 있는 정신나간 노파라오. 이웃이지." 페퍼가 고개를 끄덕이자 우드러프는 엘더 목사 뒤에서 몸을 떨고 있는 교회 관리인을 가리켰다. "그리고 허니웰이라는 저 말라빠진 사람도 있었소. 옆 교회의 관리인이지. 그 옆에 있는 두 사람은 묘를 파낸 인부들인데, 저기 있는 장의사 스터게스의 고용인들이고──그 다음 네 번째 유의점은 우리가 묘지에 있는 동안 이 집에 들어왔거나 나간 사람이 아무도 없다는 점이오. 밖에 죽치고 있었던 기자들에게 내가 확인했거든. 그것을 알고 난 다음에 내가 직접 현관문을 잠갔으니까 아무도 들어오거나 나갈 수는 없었소."

"점점 더 일을 어렵게 만드시는군요, 우드러프 씨." 하고 페퍼는 말하고 나서 뒤에서 화가 나서 떠드는 소리에 몸을 돌렸다. 앨런 체니가 얼굴이 더욱 시뻘개져서 우드러프에게 손가락을 흔들고 있었다.

"저분은 누구시지요?" 하고 페퍼가 물었다.

앨런이 소리쳤다. "이봐요, 검사. 이 사람 말을 믿지 말아요. 이 사람이 기자들에게 물어 본 것이 아니오. 조앤 브레트가, 저기 있는 브레트 양이 물어 봤다고. 그렇지, 조니?"

조앤은 아주 차가운 표정을 짓고 있었다. 큰 키에 날씬한 영국 여인의 몸매와 거만스러운 턱을 갖고 있었다. 대단히 맑은 푸른 눈에 코끝이 보일 듯 말 듯 쫑긋거리고 있었다. 그녀는 체니를 무시하고 페퍼 쪽을 바라보며 차갑게 말했다. "또 술에 취했군요, 체니 씨. 그리고 제발 '조니'라고 부르지 말아요. 그 소리 듣기 싫어요."

앨런이 몽롱한 눈으로 매력적인 그녀의 어깨를 바라보았다. 우드러프가 페퍼에게 말했다. "술에 또 취했군. 이 사람은 칼키스 씨의 조카인데……."

페퍼가, "실례합니다." 하고 말하고 조앤이 있는 곳으로 갔다. 그녀는 약간 반항적인 자세로 그를 대했다. "기자들에게 물어 봐야겠다는 생각은 브레트 양이 해낸 겁니까?"

"그래요!" 그녀의 볼에 두 개의 작고 붉은 반점이 나타났다. "체니 씨도 같은 생각을 했어요. 둘이 같이 나갔죠. 우드러프 씨가 뒤쫓아왔어요. 저 주정뱅이가 놀랍게도 숙녀에게 남성적으로……."

"아, 물론 그렇겠죠." 페퍼가 웃음을 지었다. 페퍼는 여성들에게 매력적으로 보이는 미소를 갖고 있었다. "그리고 댁은 브레트 양이죠?"

"저는 칼키스 씨의 비서였어요."

"대단히 감사합니다." 페퍼는 풀이 죽은 우드러프 앞으로 다시 돌아왔다. "우드러프 씨, 말씀을 계속하시지요."

"도난이 일어난 상황을 설명하고 있었을 뿐이오, 페퍼." 우드러프가 헛기침을 했다. "장례식중에 집에 있던 사람은 둘뿐이었소. 한 사람은 심스 부인이라고 가정부인데, 칼키스가 죽자 쓰러져서 여지껏 침대에 누워 있고, 위크스 집사는——여기가 의심스런 대목인데——우리가 집을 떠나서 돌아올 때까지 줄곧 서재에 있었다는 거요. 그는 아무도 서재에 들어가지 않았다고 맹세하고 있소. 금고에서 눈을 뗀 적이 없다는 거요."

"좋습니다. 일이 진전되는 것 같군요." 하고 페퍼가 쾌활하게 말했다. "위크스의 말을 믿는다면 도난 시간을 제한할 수 있겠군요.

당신이 유서를 보고 난 뒤부터 매장하러 떠난 5분 동안에 도난당했군요. 간단한 것 같습니다."

"간단해?" 우드러프는 자신없다는 말투였다.

"그렇습니다. 코헬런, 이리 오게." 형사가 구부정한 걸음걸이로 방을 질러갔다. 그 모습을 보고 있는 눈들에는 표정이 없었다. "잘 듣게. 우리는 도난당한 유언장을 찾고 있는 거야. 네 군데 중에 한 곳에 있어야만 하네. 집안에 숨겨져 있든가, 지금 집안에 있는 사람들이 지니고 있어. 아니면, 묘지까지 가는 길 도중 뒤뜰에 떨어뜨렸든가, 묘소 자체 어느 곳에 있을 거야. 하나하나씩 조사해 보세. 잠깐 기다리게. 높은 양반에게 전화를 해야겠으니."

그가 지방검사실에 전화를 걸어 지방검사 샘프슨에게 몇 마디하고는 손을 비비며 돌아섰다. "지방검사님이 경찰을 보내겠답니다. 하기야 우리는 중죄(重罪)를 수사하고 있으니까. 우드러프 씨, 코헬런 형사와 제가 뒤뜰과 묘지를 수색하는 동안 이 방안의 모든 분들을 감시하는 사람으로 임명합니다. 여러분! 여기를 보십시오." 모든 사람들이 어쩔 줄 모르고 당황해서 깜짝 놀란 듯 입을 벌리고 있었다. "우드러프 씨가 이곳의 책임을 지게 되었습니다. 여러분의 협조를 부탁드립니다. 이 방에서 아무도 나가지 마시기 바랍니다." 그와 코헬런이 방에서 나갔다.

15분 뒤 그들이 허탕을 치고 돌아왔을 때 서재에는 네 사람이 더 있었다. 리처드 퀸 경감의 부하인, 얼굴이 갈색이다 못해 검은 거한 토머스 벨리 경사와, 경사의 부하인 플린트와 존슨이라는 형사, 그리고 얼굴이 넓적하고 뚱뚱한 여자 경찰관 등 네 사람이었다. 이어서 페퍼와 벨리 경사가 구석으로 가서 사건에 대한 이야기를 했다. 벨리 경사는 언제나처럼 자기 의견은 말하지 않은 채 냉정한 태도였고, 다른 사람들은 관심이 없다는 듯이 가만히 앉아 있었다.

"뒤뜰하고 묘지는 직접 조사해 보았다는 말씀이지요?" 하고 벨리가 굵은 목소리로 물었다.

"그렇소. 당신 부하가 다시 조사해 보는 것도 나쁘지 않을 거요." 하고 페퍼가 말했다. "우리가 빼먹은 곳이 있을지도 모르니까."

벨리 경사가 부하들에게 지시하자 플린트와 존슨이 떠났다. 이어서 벨리, 페퍼와 코핼런이 집안을 조직적으로 수색하기 시작했다. 수색은 서재에서부터 죽은 사람의 침실, 욕실, 그리고 그 너머 데미의 침실로 계속되었다. 그들은 다시 서재로 돌아와서는, 벨리 경사가 이유도 설명치 않고 서재를 다시 수색했다. 그는 금고 속, 책상 서랍, 벽면을 거의 메우고 있는 서가와 책들을 뒤졌다. 그의 눈에서 벗어난 것은 아무것도 없었다. 구석에 있는 작은 테이블 위까지도 조사했다. 그 테이블 위에는 전기 주전자와 차 세트가 있었는데, 벨리 경사는 심각한 표정으로 주전자 뚜껑을 열고 속을 들여다보았다. 다음에는 복도로 나가 뿔뿔이 흩어져서 응접실, 식당, 부엌, 그리고 부엌 너머에 있는 식기실과 찬장까지 수색했다. 경사는 장의사가 거두어 놓은 장례용 기구들을 전부 헤쳐 보았다. 그러나 아무 곳에서도 유언장은 나오지 않았다. 다음에는 2층에 있는 침실들을 샅샅이 수색하고——심스 부인이 누워 있는 방은 조사하지 않았다——다락에까지 올라가 먼지가 잔뜩 앉은 오래 된 책상들과 트렁크들도 조사했다.

"코핼런," 하고 벨리 경사가 불렀다. "지하실을 조사해 봐." 코핼런 형사가 불이 꺼진 담배를 빨면서 지하실로 갔다.

"경사," 두 사람이 숨을 몰아쉬며 다락방 벽에 기대 서자 페퍼가 말했다. "할 수 없이 마지막 남은 좋지 않은 일을 해야만 하겠소. 제기랄! 사람들까지 수색하고 싶지는 않았는데."

"이 고생을 하고 나니," 하고 벨리 경사가 자신의 먼지 묻은 손을 내려다보며 말했다. "개인 수색에 기대감까지 생깁니다."

둘이 밑으로 내려가자 플린트와 존슨이 다가왔다. "찾았나?" 하고 경사가 으르렁거리는 목소리로 물었다.

지저분한 회색 머리에 멋없게 생긴 존슨 형사가 코를 만지며 말했다. "아무것도 못 찾았습니다. 더 나쁜 소식이 있습니다. 뒤뜰 건너편 집 하녀가 뒷창으로 장례식 구경을 하고 있었답니다. 그 여자 말이——여지껏 뒷창에 쪽 붙어 있었다고 하는군요——장례식 일행이 묘지에서 돌아간 뒤로는 두 사람만 빼고——페퍼 씨와 코핼런이라고 생각됩니다——아무도 집에서 나오지 않았답니다. 이 집뿐만 아니라 다른 집에서도 나온 사람이 없다고 합니다."

"묘지는?"

"거기도 없습니다." 하고 플린트가 말했다. "신문기자들이 54번가 쪽의 철책에 줄곧 매달려 있었는데, 매장이 끝난 뒤에 묘지로 나온 사람이 아무도 없다는 겁니다."

"자네는 어떻게 됐나, 코헬런?"

시거에 불을 붙일 수 있어서 그런지, 불붙은 시거를 빨고 있는 코헬런의 표정이 밝아 보였다. 그는 보름달 같은 얼굴을 힘있게 흔들었다. 벨리가 낮게 말했다. "뭐가 좋다고 웃어, 바보 같은 놈." 그가 방 가운데로 나섰다. 그리고 행진 군악대장처럼 손을 높이 쳐들고 소리쳤다. "주목해 주십시오!"

사람들의 얼굴에서 지루한 표정이 사라지고 밝은 표정들이 나타났다. 앨런 체니는 웅크리고 앉아 머리를 두 손으로 감싸고 몸을 천천히 흔들고 있었다. 슬론 부인의 눈물은 마른 지 오래 되었고, 엘더 목사까지도 기대하는 표정을 짓고 있었다. 조앤 브레트는 벨리 경사를 마음 조이는 표정으로 보고 있었다.

"잘들 들어요." 벨리가 매서운 목소리로 말했다. "아무도 불편하게 해드리고 싶지는 않지만, 해야 할 일은 해야 된다는 것을 이해해 주시기 바랍니다. 이 집안에 있는 모든 사람들을 빠짐없이 수색해야 되겠습니다. 필요하면 맨살까지 수색할 겁니다. 도난당한 유언장이 있어야 하는 곳은 여러분의 몸뿐입니다. 괜한 말썽을 부려 고생들을 하지 마시고 협조해 주십시오. 코헬런, 플린트, 존슨, 남자들을 맡아. 여순경!" 벨리가 억세게 생긴 여순경에게 몸을 돌렸다. "여자분들을 응접실로 모시고 가서 문을 닫고 수색해요. 아무것도 안 나오면, 2층의 가정부하고 그 방도 수색하시오."

서재 안이 여러 사람들의 항의로 웅성거렸다. 우드러프가 책상 앞에서 손장난을 하면서 나시오 수이자를 바라보자, 수이자가 웃음을 지으며 코헬런에게 자기부터 먼저 수색하라고 몸을 맡겼다. 여자들이 서재를 나가자 벨리 경사가 전화기를 낚아챘다. "경찰본부……조니를 대줘요……조니? 에드먼드 크류를 이스트 55번가 11번지로 빨리 보내."

그는 페퍼와 우드러프와 함께 세 형사가 남자들을 한 사람씩 샅

살이 수색하는 것을 차가운 표정으로 바라보고 있었다. 엘더 목사 차례가 되자 벨리가 급히 몸을 움직였다. "목사님……플린트, 그만 둬! 목사님은 수색을 받지 않으셔도 됩니다."

"무슨 소리요, 경사. 당신 말에 따르면 나도 다른 사람들만큼이 나 유언장을 갖고 있을 가능성이 있는데." 경사의 얼굴에서 주저 하는 빛을 보고는 목사가 미소를 지으며 말했다. "좋아요. 당신 앞 에서 내 손으로 주머니를 뒤집어 보겠소." 수색은 주저했어도 목 사가 주머니를 뒤집어 내보이고 허리띠와 단추를 풀자, 플린트가 옷 속으로 손을 넣어 수색하는 것을 벨리 경사는 주의깊게 지켜보 았다.

여순경이 무거운 발걸음으로 돌아와서 간단히 아무것도 없다는 표시를 했다. 여자들은 얼굴이 벌겋게 달아올라 있었고, 남자들의 눈길을 피했다. "2층에 있는 뚱보――가정부던가요?――도 갖고 있지 않았어요." 하고 여순경이 말했다.

실내가 조용해졌다. 벨리와 페퍼가 우울한 표정으로 마주보았다. 벨리는 불가능한 일이 현실로 나타나자 점점 더 화가 치미는 듯했 고, 페퍼는 총명한 눈동자를 굴리면서 깊은 생각을 하고 있었다. "어디에선가 이상한 일이 생기고 있어." 하고 벨리는 침울한 목소 리로 말했다. "여순경, 틀림없어?"

여순경은 코웃음만 칠 뿐이었다.

페퍼가 벨리의 옷깃을 움켜잡았다. "이봐요, 경사." 그가 낮게 말했다. "당신 말마따나 무엇인가가 잘못됐소. 그렇다고 담벼락에 머리만 처박고 있을 수는 없잖소. 우리가 찾지 못한 비밀 벽장 같 은 것이 있을지도 몰라. 당신네 건축 전문가 크류가 그런 것이 있 다면 찾아낼 수 있겠지? 우리는 최선을 다한 거요. 이 사람들을 언제까지나 여기 잡아둘 수는 없소. 특히 이 집에 살지 않는 사람 들은……."

벨리가 카펫을 심술궂게 발로 문질렀다. "경감님한테 혼나겠군."

그 다음부터는 일이 빨리 진행되었다. 벨리가 한 발자국 물러서 자 페퍼가 이 집에 살지 않는 사람들은 떠나도 좋다고 했으나, 이 집에 사는 사람들은 허락 없이는 집 밖으로 나갈 수 없고, 나갈 때마다 몸을 수색당해야 한다고 말했다. 벨리 경사가 손짓으로 여순경과 건장한 체격의 플린트 형사를 불러서 같이 홀을 지나 현관으로 갔다. 모스 부인이 두려움에 떨리는 소리를 낮게 내면서 비틀거리며 다가왔다. "이 부인을 다시 수색해 보시오, 여순경." 하고 벨리가 으르렁거렸다. 목사가 다가오자 씁쓸한 미소를 짓고 수색을 그만뒀지만, 교회 관리인 허니웰은 그가 직접 수색했다. 플린트는 장의사 스터게스와 두 고용인들을 수색했다. 마지막으로 따분한 표정을 짓고 있는 나시오 수이자를 수색했다.

처음 수색과 마찬가지로 아무것도 나오지 않았다.

이 집에 살고 있지 않은 사람들 수색을 끝내고 벨리가 발을 굴러 소리를 내며 서재로 돌아왔다. 플린트를 현관문과 현관으로 올라오는 돌계단 밑에 있는 지하실 입구를 동시에 볼 수 있는 곳에 감시를 세우고, 존슨은 뒤뜰로 내려가는 나무 계단 위에 있는 뒷문 앞에서, 그리고 코헬런은 지하실에서 뒤뜰로 나가는 문이 있는 뒤뜰을 감시하게 했다.

페퍼는 조앤 브레트와 열심히 얘기하고 있었고, 체니는 몹시 풀이 죽어서 머리카락을 손으로 헝클면서 페퍼의 등을 노려보고 있었다.

제4장 잡 담

에드먼드 크류는 너무나 얼빠진 대학 교수처럼 보여서, 그 희미한 눈동자와 뾰족한 코의 애처로운 말상을 보고 조앤은 웃음을 참느라고 애를 먹었다.

"집 주인은 누구시지요?" 목소리도 라디오에서 나는 소리처럼 바삭바삭하고 날카로웠다.

"죽은 사람이오." 벨리가 말했다.

"제가," 조앤이 머뭇거리며 말했다. "도와드릴 수 있겠는데요."

"집을 지은 지가 얼마나 됐소?"

"그건……그런 건 모르겠는데요."

"그럼, 비켜요. 누가 알아요?"

슬론 부인이 작은 레이스 조각으로 고상하게 코를 풀었다. "적어도……80년은 됐어요."

"그 동안에 개축을 했지요." 앨런이 열을 내어 말했다. "여러 번 개축했다고 아저씨가 말했어요."

"너무 피상적이오." 크류가 답답하다는 듯이 말했다. "설계도면은 없나요?"

사람들은 멍하니 서로를 바라보았다.

"아니, 무어라도 아는 것이 하나도 없소?" 크류가 딱딱거렸다.

아무도 모르는지 말이 없었다. 그러다가 조앤이 예쁜 두 입술을 오므리며 낮게 중얼거렸다. "잠깐만요. 청사진 같은 것을 찾으시나요?"

"빨리요, 빨리. 어디 있어요?"

"제 생각에는……." 그녀는 생각을 하다가 새처럼 예쁘게 고개를 까딱거리며 책상으로 갔다. 페퍼는 그 모습이 보기 좋다는 듯이 낮게 웃었다. 조앤은 책상 서랍들을 뒤져서 맨 밑 서랍에서 누렇게 변색한 종이들이 잔뜩 든 낡고 오래 된 마분지 상자를 꺼냈다. "오래 된 영수증들이에요." 그녀는 말하고 생각을 좀더 하다가 접은 설계도에 흰 메모지가 끼워져 있는 것을 꺼냈다. "이건가요?"

크류는 그것들을 낚아채서 책상으로 가서 설계도에 코를 박았다. 가끔 고개를 끄덕이며 보다가, 별안간 일어서서 아무 말도 없이 설계도를 들고 서재에서 나갔다.

다시 무관심이 안개처럼 방안을 덮었다.

"알아둘 게 있어요, 페퍼." 벨리가 페퍼를 옆으로 끌면서 우드러프의 팔도 잡았다. 우드러프의 얼굴이 하얗게 변했다. "이봐요, 우드러프 씨. 누군가가 유언장을 훔쳤는데, 이유가 있을 겁니다. 그것이 새 유언장이라고 했지요? 그 새 유언으로 누가 얼마나 잃게 됩니까?"

"그리고," 페퍼가 생각에 잠겨 말했다. "도둑질 자체는 죄가 되지만, 당신이 갖고 있는 사본으로 죽은 사람의 유언 의도를 알 수 있으니 문제가 심각한 것은 아니지 않습니까?"

"안돼." 우드러프는 코를 벌름거렸다. "그렇게 할 수가 없어요. 내 말을 들어 봐요." 그가 두 사람을 더 가까이 끌며 조심스러운 듯이 주위를 둘러보았다. "고인의 뜻을 알 수가 없소! 그게 우습게 된 거요. 지난 금요일까지는 전(前) 유언장이 효력을 갖고 있었소. 그전 유언의 내용은 간단하지. 길버트 슬론이 개인 화랑 사업을 포함한 모든 칼키스 화랑을 물려받게 되어 있었소. 신탁 지금이 두 개가 있었는데, 수탁자 하나는 조카인 체니이고, 다른 사람은 저기 있는 바보 사촌인 데미였소. 저택하고 사유물은 누이동생인 슬론 부인 몫이고. 그 다음은 일반적인 것으로 위크스 집사, 가정부 심스 부인, 그리고 나머지 심부름꾼들에게 현찰로 얼마씩 준다는 것하고, 박물관에 미술품들을 기증하기로 한 목록, 그렇게 되어 있었소."

"유언집행 관리인은?"

"제임스 J 녹스."

페퍼는 휘파람을 불었고, 벨리는 지겹다는 표정이었다. "그 억만장자? 예술품 수집광?"

"바로 그 사람이오. 칼키스의 좋은 고객이었는데, 친구 비슷하게까지 된 모양이오. 그러니까 유언집행인으로 지목했겠지."

"친구가 뭐 그래." 벨리가 말했다. "친구라면 왜 오늘 장례식에도 안 왔소?"

"이봐요, 경사." 우드러프가 눈을 크게 뜨며 말했다. "신문도 안 보나? 녹스 씨는 유명인사요. 칼키스의 죽음을 통보받고 장례에 참석하려 했는데 마지막 순간, 바로 오늘 아침에 워싱턴에서 불러서 갔소. 신문에 난 걸 보면 국가 재정 관계로 대통령이 직접 불렀다는 거요."

"언제 돌아오지요?" 벨리가 공격적으로 물었다.

"아무도 모르는 것 같소."

"그건 중요치가 않아요." 페퍼가 말했다.

"새 유언장은?"

"새 유언장이라……." 우드러프가 교활한 표정을 지었다. "그 문제가 좀 이상해요. 지난 목요일 밤 12시쯤 칼키스한테서 전화가 왔소. 금요일 아침——다음날 아침이지——에 새 유언장의 초안을 완전히 작성해서 갖고 오라는 거였소. 그 초안은, 여기가 재미있어, 지난번 것과 똑같은데 한 곳만 수정하라는 거였소. 칼키스 화랑 상속인 길버트 슬론의 이름을 지우고 그 난을 공백으로 놔둬서 아무 이름이나 써넣을 수 있게 하라는 지시였던 거요."

"슬론의 이름을?" 페퍼와 벨리가 길버트 슬론을 슬쩍 바라보았다. 슬론은 자기 아내의 의자 뒤에서 뾰로통한 표정으로 허공을 보며 비둘기처럼 서 있었다. 그의 손 하나가 떨리고 있었다. "계속하십시오, 우드러프 씨."

"금요일 아침에 초안을 작성해서 낮 12시 훨씬 전에 이리로 왔지. 칼키스가 혼자 있더군. 칼키스는 평소엔 아주 침착한 사람인데——냉정하고, 완고하고, 사업적이었지——그날은 당황하고 있는 것 같았다오. 어쨌든 아무도, 나까지도 칼키스 화랑의 상속인이 누군지 모르게 하려는 것이 분명했소. 내가 유언장에 이름을 쓰기 편하도록 앞에 펴 주니까, 날보고 방 저쪽에 가서 있으라는 거였소, 이 나를 보고 말이오. 그리고는 뭐라고 쓰더군. 빈 칸에 이름을 썼겠지. 압지로 자기가 직접 잉크를 닦고, 그 페이지를 급히 감추고는 브레트 양, 위크스, 심스 부인을 불러들여서 증인 서명을 하게 한 다음 자신도 서명을 했소. 내가 봉인하는 것을 도와주자 금고에 보관하고 있던 작은 철제 상자에 넣고 금고도 잠갔소. 그게 전부요. 칼키스말고는 화랑의 상속인이 누군지 아무도 알지 못해요."

그들은 변호사의 말을 유심히 듣고 있다가 페퍼가 물었다. "그 전의 유언장 내용은 누구누구가 알고 있었나요?"

"다들 알고 있었지. 이 집안에서 그것은 흥미거리였고, 칼키스 자신도 비밀로 하지 않았으니까. 새 유언장 문제도 비밀로 하라는 지시가 없었소. 나도 꼭 비밀로 해야겠다는 생각은 없었고. 게다가 증인 세 사람도 그것을 물론 알고 있었으니까, 그 사람들이 말을 퍼뜨렸는지도 모르지."

"슬론도 알고 있었단 말이지요?" 벨리가 거칠게 물었다.

우드러프가 고개를 끄덕였다. "물론 알고 있었소. 사실은 그날 오후에 슬론이 내게 전화를 했었다오. 칼키스가 새 유언장을 만들었다는 말을 들었는데, 자기가 영향을 받게 되느냐고 묻더군요. 그래서 칼키스말고는 아무도 모르는 누군가가 슬론을 대신하여 칼키스 화랑을 받게 된다고 가르쳐…….”

페퍼의 눈에서 불꽃이 튀었다. “제기랄, 우드러프 씨, 당신은 그런 말을 할 권리가 없지 않습니까?”

우드러프가 힘없이 말했다. “글쎄……페퍼, 그러면 안되는지도 모르지……슬론 부인이 새로운 상속인일지도 모른다는 생각도 들고, 그렇다면 부인을 통해서……결과는 같다는 생각이 들어서…….”

“말도 안되는 소리 마세요.” 페퍼가 날카롭게 말했다. “비윤리적인 행동을 하셨습니다. 분별없는 행동이었어요. 어쨌든 지나간 일이니 따져 봐야 소용도 없겠군요. 장례식 5분 전에 유언장을 봤을 때——그때는 상속인이 누구인지 봤습니까?”

“아니, 장례식이 끝나고 나서 유언장을 열어볼 작정이었거든.”

“진짜 유언장이었나요?”

“틀림없이 진짜였소.”

“새 유언장에 취소 조항이 있었나요?”

“있었소.”

“그게 뭔데요?” 하고 벨리가 의심스럽다는 듯이 물었다.

“골치깨나 아프게 됐군.” 페퍼가 대답했다. “취소 조항이 새로운 유언장에 있다는 말은, 그 이전에 작성된 유언장은 무조건 무효라는 뜻이오. 즉, 금요일에 새로운 유언장이 작성되기 이전에 있었던 유언장은 새로운 유언장이 발견되거나 말거나 무효라는 뜻이지. 그래서,” 하고 페퍼가 심각하게 말을 계속했다. “새 유언장을 찾지 못하고 새 상속인을 법적으로 증명하지 못하면, 칼키스는 유언 없이 죽은 것이 되는 거요. 골치깨나 썩이게 되었는데.”

“따라서,” 하고 우드러프가 씁쓸하게 말했다. “칼키스의 유산은 법이 정하는 대로 분배하게 되지요.”

“알겠습니다.” 벨리가 말했다. “새 유언장을 찾지 못하게 되면 슬론이란 친구는 한 조각 얻어먹게 된다는 뜻이지요? 칼키스의 가장 가까운 친척은 누이동생인 슬론 부인이고, 따라서……똑똑한 놈이군.”

여지껏 서재를 유령처럼 들락날락하고 있던 에드먼드 크류가 책상 위에 설계도를 던지고 세 사람 앞으로 다가왔다. "어떻게 됐어요?" 벨리가 물었다.

"못 찾겠소. 비밀 칸막이나 서랍이 없어요. 두 방 사이에 비밀 공간도 없고, 바닥하고 천장은 아주 단단해요. 옛날 집들은 전부 그렇지만."

"빌어먹을!" 페퍼가 욕을 했다.

"정말로 없어요." 건축 전문가가 말을 계속했다. "사람들에게서 유언장이 나오지 않는다면 이 집안에는 없어요."

"그럴 리가 없어." 페퍼는 분통이 터져 소리쳤다.

"정말이라오, 젊은이." 크류가 방을 나갔고, 잠시 뒤에 쾅 하고 현관문이 닫히는 소리가 났다.

세 사람은 아무 말도 하지 않았다. 벨리가 아무 설명도 없이 서재를 나갔다가 조금 뒤에 턱을 더욱 단단히 굳히고 돌아왔다. 그의 커다란 덩치는 기운이 없어 보였다. "페퍼." 그가 뚱해서 말했다. "나는 기권했어요. 뒤뜰하고 묘지를 내가 직접 찾아보았는데, 아무 것도 없어요. 찢어버린 모양이야. 당신은 어떻소?"

"짐작가는 것이 있기는 한데, 윗사람과 먼저 의논을 해봐야지요."

"나는 지쳤어." 벨리 경사는 두 주먹을 주머니에 넣고 방을 둘러보다가 투덜댔다. 그리고는 방에 있는 사람들에게 말했다. "여러분, 내 말을 들어요." 사람들은 넌더리가 나게 기다렸기 때문에 생기 없는 멍한 눈으로 벨리 경사를 바라보았다. "내가 이곳을 떠날 때 이 방과 이 다음 두 방들을 폐쇄할 거요. 무슨 말인지 아시겠소? 아무도 이 방하고 칼키스 씨의 침실, 그리고 디미트리오스의 침실에 들어가면 안됩니다. 그대로 놔둬야 해요. 또 한 가지, 이 집을 자유로이 나갔다가 들어와도 됩니다. 그렇지만 나갈 때마다 수색은 하겠소. 그러니 이상한 생각일랑 하지 말도록. 이상입니다."

"나는 곤란한데." 누군가가 굴속에서 울려나오는 듯한 목소리로 말했다. 벨리가 천천히 몸을 돌렸다. 워드스 의사가 앞으로 나왔다. 보통 키에 늙은 예언자 같은 턱수염을 한 사람으로 체격이 원숭이 같았다. 눈 사이는 좁았으나, 벨리 경사를 우습다는 듯 바라보고 있는 눈은 밝은 빛을 발하고 있었다.

"뭐요?" 벨리가 두 발을 넓게 벌리고 몸을 꼿꼿이 세웠다.

의사는 미소를 지었다. "당신 명령은 이 집의 다른 사람들을 크게 불편하지 않게 할지는 모르나, 경사, 나는 입장이 곤란하게 됐소. 나는 이 집의 손님일 뿐이오. 이 댁의 호의를 끝없이 받아들여야 됩니까?"

"당신은 누구십니까?" 벨리가 무거운 걸음을 앞으로 디뎠다.

"내 이름은 워드스이고 영국 사람이오. 안과 의사지요. 지난 몇 주일 동안 칼키스 씨를 치료해 왔소."

벨리가 낮게 무어라고 투덜대자, 페퍼가 그의 옆으로 가서 낮게 속삭였다. 벨리가 고개를 끄덕이자 페퍼가 말했다. "워드스 선생님, 우리들은 당신이나 집안 사람들의 입장을 곤란하게 할 생각은 없습니다. 떠나셔도 좋습니다. 물론," 페퍼가 미소를 지으며 말을 이었다. "짐과 몸을 철저히 수색하는 데 반대하지는 않으실 테죠?"

"반대요? 천만에." 워드스 의사는 텁수룩한 수염을 갖고 장난을 쳤다. "그 대신……."

"오! 그냥 계세요." 슬론 부인이 날카롭게 소리쳤다. "이렇게 무서운 때에 떠나지 마세요. 지금까지 그렇게 친절하게……."

"그렇게 하세요." 이번에는 새로운 목소리였다. 거무스름한 피부를 가진 아름답고 몸집이 큰 부인의 가슴 깊은 곳에서부터 나오는 말이었다. 의사가 절을 하며 들리지 않는 낮은 소리로 중얼거렸고, 벨리는 불쾌하게 물었다. "댁은 누구요?"

"브릴랜드 부인입니다." 눈빛은 도전적이었고 목소리도 거칠었다. 칼키스의 책상 한 모퉁이에 체념한 듯 앉아 있던 조앤이 침을 삼키고는 미소를 지었다. 그녀의 푸른 눈은 워드스 의사의 넓은 등을 값을 매기는 듯이 바라보고 있었다. "나는 브릴랜드 부인인데, 이 집에 살고 있어요. 남편은 칼키스 씨의 순회 대리인이에요. 아니, 대리인이었어요."

"무슨 뜻이지요? 순회 대리인이 뭐요? 당신 남편은 어디 있습니까?"

부인의 얼굴이 검게 물들었다. "당신의 말투는 기분나쁘군요. 나에게 그렇게 무례하게 말을 할 권리는 없어요."

"집어치우고 내 말에 대답이나 하시오." 벨리의 눈이 차가워졌다. 벨리의 눈이 차가워지면, 눈에서 얼음이라도 떨어질 것 같다.

성난 모습이 사라지고 더듬거리는 말이 나왔다. "그이는, 그이는 캐나다 어디엔가 있어요. 예술품을 수집하는 중이에요."

"연락을 해봤습니다." 예기치도 않았던 길버트 슬론의 말이었다. "연락하려고 애를 썼지요. 마지막으로 듣기로는, 퀘벡에 머물면서, 오래 된 삼베 양탄자가 있다는 소문을 듣고 찾아나섰다고 합니다. 호텔에 연락을 해봤는데 아직 연락이 없습니다. 신문에서 게오르그의 사망 소식을 읽게 될지도 모르겠습니다."

"못 읽게 될지도 모르고." 벨리가 냉랭하게 말했다. "좋소. 워드스 선생, 이 집에 계속 있을 거요?"

"있어 달라고들 하시니……네, 기꺼이 있겠습니다." 워드스 의사는 뒤로 가서 브릴랜드 부인 옆에 섰다.

벨리 경사는 의사를 험악하게 바라보다가 페퍼에게 몸짓을 해서 함께 복도로 나갔다. 우드러프가 바로 뒤를 급히 따랐고, 서재에서 사람들이 전부 나오자 페퍼가 서재 문을 조심해서 닫았다. 벨리는 우드러프에게 말했다. "이번에는 뭡니까, 우드러프?"

그는 현관문 근처에서 변호사를 향해 돌아섰다. 변호사가 날카롭게 말했다. "이봐요, 아까 페퍼가 내가 판단을 잘못했다고 비난했지요? 나는 또 비난받을 일은 하고 싶지 않소. 경사, 당신이 직접 나를 수색하시오. 서재에서 나는 수색을 받지 않았으니까."

"우드러프 씨, 그 일을 그렇게 생각하지 마십시오." 페퍼가 달랬다. "그 문제는 그냥……."

"그것 참 좋은 생각이오." 벨리가 기분나쁘게 말했다. 그리고는 다짜고짜 우드러프의 몸을 수색했다. 우드러프의 표정으로 봐서 예기치 않았던 험한 수색이었던 모양이다. 특히 변호사 주머니에 들어 있는 서류들은 세밀하게 살펴보았다. 결국에는 수색을 끝내고 말했다. "당신에게도 없군요, 우드러프. 갑시다, 페퍼."

밖으로 나오니 보도 쪽 대문에 끈질기게 붙어 있는, 이제는 수가 줄어서 몇 명 안되는 기자들과 플린트 형사가 농담을 하고 있었다.

벨리가 플린트에게, 플린트와 집 뒤에 있는 존슨, 집안에 있는 여순경을 교대해 주겠다고 약속하고, 기자들을 헤치고 문 밖으로 나왔다. 기자들이 찰거머리처럼 경사와 페퍼에게 달라붙었다.

"무슨 일이 있었소, 경사?"

"무슨 일이오?"

"좀 봐줘요!"

"얘기 좀 해요, 죽을 때까지 그 짓 해먹을 거요?"

"말 않기로 하고 돈은 얼마나 받아먹었소?"

벨리는 그의 어깨를 잡고 있는 손들을 뿌리치고, 길 모퉁이에서 대기하고 있는 경찰차에 페퍼와 함께 탔다.

"경감님한테 뭐라고 하지?" 차가 비틀거리며 급히 떠나자, 벨리는 우는 소리를 냈다. "죽이려고 들 텐데."

"어느 경감?"

"리처드 퀸 경감." 경사는 운전사의 붉은 목덜미를 침울하게 바라보았다. "최선을 다했으니 하는 수 없지. 집도 포위하다시피 해놨고. 한 사람 보내서 금고에서 지문을 채취하라고 하지요."

"그래 봐야 별 수 없을걸." 페퍼도 손톱을 물어뜯고 있었다. "나도 지방검사에게 혼나나 나겠소. 칼키스 저택에 자주 가봐야겠어. 무슨 일이 더 생겼는가 내일 다시 가볼 생각이오. 행동을 제한한다고 불평들이나 해보라지. 그러면……."

"죽을 지경이군." 하고 벨리가 말했다.

제5장 나머지

지방검사 샘프슨이 회의를 소집한 것은 10월 7일, 목요일 오전으로 날씨가 음산했다. 엘러리 퀸은 이날 처음으로 나중에 '칼키스 사건'으로 불린 이 사건에 공식적으로 소개되었다. 당시에는 엘러리가 아주 젊었고, 뉴욕 시 경찰국에 그의 능력이 확고히 인정받기 전이었으므로, 경찰에서는 리처드 퀸 경감의 아들이라는 특수한 위치에도 불구하고 그를 '간섭자'로 취급하고 있었다. 경감 자신도 논리적으로 사건들을 해결한다는 아들의 방식이 실제적인 범죄를 해결할 수 있을까 하고 의심하고 있었다. 그러나 엘러리의 추리로써 몇 개의 작은 사건들을 해결한 전례가 있어 지방검사 샘프슨이 수사회의를 소집할 때는 참석하곤 했었다.

그때까지 엘러리는 도난당한 유언장 문제는 고사하고 제오르그 칼키스의 죽음 자체도 알지 못하고 있었다. 따라서 참석자 전원이 답을 알고 있는 질문을 지방검사에게 퍼부었다. 그때는 엘러리의 능력을 인정하여 관대히 대하기 전이었으므로, 지방검사는 엘러리의 질문들을 귀찮게 여기고 불쾌하게 생각했다. 경감도 귀찮아서 엘러리에게 자기 생각을 그대로 말했고, 엘러리는 샘프슨의 가장 좋은 의자에 겸연쩍게 몸을 깊이 파묻고 있었다.

모두가 진지했다. 지방검사로 임명된 지 얼마 안되는 샘프슨은 가냘퍼 보였으나 믿을 수 없을 만큼 기운찬 인생의 절정기에 있는 사람으로 눈빛이 밝고 열정적이었으며, 문제를 자세히 검토하기 전까지는 이 사건을 우습게 보고 있었다. 페퍼도 참석했다. 샘프슨 휘하의 검사 중 한 명이며, 장래 정계 후보인 똑똑한 페퍼. 큰 몸집으로 팔팔한 페퍼가 오늘은 절망의 빛을 띠고 있었다. 샘프슨의 수석 검사보인 크로닌도 있었다. 이 사무실 안에서는 고참이었고, 샘프슨이나 페퍼보다 범죄에는 지식이 더 많았다. 그는 붉은 머리에다 소심했으나, 망아지처럼 활력이 있었고 늙은 말처럼 지혜로웠다. 리처드 퀸 경감도 있었다. 날카로운 주름진 얼굴에 은빛 머리카락이 성성하고 콧수염을 기르고 있어 새처럼 보였다. 넥타이에 대한 유별난 취미를 갖고 있었고, 사냥개 같은 끈기에다가 일반적인 범죄에 대해서는 무한한 지식을 갖고 있었다. 오늘 그는 분통이 터지는 모양인지 손때 묻은 갈색 코담뱃갑을 만지작거리고 있었다.

물론 엘러리도 있었다. 그는 자신의 주장을 말할 때는 코안경을 위로 쳐들고 휘두르는 습관이 있었다. 웃을 때는 얼굴 전체로 웃었는데, 오묘하고 긴 윤곽에 생각 깊은 맑은 눈을 가진 보기 좋은 얼굴이었다. 그 점을 빼고는 다른 젊은이와 같은 건장한 체구를 갖고 있었다. 지금은 불안한 표정을 하고 있는 지방검사 샘프슨을 쳐다보고 있었다.

"여러분," 샘프슨이 말했다. "언제나 생기기 마련인 일에 봉착했소. 실마리는 많은데 오리무중이야. 페퍼, 우리를 더 혼란시킬 또 다른 것은 찾지 못했나?"

"아무것도 없습니다." 페퍼가 씁쓸하게 말했다. "슬론이란 친구를 단독 심문해 보았습니다. 그만이 새 유언장 때문에 손해를 입거든요. 하지만, 조개처럼 통 입을 열지 않아요. 그러니 별도리가 있어야죠. 증거도 없는데."

"입을 열게 하는 방법이 있지." 경감이 험악하게 말했다.

"쓸데없는 소리." 샘프슨이 날카롭게 말했다. "그가 훔쳤다는 증거가 하나도 없어요. 이론상으로 동기가 있다고 해서 슬론 같은 사람을 위협할 수는 없어요. 그밖에는, 페퍼?"

"벨리 경사와 저는 글렀다는 걸 알았지요. 그 집과 세상을 차단할 권리가 없었습니다. 그래서 벨리 경사가 부하 둘을 어제 철수시켰습니다. 하지만, 저는 그렇게 빨리 포기하기가 싫어서 어젯밤에 그 집에서 숨어 있었습니다. 제가 집안에 숨어 있다는 것은 아무도 몰랐을 겁니다."

"성과가 있었나?"

"저……." 페퍼가 주저했다. "무엇을 보기는 했습니다……그러나 이 사건하고는 관계가 없을 것 같습니다. 그 여자는 좋은 사람입니다. 그런 일에는 관계가……."

"무슨 소리를 하고 있는 거야, 페퍼?" 샘프슨이 다그쳤다.

"브레트 양, 조앤 브레트 양 얘기입니다." 페퍼가 억지로 대답했다. "오늘 새벽 1시에 서재에서 서성거리는 걸 봤습니다. 그녀가 서재에 들어가서는 안되지요. 벨리가 서재에는 아무도……."

"매력적인 비서 말인가요?" 엘러리가 천천히 물었다.

"그래요. 그리고……." 보통때에는 잘 돌아가던 페퍼의 혀가 오늘은 말썽을 부리는 모양이었다. "저……금고를 좀 만지작거리더니……."

"그래서요?" 경감이 말했다.

"……아무것도 못 찾았는지, 서재 가운데에 예쁜 잠옷 바람으로

서 있다가, 발을 한번 구르고는 나갔습니다."

"그 여자를 심문했나?" 샘프슨이 싸우려는 듯이 물었다.

"아뇨, 안했습니다. 제 생각으로는 그 여자는 이 사건과 관계가 없다고⋯⋯." 페퍼가 말을 시작했으나, 샘프슨이 딱딱거리며 말을 하자 두 손을 벌렸다.

"자네는 예쁜 얼굴을 봐주는 버릇을 없애야 해, 페퍼! 내가 직접 심문해서 답변을 듣도록 하겠네."

"자네는 더 배워야 해, 페퍼." 크로닌이 낮게 웃었다. "한번은 어떤 여자가 포동포동한 팔을 내 목에 감고──"

샘프슨은 얼굴을 찡그렸다. 페퍼는 무슨 말을 하려다가 얼굴을 붉히고 입을 다물었다.

"다른 것은?"

"그저 그렇습니다. 코헬런과 여순경은 아직도 칼키스 저택에서 근무하고 있습니다. 코헬런이 명단을 만들었는데," 페퍼가 주머니에서 연필로 아무렇게나 쓴 걸레쪽 같은 종이를 꺼냈다. "지난 화요일 우리가 그 집을 떠난 뒤 방문한 사람들의 명단입니다. 어젯밤까지 쓰여져 있습니다."

샘프슨이 종이를 낚아채서 큰소리로 읽었다. "엘더 목사, 모스 부인──그 늙은 부인이지? 제임스 J 녹스──돌아왔군. 클린톡, 에일러스, 잭슨──신문기자들이고. 이 사람들은 누구야, 페퍼? 로버트 페트리, 두크 부인?"

"죽은 사람의 부유한 고객들입니다. 조의를 표하러 왔었답니다."

샘프슨은 종이를 아무 생각 없이 꾸겼다. "이봐, 페퍼, 자네가 알아서 해. 우드러프가 유언장 도난을 신고했을 때 자네가 맡겠다고 해서 내가 기회를 준 거야. 잘못한 것을 되풀이해서 말하고 싶지는 않지만, 브레트 양의 예쁜 얼굴에 정신이 팔려서 근무를 소홀히 한다면 바꾸는 수밖에 없어⋯⋯그 점은 그쯤 해두고, 자네 생각은 어때? 아이디어가 있나?"

페퍼가 침을 꿀꺽 삼켰다. "그런 일은 다시는 없을 겁니다⋯⋯생각해 본 것이 하나 있습니다. 내용을 살펴보면 절대로 불가능한 것이 현실로 나타나 있습니다. 유언장이 집안에 있어야 하는데 없다 이겁니다. 말도 안돼요! 그것은 한 가지 사실 때문입니다. 그 사실은 우드러프가 장례 5분 전에 유서를 보았다는 것이지요. 그 말은 우드러프가 한 말입니다. 제 말뜻을 아시겠습니까?"

"그러니까," 경감이 생각에 잠겨 말했다. "우드러프가 유언장을 봤다는 것이 거짓말이라는 거지요? 즉, 유언장은 그 5분 훨씬 이전에 훔쳐서 처분했다는 뜻이오?"

"바로 그겁니다, 경감님. 제 얘기를 들어 보십시오. 우리는 이치를 따라야 합니다. 유언장이 연기처럼 사라질 수는 없지 않겠습니까?"

"우드러프의 말대로," 샘프슨이 반대했다. "누가 그 5분 동안에 훔쳐서 불에 태웠다든가, 찢어 버렸다든가 했는지도 모르잖나?"

"그렇지만, 검사님." 엘러리가 온순하게 말했다. "철제 상자를 태운다든가 찢어버릴 수는 없지 않습니까?"

"그렇군." 지방검사가 중얼거렸다. "그 철제 상자는 어디 있는 거야?"

"그렇기 때문에," 페퍼는 의기양양해서 말했다. "우드러프가 거짓말을 하고 있다는 겁니다. 유언장이고 철제 상자고 장례 5분 전에는 금고에 없었어요!"

"그렇지만, 세상에——." 경감이 말했다. "왜? 무엇 때문에 그 사람이 거짓말을 했겠소?"

페퍼가 어깨를 으쓱했다. 엘러리가 재미있다는 듯이 말했다. "여러분께서는 이 문제를 올바른 방법으로 처리하고 있지 않아요. 이 문제는 모든 가능성을 염두에 두고 분석해 봐야 합니다."

"그럼, 자네는 분석해 봤나?" 샘프슨이 불쾌하게 말했다.

"예, 물론이지요. 제 분석에 따르면 흥미로운, 아주 흥미로운 가능성에 도달합니다." 엘러리는 몸을 세우고 웃었다. 경감은 코담배를 맡으며 아무 말도 하지 않았다. 페퍼는 몸을 빼고 엘러리의 존재를 이제야 알아차려서 처음 보았다는 듯이 바라보았다. "현재까지 나타난 사실들을 검토해 보십시다." 엘러리가 힘차게 말했다. "이 문제는 두 개의 전제 조건을 놓고 생각해 봐야 한다는 데 이의가 없을 줄 압니다. 첫째, 유언장이 지금 현재 존재하지 않느냐?

둘째, 존재하느냐?──하는 것입니다.

처음 것부터 검토해 보지요. 만일에 그게 정말 없다고 치면 우드러프가 장례식 5분 전에 금고에 있는 유언장을 봤다는 것은 거짓말이고, 유언장은 금고에 없었으며, 그 이전에 누가 없애버렸다는 말이 됩니다. 다른 한편으로, 우드러프가 진실을 말하고 있고, 유언장을 그가 보고 난 다음 5분 동안에 누가 훔쳐서 불에 태우거나 찢어서 하수구로 흘려보낼 수도 있었을지 모릅니다. 그러나 제가 아까 말씀드린 대로, 상자는 없앨 수가 없습니다. 철제 상자 조각조차도 집에서는 찾을 수 없었다니까요. 그러면 상자는 어디 있는가? 누군가가 밖으로 갖고 갔습니다. 상자를 갖고 갔다면 유언장도 버리지 않고 같이 갖고 갔을 겁니다. 이런 논리가 되겠지요. 그런데 우드러프의 말을 믿는다면 여러 가지 상황을 고려해 볼 때, 상자를 갖고 갈 수 없었다는 묘한 상황에 부딪히게 됩니다. 그러나 어쨌든 유언장이 없어졌다면, 우리가 할 수 있는 일은 없습니다."

"그래," 샘프슨이 경감 쪽으로 몸을 틀면서 말했다. "그것이 자네의 분석이라는 건가? 원, 참. 이봐, 젊은 친구." 샘프슨은 화가 나서 엘러리에게 몸을 돌리고 말했다. "우리도 그쯤은 알고 있어. 그러니 그게 어찌됐다는 건가──?"

"경감님." 엘러리는 슬프다는 듯이 말했다. "이분이 당신 아들에게 모욕을 주게 놔두실 겁니까? 제 말을 들어 보십시오, 검사님. 제가 하려는 말을 지레짐작하고 계시는 모양인데, 그것은 논리 전개에 치명적입니다. 그러면 가능성이 희박한 첫번째 전제 조건은 집어치우고 두 번째 전제, 유언장이 존재한다는 가정을 검토해 보겠습니다. 그런데 상황이 어떻게 됐지요? 묘지에 갔었던 사람들은 한 사람도 빠짐없이 집으로 돌아왔습니다. 집에 있었던 두 사람은 계속 집에만 있었고──특히, 위크스는 금고가 있는 서재에 있었습니다. 그 동안에 집에 온 사람도 없었어요. 묘지에 갔었던 사람들은 외부인과 접촉이 없었고, 또 모든 사람들이 전부 집으로 왔습니다."

"그런데도," 엘러리는 서둘러 말을 이었다. "유언장이 집안에나, 집안에 있는 사람이나, 뒤뜰, 그리고 묘지에서도 발견되지 않았습니다. 그래서 저는 제 자신에게 물어 봤지요." 엘러리는 눈에 장난기를 띠고 결론을 내렸다. "장례식 동안에 집을 나가서 집으로 돌아오지 않고 수색당하지 않은 것이 무엇이냐고."

샘프슨이 말했다. "말도 안돼! 모든 것을 아주 세밀하게 수색했어. 아까 말했잖나!"

"얘야," 경감이 부드럽게 말했다. "아무것도 빠뜨리지 않고 조사했단다……그 얘기를 할 때는 어디 갔다 왔니?"

"나 참." 엘러리가 신음소리를 냈다. "앞을 보지 못하는 것보다 더한 장님은 없다더니……" 엘러리가 낮게 말했다. "관 말입니다. 칼키스의 시체가 들어 있는 관을 말하는 겁니다."

경감은 눈을 깜박거렸다. 페퍼는 목 안에서 무슨 말을 했고, 크로닌은 너털웃음을 터뜨렸다. 샘프슨은 이마에 주름을 깊이 지었고, 엘러리는 뻔뻔스럽게도 웃음을 짓고 있었다.

페퍼가 제일 먼저 제정신을 찾았다. 그는 엘러리를 보고 웃으며 말했다. "훌륭합니다, 퀸 씨. 아주 훌륭합니다."

샘프슨은 수건에 입을 대고 헛기침을 했다. "나는……저, 경감, 내가 한 말을 전부 취소하겠소. 계속해 봐요, 젊은이."

"제 말을 귀기울여 들어 주시니 감사합니다. 논리적으로 설명하면 사람들의 흥미를 끌지요. 장례식 준비의 마지막 단계에서 혼잡한 틈을 타 금고에서 철제 상자를 꺼내어, 기회를 보아 시체가 있는 관에 작은 상자를 감추는 것이 어렵지는 않았을 겁니다."

"유언장을," 경감이 중얼거렸다. "시신과 함께 감추는 것은 없애는 것과 똑같군."

"바로 그거예요, 아버지. 곧 매장될 관 속에 감추면 되는데 굳이 따로 없애버릴 필요가 있겠어요? 칼키스 씨의 죽음이 자연사니까 매장하고 나면 다시 파내어 볼 생각은 안할 겁니다. 그러므로 그 결과는 유언장을 불에 태워서 그 재를 하수구에 흘려보내는 것처럼 완전히 없앤 것과 같은 결과가 되겠지요.

거기에는 심리적인 것도 작용했을 겁니다. 단 하나뿐인 상자 열쇠는 우드러프가 몸에 지니고 있으니, 장지로 가기 전까지 5분 동

안에 상자를 연다는 것이 어렵다는 생각도 들었겠지요. 갖고 다니
자니 부피도 크고 위험하다는 생각도 들었을 거고요. 따라서 유언
장은 철제 상자에 담겨져 칼키스의 관 안에 있습니다. 적어도 관
속을 찾아보기는 해야 합니다."

퀸 경감이 작은 발로 급히 일어섰다. "즉시 관을 파내야겠군."

"그렇게 해야 될 것 같군요." 샘프슨이 다시 기침을 하고 경감을
보았다. "엘러리가——으흠!——엘러리가 지적한 대로, 유언장이
관 속에 없을 수도 있겠지. 우드러프가 거짓말을 했을 수도 있으니
까. 그렇지만 관 속을 찾아보기는 해야겠어. 어떻게 생각하나, 페
퍼?"

"제 생각엔," 페퍼가 웃으며 말했다. "퀸 씨가 정확히 추리를 한
것 같습니다."

"좋아. 내일 아침에 관을 파 볼 수 있도록 조치하게. 오늘 꼭 파
낼 필요는 없으니까."

페퍼는 자신이 없는 표정이었다. "발굴 허가를 얻는 데 힘들지
는 않을까요? 이것은 살인 혐의가 있어서 발굴하는 것도 아니지
않습니까? 판사에게 어떻게……."

"브래들리 판사를 만나봐. 이런 문제에 대해서는 개방적인 분이
니까. 내가 나중에 직접 전화드릴 테니, 말썽은 없을 걸세. 빨리 움
직여." 샘프슨은 칼키스 저택에 전화를 걸었다. "코헬런 좀 바꿔
주시오……코헬런인가? 샘프슨일세. 내일 아침에 의논을 할 수 있
도록 사람들을 전부 모이라고 지시하게……그래, 사람들에게 칼키
스의 시체를 발굴한다고 말해——발굴, 다시 파낸다는 말이야, 멍
청아!——누구? 좋아, 바꿔 줘." 그가 수화기를 가슴에 대서 저쪽
에 말이 들리지 않게 하고 경감에게 말했다. "녹스 씨가 거기에 있
다는군요……안녕하십니까, 녹스 씨? 지방검사 샘프슨입니다……
예, 안됐습니다. 슬픈 일이지요……새로운 사실이 발견되어서 시
체를 발굴해 봐야만 되겠습니다……예, 꼭 그렇게 해야 되겠습니
다……뭐라고요?……안됐군요, 녹스 씨……괜찮습니다, 저희가
다 처리하겠습니다."

그가 수화기를 조용히 내려놓았다. "문제가 복잡하게 됐군. 녹스

씨는 있지도 않은 유언장의 유언집행 관리인 꼴이 되어버렸어. 내일 그 유언장을 찾지 못하면 칼키스는 유언을 하지 않고 죽은 것과 같게 되니까, 관리인이 필요없어지는 거야. 녹스 씨는 관리인이 꼭 되고 싶어하는 것 같더구먼. 내일 유언장을 못 찾더라도 녹스 씨를 관리인으로 만들어야겠어. 유산의 예비 평가를 하느라고 우드러프와 협의중인데, 오늘 하루 종일 걸린다는군. 그렇게 깊은 관심을 갖고 있다니 고마운 사람이야."

"발굴 작업에 참석한답니까?" 엘러리가 말했다. "그 억만장자를 한번 만나보고 싶었거든요."

"안되겠다네. 내일 아침 일찍 어딜 가야 한다는군."

"어릴 때의 꿈이 또 깨졌군." 엘러리는 애석한 어조로 말했다.

제6장 발 굴

10월 8일 금요일에 처음으로 엘러리 퀸이 칼키스 비극의 주인공들의 무대에 소개되었다. 엘러리가 보다 흥미롭게 생각한 것은, 며칠 전에 브레트 양이 느꼈다고 하는 '공기 중에 떠돌고 있었던 느낌'에 대한 것이었다.

사람들은 모두 금요일 아침에 응접실에 모여 있었다──그들은 염려스러운 얼굴이었지만 차분하게 모여 있었다. 페퍼와 퀸 경감을 기다리는 동안 엘러리는 키가 크고 연분홍빛 피부를 가진 예쁜 영국 아가씨와 대화를 하고 있었다.

"당신이 바로 그 브레트 양이군요?"

"저는 댁을 모르니 당신이 유리한 입장에 계시겠군요." 그녀의 목소리는 날카로웠다. 차갑게 뜬 아름다운 푸른 눈 밑에 웃음기가 보일 듯 말 듯했다.

엘러리는 미소를 지었다. "그렇지는 않습니다, 아가씨. 내가 유리한 입장에 있는데도 내 맥박이나 호흡이 정상적으로 뛸 수 있을 거라고 생각합니까?"

"음, 게다가 괴짜시군요." 그녀는 흰 손을 무릎에 단정하게 올려

놓고 문가를 엿보았다. 거기서는 우드러프와 벨리 경사가 얘기하고 있었다. "경찰이세요?"

"경찰의 그림자라고나 할까요. 퀸 경감의 아들입니다, 아가씨."

"퀸 씨, 경찰과 관계있는 분처럼 보이지는 않는데요."

엘러리는 지극히 남성다운 눈으로 그녀의 큰 키와 꼿꼿한 몸가짐, 아름다운 모습을 바라보았다. "아가씨는 보이지 않는다는 말은 안 듣겠군요."

"퀸 씨!" 그녀가 몸을 꼿꼿이 세우며 웃음을 머금었다. "내 몸매에 대해 말씀하시는 건가요?"

"풍요의 여신 같군." 하고 엘러리는 중얼거렸다.

그는 그녀의 몸매를 비평하듯이 훑어보았다. "사실은 몸매를 알아차리지도 못했습니다."

둘이서 그 말에 같이 웃었다. 그녀가 말했다. "저는 특별한 그림자예요. 전 심령 작용을 정말로 많이 받거든요."

그렇게 해서, 생각지도 않게 장례식이 있었던 날의 긴장감에 대한 말을 듣게 되었다. 조금 뒤에 그의 아버지와 페퍼가 도착하기에 일어서다가, 그는 죽일 듯이 노려보는 앨런 체니의 눈길을 보고 새로운 긴장감을 느꼈다.

페퍼와 경감을 곧바로 뒤따라서 플린트 형사가 땀을 흠뻑 흘리고 있는 땅딸막하고 나이 먹은 남자를 데리고 왔다.

"누구야?" 벨리 경사가 응접실 문을 막으며 으르렁거렸다.

"이 집에 산다고 하는데요." 플린트가 땅딸보의 팔을 잡고 말했다. "어떻게 할까요?"

새로 온 사람은 어리둥절해 하고 있었다. 작고 뚱뚱한 네덜란드인으로 하얀 머리카락이 굽이치고 있었고, 볼은 만들어 붙인 듯한 장미빛이었다. 얼굴에 나타난 당혹스런 표정이 시간이 갈수록 더해 갔다.

경감이 코트와 모자를 의자에 던지며 앞으로 나섰다. "누구시지요?"

길버트 슬론이 방 건너편에서 말했다. "그 사람은 괜찮습니다, 경감님. 잰 브릴랜드라고, 우리 화랑의 스카우트(예술품을 찾아다니며

수집하는 사람)입니다." 슬론의 목소리는 쌀쌀했고, 이상하다고 생각
될 만큼 건조했다.

"그래요?" 경감이 날카롭게 그를 보았다. "이름이 브릴랜드라고
요?"

"예, 그렇소." 브릴랜드는 숨을 몰아쉬고 있었다. "그게 내 이름
이오. 슬론, 무슨 일이오? 이 사람들은 누구요? 난 칼키스가……
집사람은 어디 있지?"

"저 여기 있어요, 여보." 달콤한 말소리가 흘러오더니, 브릴랜드
부인이 문가에 섰다. 그 작은 사람은 종종걸음으로 그녀 옆으로 가
서 이마에 입을 맞추고——그녀는 허리를 굽혀야 했다. 화가 난
빛이 그녀의 눈에 나타났다가 사라졌다——모자와 코트를 위크스
에게 주고는 그 자리에 서서 놀란 표정으로 사방을 둘러보았다.

경감이 말했다. "어째서 이제야 왔습니까, 브릴랜드 씨?"

"어젯밤에 퀘벡에 있는 호텔에 돌아오니," 브릴랜드가 숨을 헐
떡이며 말했다. "전보가 왔더군요. 칼키스 씨의 사망 소식을 그때
처음 들었습니다. 대단히 놀랐지요. 왜 이렇게 모여 있습니까?"

"칼키스 씨의 시체를 다시 파내려고 합니다, 브릴랜드 씨."

"그래요?" 작은 사람은 슬퍼 보이는 표정이었다. "장례식에 참
석도 못했는데…… 쯧쯧, 그런데 왜 파냅니까? 무엇이……?"

"빨리 시작해야 하지 않겠습니까, 경감님?" 페퍼가 조급해 하며
말했다.

교회 관리인 허니웰이 매장하느라고 파서 뒤집어놓은 네모꼴의
자국 옆을 왔다갔다하며 안절부절못하고 있었다. 허니웰이 경계를
가리키자 두 인부가 손에 침을 뱉고 삽으로 파기 시작했다.

아무도 말을 하지 않았다. 여자들은 집에 남았고, 사건에 관련된
남자 중에도 슬론, 브릴랜드와 우드러프만이 나왔다. 수이자는 그
런 모습을 보기 싫다고 해서 안 왔고, 워드스 의사는 어깨만 으쓱
했고, 앨런 체니는 조앤 브레트 양의 치맛자락에 꼭 붙어 있었다.
퀸 부자(父子), 벨리 경사와 무섭게 굵은 시거를 입에 문 큰 키에 턱
수염이 까맣게 난 사람이 발 옆에 검은 가방을 놓고 무덤 파는 일
을 보고 있었다. 신문기자들이 카메라를 손에 들고 54번가 철책에

달라붙어 있었고, 순경들이 사람들이 모이는 것을 해산시키고 있었다. 위크스 집사는 뒤뜰 문에서 보고 있었으며, 형사들은 철책 안에서 지켜보고 있었다. 뒤뜰을 향하고 있는 창문에는 목을 길게 빼고 보고 있는 머리들이 나와 있었다.

3피트(약 90cm)쯤 파자 삽에 쇠가 닿았다. 인부들이 마치 해적이 보물을 찾듯이 흙을 퍼내자 무덤으로 통하는 철문이 나타났다. 인부들이 밖으로 나와서 삽에 몸을 기대고 섰다.

철문을 잡아당겨서 열었다. 시거를 빨고 있는 키 큰 사람의 코가 벌름거렸다. 무엇이라고 알아듣지 못할 말을 중얼거리더니, 여러 사람이 이상한 눈으로 보고 있는 데서 무릎을 꿇고 몸을 구덩이 속으로 굽혀 냄새를 맡았다. 그러다가 일어서서 경감에게 날카롭게 말했다. "좀 이상한데."

"뭐가요?"

퀸 경감의 경험에 의하면 언제나 시거를 씹고 있는 키 큰 사람은 쉽게 놀란다든가 쓸데없는 행동을 하는 사람이 아니었다. 그는 새뮤얼 프라우티 박사로서, 뉴욕 시경 검시실장 보좌관이며 용의주도한 사람이었다. 엘러리는 맥박이 빠르게 뛰기 시작하는 것을 느꼈고, 허니웰은 돌같이 굳어져 있었다. 프라우티 박사는 대답을 하지 않고 인부들에게 말했다. "들어가서 그 새 관을 꺼내어 위로 올려요."

인부들이 조심스레 검은 구덩이로 내려갔다. 인부들이 얘기하는 소리와 발소리가 들리더니 크고 반짝이는 검은 것이 보였고── 결국엔 관이 구덩이 옆에 놓여졌다.

"저 사람을 보니 프랑켄슈타인 같군." 엘러리가 프라우티 검시관을 보면서 페퍼에게 말했다. 그러나 둘 다 웃지는 않았다.

프라우티 박사는 사냥개처럼 코를 킁킁거리고 있었다. 그러나 다른 사람들도 이제는 구역질나게 하는 고약한 냄새를 맡을 수 있었다. 냄새가 점점 더 지독해졌다. 슬론의 얼굴은 잿빛으로 변했고, 손수건을 꺼내서 입에 대고 재채기를 했다.

"시체에 방부처리나 한 거요?" 관 위에 몸을 굽히고 있는 프라우티 검시관이 소리쳤다. 아무도 대답하지 않았다. 인부들이 관 뚜껑의 나사못을 빼기 시작했다. 바로 그 극적인 순간에, 악취가 나는 관에 어울리게 5번 애버뉴에서 많은 차량들이 소란스러운 불협화음의 경적을 울렸다. 그리고는 뚜껑이 열렸다⋯⋯.

한 가지는 즉시 알 수 있었다──그 고약한 냄새가 어디서 나고 있는지를. 죽어서 뻣뻣하게 굳은 칼키스의 방부처리된 시체 위에, 푸르죽죽하게 뒤틀린 손발의 맨살을 하늘로 하고 썩어가는 한 남자의 시체가 놓여 있었던 것이다. 즉, 두 번째 시체였다!

시간이 정지한다는 것은 그런 순간을 말하는 것이리라. 심장이 한번 뛰는 동안만큼 모든 사람들이 극적인 장면을 맞은 꼭두각시처럼, 부릅뜬 눈에 경악스런 빛을 띠고 멍청하게 꼼짝도 못하고 서 있었다.

그러다가 슬론이 구역질 소리를 내고 무릎을 부들부들 떨면서, 우드러프의 살찐 어깨에 어린애처럼 매달렸다. 우드러프와 잰 브릴랜드는 숨도 못 쉬고 칼키스의 관 속에 있는 못된 훼방꾼을 노려보고만 있었다.

프라우티 검시관과 퀸 경감은 망연자실해서 서로를 쳐다보고 있다가, 경감이 고함을 참고 손수건으로 코를 막으며 허리를 구부려 관을 내려다보았다.

프라우티 검시관이 손가락을 독수리의 발톱같이 구부리고 일을 하기 시작했다.

엘러리 퀸은 어깨를 뒤로 젖히고 하늘을 쳐다보았다.

"살해됐군. 목을 졸렸어."

검시관이 잠깐 동안 한 검시로 내린 결론이었다. 시체는 머리를 칼키스의 어깨에 대고 얼굴을 밑으로 하고 있었다. 프라우티 검시관과 벨리 경사가 시체를 뒤집었다. 얼굴을 볼 수 있었다. 푹 들어간 눈은 뜨고 있었는데, 눈알이 믿지 못할 만큼 물기가 없고 누렇게 보였다. 그래도 얼굴은 사람의 모습이었다. 검푸른 반점 밑의 피부는 검었다. 코의 근육이 약간 흐늘흐늘했으나, 전에는 콧날이 날카로웠으며 코끝이 뾰족했겠다고 생각되었다. 얼굴의 선과 주름이 부패로 인하여 부풀어 있었으나, 전에는 사납게 보였을 것이라고 여겨졌다.

퀸 경감이 손수건을 통하여 말했다. "아니, 낯이 익은데!"

페퍼가 경감의 어깨너머로 보고 있다가 중얼거렸다. "저도 그런데요, 경감님. 혹시……."

"유언장과 철제 상자는 있나요?" 엘러리가 마르고 깨지는 듯한 목소리로 물었다.

벨리와 프라우티 검시관이 뒤져 본 다음, 없다고 벨리 경사가 넌더리난다는 듯이 대답했다. 경사가 손을 내려다보다가 다리에 손을 문질렀다.

"그게 문제야?" 경감이 고함쳤다. 그는 몸을 일으키고는 화를 참느라고 떨고 있었다. "그 분석인가 뭔가 한번 잘했어, 엘러리! 아주 훌륭했어! 관을 열면 유언장이 있을 거라고……흥!" 그가 코를 쫑긋거리더니, "토머스!" 하고 고함쳤다.

벨리 경사가 쿵쿵거리며 그의 옆으로 왔다가는, 경감이 무엇이라고 내뱉듯이 말하자 고개를 끄덕이고는 뒤뜰 쪽으로 터벅터벅 걸어갔다. 경감이 날카롭게 말했다. "슬론, 브릴랜드, 우드러프, 집 안으로 즉각 돌아들 가시오. 다른 사람들에게 아무 말도 말도록! 리터!" 보도 쪽 철책에서 빈둥거리던 몸집이 큰 형사가 급히 달려왔다. "기자들을 쫓아버려. 지금 냄새를 맡으면 좋지 않으니까. 빨리!" 리터가 54번가로 통하는 문 쪽으로 급히 달려갔다. "당신, 교회 관리인인가 뭔가 하는 사람 말이오. 그리고 인부들, 뚜껑을 닫고 관을 집안으로 옮겨요. 갑시다, 의사 선생님. 일할 것이 있어요."

제7장 증 언

퀸 경감이 뉴욕 경찰에 소속된 어느 간부보다도 잘 처리하는 일이 있었다.

5분 뒤에는 저택이 다시 경찰 손아귀에 있었다. 응접실이 실험실로 급조됐고, 2구(具)의 시체가 들어 있는 관이 바닥에 놓여 있다. 서재는 사람들의 집합 장소로 변했고, 모든 출입문에는 보초가서 있었다. 응접실 문은 닫혀 있었고, 벨리가 넓은 등을 그곳에 기대고 서 있었다. 프라우티 검시관은 윗도리를 벗은 채 두 번째 시체를 바삐 조사하고 있었다. 서재에서는 페퍼가 전화를 걸고 있었고, 형사들은 무엇을 하는지 여기저기 돌아다니고 있었다.

엘러리 퀸이 아버지 쪽을 보고는 서로 엷은 미소를 지었다. "한 가지는 확실하구나." 경감이 혀로 입술을 축이며 말했다. "너의 영감(靈感)이 아니었으면 살인을 지나칠 뻔했으니."

"그 귀신 같은 얼굴이 꿈에 나타나겠어요." 엘러리가 투덜거렸다. 그의 눈은 핏발이 서 있었고, 코안경을 손가락에 걸고 빙빙 돌리고 있었다.

경감이 구수하다는 듯 코담배를 맡았다. "보기 흉하지 않게 손을 좀 봐주시오, 의사 선생님." 그는 프라우티 검시관에게 착 가라앉은 목소리로 말했다. "사람들에게 신원 확인을 시켜야겠으니까."

"준비가 거의 끝났소. 어디에 놓을까요?"

"관에서 꺼내어 바닥에 눕혀 놓으시지요. 토머스, 담요를 갖다가 전부 가리고 얼굴만 내놔."

"장미 향수 같은 거라도 갖다가 뿌려야겠소. 냄새가 지독해." 검시관이 익살스럽게 말했다.

두 번째 시체를 치장해서 덜 보기 흉하도록 하고 다른 준비도 모두 끝낸 뒤, 서재에 있던 사람들이 차례로 들어와서 시체를 보았다. 겁먹고 창백한 표정의 사람들 전부가 시체가 누구인지 모르겠다고 말했다. 틀림없습니까? 네, 생판 모르는 사람입니다. 슬론 씨, 당신은? 몰라요! 토할 것 같소. 그는 약용 소금이 든 작은 병을 코에 대고는 대답할 때 수시로 맡았다. 조앤 브레트 양은 억지로 참으며 생각하는 듯 뚫어지게 바라보고 있었다. 무슨 일이 있었는지 모르는 가정부 심스 부인을, 누워 있던 침대에서 위크스와 형사가 데리고 왔다. 그러나 그녀는 시체의 무서운 얼굴을 보더니 날카로운 비명을 지르고 기절해서, 위크스와 형사 3명이 들고 올라가 2층 침대에 다시 눕혀야 했다.

그들을 전부 서재로 되돌려보내고, 프라우티 검시관을 시체와 같이 남겨 둔 채 경감과 엘러리가 서재로 가는데, 페퍼가 흥분해서 문 밖에서 조급한 듯 기다리고 있었다.

그의 눈이 반짝이고 있었다. "그가 누군지 알아냈습니다, 경감님!" 그가 열의에 찬 낮은 목소리로 말했다. "전에 어디선가 본 얼굴 같더라니. 경감님도 경찰의 범인 사진첩에서 보셨을 겁니다."

"그랬겠지. 누굽니까?"

"지방검사실에 임명되기 전에 동업했던 조던 변호사에게 전화를 해보았죠. 누군지 짐작은 했지만, 확인해 보려고요. 앨버트 그림쇼 란 친구입니다."

"그림쇼?" 경감이 우뚝 섰다. "그 위조범?"

페퍼가 미소를 지었다. "기억력이 좋으시군요, 경감님. 위조뿐만 이 아니지요. 약 5년 전 제가 조던 페퍼 변호사 사무실에 있을 때, 제가 변호를 맡았었습니다. 우리가 졌지요. 5년 선고를 받았다고 조던이 말하더군요. 그러고 보니, 출옥한 지 얼마 안되었겠습니다."

"그래요? 싱싱 교도소였나?"

"맞아요!"

다들 서재로 들어가자, 모든 사람들이 그들 쪽으로 고개를 돌렸 다. 경감이 형사 한 사람에게 지시했다. "헤세, 경찰국으로 가서 지 난 5년 간 싱싱 교도소에 있었던 앨버트 그림쇼라는 위조범에 대 한 기록을 조사해 봐." 형사가 떠나자 벨리 경사에게 말했다. "토 머스, 그림쇼가 출옥한 다음부터의 행적을 조사시켜. 언제 출옥했 는지 알아봐. 모범수로 5년을 안 채웠을지도 몰라."

페퍼가 말했다. "나도 상사에게 새로운 사태에 관한 건을 전화 로 보고드렸습니다. 은행 범죄 건이 바쁘시다고 나를 보고 이쪽 일 을 맡으라고 하시더군요. 신원을 확인할 만한 것이 시체에서는 나 오지 않았습니까?"

"아무것도 없어요. 잡동사니뿐이오. 동전 몇 닢하고 낡은 빈 지 갑밖에 없어. 의복에 신원 표시도 없고."

엘러리가 조앤 브레트의 눈길을 잡았다. "브레트 양," 엘러리가 조용히 말했다. "아까 응접실에서 시체를 보고 있을 때 말입니다 ……그 사람을 아시죠? 왜 그 사람을 모른다고 하셨죠?"

조앤의 얼굴이 붉어졌다. 그녀가 발을 굴렀다. "퀸 씨, 그건 모욕적인 말이에요. 저는……."

경감이 차갑게 말했다. "그 사람을 알아요, 몰라요?"

그녀가 입술을 깨물었다. "오래 된 얘기예요. 이름도 몰라서 도움도 안될 거라고 생각하고……."

"그런 것은 경찰이 판단할 문제입니다." 페퍼가 나무라듯이 말했다. "알고 계신 것을 말하지 않아도 법에 걸립니다."

"그래요?" 그녀가 고개를 까딱 뒤로 젖혔다. "말을 하지 않은 것이 아녜요, 페퍼 씨. 처음에는 누군지 몰랐어요. 그 얼굴이……." 그녀가 몸을 떨었다. "이제 생각하니, 그 사람을 본 적이 있어요. 한 번, 아니 두 번 보았어요. 이름은 몰라요."

"어디서 봤소?" 경감이 날카롭게 물었다. 미인이라고 하는 것은 안중에도 없었다.

"바로 이 집에서 봤어요, 경감님."

"하! 언제?"

"얘기할게요." 그녀가 일부러 말을 끊었다. 그녀는 자신감을 약간은 찾은 것 같았다. 엘러리는 말을 계속하라는 듯 고개를 끄덕였다. "첫번째로 본 것은 일주일 전 목요일이었어요."

"9월 30일?"

"네, 저녁 9시경에 왔어요. 이름은 모르……."

"이름은 그림쇼, 앨버트 그림쇼란 사람입니다. 계속해요, 브레트 양."

"하녀가 그를 집에 들여놓았더군요. 그때 저는 홀을 지나고 있었는데……."

"무슨 하녀?" 경감이 다그쳤다. "이 집에서 하녀라곤 못 봤는데."

"아!" 그녀는 놀라는 표정이었다. "그렇지……모르셨을 거예요. 사실은 이 집에 하녀가 두 명 있었어요. 무식하고 미신적이었는데, 칼키스 씨가 죽은 날 떠났어요. '죽음의 집'이라고 하면서 말려도 뿌리치고 떠나더군요."

"그래요, 위크스?"

집사가 고개를 끄덕였다.

"계속해요, 브레트 양. 그래, 어찌됐어요? 그 다음에 일어난 일도 봤소?"

조앤이 한숨을 쉬었다. "별로 없었어요, 경감님. 하녀가 그림쇼란 사람을 서재 안으로 안내하고 나오는 것이 끝이었어요, 그날 저녁에는."

"그 사람이 떠나는 것을 봤습니까?" 페퍼가 물었다.

"아뇨, 페퍼 씨……." 그녀는 '페퍼'라는 단어를 길게 끌었는데, 페퍼는 마치 불쾌한, 검사답지 않은 감정을 숨기려는 듯이 화를 내면서 고개를 돌렸다.

"두 번째는 언제요?" 경감이 다른 사람들을 슬쩍 보면서 말했다. 다른 사람들은 목을 쭉 빼고 얘기를 열심히 듣고 있었다.

"두 번째 본 것은 그 다음날 밤── 일주일 전 금요일 밤이었어요."

"잠깐, 브레트 양." 엘러리가 이상하다는 듯이 말에 끼여들었다. "당신은 칼키스 씨의 비서였지요?"

그녀는 말을 중단시켜서 불쾌하다는 듯 얼굴을 찡그렸다. "맞습니다, 퀸 씨."

"그리고 칼키스 씨는 장님이고, 다른 이의 도움을 받아야만 했다죠?"

"장님이었지만 전적으로 남의 도움에 의지하지는 않았어요. 됐나요?"

"저, 목요일 저녁에 찾아올 사람이 있다고 했다든가 약속 같은 것은 없었나요?"

"아, 무슨 말씀인지 알겠어요……그런 것은 없었어요. 목요일 저녁에 방문객이 있을 거라는 말씀은 없었어요. 오히려 방문객이 있어서 제가 놀란걸요. 칼키스 씨도 방문객이 있으리라고는 생각지 못했던 것 같아요. 제발 얘기를 계속하게 놔두세요." 그녀가 불쾌하다는 듯 눈썹을 모았다. "금요일은 전날하고 달랐어요. 금요일 저녁식사 뒤에── 10월 1일이었어요── 칼키스 씨가 저를 서재로 부르시더니 자세하게 지시하셨어요. 아주 자세한 지시였어요, 퀸 경감님……."

"이봐요, 브레트 양." 경감이 답답하다는 듯이 말했다. "요점만 빨리 말해요."

"당신이 증인석에 앉으면," 페퍼가 씁쓸하게 말했다. "형편없는 증인이라고들 하겠소, 브레트 양."

"그래요?" 그녀는 칼키스의 책상에 걸터앉아 다리를 포개고, 스커트 자락을 약간 치켜올렸다. "좋아요. 훌륭한 증인이 되어 보죠. 이렇게 하면 되나요, 페퍼 씨?……칼키스 씨가 말씀하시길, 그날 밤 늦게 손님 두 사람이 올 것이라고 하더군요. 그 중 한 사람은 아무도 모르게 왔다 갔으면 좋겠다고 한다면서 집안의 아무도 볼 수 없도록 해놓으라고 지시했습니다."

"이상한 일이군." 엘러리가 중얼거렸다.

"그렇지요? 아무튼 저를 보고 두 사람을 직접 맞으라며, 심부름꾼들은 얼씬도 못하게 하라고 말씀하셨어요. 손님들을 서재로 안내하고 나서 가서 자라는 거예요. 칼키스 씨가 아주 극비로 처리할 일이 있어서 그런다기에 아무런 질문도 못했죠. 그래서 훌륭한 비서들이 하는 식 그대로 따랐습니다.

밤 11시에 방문객 두 사람이 왔는데, 그 중 한 사람은 전날 저녁에 왔었던 그림쇼란 사람이었어요. 다른 한 사람은 모자를 눈 밑에까지 눌러쓰고 있어서 얼굴은 못 봤어요. 중년이나 그 이상이라는 느낌은 받았으나, 그밖의 것은 아무것도 모르겠습니다, 경감님."

경감이 코를 들이켰다. "얼굴을 감추고 있었다는 사람, 그 사람이 아주 중요한 것 같은데 좀더 설명할 수는 없겠소? 어떤 옷을 입었던가요?"

조앤은 다리를 시계추같이 흔들며 말했다. "오버코트를 입고 모자를 눈에까지 깊게 눌러쓰고 있었어요. 코트의 색깔도 생각나지 않아요. 그림쇼란 사람도……." 그녀가 몸을 떨었다. "그 사람에 대해서도 생각나는 것이 없습니다."

경감이 고개를 흔들었다. 설명이 마음에 안 드는 듯했다. "지금 그림쇼 얘기를 하고 있는 것이 아니잖소, 브레트 양! 그 다른 사람에 대해서 특별한 점은 없었소? 뭐 사소한 거라도?"

"오, 하나님." 그녀는 웃으며 발을 앞으로 탁 찼다. "대단히 끈질긴 분이시군요. 좋아요……심스 부인의 고양이에 관한 게 특별난 것이라면……."

엘러리가 흥미로워하는 표정이 되었다. "심스 부인의 고양이? 흥미 있는 얘기 같군요. 무슨 단서가 될지도 모르지요. 자세한 얘기를 해보세요, 브레트 양."

"심스 부인에게는 '투치'라고 하는 고양이가 한 마리 있어요. 아무데나 주둥이를 들어박는 버릇없는 놈이지요. 무슨 말인지 아시겠지요, 퀸 씨?" 그녀는 경감의 눈에서 험악한 광채가 나는 것을 보고 한숨을 쉬더니 말을 계속했다. "경감님, 제가 바보짓을 하는 것이 아니고, 모든 것이 뒤죽박죽이라서 그래요." 그녀는 다시 말을 그쳤고, 그녀의 푸른 눈에 겁먹은 듯한 불안감 같은 것이 나타났다. "제 신경 탓이에요. 저는 신경이 날카로워지면 심술궂게 되고 바보스러운 짓을 하지요……이렇게 된 거예요." 그녀가 활발하게 말을 시작했다. "제가 현관문을 열자 옷으로 모습을 감춘 사람이 앞에 있었고, 그 뒤에 그림쇼란 사람이 있었어요. 보통때는 심스 부인의 침실에 있는 고양이가 저도 모르는 사이에 현관 가운데에 앉아 있었어요. 문이 열리자 그 알지 못하는 사람이 집안으로 들어오려고 한 발을 들었다가는, 현관에서 낯을 씻고 있는 고양이를 밟지 않으려고 한 발을 기우뚱하더군요. 그 사람이 투치를 밟지 않으려고 에어로빅을 하는 것을 보고야 저는 고양이가 있는 것을 발견했습니다. 그래서 고양이를 쫓아보내자 그림쇼도 들어와서, '칼키스 씨가 우리를 기다리고 있소.' 하길래 저는 그들을 서재로 안내했지요. 고양이 사건은 그것이 전부예요."

"별로 도움이 될 일도 아니군." 엘러리가 말했다. "그 몸을 감추고 있었다던 사람은 아무 말도 안했나요?"

"그는 대단히 무례한 사람이었어요." 조앤이 얼굴을 찌푸리며 말했다.

"저를 노예 취급하듯이 하고는, 말은 한마디도 하지 않았고, 게다가 제가 서재 문에 노크를 하려고 하자 저를 난폭하게 밀더니 노크도 않고 문을 열고 들어가서 제 얼굴 앞에서 문을 닫아 버리더군요. 얼마나 화가 나던지……."

"놀랄 일이군." 엘러리가 중얼거렸다. "그 사람이 말을 한마디도 하지 않은 것이 틀림없습니까?"

"틀림없어요, 퀸 씨. 제가 화가 머리 끝까지 나서 위층으로 올라가려고 하는데," 그 순간에 조앤 브레트가 성깔을 보였다. 하려고 하던 말이 그녀의 깊은 증오심의 스프링을 건드린 모양이었다. 그녀의 눈이 이글이글 끓더니, 10피트(약 3m)도 안되는 곳에서 두 손을 주머니에 쑤셔넣고 벽에 기대어 서 있는 앨런 체니에게 험악한 눈길을 보냈다. "현관문을 열쇠로 덜그럭거리는 소리가 나서 계단에서 뒤를 돌아보니까, 누가 나타난 줄 아세요? 앨런 체니 씨가 고주망태가 되어서 들어오더군요."

"조앤!" 앨런은 원망스럽다는 듯 낮게 말했다.

"고주망태?" 경감이 놀란 듯이 물었다.

조앤이 강조하려는 듯 고개를 세게 끄덕였다. "그래요. 고주망태, 되게 취했다, 술독에 빠졌다, 그 상태를 표현하는 말이 한 300가지는 있을 거예요. 다른 말로 해서 제정신을 못 차릴 정도로 취해 있었어요."

"정말이오, 체니?" 경감이 물었다.

앨런이 힘없이 미소를 지었다. "그랬을지도 모릅니다. 나는 술을 마시면 정신을 잃을 때까지 퍼마시거든요. 기억나지는 않지만 조앤이 그랬다면 그랬겠지요."

"아, 그건 사실이에요, 경감님." 조앤은 짧게 말하며 고개를 휙 뒤로 젖혔다. "너무 취해서 몸도 못 가누고 비틀거리고 있었어요." 그녀가 앨런을 쏘아보았다. "그 상태에서 소란을 피울까 봐 겁이 나더군요. 칼키스 씨는 조용히, 방해받지 않게 하라고 하셨거든요……하지만, 누가 있어야지요. 그가 저를 보고 바보같이 히죽거리고 서 있는 걸 제가 쫓아가서 팔을 잡고 소란을 피우기 전에 위층으로 데리고 갔어요."

슬론 부인은 아들과 조앤을 번갈아 보며 의자 끝에 거만하게 앉아 있었다. "브레트 양," 그녀가 차갑게 말했다. "이런 식으로 내 아들을……."

"조용히 하시오!" 경감이 슬론 부인을 험악한 눈으로 노려보자 그녀가 입을 다물었다. "계속해요, 브레트 양." 벽에 기대고 있는 앨런은 바닥으로 빠지기라도 해서 이 자리에서 없어지게 해줍소서 하고 기도라도 하고 있는 표정이었다.

조앤은 스커트를 손으로 뒤틀고 있었다. "어쩌면," 그녀는 화가 약간 풀린 듯 말했다. "제가 그렇게까지 심한……어떻게 됐든," 그녀는 고개를 들어 경감을 반항적으로 바라보면서 말을 계속했다. "체니 씨를 위층 그의 방에 데리고 가서……침대 속에 눕혔어요."

"조앤 브레트!" 슬론 부인이 깜짝 놀라서 숨을 들이켰다. "앨런 체니! 너희 둘은……."

"저는 옷은 벗기지 않았어요, 슬론 부인." 조앤이 차갑게 말했다. "부인의 말씀이 그런 뜻이라면……저는 험한 표정만 지었을 뿐이에요." 그녀의 어조는 그런 일은 어머니가 해야 하는 것 아니냐는 투였다. "그랬더니 조용해지더군요. 그리고 침대에 눕히고 담요를 덮어주니까 많이 토했어요."

"문제의 핵심에서 벗어나고 있소." 경감이 말했다. "그 두 사람을 그 다음에도 또 보았소?"

그녀의 목소리는 낮았다. 발 밑의 카펫 디자인만 보고 있었다. "아뇨, 못 보았어요. 날달같이 체니 씨에게 좋을 것 같아서 부엌으로 가는 길에 서재 문을 흘끗 보니 문 밑 틈에선 불빛이 보이지 않더군요. 제가 위층에 있는 동안에 손님들은 돌아가고 칼키스 씨는 주무시러 갔나 보다고 생각했습니다."

"서재 문 밑을 봤을 때가 그 두 사람들을 안내하고 얼마쯤 뒤라고 생각됩니까?"

"글쎄요, 한 30분 정도 됐을지 모르겠군요, 경감님."

"그리고는 두 사람을 못 보았단 말이지요?"

"네, 경감님."

"그날이 일주일 전 금요일, 칼키스 씨가 죽기 전날이 틀림없지요?"

"네, 틀림없어요, 퀸 경감님."

방안에서는 모든 대화가 중단됐고, 그 침묵은 깊어지기만 했다. 모두가 우울한 표정이었고, 우드러프까지도 의기소침해 있었다.

엘러리의 침착한 목소리에 모두가 고개를 들었다. "브레트 양, 지난 주 금요일 밤에 이 집에는 누구누구가 있었습니까?"

"확실히는 모르겠어요, 퀸 씨. 하녀 두 사람은 물론 있었는데 제가 일찍 잠자리로 보냈고, 심스 부인도 자기 방으로 일찍 올라갔지요. 위크스는 쉬는 날이라서 외출했고요. 체니……씨를 빼고 그 외의 사람들은 어떻게 됐는지 모릅니다."

"금방 알아낼 수 있을 거요." 경감이 볼멘소리로 말했다. "슬론 씨!" 경감이 목소리를 높이자 슬론은 놀라서 들고 있던 작은 병을 떨어뜨릴 뻔했다. "지난 금요일 밤에 어디 있었소?"

"화랑에 있었습니다." 슬론이 얼른 대답했다. "늦게까지 일하고 있었습니다. 가끔 자정이 지나서까지 일을 하거든요."

"누구 다른 사람도 있었소?"

"아닙니다, 혼자였지요."

"음……." 경감이 코담뱃갑을 꺼내어 만지작거렸다. "칼키스 씨의 방문객 두 사람에 대해 아는 것이 있소?"

"내가요? 모릅니다."

"이상한 일이군." 경감이 코담뱃갑을 주머니에 넣으며 말했다. "칼키스 씨 자신도 신비에 싸인 사람 같구먼. 그럼, 슬론 부인, 당신은 지난 금요일 밤에 어디 있었소?"

그녀는 눈을 깜박거리며 입술을 핥았다. "저요? 저는 위층 방에서 자고 있었어요. 오빠의 방문객에 대해선 모릅니다. 아무것도 몰라요."

"몇 시에 침대에 들었소?"

"10시쯤이었을 거예요. 머리가……머리가 아팠거든요."

"머리가 아팠다? 음……." 경감이 브릴랜드 부인 쪽으로 별안간 몸을 돌렸다. "브릴랜드 부인, 당신은 지난 금요일 밤 어디서 무엇을 하고 보냈습니까?"

브릴랜드 부인이 큰 몸집을 세우며 요염한 미소를 지었다. "오페라예요, 경감님. 오페라에 갔었어요."

엘러리는, "어느 오페라?" 하는 말이 입밖으로 튀어나오려는 것을 억지로 참았다. 그녀의 몸에서 고급 향수 냄새가 진동을 했다.

"혼자서요?"

"친구하고 같이서요." 그녀가 상냥하게 미소를 지었다. "오페라 끝나고 바비존 식당에서 식사를 하고 새벽 1시경에 돌아왔어요."

"돌아왔을 때 서재에서 불빛이 보이던가요?"

"못 본 것 같아요."

"아래층에서 누구 본 사람은 없었소?"

"무덤 속같이 깜깜하던데요. 귀신도 못 보았어요, 경감님." 그녀가 목구멍 깊숙이로부터 울려나오는 낮은 소리로 웃었으나, 다른 사람은 아무도 따라 웃지 않았다. 슬론 부인이 몸을 더욱 뻣뻣하게 세웠다. 농담이 지나쳤다는 표정이었다.

경감이 콧수염을 살살 당기며 생각을 하고 있다가 고개를 들자, 워드스 의사의 밝은 갈색 눈과 마주쳤다. "아, 워드스 선생님." 경감이 명랑하게 말했다. "당신은?"

워드스 의사는 턱수염을 만지작거리며 말했다. "저녁시간을 극장에서 보냈지요, 경감님."

"극장이라⋯⋯좋습니다. 그러면 12시 전에 돌아오셨겠군요."

"아닙니다. 극장이 끝나고 여기저기 들러서 늦었소. 12시 훨씬 지나서 돌아왔습니다."

"혼자였습니까?"

"물론."

경감이 코담뱃갑을 꺼내어 맡으면서 반짝이는 눈빛으로 손가락을 보았다. 브릴랜드 부인은 눈을 크게 뜨고, 너무나 크게 뜨고 웃음이 얼어붙은 모습을 하고 있었다. 다른 사람들은 따분하다는 표정이었다. 경감은 수많은 사람들을 심문해 보았으므로, 거짓말하는 사람들을 찾아내는 데는 도가 튼 사람이었다. 워드스 박사의 너무나 막힘 없이 매끄러운 답변⋯⋯브릴랜드 부인의 긴장된 자세⋯⋯.

"당신 말을 믿지 못하겠는데요, 선생님." 경감이 가볍게 말했다. "물론 당신이 진실을 말하기를 꺼리는 것이 이해는 되지만⋯⋯지난 금요일 밤에 브릴랜드 부인과 같이 지냈지요, 안 그래요?"

브릴랜드 부인은 흑 숨을 들이마셨고, 워드스 박사는 눈썹을 치켜올렸다. 잰 브릴랜드의 살이 찐 작은 얼굴이 화가 나고 근심스러운 표정으로 변하더니 의사와 자기 부인을 번갈아 바라보았다.

워드스 박사가 갑자기 낮게 웃었다. "훌륭한 추측입니다, 경감님. 사실이기도 하고요." 그가 브릴랜드 부인에게 가볍게 절을 했다. "제가 말을 할까요, 브릴랜드 부인?" 그녀가 불안한 듯 고개를 몇 번 끄덕였다. "사실은 부인을 입장이 난처한 지경에 빠지게 하고 싶지 않았습니다, 경감님. 내가 브릴랜드 부인을 메트로폴리탄 극장과 바비존으로 모시고 갔습니다. 그리고……"

"여보시오! 그런 일은……." 브릴랜드가 흥분하여 끼여들었다.

"브릴랜드 씨, 부정한 일이 아니라 결백한 시간을 둘이서 보냈습니다. 아주 즐거운 시간이었습니다." 워드스 의사가 불안해 하고 있는 작은 네덜란드인의 모습을 바라보았다. "댁은 항상 밖에 나다니시니까, 부인께서는 쓸쓸히 혼자만 계시게 되지요. 나도 뉴욕에는 아는 사람이 없거든요……그러니 함께 어울리게 되는 것이 당연하지 않겠습니까?"

"마음에 안 들어요." 브릴랜드가 어린애처럼 말했다. "그러면 못써요, 루시." 그는 부인에게 어기적어기적 걸어가서는 부인의 코앞에서 땅딸막한 손가락을 흔들었다. 부인은 의자의 팔걸이를 꽉 잡으며 곧 졸도할 것 같은 표정이 되었다. 경감이 조용히 하라고 브릴랜드에게 호통을 쳤고, 브릴랜드 부인은 힘이 빠져 의자에 몸을 깊이 파묻으며 부끄러움을 이기려고 눈을 꼭 감고 있었다. 워드스 박사는 어깨를 가볍게 흔들었고, 방 저편에서는 길버트 슬론이 숨을 날카롭게 들이마셨다. 슬론 부인의 무표정한 얼굴에 생기가 잠깐 비쳤다가 사라졌다. 경감의 날카로운 눈초리가 여러 사람들을 찬찬히 둘러보다가 비실비실 걸어다니는 디미트리오스 칼키스에게 멎었다.

데미는 그 바보 같은 표정을 빼고는 못생기고 수척한 것이 게오르그 칼키스와 똑같았다. 눈은 언제나 크게 뜨고 있었고, 두툼한 아랫입술은 삐죽이 튀어나와 밑으로 처져 있었다. 뒤통수는 납작했고, 머리통은 크고 보기 흉했다. 그는 아무 말도 없이 두 손을 쥐었다 폈다 하면서 근시인 눈으로 여러 사람들을 두리번거리며 방안을 어슬렁거리고 있었다.

"이봐, 당신, 칼키스!" 경감이 불렀으나 데미는 계속해서 비실거리며 걷고 있었다. "귀머거리인가?" 누구라고 특정한 사람에게가 아니고 방안에 대고 경감이 말했다.

조앤 브레트가 말했다. "아네요, 경감님. 영어를 모를 뿐이에요. 그리스 사람이거든요."

"죽은 칼키스의 사촌이라면서요?"

"그래요." 생각지도 않게 앨런 체니가 말했다. "머리가 비었습니다." 그가 잘생긴 자기 머리를 가리켰다. "바보입니다."

"대단히 흥미로운 일이군." 엘러리 퀸이 상냥하게 말했다. "바보(idiot)라는 말은 그리스어에 어원(語源)을 두고 있는데, 사회 계급적으로 교육을 받지 못한 사람(idiotes)이라고 고대 그리스에서는 쓰였지요. 우리가 말하는 바보라는 뜻과는 거리가 멀어요."

"어쨌든 그만은 현대 영어가 뜻하는 바보요." 앨런은 짜증스럽게 말했다. "10년 전에 아저씨가 아테네에서 데려왔어요. 그리스에 있는 집안의 마지막 끄나풀이었지요. 칼키스 집안 대부분의 사람들은 미국에 온 지가 6대째 됐습니다. 데미는 영어를 전혀 못 배웠어요. 어머니가 그러시는데, 그리스어도 읽지 못한답니다."

"어떻게든 얘기를 해야겠는데." 경감이 자포자기한 것처럼 말했다. "슬론 부인, 이 사람은 부인하고도 사촌이지요?"

"그래요……불쌍한 오빠……." 부인의 입술이 떨리며 곧 울음이 터질 것 같았다.

"그만, 그만하세요." 경감이 급히 말했다. "그리스어 좀 할 줄 아십니까? 저 사람하고 이야기할 수 있겠어요?"

"말이 통할 정도는 되지요."

"지난 금요일 밤 그의 행동에 대해서 물어 보아 주시지요." 슬론 부인은 한숨을 쉬고 일어서서 옷을 매만지고는 키가 크고 수척한 데미의 팔을 잡고 세게 흔들었다. 그는 천천히 몸을 돌려서 이상하다는 표정을 짓다가, 부인의 얼굴을 자세히 들여다보고는 미소를 짓더니 부인의 손을 덥석 잡았다. 부인이 날카롭고 큰소리로 외쳤다. "디미트리오스!" 그가 다시 웃음을 짓자 부인이 그리스어로 말을 시작했다. 그는 큰소리로 웃으며 부인의 손을 더욱 세게 잡았다. 자기가 알아들을 수 있는 말을 하고 있어 어린애처럼 좋아하는 것이 역력했다. 그가 같은 외국어로 대답했다. 발음은 약간 부정확했고, 깊은 곳에서 나오는 목소리는 귀에 거슬렸다.

슬론 부인이 경감 쪽으로 몸을 돌렸다. "오빠가 그날 밤 10시쯤 자라고 침실로 보냈다는군요."

"저 사람 침실은 칼키스 씨의 침실 다음에 있는 방이지요?"

"네."

"자기 방에 가서 잠들기 전에 이곳 서재에서 나는 소리를 듣지 못했나 물어 보세요."

다시 외국어로 대화가 오갔다. "없었답니다. 아무 소리도 못 들었답니다. 즉시 잠에 빠졌고, 밤새도록 잘 잤답니다. 데미는 어린애처럼 세상 모르고 잠을 자거든요."

"그럼, 서재에서 아무도 못 보았다는 말인가요?"

데미는 즐거운——그러나 이상하다는——표정으로 경감과 부인을 번갈아 보고 있었다. 부인이 말했다. "자고 있었는데 누구를 봤겠어요."

경감이 고개를 끄덕이고 말했다. "감사합니다, 슬론 부인. 지금은 그만하면 됐습니다."

경감은 책상으로 가서 전화를 걸었다.

"여보세요! 퀸 경감이야……프레드, 내 말 잘 들어. 재판소에 있는 그리스어 통역관 이름이 뭐지?……뭐? 트리칼라? T-r-i-k-k-a-l-a?……좋아, 찾아서 이스트 54번가 11번지로 빨리 보내줘. 나를 찾으라고 해."

그가 전화를 끊었다. "여러분, 어디 가시지 말고 여기서 기다려 주십시오." 그는 엘러리와 페퍼를 손짓으로 부르고, 벨리 경사에게는 짧게 고개를 끄덕이고서 방을 나왔다. 데미가 어린애처럼 놀란 눈으로 세 사람을 바라보았다.

그들은 카펫이 깔린 계단을 올라가서, 페퍼의 손짓에 따라 오른쪽으로 돌았다. 페퍼가 계단 꼭대기에서 멀지 않은 문을 가리키자, 경감이 노크를 했다. 방안에서 울음기 섞인, 목에서 가래가 끓는 듯한 여자의 목소리가, "누구세요?" 하고 물었다. 겁을 먹고 있는 듯한 목소리였다.

"심스 부인? 퀸 경감입니다. 잠시 들어가도 될까요?"

"누구요? 아, 네, 잠깐만 기다리세요. 잠깐만요!" 안에서 침대가 삐걱거리는 소리가 나고, 부스럭거리는 소리와 숨을 거칠게 내쉬는 소리가 들리더니, "들어오세요." 하는 숨이 차고 낮은 소리가 들렸다.

경감이 한숨을 쉬고서 세 사람은 방으로 들어갔다. 심스 부인은 터질 것 같은 어깨에 낡은 숄을 걸치고 있었다. 반백의 머리카락은 헝클어져 있었고, 뻣뻣한 머리카락이 온통 삐죽삐죽 서 있어서 자유의 여신상의 머리를 생각나게 했다. 그녀의 얼굴은 불그스름하고 부어 있었으며, 눈물 자국에 얼룩져 있었다. 그리고 구식 흔들의자에 앉아 있었는데, 의자를 흔들 때마다 커다란 가슴이 요동치고 있었다. 발 옆에는 고양이가 한 마리 자고 있었다——모험을 좋아하는 투치가 틀림없겠지.

세 사람이 진지한 표정으로 들어설 때 심스 부인이 암소 눈같이 큰 눈을 너무나 크게 뜨고 있어서 엘러리는 침을 꿀꺽 삼켰다.

"몸은 어떻습니까, 심스 부인?" 경감이 붙임성 있게 말했다.

"오, 좋지 않습니다. 아주 나빠요." 심스 부인은 의자를 더 빨리 흔들었다. "응접실에 있는 그 무서운 사람은 누구입니까? 정말 놀랐어요."

"아, 그럼, 이전에는 그 사람을 못 보았다는 말이군요."

"제가요?" 그녀가 새된 소리를 냈다. "하나님 맙소사! 제가요? 못 봤어요!"

"알았어요, 알았습니다." 경감이 급히 말했다. "그럼, 심스 부인, 지난 금요일 밤 기억납니까?"

그녀의 눈물에 젖은 손수건이 코에서 멈추었고, 눈빛이 조금 안정되었다. "지난 금요일? 칼키스 씨가 돌아가시기 전날? 네, 기억하고 있어요."

"좋아요, 심스 부인. 아주 좋아요. 일찍 잠자리에 들었다고 하던데——맞습니까?"

"그래요, 맞습니다. 칼키스 씨가 직접 일찍 자라고 말씀하셨거든요."

"다른 말도 했나요?"

"아뇨. 중요한 말은 없었어요." 심스 부인은 수건에 코를 풀었다. "저를 서재로 부르시더니……."

"서재로 불렀어요?"

"네, 초인종으로 부르셨어요. 서재에는 부엌과 연결된 초인종이 있거든요."

"그때가 몇 시였지요?"

"시간이오?" 그녀는 입술을 오므리고 생각했다. "15분 전 11시쯤일 거예요."

"물론 밤이었겠지요?"

"아, 그야 물론 밤 15분 전 11시였지요. 그래서 서재에 가보니 전기 주전자, 찻잔과 접시 세 벌, 홍차, 크림, 레몬, 설탕을 빨리 갖고 오라고 하시더군요."

"서재에 칼키스 씨 혼자 있던가요?"

"네, 혼자 계셨어요. 책상에 의젓하게 앉아 계셨는데……그런데 그만……그만……."

"그 일은 그만 생각해요, 심스 부인. 그래서 어찌됐지요?"

그녀는 눈물을 수건으로 찍어냈다. "그래서 지시하신 대로 전부 갖고 가서 책상 옆에 있는 작은 테이블에 놓았지요. 그러자 주인님이 시킨 대로 전부 갖고 왔느냐고 물으시더군요."

"그거 이상한데." 엘러리가 말했다.

"그렇지 않아요. 주인님은 앞을 못 보셨거든요. 그리고 난 다음에 약간 날카롭게——주인님은 약간 안절부절못하시는 것 같았어요——곧장 제 방으로 가서 자라고 하셨어요. 그래서 그러겠다고 하고 방에 와서 잤어요. 그게 전부입니다."

"그날 밤에 손님이 찾아오기로 되어 있다는 말은 안하던가요?"

"저에게요? 아뇨, 그런 말은 없었어요." 심스 부인은 다시 코를 풀고 손수건으로 코를 힘주어 닦았다. "그러나 손님이 오나 보다 하고 생각은 했지요. 찻잔을 세 개나 갖고 오라고 하셔서요. 그렇지만 제가 그런 것을 여쭈어 볼 만한 입장도 아니고……."

"물론 아니지요. 그럼, 그날 밤에 찾아온 사람은 못 보았겠군요."

"네, 못 봤어요. 아까 말한 대로 곧장 와서 잠을 잤거든요. 낮에 류머티즘으로 고생을 해서 피곤했어요. 요새는 류머티즘이……."

투치가 일어나서 하품을 하고 낯을 씻었다.

"그렇겠지요. 고생 기 되시겠습니다. 그만하면 됐습니다, 심스 부인. 고맙습니다." 경감이 말하고 세 사람은 급히 방에서 나왔다. 엘러리는 계단을 내려오는 동안 깊은 생각에 빠진 듯했다. 페퍼는 이상하다는 듯이 그를 보고 말했다. "무슨 생각을……?"

"나의 친애하는 페퍼 씨," 엘러리가 말했다. "나는 그게 문제랍니다. 언제나 생각하고 있다는 것 말입니다. 언제나 생각에 쫓기고 있지요. 바이런의 장편시 '귀공자 해럴드의 편력', 첫 장(章) '인생의 어두운 그림자—— 악마의 생각' 생각납니까?"

"글쎄," 페퍼가 의심스럽다는 듯이 말했다. "일리가 있겠군요."

제8장 살 인?

그들이 서재로 다시 들어가려고 하는데 홀 건너 응접실에서 사람들의 말소리가 들렸다. 경감은 무슨 일인가 해서 응접실 문을 열고 안을 들여다보았다. 경감의 눈이 날카롭게 변하더니 아무 말 없이 문을 열고 들어갔고, 페퍼와 엘러리도 뒤를 따랐다. 프라우티 의사는 여송연을 씹으며 창을 통해서 묘지를 내다보고 있었고, 여지껏 보지 못했던 한 남자가 악취가 심한 그림쇼의 시체를 여기저기 뒤지고 있었다. 그 사람이 프라우티 검시관을 향해 새로 들어온 이들이 누구냐는 듯 의심스러운 표정을 지으며 몸을 폈다. 프라우티 검시관이 퀸 부자와 페퍼를 간단히 소개한 뒤 말했다. "이분은 칼키스의 주치의 프로스트 박사입니다. 방금 오셨습니다." 프라우티 의사는 말을 마치고 다시 창을 향해 돌아섰다. 프로스트 박사는 50이 약간 넘어 보이는 깨끗하고 잘생긴 남자로 5번 애버뉴, 매디슨 애버뉴, 웨스트사이드에 사는 부자들의 건강을 돌보고 있는 똑똑하고 기반이 잡힌 주치의들의 전형으로 보였다. 그는 중얼중얼 인사를 끝내고 부어 있는 시체를 흥미 있게 내려다보았다.

"우리의 발견품을 조사하고 계셨군요." 경감이 말했다.

"예, 흥미롭습니다. 대단히 흥미로워요. 어떻게 이 시체가 칼키스의 관 안에 들어갔지요?"

"그것을 알 수 있다면, 박사님, 숨을 좀 편히 쉬겠습니다."

"칼키스가 매장될 때 없었다는 것은 확실합니다." 페퍼가 비꼬아서 말했다.

"물론이지요! 그래서 놀랄 만한 일이라고 생각하고 있습니다."

"프라우티 의사 말이 당신은 칼키스의 주치의였다지요?" 경감이 불쑥 물었다.

"그렇습니다."

"이 사람을 전에 본 적이 있습니까? 혹시 치료해 준 적은?"

프로스트 박사가 고개를 흔들었다. "생전 처음 보는 사람입니다, 경감님. 칼키스하고는 아주 오랫동안 관계를 맺고 있었습니다. 사실 나는 뒤뜰 건너 55번가 쪽에 살고 있어요."

"죽은 지 얼마나 됩니까?" 엘러리가 물었다.

프라우티 검시관이 창에서 몸을 돌리고 음흉한 미소를 짓고 난 뒤, 두 의사는 눈길을 주고받았다. "사실은," 검시관이 굵게 말했다. "당신들이 들어올 때 그것을 의논하고 있었소. 대충 검사해서는 말하기 곤란해서요. 시체를 내부까지 정밀검사한 다음에라야 확실히 말할 수 있다오."

"칼키스의 관 속에 들어가기 전에 시체가 어디에 있었느냐에 따라 많이 달라지지요." 프로스트 박사가 말했다.

"아, 그럼," 엘러리가 잽싸게 말했다. "죽은 지 사흘은 지났다는 말씀인가요? 그러니까 칼키스의 장례가 있었던 화요일 이전에 죽었다는 말입니까?"

"그렇게 보이는데요." 프로스트 박사가 말했고, 프라우티 의사는 고개를 끄덕였다. "시체의 겉으로 나타난 변화를 보면 적어도 사흘은 지났다고 생각됩니다."

"사후강직은 벌써 지나가서 2차 근육이완 상태의 징후가 있어요." 프라우티 의사가 기분이 언짢은 투로 말했다. "시체 속의 혈액도 완전히 낮은 곳으로 몰려 있고. 시체가 얼굴을 밑으로 하고 엎어져서 관 속에 있었기 때문에 특히 시체 전면(前面)에 피가 퍼렇게 멍이 든 것처럼 몰려 있는 것이 보이지요? 옷이라든가 다른 단단한 것에 눌려 있었던 부분은 피가 몰리지 못해서 멍이 덜 들어 보이고. 이런 것은 전부가 세부적인 문제지만, 옷을 완전히 벗기지 않은 상태에서 조사한 상황이라오."

"그런 것들은 무슨 뜻을 가지고 있습니까?" 엘러리가 재촉했다.

"내가 말한 것들이 큰 의미를 갖고 있는 것은 아니오." 프라우티 검시관이 대답했다. "사망시간을 정확히 알려면 시체 부검을 해봐야 돼요. 멍이 든 상태로 봐서 부패가 시작되고 사흘쯤은——어쩌면 2배가 될지도 모르지만——이런 것들은 사망시간을 측정하는 데 최소한의 참고사항일 뿐이오. 사후강직이 시작되었다가 풀리는 데는 하루 반, 또는 이틀이 걸립니다. 2차 근육이완은 제3단계고. 일반적으로 죽고 나면 즉시 근육이 이완되지요——이것을 1차 근육이완 단계라고 합니다. 근육이 힘없이 물렁물렁해지지요. 그 다음에 사후강직, 몸이 굳어지기 시작하고. 시간이 흐르면 사후강직이 풀리고 근육이 다시 이완됩니다——이것이 2차 근육이완이오."

"그래요, 그것은 알고 있습니다. 그렇지만……." 경감은 말을 시작했다.

"물론, 다른 징후도 나타나지요." 프로스트 박사가 말했다. "예를 들어, 복부에 녹색 점들이 생깁니다. 부패가 시작되어서 첫번째로 나타나는 현상이지요. 부패 가스로 해서 생기는 겁니다."

"그것이 사망 시간을 측정하는 데 도움을 줍니다." 프라우티 의사가 말했다. "그러나 여러 가지 다른 상황도 고려해야 하지요. 만일, 시체를 관에 넣기 전에 건조하고 통풍이 잘되는 곳에 보관했었다면 부패가 늦어지지요. 어쨌든 잠깐 조사한 것으로 봐서는 죽은 지 사흘 이상은 되었어요."

"좋습니다." 경감이 조급하게 말했다. "선생님은 시체 내부를 살피든가 빨리 조치를 취해서 사망시간이 얼마나 지났나 정확히 알아봐 주십시오."

"그런데 칼키스의 시체는 어떻습니까?" 페퍼가 갑자기 물었다.

"거기에는 문제가 없습니까? 제 말은 칼키스의 사망 원인에는 이상한 점이 없느냐는 말입니다."

경감이 페퍼를 눈이 둥그레져서 보다가 자기 허벅지를 치고 소리쳤다. "좋았소, 페퍼! 좋은 생각이오……프로스트 박사님, 칼키스가 죽었을 때 담당 의사였지요?"

"그렇습니다."

"그렇다면 당신이 사망증명서를 작성했겠군요."

"맞습니다."

"칼키스의 죽음에는 이상한 점이 없었나요?"

프로스트 박사의 몸이 굳어졌다. "경감님." 그가 차갑게 말했다. "사실도 아닌데 내가 심장병에 의한 사망이라고 공식 서류에 서명했을 것 같습니까?"

"복잡한 문제는 없었소?" 프라우티 선생이 물었다.

"사망시에는 없었지요. 칼키스는 몇 년 동안을 중환자로 지내왔습니다. 12년도 넘게 심장의 대상비대증(代償肥大症) 환자였어요. 심장의 승모판(僧帽瓣)이 고장이 나서 심장이 커지는 것이지요. 게다가 그에겐 3년 전에 악성위궤양이 생겼어요. 심장 상태가 나빠서 수술도 못하고 정맥주사 치료만 해 왔습니다. 그러자 출혈이 심해지고 앞을 보지 못하게 된 겁니다."

"그런 환자에게 그런 일이 일반적으로 일어납니까?" 엘러리는 알고 싶어서 물어 보았다.

"허풍이 심한 의학계에서는 별로 아는 것이 없지." 프라우티 검시관이 말했다. "일반적인 일은 아니오. 그러나 위궤양이나 위암 때문에 출혈을 하게 되면 눈이 멀게 되는 수가 종종 있소. 아무도 왜 그런 일이 생기는지는 모르지만."

"하여튼 내가 부른 안과전문의와 나는 시각장애가 없어지기를 바랐습니다." 프로스트 박사가 말을 계속했다. "어떤 때는 시각장애가 생길 때처럼 신비하게 순간적으로 없어지는 수도 있으니까. 그러나 그 상태는 없어지지 않고 계속되었습니다."

"전부 흥미로운 얘기들이지만," 경감이 말했다. "칼키스가 심장이 나빠서 죽은 것이 아니고 다른 원인 때문이라면……."

"만일, 내가 서명한 사망 원인에 의심이 간다면," 프로스트 박사가 화를 내며 말했다. "내가 사망진단을 할 때 같이 있었던 워드스 박사에게 물어 보시오. 폭력을 썼다든가 하는 그런 극적인 상황은 없었소, 퀸 경감님. 위궤양 치료를 위한 정맥주사와 엄격한 식이요법 때문에 심장이 견뎌내지 못한 거요. 거기에다가, 내가 반대했지만 그는 화랑 일을 하고 있었소. 물론 주된 업무는 슬론 씨와 수이자 씨가 했지만. 그래서 심장이 견디지 못하고 작동을 중지한 거지요."

"혹시 독약은?" 경감은 끈질기게 물었다.

"독극물은 없었소."

경감이 프라우티 의사를 손짓으로 불렀다. "칼키스도 부검을 해 주시오. 확실히 해야겠으니까. 프로스트 박사님의 말을 못 믿는 것이 아니라, 살인이 한번 일어났으니 두 번이라도 가능하지 않겠습니까?"

"칼키스의 시신도 부검을 할 수 있나요?" 페퍼가 염려스럽다는 듯이 물었다. "제 말은 방부처리가 됐는데도 부검을……."

"상관없어요." 검시관이 말했다. "방부처리를 한다고 주요 장기(臟器)를 떼어내지는 않아요. 잘못된 것이 있으면 내가 찾아내겠소. 사실은 그 반대로, 방부처리가 되어 있으면 오히려 일이 쉬워집니다. 시신을 그대로 보존하거든요. 부패가 없단 말이지요."

"내 생각은," 경감이 말했다. "칼키스의 사망에 관한 상황들을 좀더 조사해야 할 것 같아요. 그림쇼 살인에 대한 단서가 있을지도 모르니까. 시체를 처리해 주시겠습니까?"

"나에게 맡기시오."

프로스트 박사가 외투를 입고 약간 냉담한 표정으로 떠났다. 서재에서는 지문 감식요원이 지문 채취를 하다가 경감이 들어가자 눈빛이 밝아지며 급히 달려왔다.

"뭘 좀 찾았나, 지미?" 경감이 낮은 목소리로 물었다.

"많이 찾았습니다. 그러나 별 뜻은 없는 것들뿐입니다. 방안에 지문들이 가득합니다. 많은 사람들이 들락날락했다고 하니 그럴만도 하지만, 특별한 것은 없던데요."

"그렇겠지." 경감이 한숨을 쉬었다. "최선을 다해 봐. 홀 건너 응접실에 가서 시체의 지문을 떠보지. 시체는 그림쇼라는 친구인 모양이야. 지문 대장 갖고 왔겠지?"

"예." 지미가 방에서 급히 나갔다.

플린트가 들어와서 경감에게 말했다. "시체 운반차가 왔습니다."

"들어들 와서 시체를 운반하라고 해. 지미, 일이 끝날 때까지 기다렸다가 운반해 가라고 전달하지."

5분 뒤에 지문감식원이 만족스러운 표정으로 서재로 왔다. "그림쇼가 틀림없습니다. 지문이 지문 대장하고 똑같습니다." 그리고는 표정이 침울해졌다. "관도 대강 보았습니다." 정떨어진다는 듯한 말투였다. "지문이 엄청나게 많이 있더군요. 세상 사람들 전부가 만진 듯이 많습니다. 거기서는 별 소득이 없겠는데요."

사진반 요원들이 여기저기서 플래시를 터뜨리고 있었다. 응접실 안은 작은 전장(戰場)을 방불케 했다. 프라우티 의사가 떠났고, 2구의 시체와 관도 떠났다. 지미와 사진반 요원들도 떠나자 경감은 입맛을 다시며 엘러리와 페퍼를 서재에 몰아넣고 문을 닫았다.

제9장 연대기

문에서 노크 소리가 크게 나더니 벨리 경사가 문을 조금 열고 내다보다가, 고개를 끄덕이고는 한 사람이 들어오자 서재 문을 닫았다.

새로 온 남자는 기름통에 빠졌다 나온 사람 같은 오동통한 인물이었다. 퀸 경감은 그가 그리스어 통역관인 트리칼라라는 것을 알고는, 지난 주 금요일 밤의 데미의 행동을 물어 보라고 했다.

앨런 체니는 조앤 브레트 옆자리에 앉았다. 그는 침을 꿀꺽 삼키더니 주저하면서 낮은 소리로 속삭였다. "경감이 어머니의 그리스어 실력을 믿지 않는군요." 그는 조앤에게 말을 걸려고 하는 것이 분명했으나, 그녀가 쌀쌀맞게 바라보자 힘없는 미소를 지었다.

데미의 눈에 지적인 빛이 나타났다. 데미가 여러 사람들의 흥미의 대상이 된 적이 여지껏 없었다는 것이 명백했다. 그의 마음속 깊이 있었던 감정의 무엇이 움직였는지, 우울해 보였던 그의 얼굴에 환한 미소를 띠우면서 예전보다 훨씬 빠르게 더듬거리며 말을 했다.

"그의 말에 의하면," 트리칼라가 자기 몰골과 같은 매끄러운 목소리로 보고했다. "그날 밤에 사촌이 자라고 해서 일찍 잤기 때문에 아무것도 보거나 듣지 못했다고 합니다."

경감은 통역관 옆에 휘청거리며 서 있는 우스꽝스럽고 키가 큰 데미를 호기심 어린 눈으로 자세히 바라보았다. "그 다음날 아침── 사촌이 죽은 지난 주 토요일 아침──에 자리에서 일어난 다음에는 무슨 일이 있었나 물어 보시오."

트리칼라가 귀에 거슬리는 억양으로 데미에게 오랫동안 말하자, 데미는 눈을 껌벅이더니 같은 말로 더듬거리며 대답했다. 통역관이 경감 쪽으로 몸을 돌렸다. "게오르그 사촌이 자기를 부르는 소리에 그날 아침에 눈을 떴다는군요. 바로 옆방에 있는 자기를 불렀답니다. 그래서 일어나서 옷을 입고 사촌의 침실로 가서 사촌이 일어나선 옷 입는 것을 도와줬답니다."

"그게 몇 시였답니까?" 경감이 지시했다.

짧은 대화가 있었다. "아침 8시 30분이었답니다."

"어째서," 엘러리가 날카롭게 물었다. "데미가 칼키스의 옷을 입혀 주어야 했지요? 브레트 양, 아까는 칼키스가 앞은 못 보지만 남의 도움은 필요로 하지 않았다고 하지 않았습니까?"

조앤은 깨끗하고 예쁜 어깨를 으쓱했다. "퀸 씨, 칼키스 씨는 앞을 못 보는 것을 대단히 괴롭게 생각했어요. 그분은 정력적인 활동가였는데, 시력을 잃었다고 해서 정상인처럼 행동하지 못할 이유가 없다고 생각했어요. 그런 이유로 화랑도 직접 절대권을 쥐고 운영하려 했지요. 이 방이나 그의 침실의 물건에는 손도 못 대게 야단이었고, 의자 하나라도 자기 모르게 위치를 바꾸지 말라고 해놓았어요. 모든 물건의 위치를 외어 두었기 때문에 집안에서는 마치 앞을 볼 수 있는 것처럼 불편 없이 움직일 수 있었어요."

"그것은 내 질문에 대답이 되지 못합니다, 브레트 양." 엘러리가 상냥하게 말했다. "댁의 얘기에 따르면, 옷 입는 것 같은 간단한 일은 남의 도움을 받지 않고도 할 수 있었을 것 같은데요. 옷을 입는 것 정도는 도움 없이 할 수 있었겠지요?"

"대단히 날카로운 분이시군요, 퀸 씨." 조앤은 미소를 지었다. 그러자 앨런 체니가 갑자기 자리에서 벌떡 일어서서 전에 있었던 벽 옆으로 갔다. "그 말이 맞을 것 같군요. 제 생각에는 데미가 한 말이 침대에서 일어나고 옷 입는 것을 직접 거들어 주었다는 말은 아닌 것 같아요. 칼키스 씨가 직접 할 수 없어서 남의 도움을 받아야 하는 것이 한 가지 있거든요."

"그게 무엇이지요?" 엘러리는 눈을 반짝이며 코안경을 가지고 장난하고 있었다.

"옷을 고르는 일이에요!" 조앤은 의기양양하게 소리쳤다. "칼키스 씨는 옷에 대해서는 몹시 까다로운 분이었어요. 그분의 의복은 최고였어요. 그런데 앞을 보시지 못하므로 의복을 고를 수가 없었지요. 그래서 데미가 골라 주었어요."

질문을 받고 있던 중 일어난 이해할 수 없는 대화를 멍청히 입을 벌린 채 바라보고 있던 데미가 무시당했다고 느꼈던지 별안간 그리스어로 떠들기 시작했다. 트리칼라가 말했다. "자기 얘기를 계속하고 싶다는군요. 그가 게오르그 사촌을 계획표에 따라서 옷을 입히고 난 뒤에……."

퀸 부자가 동시에 중간에 끼여들어 물었다. "계획표에 따라서라고?"

조앤은 웃었다. "그리스어를 할 수 있었다면 좋았을 텐데……데미는 칼키스 씨의 그 복잡한 옷들 중에서 그분의 맘에 드는 것을 고를 수가 없거든요, 경감님. 말씀드린 대로 칼키스 씨는 옷에 아주 까다로웠어요. 옷도 많아서 매일 새롭게 세트로 맞춰 입었죠. 데미가 보통 사람들과 같은 지능을 갖고 있었다면 아무 문제도 없었겠지만, 데미는 지능이 낮아서 의상 계획표를 작성해 주었어요. 매일 아침마다 무슨 옷이 필요하다고 일일이 얘기하기가 귀찮아서, 입고 싶은 옷의 주간 계획표를 세밀한 부분까지 그리스어로 작성해서 주었어요. 그런 일은 데미가 할 수 있었지요. 계획표와 다른 옷을 입고 싶은 날에는 말로 가르쳐 주었고요."

"흥미로운 일이군." 엘러리가 중얼거렸다. "그 계획표에는 저녁 복장에 대한 것도 있었나요?"

"아녜요. 칼키스 씨는 저녁에는 꼭 야회복을 입었어요. 그것은 데미도 쉽게 할 수 있는 일이라 계획표엔 없었죠."

"좋아요." 경감이 으르렁거리듯 말했다. "트리칼라, 그 다음에는 어찌됐는지 이 반푼에게 물어 보시오."

트리칼라가 팔짓을 심하게 하며 무엇이라고 말을 했다. 데미의 얼굴에 생기가 돌며 거의 정상인 같은 표정으로 오랫동안 말을 했다. 트리칼라는 힘이 드는 듯 이마의 땀을 닦으며 말을 막았다. "게오르그 사촌을 계획표대로 입히고 둘이서 같이 서재로 올 때가 9시였답니다."

조앤이 말했다. "아침 9시에 슬론 씨와 서재에서 의논하는 것이 일과였지요. 슬론 씨와 그날 일의 의논을 끝내면, 제가 지시사항이나 편지를 받아썼어요."

트리칼라가 말을 계속했다. "이 사람은 그런 말은 하지 않았습니다. 그는 사촌이 여기에 앉아 있는 것을 보고 집을 떠났답니다. 정확히 무슨 말을 하는지 이해가 되지 않습니다, 퀸 경감님. 무슨 의사 얘기를 하는데 말이 뒤죽박죽이에요. 머리가 텅 빈 모양이지요?"

"맞아, 텅 비었어." 경감이 투덜댔다. "재수없군. 브레트 양, 무슨 말을 하는지 알겠소?"

"제 생각에는 정신과 의사인 벨로스 박사에게 갔었다는 것을 말하려는 것 같아요. 데미의 정신 상태는 고칠 수 없다는 말을 수없이 듣고도 칼키스 씨는 막무가내로 정신과 의사의 치료를 받게 했거든요. 벨로스 박사는 데미에게 흥미를 갖고 그리스어 통역을 쓰면서 관찰해 왔어요. 박사의 병원은 여기서 멀지 않은 곳에 있는데, 한 달에 두 번씩 토요일에 그곳을 다니지요. 그날도 거기에 갔다 온 모양입니다. 어쨌든 그날 오후 5시경에 돌아왔어요. 그 동안에 칼키스 씨가 돌아가셨는데, 그러한 혼란 속에서 데미한테는 아무도 연락을 하지 않았지요. 그래서 집에 올 때까지 사촌의 죽음을 몰랐어요."

"아주 불쌍했어요." 슬론 부인이 한숨을 쉬었다. "불쌍한 데미! 내가 죽었다는 얘기를 해줬더니 아주 심하게 받아들이더군요. 어린애처럼 울면서요. 그 어리석은 머리로도 제만에는 게오르그를 아주 좋아했었나 봐요."

"이젠 됐소, 트리칼라. 여기에 그냥 있으라고 하시오. 당신도 옆에 붙어 있고. 나중에 또 필요할지도 모르니까." 경감은 길버트 슬론에게 몸을 돌렸다. "지난 주 토요일 아침에 데미 다음으로는 당신이 칼키스 씨를 본 모양인데, 슬론 씨? 보통때처럼 9시에 여기서 칼키스 씨를 만났나요?"

슬론이 불안한 듯 기침을 하며 목을 가다듬었다. "꼭 그렇지는 않습니다." 그가 억지 웃음을 띄운 목소리로 말했다. "여지껏 9시 정각에 여기서 게오르그를 만났지만, 난 지난 토요일에는 늦잠을 잤습니다. 그 전날 밤에 화랑에서 늦게까지 일을 했거든요. 그래서 9시 15분에야 이리로 왔습니다. 기다리게 해서 그런지 게오르그는 약간 화가 나 있었습니다. 시무룩해져서 까다롭게 굴더군요. 앞을 못 보는 바람에 무기력해진다고 느꼈던지 근래에 와서는 더욱 유난스레 그랬습니다."

퀸 경감이 가느다란 코에 코담배를 대더니 재채기를 하고 말했다. "그날 아침 이곳에 와보고 이상한 것이라도 있었소?"

"무슨 말씀인지 모르겠는데……그런 것은 없었습니다. 모든 게 정상이던데요."

"그가 혼자 있습디까?"

"아, 예. 데미가 나갔다는 얘기는 하더군요."

"같이 있는 동안 정확히 무슨 일이 있었나 말해 보시오."

"중요한 일은 없었습니다, 경감님. 내가 있는 동안에……."

경감이 날카롭게 말했다. "중요한지 그렇지 않은지는 내가 판단할 거요, 슬론 씨. 있었던 일 전부를 말하시오."

"여기에 있는 모든 사람들은," 페퍼가 나무라듯이 말했다. "아무것도 중요하다고 생각지를 않아요, 경감님."

엘러리가 방울 소리 같은 음률로 말했다. "매력적이기까지 한 중요한 모든 것이 신선하고 새롭게 되게 하기 위하여 어떻게 계획을 세워야 하느뇨."(괴테의 「파우스트」중에서)

페퍼가 어리둥절하여 눈을 껌벅였다. "뭐라고요?"

"괴테가 기분이 좋을 때 한 말이지요." 엘러리가 엄숙한 투로 말했다.

"아, 이 아이는 신경쓰지 말아요……우리가 이분들의 그런 태도를 고쳐 놓읍시다, 페퍼!" 경감이 슬론에게 눈을 흘겼다. "말을 계속해요, 슬론. 하나도 빼놓지 말고. 칼키스 씨가 기침을 한 것까지도 전부 말이오."

슬론은 어리둥절한 표정을 지었다. "그러니까……그날 할 일들을 급히 의논했습니다. 게오르그는 화랑 일말고 다른 데 신경쓰이는 곳이 있는 듯했습니다."

"좋아요! 계속해요."

"나에게 퉁명스러웠어요. 대단히 퉁명스러웠습니다. 나도 화가 났지요. 그의 말투가 기분나빠서 그렇다고 말해 주었습니다. 그랬더니 그는 화가 났을 때 쓰는 으르렁거리는 목소리로 내키지 않는 사과를 하더군요. 그리고는 너무 심했나 싶었는지 별안간 말머리를 바꾸는 겁니다. 자기가 매고 있는 붉은 넥타이를 만지면서 많이 나아진 목소리로, '이 넥타이가 모양이 변한 것 같아, 길버트.' 하더라고요. 미안해서 그저 쓸데없는 말을 하고 있겠거니 생각하고, 나도 그냥 지나가는 말로, '그렇지 않아요, 게오르그. 괜찮아 보이는데.' 하고 말했지요. 그랬더니 그가, '아냐, 맥이 빠졌어. 모양이 뒤틀렸다는 걸 알 수 있어. 이따가 떠나기 전에 내가 매고 있는 것과 똑같은 넥타이를 바레트 상점에 주문하라고 잊지 말고 나에게 일러 주게.' 하고 말하더군요. 바레트 상점은 그의 의상점입니다. 이제는 의상점이었다고 말해야 옳겠군요. 그게 게오르그가 하는 식이었습니다. 물론 넥타이는 아무 이상이 없었지만, 그는 자기 모습에 대해서는 대단히 까다로웠습니다. 이런 것이 무슨 도움이 될는지……."

경감이 대답하기도 전에 엘러리가 날카롭게 말했다. "말씀을 계속하시지요, 슬론 씨. 그래, 떠나기 전에 그걸 말씀드렸나요?"

슬론이 눈을 껌벅거렸다. "물론이지요. 브레트 양도 내가 얘기했다는 것을 확인해 줄 겁니다. 기억나지요, 브레트 양?" 그가 브레트 양 쪽으로 몸을 돌리며 염려스러운 듯이 물었다. "게오르그와 내가 그날 일할 것을 의논하는 시간이 끝나기 전에 구술(口述)을 받으러 들어왔을 때 말이오." 조앤은 고개를 여러 번 끄덕였다. "그것 봐요." 슬론이 의기양양해서 말했다. "떠나기 전에 게오르그에게, '넥타이 문제 잊지 말아요.' 하고 말하니까 그가 고개를 끄덕이길래 나는 집을 나섰습니다."

"그것이 당신하고 칼키스 씨 사이에 있었던 일 전부란 말이오?" 경감이 다그쳤다.

"그게 전부입니다. 대화까지 정확히 말씀드렸습니다. 여기서 화랑으로 직접 가지는 않았습니다. 시내에서 업무상 약속이 있었거든요. 약속을 지키고 두 시간 뒤에 화랑에 가보니, 화랑에서 일하는 직원이 내가 집을 떠나고 얼마 안되어서 게오르그가 죽었다고 하더군요. 수이자 씨는 벌써 집으로 가서 없었고, 나도 곧장 집으로 왔습니다. 화랑은 몇 구획 떨어지지 않은 매디슨 애버뉴에 있습니다."

페퍼가 경감에게 작은 소리로 말을 시작하자 엘러리가 끼여들어 세 사람이 회의를 계속했다. 경감이 잠시 뒤에 고개를 끄덕이고 눈에 빛을 발하며 슬론에게 몸을 돌렸다. "슬론 씨, 내가 조금 전에 이 방에 달라진 것이 있느냐고 물었더니 당신은 없다고 대답했소. 또한, 칼키스 씨가 죽기 전날 밤에 신원을 감추려고 애썼던 사람과 살해당한 앨버트 그림쇼가 칼키스 씨를 방문했다는 브레트 양의 증언도 들었소. 내 말은 이거요. 즉, 그 신원을 감춘 신비의 사나이가 중요한 열쇠가 될지도 모르겠단 말입니다. 잘 생각해 봐요. 그날 아침에 칼키스와 의논할 때 이 서재에, 어쩌면 이 책상 위에 전에 없었던 것이 있는 것은 못 봤습니까? 그 신비의 사나이가 남겨놓은 것——그 남자가 누구인지 알아낼 실마리가 될 만한 것은 없었나요?"

슬론이 머리를 흔들었다. "그런 것은 없었습니다. 나는 책상 바로 옆에 앉아 있었는걸요. 책상에 게오르그의 물건이 아닌 것이 있었다면 내가 봤을 겁니다."

"전날 밤에 방문객이 있었다는 말을 하던가요?"

"한마디도 없었습니다, 경감님."

"알았소, 슬론 씨. 다른 곳에 가지 말고 여기 있으시오." 슬론이 살았다는 듯이 한숨을 쉬며 자기 아내 옆 의자에 앉았다. 경감은 늙은 얼굴에 자애로운 웃음을 약간 띠면서 친밀한 사이처럼 조앤 브레트 쪽으로 향했다. "자, 아가씨." 경감이 아버지처럼 온화하게 말했다. "여지껏 아주 협조적이었소. 아가씨는 내 마음에 꼭 드는 증인이었소. 나는 아가씨에게 흥미가 많아요. 아가씨 자신에 대해서 얘기를 해봐요."

그녀의 푸른 눈이 빛을 냈다. "경감님, 사탕발림은 그만두세요. 범죄기록 같은 것은 없어요. 영국에서는 '가정부'라고 부르는 불쌍한 하녀일 따름이에요."

"쯧쯧, 그렇게 젊고 아름다운 아가씨를……." 경감이 낮게 중얼거렸다. "그렇더라도……."

"그렇더라도 저에 대한 전부를 알고 싶다는 말씀이시지요?" 그녀가 미소를 지었다. "좋아요, 퀸 경감님." 그녀는 스커트 자락을 둥근 무릎 아래로 꼼꼼하게 내렸다. "제 이름은 조앤 브레트이고, 1년이 약간 넘게 칼키스 씨의 비서로 일해 왔습니다. 지금은 당신네 끔찍한 뉴욕 발음으로 오염되어 있지만, 제 영국 억양으로 알 수 있다시피 영국 태생이고 숙녀예요, 경감님. 좋은 가문에서 태어나지는 못했을망정 숙녀라고요. 칼키스 씨에게는 제가 런던에서 모셨던 예술품 거래상이며 전문가인 아서 이윙 경의 추천으로 왔어요. 아서 경은 칼키스 씨의 명성을 잘 알고 있었고, 저를 좋게 추천해 주셨어요. 저는 운이 좋았죠. 칼키스 씨가 보좌할 사람을 절대적으로 필요로 하고 있을 때였기 때문에 보수도 두둑이 받고 개인 비서로 채용되었거든요. 그분은 제 업무에 관한 지식에 꽤 만족하셨던 것 같습니다."

"흠……그런 점을 듣고 싶었던 게 아닌데……."

"아! 좀더 개인적인 면을 알고 싶으신가요?" 그녀가 입술을 오므렸다. "자, 그럼, 저는 22살이고——결혼 적령기는 넘었지요, 경감님?——오른쪽 히프에 딸기 모양의 붉은 점이 있어요. 어네스트 헤밍웨이에 홀딱 반해 있고, 당신네 정치는 너무 딱딱하다고 생각하고 있어요. 지하철은 멋있다고 생각하고요. 됐나요?"

"이봐요, 브레트 양." 경감이 힘없이 말했다. "늙은이를 놀리는군. 지난 토요일 아침에 있었던 일을 알고 싶은 거요. 그날 아침에 이 방에서 전날 밤의 기묘한 방문객의 신원을 알아낼 수 있는 걸 무엇이라도 본 적이 있소?"

그녀가 친지하게 머리를 흔들었다. "아뇨. 본 것이 없어요, 경감님. 모든 것이 보통때와 같았으니까요."

"무슨 일이 있었는지 얘기해 봐요."

"어떻게 되었더라?" 그녀가 집게손가락을 자신의 붉은 아랫입술에 갖다 대었다. "슬론 씨가 말씀하신 대로 두 분이 의논을 끝내기 전에 제가 서재에 들어갔습니다. 슬론 씨가 칼키스 씨에게 넥타이 얘기를 하는 걸 들었지요. 슬론 씨가 떠난 뒤에 저는 칼키스 씨의 구술을 약 15분 동안 받아썼어요. 우리 일이 끝나자 저는, '칼키스 씨, 제가 바레트 상점에 전화를 해서 넥타이를 주문할까요? 했더니 칼키스 씨가, '아니, 내가 직접 하겠어.' 하시고는 봉인되고 우표가 붙어 있는 편지를 주시면서 당장 부치라고 하시더군요. 저는 약간 놀랐어요. 그분의 통신문은 제가 모두……."

"편지?" 경감은 깊이 생각했다. "누구에게 보내는 것이었소?"

조앤이 눈살을 찌푸렸다. "죄송해요, 경감님. 자세히 보지를 않았거든요. 수취인이 누구였는지 모르겠어요. 겉봉은 잉크로 손으로 썼던 것 같아요. 당연하지요, 이 방에는 타자기가 없으니까. 그러나……." 그녀가 어깨를 으쓱했다. "어쨌든, 제가 편지를 갖고 방에서 나가는데 칼키스 씨가 전화기를 들더군요. 구식 교환 전화기였어요. 다이얼 전화는 저 때문에 있는 거예요. 교환을 불러서 바레트 상점 전화번호를 말하는 것을 듣고서 저는 나와서 편지를 부치러 갔습니다."

"그게 몇 시였소?"

"15분 전 10시쯤이었을 거예요."

"그 뒤에 칼키스가 살아 있는 모습을 보았소?"

"아뇨, 경감님. 2층 제 방에 약 30분간 있었는데 밑에서 누가 비명을 지르는 소리가 들려서 급히 내려갔어요. 서재 안에 심스 부인이 기절해서 쓰러져 있고, 칼키스 씨는 책상에서 죽어 있더군요."

"그러면 칼키스 씨는 15분 전 10시에서 10시 15분 사이에 죽은 것이로군."

"그렇다고 봐요. 브릴랜드 부인과 슬론 부인이 제 다음으로 쫓아 내려와서는 죽은 시체를 보고 큰소리로 울기 시작했어요. 저는 그분들을 가까스로 진정시켜서 결국에는 불쌍한 심스 부인을 돌봐 주게끔 할 수 있었지요. 그리고는 즉시 프로스트 박사님과 화랑에 전화했어요. 위크스 집사가 집 뒤에서 왔고, 프로스트 박사님도 아주 빨리 도착했는데, 워드스 선생님도 그때 오셨어요. 늦잠을 주무셨던 모양이었어요. 프로스트 박사님이 칼키스 씨가 사망하셨다고 말했지요. 그 다음에는 우리가 할 수 있는 일은 없어서 심스 부인을 끌다시피 2층으로 데리고 가서 정신을 차리게 했습니다."

"알겠소. 잠깐만 기다려요, 브레트 양." 경감이 페퍼와 엘러리를 한쪽으로 데리고 갔다.

"어떻게 생각하나?" 경감이 신중하게 물었다.

"진전이 있는 것 같군요." 엘러리가 중얼거렸다.

"무슨 진전이 있다는 거지?"

엘러리는 천장을 쳐다보았고, 페퍼는 머리를 긁었다. "여지껏 들은 것을 갖고는 뭐가 어떻게 된 건지 알 수가 없는데." 페퍼가 말했다. "토요일에 있었던 얘기는 지난번 유언장 수사 때 전부 들은 것인데, 나는 도무지……."

"이봐요, 페퍼." 엘러리가 낮게 웃었다. "당신은 미국 사람이니, 버튼의 「우울증의 해부」에 명시된 중국 격언의 마지막 부류에 속하게 되겠군요. 그 속담은 '중국인은 유럽인은 눈이 하나뿐이고, 자기들은 둘을 갖고 있으며, 그 밖의 사람들은 장님이다'라는……."

"잘난 척하지 말아." 경감이 으르렁거렸다. "두 사람 다 내 말을 들어 봐." 경감이 무엇이라고 단호하게 말하자 페퍼의 얼굴이 약간 창백해지며 거북해 했다. 그러나 어깨를 세우는 모습으로 보아서는 정신적인 결단을 한 것 같았다. 책상 끝에 걸터앉아 있는 조앤은 참을성 있게 기다리고 있었다. 앞으로 일어날 사태를 알고 있었다면 그런 태도는 나타내지 못했으리라. 앨런 체니가 긴장하기 시작했다.

"어떻게 되나 두고 보지." 경감은 큰소리로 결론을 내리고, 몸은 다른 사람들을 향하며 조앤에게 냉담하게 말했다. "브레트 양, 이상한 질문 하나를 해야겠소. 이틀 전, 지난 수요일 밤에는 무엇을 했지요?"

서재 안이 무덤 속과 같이 조용해졌다. 긴 다리를 양탄자 위에 쭉 뻗고 있던 수이자까지도 귀를 기울였다. 조앤이 대답을 주저하자 다른 사람들의 눈이 그녀를 심판하듯 바라보았다. 경감이 질문하는 순간 여지껏 시계추처럼 흔들고 있던 다리를 멈추더니, 이내 다시 다리를 흔들면서 아무 일도 없었다는 듯이 대답했다. "이상한 질문도 아니네요, 경감님. 칼키스 씨의 사망, 그에 따른 집안의 혼란, 장례 준비, 장례식, 이런 일들 때문에 피로해 있었지요. 수요일 오후에 센트럴 파크에서 바람을 쐬고, 저녁을 일찍 먹은 뒤에 이내 침대에 들어갔습니다. 책을 약 한 시간 동안 읽고 10시경에 잤지요. 그게 전부예요."

"잘 때는 세상 모르고 잡니까, 브레트 양?"

그녀는 작게 웃으며 말했다. "업어 가도 모르지요."

"그날 밤도 깨지 않고 잘 잤습니까?"

"물론이에요."

경감이 페퍼의 힘이 들어가 있는 팔을 잡고 말했다. "그렇다면 목요일 새벽 1시에 당신이 이 방을 돌아다니며 칼키스의 금고를 뒤지는 것을 페퍼가 봤다는 사실을 어떻게 설명하겠소?"

서재 안이 조금 전에 무덤 속같이 조용했다면 이번에는 그보다도 더 조용해졌다. 오랫동안 아무도 정상적으로 호흡을 하지 않았다. 체니는 조앤과 경감을 사납게 번갈아 보다가, 눈을 껌벅이더니 페퍼의 창백한 얼굴을 무섭게 노려보았다. 워드스 의사는 여지껏 만지작거리고 있던 종이 자르는 칼을 떨어뜨리고 주먹을 쥐고 있었다.

조앤만이 제일 동요를 하지 않는 듯했다. 웃음을 짓더니 페퍼에게 직접 말했다. "제가 서재에서 헤매고 있는 걸 보셨다고요? 금고를 뒤지고 있는 저를 봤다고요, 페퍼 씨? 틀림없어요?"

"브레트 양." 퀸 경감이 조앤의 어깨를 토닥거리며 말했다. "시간을 벌려고 해봐야 소용없어요. 그리고 페퍼가 당신에게 거짓말쟁이라고 하는 불상사가 일어나지 않게 해요. 그 시간에 여기에서 뭘 했소? 뭘 찾고 있었던 거요?"

조앤은 놀랐다는 듯한 웃음을 지으며 고개를 흔들었다. "저는 두 분이 무슨 말을 하고 계신지 모르겠어요. 말도 안돼요!"

경감이 페퍼를 음흉하게 바라보았다. "브레트 양, 내 얘기는…… 이봐요, 페퍼, 그날 밤에 본 것이 귀신이오, 이 아가씨요?"

페퍼가 양탄자를 툭툭 찼다. "브레트 양이 틀림없어요." 하고 낮게 말했다.

"그것 봐요, 브레트 양." 경감이 부드럽게 말을 계속했다. "페퍼는 자기 말에 자신이 있는 것 같지 않아요? 페퍼, 그때 브레트 양이 뭘 입고 있었소?"

"잠옷과 화장복을 입고 있었습니다."

"화장복 색깔은 무엇이었소?"

"검정색이오. 나는 방 건너 저쪽의 큰 의자에 졸면서 앉아 있었습니다. 보이지 않았을 겁니다. 브레트 양이 아주 조심스럽게 서재에 들어오더니 문을 닫고 책상 위에 있는 전기 스탠드를 켜더군요. 그 불빛으로 입은 옷과 하는 행동을 볼 수 있었습니다. 금고를 뒤지더니 그 속의 서류들을 한장 한장 전부 살펴봤습니다."

마지막 말은 얘기를 빨리 끝내려는 듯 빠르게 나왔다.

브레트 양의 낯빛은 말을 하는 동안 점점 창백해졌다. 괴로움에 입술을 깨물고 있었고 눈에는 눈물이 고였다.

"그게 사실이오, 브레트 양?" 경감이 단조로운 목소리로 물었다.

"저는, 저는, 아네요. 그렇지 않아요!" 그녀는 소리치며 얼굴을 두 손으로 가리고는 흐느껴 울기 시작했다. 앨런 체니가 욕지거리를 하면서 앞으로 뛰어나와 힘센 손으로 페퍼의 깨끗한 칼라를 쥐고서 소리쳤다. "이 거짓말쟁이 자식! 죄없는 여자를 이런 일에 휘말리게 하는 놈!" 페퍼는 얼굴이 벌개져서 체니의 손아귀에서 빠져나왔다. 벨리 경사가 그 커다란 덩치엔 어울리지 않는 재빠른 동작으로 체니 옆으로 와서 아파서 움찔할 정도로 단단히 그의 팔을 잡았다.

"그만, 그만들 해요." 경감이 부드럽게 말했다. "침착히들 구시오. 여기는……."

"모함이야!" 앨런은 벨리의 손아귀에서 빠져나오려고 몸을 뒤틀며 소리쳤다.

"앉아요!" 경감이 고함쳤다. "토머스, 그 난폭자를 구석에 처넣고 꼼짝못하게 해." 벨리는 즐거운 일인 듯 여지껏 보이지 않던 표정을 지으며 앨런을 힘도 안 들이고 구석으로 끌고 가서 의자에 앉혔다. 체니는 온순해져서 무엇이라고 중얼거렸다.

"앨런, 그만둬요." 그녀의 말이 흐느끼는 속에 나지막하게 들렸고, 사람들을 놀라게 했다. "페퍼 씨 말이 맞아요." 그녀의 말 중간중간에 흑흑 하고 숨이 끊기는 소리가 들렸다. "제가, 제가 수요일 밤에 서재에 왔었어요."

"그러는 것이 현명해요, 아가씨." 경감이 쾌활하게 말했다. "언제나 진실을 말해야지. 그래, 무엇을 찾고 있었지요?"

그녀는 음성을 높이지 않고 빨리 말했다. "서재에 왔었다고 하면 그 이유를 설명하기가 어려울 것 같아서……설명하기가 쉽지 않군요. 전……1시쯤 잠이 깼는데 별안간에 유언 관리인인가 뭣인가 하는 녹스 씨가, 저……칼키스 씨의 채권 증서 항목표를 보자고 할지도 모른다는 생각이 들었어요. 그래서, 그래서 목록표를 만들려고……."

"새벽 1시에 말입니까, 브레트 양?" 경감이 비꼬며 말했다.

"네, 그래요. 그렇지만 금고에 있는 것들을 보니까 저……한밤중에 그런 일을 한다는 것이 바보짓 같아서, 금고에 다시 넣고 잠을 자러 위층으로 갔어요. 그렇게 된 거예요, 경감님." 그녀의 양볼에 홍조가 떠오르기 시작했고, 눈은 바닥에 깔린 양탄자에서 떠나지 않았다. 체니는 공포의 빛을 띤 눈으로 그녀를 보고 있었고, 페퍼는 한숨을 쉬었다.

엘러리가 아버지의 팔을 잡아당기자 경감이 낮은 소리로 물었다.

"어떻게 하면 좋겠니, 애야?"

그러나 엘러리는 입술에 미소를 머금고 큰소리로 진심인 양 말했다. "타당성 있게 들리는데요."

그의 아버지가 잠깐 꼼짝도 않더니 말했다. "그래, 그렇게 들리지? 아, 브레트 양, 약간 흥분한 것 같군요. 분위기를 바꾸는 것도 좋을 듯하니 위층에 가서 심스 부인에게 당장 내려오라고 해주겠소?"

"기꺼이……그렇게 하지요." 그녀의 목소리는 거의 들리지 않을 정도였다. 그녀는 책상 끝에서 내려와서 엘러리에게 살짝이지만 고맙다는 눈길을 보내고 급히 서재에서 나갔다.

워즈스 의사는 생각에 잠겨 엘러리의 얼굴을 보고 있었다.

심스 부인이 요란한 실내복을 입고 위엄 있게 들어왔고, 투치가 낡은 신발 뒤를 졸졸 따라왔다. 조앤이 문 옆 앨런 옆에 앉았으나, 그는 그녀는 보지도 않고 삐죽삐죽 뻗어 있어 왕관 같은 심스 부인의 회색 머리에만 눈길을 모으고 있었다.

"아, 심스 부인. 들어오세요. 의자에 앉으세요." 경감이 큰소리로 말하자 심스 부인은 고개를 위엄 있게 끄덕이고는 거들먹거리며 의자에 앉았다. "자, 심스 부인, 칼키스 씨가 돌아가신 지난 토요일 아침 일들이 기억납니까?"

"기억나지요." 그녀가 몸서리를 치며 말하자 몸의 여러 곳이 출렁거렸다. "기억하고말고요. 죽을 때까지 기억날 거예요."

"그러시겠지요. 심스 부인, 그날 아침에 어떻게 지냈나 말해 주시지요."

심스 부인이 살찐 어깨를 수탉이 울기 전에 날개를 치는 것처럼 서너 번 올렸다 내렸다 했다. "보통 아침처럼 청소도 하고 전날 밤의 찻잔들도 치우고, 이것저것 일을 하려고 10시 15분에 이 방으로 왔지요. 문에 들어서자마자……."

"저……심스 부인." 엘러리의 말소리는 부드러웠고 존경의 빛을 띠고 있었다. 그녀의 두툼한 입술이 금방 미소를 지었다. 참 좋은 청년이야! "그런 일들을 부인께서 직접 하셨습니까?" 그의 목소

리는 심스 부인 같은 중요한 사람이 그러한 육체 노동을 어떻게
할 수 있겠느냐 하는 것 같았다.

"칼키스 씨의 방들만 제가 직접 돌봤죠." 그녀가 다급하게 설명
을 했다. "칼키스 씨는 젊은 하녀들을 아주 싫어하셨어요. 건방진
바보들이라고 하셨죠. 그분이 직접 사용하시는 곳은 저더러 맡아
달라고 하셨습니다."

"아, 그럼 칼키스 씨의 침실도 담당하셨겠군요."

"네, 그리고 데미의 침실도요. 그래서 제 일을 하려고 지난 토요
일에 왔더니……." 그녀의 가슴이 파도처럼 출렁거렸다. "그 불쌍
한 분께서 책상에 엎드려 계시지 않겠어요? 그분의 머리가 책상
위에 뉘어 있었단 말예요. 주무시는 줄 알았지요. 그래서 제가……
하나님 맙소사! 그분의 손을 잡았지요. 아, 그런데 글쎄, 손이 차
갑지 않겠어요? 흔들어서 깨워야겠다는 생각을 하다가 비명을 지
른 생각까지 나고 그 다음은 모르겠어요. 성경에 손을 얹고 맹세해
요." 그녀가 혹시나 자기 말을 믿지 않기나 하면 어쩌나 하는 듯이
걱정스런 모습을 하고 엘러리를 한쪽 눈으로 바라보았다. "정신을
차리니 저는 제 방에, 제 침대에 있었고, 위크스와 하녀 하나가 제
뺨을 때리며 제 몸을 흔들고 코 밑에 정신 들게 하는 것을 갖다 대
고 있더군요."

"그러니까, 심스 부인." 엘러리는 여전히 존경스러워하는 투로
말했다. "서재에서나 칼키스 씨 침실에서 손을 댄 물건은 없었군
요?"

"당연하죠. 손을 안 댔어요."

엘러리가 아버지에게 무엇이라고 귓속말을 하자 경감이 고개를
끄덕이고는 사람들을 향해 말했다. "이 집안에 계신 분들 중 브레
트 양, 슬론 씨, 디미트리오스 칼키스말고 토요일 아침에 살아 있
는 칼키스 씨를 본 사람 있습니까?"

모든 사람이 주저하지 않고 고개를 세차게 흔들었다.

"위크스," 경감이 물었다. "토요일 아침 9시에서 9시 15분 사이
에 서재와 침실에 들어가지 않은 것이 틀림없소?"

위크스의 귀 위에 돋은 솜털 같은 머리카락이 흔들렸다. "제가

요? 천만에요!"

"심스 부인, 일주일 전에 칼키스 씨가 돌아가시고 난 다음 그 방들에 손을 댄 적이 있었습니까?"

"손끝도 대지 않았습니다." 가정부가 떨리는 목소리로 말했다. "그 뒤로 죽 아팠거든요."

"그럼, 떠났다는 하녀들은?"

조앤이 낮은 소리로 말했다. "그들은 칼키스 씨가 돌아가신 날 떠났다고 말씀드렸잖아요, 퀸 씨? 서재나 침실에 들어오려고조차 하지 않았어요."

"위크스, 당신은?"

"아니오. 장례날인 화요일까지 아무 곳에도 손대지 않았습니다. 그 이후에는 손대지 말라고 지시를 받았습니다."

"아, 좋아요. 브레트 양, 당신은?"

"다른 할 일들이 있었어요, 퀸 씨." 그녀가 대답했다.

엘러리는 그들을 죽 둘러보았다. "지난 토요일 이후에 그 방들에 손댄 분 안 계십니까?" 대답이 없었다. "그럼, 좋아요! 그러니까 이렇게 된 것이군요. 하녀들이 떠났기 때문에 손도 말렸고, 심스 부인은 자기 방에만 있었으니 손을 쓸 수가 없어서 집안 전체가 어수선했으며 청소할 사람도 없었다, 그런 말이군요. 화요일 장례가 끝나고 나서는 유언장이 없어진 것이 발견되어서 페퍼 씨의 지시에 따라 그 방들에는 손도 대지 않았다, 그런 거로군요."

"시체 매장 준비는 장의사 사람들이 칼키스 씨 침실에서 했어요." 조앤은 작은 소리로 힘없이 말했다.

"그리고, 퀸 씨," 페퍼가 말했다. "유언장을 찾느라고 집안을 구석구석 뒤졌는데, 물건을 갖고 나갔다든가 제자리에 놓지 않았다든가 하는 일이 없었다고 내가 보증할 수 있습니다."

"내 생각에 장의사 사람들은 제외시켜도 될 것 같고……." 엘러리가 말했다. "트리칼라 씨, 여기 있는 칼키스 씨에게 물어 봐 주겠습니까?"

"그러지요." 트리칼라와 데미의 열광적인 대화가 다시 시작되었다. 트리칼라의 질문은 날카롭고 폭발적으로 들렸고, 바보의 축 처진 얼굴에 떠오른 안색이 점점 창백해지더니 더듬거리며 침을 튀기면서 그리스어로 말했다. "무슨 말인지 정확하지 않습니다, 퀸 씨." 트리칼라가 얼굴을 찡그리며 알려주었다. "사촌이 죽고 난 다음에는 사촌 침실은 물론 자기 침실에도 발을 들여놓지 않았다는 말을 하는 것 같은데, 거기에 또 다른 말도 하는 것을 이해할 수가 없어요……."

"제가 말씀을 올릴까요?" 위크스가 중간에 끼어들었다. "데미 씨가 하는 말이 무엇인지 알 수 있을 것 같습니다. 데미 씨는 칼키스 씨의 사망을 대단히 심각하게 받아들였습니다. 겁을 내기까지 해서——어린애가 죽음을 보고 느끼는 두려움 같은 것이라고나 할까요?——칼키스 씨 침실 안에 있는 자기 방에서 자지 않겠다고 야단이었습니다. 그래서 이층의 하녀 방 중 빈 곳을 주라고 슬론 씨가 말씀하셔서 그곳에서 지내고 있습니다."

"그 방에서 내내 지내 왔는데," 슬론 부인이 한숨을 쉬었다. "물고기가 땅에 나온 것처럼 굴고 있어요. 불쌍한 데미가 가끔 골치를 썩여요."

"정말 그랬는지 확인해 주시지요." 엘러리가 전혀 다른 말투로 지시했다. "그리고, 트리칼라 씨, 토요일 이후에 침실에 들어간 적이 있는가도 물어 봐 주세요."

데미가 공포의 빛을 띠고 하는 행동으로 보아 질문에 부정적인 답변을 하고 있다는 것을 트리칼라의 통역이 없이도 알 수 있었다. 바보의 몸이 오그라드는 것 같더니, 비실비실 구석으로 가서 손톱을 깨물면서 야생 동물의 불안한 눈초리로 방안을 둘러보며 서 있었다. 엘러리는 깊은 생각을 하며 그를 바라보았다.

경감이 갈색 턱수염을 기른 영국 의사에게 몸을 돌렸다. "워즈 박사님, 던컨 프로스트 박사와 조금 전에 얘기를 했는데, 그의 말이 칼키스가 죽은 직후에 당신도 시체를 조사했다고 하던데 사실입니까?"

"그렇습니다."

"당신의 직업적인 식견으로 보아 사망 원인이 무엇이라고 생각합니까?"

워드스 의사는 갈색 눈썹을 치켜올렸다. "프로스트 박사가 사망 진단서에 써 넣은 대로입니다."

"좋습니다. 당신 개인에 대한 질문을 몇 가지 해야겠습니다." 경감은 코담배를 맡으며 친근한 미소를 띠었다. "이 집에 계시게 된 배경을 설명해 주시겠습니까?"

"얼마 전에 그 점에 대해 말씀드린 것 같은데요." 워드스 의사는 대수롭지 않다는 듯이 대답했다. "나는 런던의 안과전문의입니다. 뉴욕엔 오랫동안 미뤄온 휴식차 왔는데 호텔로 브레트 양이 찾아와……."

"또 브레트 양이군." 퀸 경감이 날카로운 눈초리를 그녀 쪽으로 보냈다. "어떻게 해서……서로 알고 있던 사이였나요?"

"네, 브레트 양의 전(前) 고용인인 아서 경을 통해서 알게 됐지요. 아서 경의 그리 심하지 않은 과립성 결막염을 치료하면서 알게 됐습니다. 신문을 통해 내가 뉴욕에 왔다는 것을 알고 브레트 양이 찾아왔습니다. 브레트 양이 칼키스 씨의 눈을 보아줄 수 없느냐고 조르더군요."

"사실은," 조앤이 마음이 죄는 듯 급히 말했다. "선생님이 뉴욕에 오셨다는 것을 알고, 칼키스 씨에게 선생님에 대한 말씀을 드리고 치료를 의뢰하는 것이 어떠냐고 여쭤 봤어요."

"당시에," 워드스 의사가 말을 계속했다. "나는 몸도 좋지 않고 ——지금도 신경이 말이 아닙니다——또, 휴식을 취하려고 미국에까지 온 사람이 일을 한다는 것이 마음에 들지도 않아 거절을 했습니다만, 브레트 양이 좀 끈질겨야지요. 결국은 내가 졌지요. 칼키스 씨는 대단히 친절한 분이었습니다. 미국에 있는 동안 당신의 손님으로 이 집에 있으라고 계속 부탁을 하기에 이곳에 들어와서 2주일 약간 넘게 돌봐 드렸는데 그만 돌아가시고 말았습니다."

"칼키스 씨가 앞을 못 보게 된 원인에 대해서는 프로스트 박사와 다른 전문의의 진단에 동의합니까?"

"아, 네. 며칠 전에 여기 있는 경사와 페퍼 씨에게 그렇게 말했습니다. 위궤양이나 위암의 출혈로 인하여 생겨나는 흑내장(黑內障)——완전한 시력상실이죠——현상에 대해서는 현재 의학계에서도 아는 것이 거의 없습니다. 그럼에도 불구하고, 의학적인 관점으로 볼 때 그 현상은 덤벼들어 볼 만한 매력적인 문제였습니다. 그래서 시력을 회복시켜 보려고 몇 가지 실험을 해보았지만 성공하지 못했습니다. 지난 주 목요일에 정밀검사를 해봤는데 상태에는 변화가 없었습니다."

"관 속에 있었던 두 번째 사나이, 그림쇼를 본 적이 없는 것이 틀림없지요?"

"네, 경감님, 틀림없습니다." 워드스 의사가 답답하다는 듯이 대답했다. "게다가, 칼키스의 개인적인 용무나 방문객, 당신 수사에 관계되는 일은 아무것도 아는 것이 없습니다. 지금의 심정은 되도록 빨리 영국으로 돌아가고 싶을 뿐입니다."

"며칠 전에는 그런 심정이 아닌 것으로 들었는데……." 경감이 비꼬았다. "지금은 쉽게 떠날 수가 없게 됐소, 의사 선생님. 이제는 살인사건 수사에 연관이 되어 있으니까요."

경감은 의사의 수염 속 입술에서 나온 항의를 짧게 중단시키고 앨런 체니 쪽으로 질문의 화살을 돌렸다. 체니의 대답은 퉁명스러웠다. 아니오, 여태까지의 진술에 추가할 말은 없소. 아니오, 전에 그림쇼를 본 적이 없소. 게다가, 그림손가 뭔가 하는 놈을 죽인 녀석이 잡히든 말든 상관없소, 하고 심술궂게 말했다. 경감은 별놈다 보겠다는 표정으로 눈썹을 치켜올리고는 슬론 부인에게 질문을 던졌다. 결과는 그쪽도 만족스럽지 못했다. 그녀의 아들과 마찬가지로 아는 것이 아무것도 없으며 관심도 없다고 말했다. 그녀의 관심은 집안이 최소한의 평화를 되찾고 빨리 집안이 사람 사는 곳 비슷하게라도 되었으면 하는 것이었다. 도움을 줄 수 없기는 브릴랜드 부부, 나시오 수이자와 우드러프 변호사도 마찬가지였다. 그들 중 누구도 그림쇼를 본 적이 없다고 했다. 경감은 위크스 집사에게 이 점을 물고 늘어졌으나, 자기가 칼키스 씨 집에서 근무한 8년 동안 지난 주에 그림쇼가 찾아온 것이 처음이고, 자기는 그때에도 보지 못했다고 말했다.

경감의 작은 체구가 그곳이 마치 엘바 섬인 양, 나폴레옹처럼 서재의 중앙에 서 있었다. 경감의 눈에서는 불꽃이 튀고 있었다. 잿빛 콧수염 아래의 입에서는 질문들이 재빠르게 튀어나왔다. 장례식 뒤에 집안에서 이상하다고 생각된 것을 본 사람은 없소? 아니오. 장례 뒤에 묘지에 갔었던 사람 없소? 없습니다. 장례 뒤에 묘지에 가는 사람을 본 사람은 없소? 더 큰소리로, 아니오!

퀸 경감이 참을성 없이 손가락을 구부리자 벨리 경사가 얼른 경감에게로 갔다. 경감은 성질이 나 있었다. 벨리에게 교회에 가서, 교회 관리인인 허니웰과 엘더 목사, 그밖에 교회에 연관된 사람들을 직접 심문하여 장례 이후 묘지에서 이상한 일이 있었던 것을 보았는가 알아보고, 뒤뜰을 둘러싸고 있는 목사관과 네 집도 방문해서 그곳에서도 알아보라고 지시했다. 한 사람도 빼놓지 말고 어떤 사람이라도 묘지에, 특히 밤중에 간 사람이 있었나 알아볼 것도 지시했다.

경감의 성질을 잘 알고 있는 벨리는 멋적은 미소를 띄우고 서재에서 급히 나갔다.

경감은 콧수염을 씹었다. "엘러리!" 그가 불쾌한 소리를 냈다. "도대체 뭘 하고 있는 거냐?"

엘러리는 금방 대답하지 않았다. 그는 대단히 흥미 있는 무엇을 찾은 듯했다. 그는 이상하게도 분위기에 걸맞지 않게 베토벤의 교향곡 5번의 주선율(主旋律)을 휘파람으로 불며, 서재 건너편 구석에 있는 티 테이블 위에 놓인, 아무 곳에서나 볼 수 있는 평범한 전기 주전자를 굽어보고 있었다.

제10장 징   조

엘러리 퀸은 이상한 청년이었다. 몇 시간 동안이나 꿈속에서나 보는, 손에 잡을 수 없는 형체 같은 무엇, 그러나 앞으로는 손에 잡힐 것 같은 그 무엇이 있다는 생각이 머릿속을 맴돌고 있었다. 즉, 곧 훌륭한 단서를 찾을 것이라는 직감이 있었던 것이다. 그는 서재 안을 서성거리며 가구들도 이것저것 만져 보고, 책들도 빼어서 들추어보며, 남들이 하는 일에 방해가 되는 행동도 하면서 성가시게 굴고 있었다. 그는 전기 주전자가 놓인 테이블 쪽을 얼핏 보면서 두 번이나 지나치다가, 뚜렷하게 이상한 것을 발견했다기 보다는 이상한 기미를 느꼈는지 코끝이 떨렸다. 그는 두 눈썹을 모으고 그것을 보고 있더니, 전기 주전자의 뚜껑을 열고 안을 들여다 보았다. 그 안에서 무엇을 찾을 것이라고 생각했는지는 모르나, 눈에 띈 것은 특별한 것이 아니었다. 보통 물뿐이었다.

그럼에도 불구하고 그가 고개를 들었을 때 눈에서는 빛이 나고, 자기 아버지를 불쾌하게 한 휘파람을 불었던 것이다. 그는 경감의 물음에는 대답도 하지 않고 심스 부인에게 날카롭게 물었다. "토요일 아침, 칼키스 씨가 사망한 것을 발견했을 때 이 티 테이블은 어디에 있었습니까?"

"어디에 있었냐고요? 지금 있는 곳이 아니고 책상 옆에 있었어요. 그 전날 밤에 칼키스 씨가 놓으라고 하신 곳에 그냥 있었어요."

"그렇다면," 엘러리가 여러 사람들을 둘러보며 말했다. "그 이후에 누가 지금 있는 구석으로 옮겼습니까?"

이번에도 조앤 브레트가 대답을 했고, 여러 사람의 의심하는 듯한 눈이 그녀의 키가 크고 날씬한 모습을 바라보았다. "제가 했어요, 퀸 씨."

경감이 얼굴을 찡그렸고, 엘러리는 웃음을 머금고 아버지를 보았다. "브레트 양이 그러셨다고요? 언제, 왜 옮겼지요?"

그녀가 기가 찬다는 듯 웃었다. "모든 것을 저만 한 것 같아 보이네요⋯⋯사실은 장례가 끝나고 사람들은 유언장을 찾는다고 서재 안을 왔다갔다해서 혼잡했어요. 그래서 책상 옆에 테이블이 있어서 걸리적거릴 것 같아 구석으로 옮겼을 뿐이에요. 옮긴 것도 잘못한 건가요?"

"천만에요." 엘러리는 관대하게 대답하고, 가정부에게 다시 몸을 돌렸다. "심스 부인, 지난 금요일 밤, 차 준비를 할 때 홍차 봉지는 몇 개를 갖고 오셨지요?"

"한 주먹이오. 여섯 개라고 생각돼요."

경감이 조용히 앞으로 나서자 페퍼도 뒤따랐다. 두 사람은 무엇이 어떻게 된 것인지도 모르고 낮은 티 테이블을 관심 있게 바라

보았다. 테이블은 낮고 오래 된 것으로 두 사람 눈에는 특별한 것
은 아니었다. 테이블 위에는 커다란 은쟁반이 있었고, 은쟁반 한
쪽에는 전기 주전자가, 그 옆에 찻숟가락이 얹힌 티 세트 세 벌,
은제 설탕 그릇, 누렇게 크림이 엉겨 있는 작은 피처(주전자), 눌러
짜지. 않은 레몬 세 조각이 있는 접시와 사용하지 않은 홍차 봉지
세 개가 있는 다른 접시가 놓여 있었다. 세 개의 찻잔 바닥에는 말
라붙은 차 찌꺼기가 보였고, 찻잔 위 끝 가까이에 찻물이 말라붙은
둥근 테가 있었다. 찻숟가락 세 개도 찻물이 말라붙어 누렇게 보였
다. 세 개의 접시 위에는 사용한 홍차 봉지가 한 개씩 있었고, 눌
러 짠 마른 레몬 조각이 하나씩 얹혀 있었다. 경감과 페퍼가 보기
에는 그것뿐이었다.

아들의 별난 엉뚱한 짓에 익숙해 있던 경감이었지만, 도저히 뭐
가 뭔지 알 수가 없었다. "뭘 보고 그러는지······."

엘러리가 낮게 웃었다. "오비디우스의 말을 믿으세요. '참고 견
뎌라, 그러면 불행도 어느 날은 유익하게 될지어다.'"

엘러리가 전기 주전자 뚜껑을 다시 열고 속을 들여다보더니 언
제나 갖고 다니는 작은 주머니를 꺼내서, 작은 유리병에 오래 된
주전자 물을 몇 방울 따라 붓고 주전자 뚜껑을 닫았다. 유리병의
마개를 막고는 물건들이 잔뜩 들어 있어 불룩한 자기 옷 주머니에
그 유리병을 넣었다. 그리고 나서 사람들의 눈이 점점 더 휘둥그래
지는 가운데, 찻잔 등을 얹은 채로 은쟁반을 책상에 들고 가서 만
족스럽다는 듯이 한숨을 쉬고는 책상 위에 놓았다. 그리고는 무슨
생각이 떠올랐는지 조앤 브레트에게 날카롭게 물었다. "지난 화요
일 티 테이블을 옮길 때 은쟁반 위에 있는 것 중에서 만졌거나 옮
긴 것이 있습니까?"

"아뇨, 퀸 씨." 그녀가 온순하게 대답했다.

"훌륭해요. 완전하다고 할 정도로." 엘러리가 두 손을 기운차게
비볐다. "신사 숙녀 여러분! 고생들을 많이 하셔서 피곤하실 텐데
차나 한잔씩······."

"엘러리!" 경감이 차갑게 말했다. "무슨 일에건 정도가 있는 거
야. 이럴 때에 그렇게······."

엘러리가 슬프다는 듯 아버지를 바라보았다. "아버지! 콜리 시버가 길게 칭찬한 차를 내쫓으실 작정이십니까? '차여! 너는 부드럽고, 취하지 않고, 슬기롭고 훌륭한 액체——너는 여자를 재잘거리게 하고, 미소로써 달래고, 마음을 열게 하고, 윙크를 하게끔 하는 감미로운 것!'" 조앤이 킥킥 웃자, 엘러리는 그녀를 보고 허리 굽혀 절을 했다. 구석에 있던 경감의 부하 하나가 손으로 입을 막으며 옆에 있는 동료에게 속삭였다. "이런 살인사건 수사는 처음 보는군." 주전자 너머로 경감과 엘러리의 눈이 마주쳤다. 경감이 졌다는 듯이, '세상이 전부 네 것이니 마음대로 해봐' 하는 듯한 눈길을 엘러리에게 보내고 조용히 물러섰다.

엘러리는 마음에 정한 바가 있는 듯했다. 심스 부인에게 쌀쌀맞다고 할 정도로 힘주어 말했다. "홍차 봉지를 새것으로 셋하고 여섯 벌의 잔, 접시, 그리고 찻숟가락, 크림과 레몬을 갖다 주시지요. 빨리!"

가정부가 놀라서 숨을 크게 들이마시고는 불만스러운 듯 코방귀를 뀌고는 방에서 나갔다. 엘러리는 주전자를 들고 책상 주위를 기웃거리더니 책상 옆에 붙어 있는 전기 소켓을 찾아 주전자의 전기 코드를 끼웠다. 심스 부인이 부엌에서 돌아왔을 때는 주전자의 유리 뚜껑을 통해 물이 끓고 있는 것이 보였다. 주위가 쥐죽은듯이 조용한 것에는 마음도 쓰지 않고, 가정부가 갖고 온 여섯 개의 빈 찻잔에 끓는 물을 따라 부었다. 다섯 잔째가 거의 찼을 때 주전자의 물이 다되었다. 페퍼가 이상하다는 듯이 말했다. "퀸 씨, 그 물은 오래 됐어요. 일주일도 지난 물이에요. 그 물을 마시려는 것은 아니겠……."

엘러리가 미소를 지었다. "바보짓을 했군요. 심스 부인, 주전자에 새 물을 가득 채우고 찻잔 여섯 개만 더 갖다 주시겠습니까?"

심스 부인이 그를 좀전에 좋은 청년이라고 생각했던 마음을 고쳐 먹었다는 것을 표정으로 알 수 있었다. 고개를 숙이고 있는 엘러리를 경멸하는 눈으로 노려보았다. 엘러리는 주전자를 들어서 가정부에게 내밀었다. 그녀가 나간 동안 따라 놓은, 뜨거운 물이 담긴 찻잔 속에 접시 위에 있던 사용한 홍차 봉지 세 개를 한 잔에 하나씩 진지한 표정으로 넣었다. 슬론 부인이 끔찍스럽다는 소리를 냈다. 아니, 이 젊은 야만인이 그것을 마시겠다는 거야! 엘러리는 그 이상한 짓을 계속하고 있었다. 헌 홍차 봉지들이 물을 빨아들이는 것을 보고 누런 찻물이 말라붙은 숟가락으로 홍차 봉지들을 꽉꽉 누르기 시작했다. 심스 부인이 새 쟁반에 물이 든 주전자와 열두 세트의 찻잔들을 들고 들어왔다. "이만하면 되겠지요?" 그녀가 비꼬았다. "이제 찻잔이 더는 없어요, 퀸 씨!"

"완전합니다, 심스 부인. 당신은 값비싼 보석이십니다. 듣기 좋은 말이지요?" 엘러리는 홍차 봉지를 누르던 것은 중단하고, 책상 옆의 전기 소켓에 주전자 코드를 끼운 뒤에 다시 누르기 시작했다. 제아무리 눌러도 홍차 봉지에서 차는 나오지 않고 물이 노르스름해질 뿐이었다. 그것이 무엇을 증명이라도 한다는 듯이 엘러리는 미소를 짓고 고개를 끄덕였다. 주전자의 물이 끓기 시작하자 심스 부인이 갖고 온 새 찻잔에 물을 따르기 시작했다. 여섯 잔을 채우고 물이 떨어지자 한숨을 쉬더니 낮은 소리로 말했다. "친애하는 심스 부인, 주전자에 물을 또 한 번 갖고 오셔야겠습니다. 사람들이 많아서 여섯 잔 갖고는 모자랄 것 같군요." 그러나 모두가──홍차를 좋아하는 영국 사람들인 조앤 브레트와 워즈 의사를 포함해서──바보 같은 홍차 마시기를 거절했다. 엘러리는 찻잔들이 어지럽게 널려 있는 책상 위를 보면서 혼자서 차를 마셨다. 침착하게 차를 마시고 있는 엘러리의 얼굴을 보고 있는 모든 사람들의 표정이, 그가 별안간 데미의 정신 상태로 떨어졌다고 생각하고 있다는 것을 웅변보다 더 잘 나타내고 있었다.

제11장 심사숙고

차를 다 마시고 난 엘러리는 손수건으로 입술을 꼼꼼히 누르더니 찻잔을 내려놓고, 계속 미소를 띠우고 칼키스의 침실로 갔다. 경감과 페퍼가 체념한 표정으로 그의 뒤를 따랐다.

칼키스의 침실은 창문도 없이 어두컴컴하며 커다란 것이, 바로 앞을 못 보는 사람의 방임을 보여 주었다. 엘러리가 전등 스위치를 켜고 방안을 둘러보았다. 방안은 어지럽혀져 있었다. 침대는 정돈 되어 있지 않았고, 침대 옆에 있는 의자에는 남자의 옷들이 잔뜩 걸려 있었다. 구역질나는 냄새가 공기 중에 떠돌고 있었다. 엘러리 가 방 건너에 있는 다리가 긴 옷장 쪽으로 가며 말했다. "방부처리 에 필요한 약품 냄새겠지. 에드먼드 크류 말대로 집은 단단히 지었 는지 모르나 통풍이 엉망이군." 그는 옷장에 손을 대지 않고 찬찬 히 살피다가, 한숨을 쉬며 서랍 속을 뒤지기 시작했다. 맨 윗서랍 에서 두 장의 종이를 찾아 그 중 하나를 관심 있게 읽기 시작했다. 경감이, "뭐냐!" 하고 중얼거리고 페퍼와 함께 엘러리의 어깨너머 로 목을 길게 뺐다.

"바보 친구가 사촌의 의복을 입히는 계획표입니다." 엘러리가 낮게 말했다. 한 장은 외국어로 씌어 있었고, 다른 한 장은 같은 내용을 영어로 쓴 것인 듯했다. "내 언어학 실력으로," 엘러리는 말을 이었다. "이것은 현대 그리스어라는 것을 알 수 있습니다. 교 육이란 좋은 것이지요." 경감이나 페퍼는 웃지 않았고, 엘러리는 한숨을 쉬더니 큰소리로 읽기 시작했다.

월요일 : 회색 트위드 양복, 검은 구두, 회색 양말, 연회색 셔츠,
　　　　회색 바둑판 무늬 넥타이.
화요일 : 암갈색 더블 양복, 갈색 코도반 가죽 구두, 갈색 양말,
　　　　흰 셔츠, 붉은 물결무늬 넥타이, 황갈색 각반.
수요일 : 검은 줄무늬가 든 밝은 회색 양복, 검정 구두, 검은 실크
　　　　양말, 흰 셔츠, 검은 나비 넥타이, 회색 각반.
목요일 : 푸른 소모사(梳毛絲) 양복, 검정색 구두, 푸른 실크 양말,
　　　　푸른 줄무늬 든 흰 셔츠, 푸른 물방울무늬 넥타이.
금요일 : 황갈색 트위드 싱글 양복, 갈색 스카치 그레인 구두, 황
　　　　갈색 양말, 황갈색 셔츠, 갈색 줄무늬 든 황갈색 넥타이.
토요일 : 진회색 양복, 검정색 구두, 검은 실크 양말, 흰 셔츠, 녹
　　　　색 물결무늬 넥타이, 회색 각반.
일요일 : 푸른 사지 더블 양복, 검은 구두, 검은 실크 양말, 다크

블루 넥타이, 흰 셔츠, 회색 각반.

"그래, 그게 어쨌다는 거야?" 경감이 다그쳤다.

"어쨌다는 거라뇨?" 엘러리가 같은 말을 했다. "정말로 어찌된 걸까요?" 그가 문으로 가서 서재에 고개를 디밀었다. "트리칼라 씨! 이리로 잠깐 오시겠어요?" 트리칼라가 침실로 오자 그리스 어가 쓰인 종이를 주었다. "무엇이라고 씌어 있나 크게 읽어 주시 지요."

트리칼라가 읽었다. 엘러리가 읽었던 영어로 된 계획표와 글자 하나 틀리지 않았다.

엘러리가 통역을 다시 서재로 보내고 바쁘게 옷장의 다른 서랍 들을 들쳐보기 시작했다. 별것이 없다가 셋째 서랍에서 뜯지 않은 길고 납작한 소포가 나왔다. 수신인은 '뉴욕 시 이스트 54번가 11 번지 게오르그 칼키스 씨 귀하'로 되어 있었고, 왼쪽 위에 '바레트 의상점'이라고 인쇄되어 있었으며, 그 밑에 '인편(人便)으로 전달'이 라는 도장이 찍혀 있었다. 엘러리가 포장을 뜯어 보니 똑같은 붉은 물결무늬 넥타이가 여섯 개 들어 있었다. 그는 소포를 옷장 위에 던지고 그 이상 흥미를 끄는 것이 서랍에서 나오지 않자 옆에 있 는 데미의 방으로 갔다. 데미의 침실은 작았으며, 뒤뜰로 향한 창 이 있었다. 은자(隱者)의 방처럼 가구도 몇 개 없었다. 병원 침대 같 은 초라한 높은 침대, 화장대, 의자, 그리고 붙박이 옷장뿐이었다. 개성의 흔적은 아무것도 없었다.

엘러리는 몸을 약간 부르르 떨었으나, 방의 황량한 분위기가 데 미의 화장대를 세밀히 조사하는 것을 막지는 못했다. 엘러리의 흥 미를 끈 것은 서랍에서 나온 그리스어로 된, 칼키스 침실에서 본 것과 똑같은 계획표뿐이었다. 둘을 비교해 보니 그것은 먼저 것의 먹지 사본이었다.

그가 칼키스의 침실로 돌아오니 경감과 페퍼는 서재로 돌아가고 없었다. 그는 재빨리 조사를 했다. 의복이 잔뜩 쌓인 의자로 가서 옷들을 하나씩 조사했다. 진회색 양복, 흰 셔츠, 그리고 붉은 넥타 이가 의자 위에 놓여 있었고, 밑에는 회색 각반 한 켤레와 검정색 양말을 쑤셔 넣은 검정 단화 한 켤레가 있었다. 그는 코안경으로 입술을 톡톡 치며 생각하더니 방 건너편에 있는 커다란 옷장으로 가서 속을 조사했다. 열두 벌의 보통 양복과 턱시도 세 벌, 그리고 연미복이 한 벌 걸려 있었다. 옷장 문 뒤에는 많은 넥타이들이 뒤섞여서 걸려 있었고, 바닥에는 많은 구두들이 구두골에 끼인 채 놓여 있었다. 슬리퍼도 몇 켤레 사이사이에 흩어져 있었다. 옷 위 선반에는 모자가 있었는데 눈에 띄게 숫자가 적어 중절모, 중산모, 그리고 실크 햇이 하나씩, 세 개뿐임을 알 수 있었다.

그가 옷장 문을 닫고, 옷장 위에 두었던 소포를 들고 서재로 오니 벨리 경사와 경감이 귓속말을 하고 있었다. 경감이 어떻게 되었느냐는 눈길을 보내자 엘러리가 확신에 찬 미소를 짓고는 곧장 책상 위에 있는 전화기 쪽으로 갔다. 전화로 교환을 불러 무엇이라고 얘기를 하더니, 전화번호를 한번 불러 본 뒤 다이얼을 돌렸다. 그리고는 상대방과 빠른 소리로 대화를 하고서 전화를 끊더니 얼굴에 웃음꽃을 피웠다. 그는 전화로 장의사 스터게스로부터 칼키스의 침실 의자에 있는 의복들은 칼키스가 사망했을 때 입었던 옷으로서, 시체에 방부처리를 하려고 벗긴 뒤 장례에는 두 벌 있는 연미복으로 시신을 치장했기 때문에 그대로 의자 위에 놔두었다는 얘기를 들었다. 품목도 하나씩 전화로 확인해 보았던 것이다.

엘러리는 소포를 흔들면서 명랑하게 말했다. "이것이 뭔지 아는 분 계세요?"

두 사람이 대답했다. 위크스와, 빠지지 않고 또 조앤 브레트였다. 엘러리는 조앤에게 동정의 미소를 보내고는 집사 쪽으로 먼저 몸을 돌렸다. "이것을 어떤 까닭으로 아시지요?"

"그것은 바레트 상점의 소포입니까?"

"그렇습니다."

"칼키스 씨가 돌아가시고 난 몇 시간 뒤 토요일 오후에 배달됐습니다."

"직접 배달을 받았습니까?"

"네."

"그것을 어떻게 했지요?"

"제가······." 위크스는 놀란 것처럼 보였다. "그냥 현관 홀 테이블 위에 놓은 것 같은데요."

엘러리의 얼굴에서 미소가 사라졌다. "홀의 테이블에 놓았다고요? 틀림없습니까? 나중에 다른 곳으로 옮기지 않았나요?"

"아닙니다. 옮기지 않았습니다." 위크스는 겁을 집어먹고 있었다. "사실은 장례 뒤에 혼란과 여러 가지 일들 때문에 여지껏 그것을 잊어버리고 있다가 지금 선생님 손에서 처음으로 다시 보게 됐습니다."

"이상하군······브레트 양, 당신은? 제멋대로 왔다갔다하는 이 소포와 무슨 연관이 있으시죠?"

"토요일 오후에 홀 테이블에 있는 것을 본 것이 전부입니다, 퀸 씨."

"만졌습니까?"

"아뇨."

엘러리는 심각해졌다. "자, 여러분 중에 누군가가," 조용한 목소리로 서재 안에 있는 사람들에게 말했다. "홀 테이블에서 칼키스 씨의 침실에 있는 다리 긴 옷장 셋째 서랍 안에 이걸 옮겨 넣었습니다. 내가 거기서 찾았습니다. 누굽니까?"

아무도 대답을 하지 않았다.

"그렇다면 좋습니다." 엘러리는 퉁명스럽게 말하고 방을 건너가서 경감에게 소포를 건네주었다. "아버지, 바레트 상점에 갖고 가서 누가 주문하고 누가 배달했는지 여러 가지로 알아보는 것이 중요할 것 같습니다."

경감이 고개를 끄덕이고 손가락으로 부하 한 명을 불렀다. "얘기 들었지, 피것? 빨리 조사해 봐!"

"이 넥타이들을 조사하란 말씀이지요?" 피것이 턱을 쓸었다.

벨리 경사가 눈을 부라리자 피것 형사는 소포를 가슴에 꼭 껴안고 사과하는 듯이 기침을 하고서 급히 서재에서 나갔다.

경감이 속삭였다. "여기에서 더 할 일이 있니, 애야?" 고개를 흔드는 엘러리의 입술 끝에는 걱정스런 빛이 어려 있었다. 경감이 날카롭게 손뼉을 치자 모든 사람이 몸을 펴고 앉았다. "오늘은 이것으로 끝입니다. 여러분이 한 가지만 알아주시기 바랍니다. 지난 주에는 없어진 유언장을 찾는다고 여러분을 불편하게 했소. 그때는 크게 중요한 일이 아니어서 여러분의 행동이 크게 구속을 받지는 않았소. 하지만, 이번에는 달라요. 당신들은 살인사건에 연루되어 있소. 솔직히 말해서 뭐가 어떻게 된 건지 나도 몰라요. 아는 거라고는 살해당한 사람이 범죄기록이 있다는 것이고, 이 집에 두 번 이상한 방문을 했다는 것이오. 게다가 두 번째는 신원 밝히기를 원치 않는 사람과 같이 방문했는데, 함께 온 사람의 신원은 파악하지 못하고 있소."

경감은 그들을 노려보았다.

"사건은 시체가 자연사한 사람의 관 속에서 발견됨으로써 복잡하게 됐소. 더욱이나 이 집 바로 옆에서 발견되었소.

그런 상황으로 해서 당신들 전부가 용의자요. 무엇에 대한, 어떻게 된 사건의 용의자인지는 모르지만 한 가지는 분명히 말하겠소. 사건의 실마리를 찾을 때까지 당신들 한 사람 한 사람 누구도 내 눈을 벗어나면 안됩니다. 슬론과 브릴랜드처럼 일을 해야 하는 사람들은 보통때와 같이 일들을 보시오. 그러나 아무 때고 연락이 될 수 있도록 연락 장소와 전화번호를 놔두시오. 수이자 씨는 집에 가도 좋소. 그러나 연락을 취할 수 있는 조치는 해놓으시오. 우드러프, 당신도 물론 가도 좋습니다. 나머지 사람들은 내가 달리 지시할 때까지 허락을 받고 이 집을 나가되, 가는 장소를 확실히 밝히고 떠나야 됩니다."

경감은 기분이 대단히 언짢은 듯 외투를 입었다. 아무도 입을 열지 않았다. 경감이 퉁명스러운 목소리로 플린트 형사와 존슨 형사의 책임 아래 집안 이곳저곳에 부하들을 배치시키라고 지시했다. 페퍼도 검찰측을 위해 코헬런 형사에게 그곳에서 그대로 감시를 하라고 일렀다. 페퍼, 벨리, 엘러리는 코트를 입고 경감과 함께 넷이서 문으로 향했다. 문을 나서는 마지막 순간에 경감이 방안에 있는 사람들을 빙 둘러보며 대단히 기분나쁜 투로 말했다. "지금 확실히 말하겠는데, 내 지시를 좋아하든 말든 당신들이 알아서 하시오. 나는 상관 안해! 잘들 있으시오!" 경감은 쿵쿵 발소리를 내며 나갔고, 엘러리는 속으로 웃으며 다른 사람들 뒤를 따랐다.

제12장 사 실

퀸의 집에서 한 그날 저녁식사는 우울했다. 웨스트 87번가에 있는 적갈색 사암(砂岩)으로 지어진 3층 아파트는 지금보다는 새 것이었고, 현관도 위풍이 있었으며, 응접실의 목재 가구들은 지금 보다는 고풍스럽지 못했다. 나중에 나이가 들어 자제력이 있었던 것보다는 못했지만 젊은 쥬나는——그는 모든 집안일을 돌보고 있었다——아늑하고 밝게 아파트의 분위기를 살리고 있었다. 그러나 경감의 우울함이 집안을 장막처럼 덮고 있어서 그날은 그렇지가 못했다. 경감은 코담배를 너무 자주 난폭하게 맡았으며, 엘러리가 말을 걸면 짧게 대답만 했다. 쥬나에게 지시할 때는 화를 내곤해서 그를 놀라게 했고, 안절부절못하고 침실과 응접실을 바쁜 걸음으로 돌아다녔다. 손님들이 도착하고 난 뒤에도 분위기는 좋아지지 않았다. 엘러리가 손님들을 저녁식사에 초대한 것인데, 페퍼의 심각한 표정이나 샘프슨의 힘없이 물어 보는 눈길이 분위기를 바꿀 수는 없었다.

따라서 쥬나가 침묵 속에서 맛있는 음식을 날랐고, 침묵 속에서 식사를 해야 했다. 네 사람 중 엘러리만이 만족스러워했다. 언제나처럼 음식을 맛있게 먹었고, 음식이 훌륭하다고 쥬나를 칭찬했고, 푸딩을 먹으며 찰스 디킨스를 인용했고, 커피를 마시며 볼테르를 논했다.

샘프슨은 식사를 끝내고 냅킨으로 입술을 닦고 난 다음 즉시 입을 열었다. "자, 경감, 언제나 있는 얘기지만 이 사건은 아주 깜깜해요. 골치 아픈 수수께끼요. 어떻게 보십니까?"

경감이 퀭한 눈을 들었다. "아들놈에게 물어 보시지요." 경감이 커피 잔에 코를 다시 박았다. "일이 잘 되어가고 있는 것으로 생각하는 모양이니까."

"아버지는 일을 너무 심각하게 보고 계세요." 엘러리는 편안하게 담배를 태우며 말했다. "사건이 어려운 점이 있기는 해요. 그렇다고," 그는 담배를 길게 빨았다가 연기를 내뿜었다. "그렇다고 해서 해결을 못할 것도 없지요."

"뭐?" 세 사람이 모두 그를 바라보았다. 경감은 놀라서 눈을 크게 뜨고 있었다.

"제발 재촉하지 마세요." 하고 엘러리는 중얼거렸다. "배가 부를 때는 추리를 하기도 싫어요. 쥬나, 커피 좀 더 줘."

샘프슨이 끝을 내자는 듯이 말했다. "그렇지만, 엘러리, 아는 것이 있으면 말해 봐! 뭐야?"

엘러리는 쥬나가 주는 커피 잔을 받아들었다. "말하기에는 너무 일러요, 샘프슨 씨. 지금은 말을 하지 않는 것이 좋겠어요."

샘프슨은 벌떡 일어서더니 흥분해서 카펫 위를 걷기 시작했다. "밤낮 저런다고. 언제나 똑같아. '말하기에는 너무 일러요.' 흥!" 그가 말처럼 씩씩거렸다. "페퍼! 이 사건에 대해 얘기 좀 해봐. 새로운 사실이 밝혀진 것이라도 있나?"

"벨리가 여러 가지를 밝혀냈지만 제 생각에는 별로 도움이 안되는 것뿐입니다. 예를 들면, 교회 관리인 허니웰의 말이 묘지 문을 잠가 놓지는 않지만 장례 이후 자기나 자기를 돕는 사람들이나 묘지에서 미심쩍은 것은 못 봤답니다."

"그런 건 아무 뜻도 없소." 경감이 못마땅한 어조로 말했다. "묘지나 뒤뜰을 순찰한 것도 아니니 아무나 들키지 않고 들락거릴 수가 있었을 거요. 특히 밤중에는. 흥!"

"이웃 사람들은?"

"거기도 마찬가지입니다." 페퍼가 대답했다. "벨리가 전부 조사해 봤습니다. 55번가 남쪽에 있는 집들이나 54번가 북쪽에 있는 집들 모두가 집 뒤쪽이 칼키스 저택의 뒤뜰과 접하고 있습니다. 55번가에 있는 집들을 보면, 동쪽에서 서쪽으로 가면서 매디슨 애버뉴와 모퉁이에 있는 집이 14번지로, 장례에 참석했던 수전 모스 부인 집이고, 다음 집 12번지가 프로스트 박사의——칼키스의 주치의——집, 다음이 10번지로 목사관인데 엘더 목사가 살고 있습니다. 54번가 쪽을 보면 역시 동쪽에서 서쪽으로, 매디슨 애버뉴 모퉁이의 집이 15번지로 칸츠 부부가 살고……."

"은퇴한 정육업자?"

"네. 그리고 칸츠의 집과 칼키스 저택 사이에 있는 13번지는 빈 집인데 판자로 막아 놓았습니다."

"누구 소유지?"

"흥분하실 것 없습니다. 집안 식구 것이라고나 할까요." 경감이 퉁명스럽게 말했다. "유명한 억만장자 제임스 J 녹스 씨 소유이지요. 칼키스의 유언집행인이기도 하고. 오래 된 집인데 아무도 살고 있지 않아요. 오래 전에 녹스가 살았었는데 더 좋은 지역으로 이사를 가고, 지금은 빈집으로 있지요."

"제가 권리증서를 들춰봤습니다. 아무런 하자도 없고 깨끗하더군요. 팔려고 내놓지도 않았습니다. 감상적인 이유로 붙들고 있는 것 같습니다. 칼키스의 집처럼 조상으로부터 물려받았겠지요. 오래 전에 같이 지은 집 같습니다."

"어쨌든 그 집들의 주인이든 하인들이든 아무도 벨리 경사에게 도움을 주지 못했습니다. 그곳에 있는 아무 집에서나 뒷문으로 뒤뜰에 갈 수가 있습니다. 매디슨 애버뉴에서 뒤뜰로 가려면 모스 부인의 집이나 칸츠의 집 지하실을 통해야만 갈 수 있습니다. 매디슨 애버뉴, 54번가, 55번가 아무데서도 뒤뜰로 난 샛길은 없습니다."

"다른 말로 하면," 샘프슨이 참을성 없게 말했다. "둘러싸고 있는 집이나 교회, 또는 묘지를 통하지 않고는 뒤뜰에 갈 수가 없다, 이거지?"

"그렇습니다. 묘지로 가는 방법도 세 가지밖에 없습니다. 교회 뒷문으로 가는 방법, 뒤뜰과 묘지 사이에 있는 문을 통과하는 방법, 54번가 철책에 있는 문——사실은 높은 철대문과 같습니다—— 을 통과하는 방법입니다."

"그렇더라도 아무런 의미가 없소." 경감이 별것 아니라는 듯이 말했다. "그런 것이 중요한 게 아니야. 중요한 점은, 장례 이후로는 밤이건 낮이건 아무도 묘지에 가지 않았다고 벨리에게 말했다는 점이오."

"그렇지만," 엘러리가 부드럽게 말했다. "모스 부인은 달리 생각해야 해요, 아버지. 그 부인이 오후에는 죽은 사람들의 머리를 밟으며 묘지를 거닌다고 벨리에게 고백했다는 말 기억나세요?"

"그렇기는 해요." 페퍼가 말했다. "그러나 밤에는 묘지에 간 적이 없다고 했습니다. 그것은 그렇다고 하고, 녹스 씨만 빼고 그 사람들 모두가 옆의 교회에 다니고 있습니다. 녹스 씨는 이웃이라고는 할 수 없지요."

"그 사람은 카톨릭 교인이오." 경감이 퉁명스럽게 말했다. "웨스트사이드에 있는 유명한 대성당에 나가지."

"참, 녹스 씨는 어디 있지?" 지방검사가 물었다.

"오늘 아침에 뉴욕에서 다른 곳으로 갔다고 하는데," 경감이 말했다. "행선지는 모르겠소. 토머스를 시켜서 수색 영장을 떼고 있어요. 칼키스 저택 옆의 녹스의 빈집을 꼭 수색해 봐야 할 텐데, 녹스가 돌아올 때까지 기다릴 수가 없어서."

"경감님 생각은," 페퍼가 설명했다. "그림쇼의 시체가 장례가 끝나고 칼키스의 관에 들어가기까지 그 빈집에 숨겨져 있었을지도 모른다는 생각이십니다."

"좋은 생각을 했군요."

"어쨌든," 페퍼가 말을 계속했다. "녹스 씨의 비서가 높은 분의 계획을 알려줄 수 없다고 해서 수색 영장이 필요하게 됐습니다."

"그리 중요한 일이 아닐지도 모릅니다. 그렇다고 해서 조그마한 가능성을 지나칠 수는 없지요." 경감이 자기 의견을 말했다.

"아주 훌륭한 원칙이십니다." 엘러리가 낮게 웃으면서 말했다.

그의 아버지는 차갑고 못마땅해 하는 눈으로 그를 노려보았다. "혼자 똑똑한 체하지 마." 경감이 힘없이 말했다. "내 얘기를 들어 봐요. 그 집에 관한 것으로 말하자면 문제가 있어요. 우리는 그림쇼가 언제 죽었는지 아직 모른단 말이오. 사망시간을 모른다는 말인데, 부검 결과가 나오면 거의 정확한 시간을 알게 되겠지. 그러는 동안에 생각을 정리해 봐야 하겠다는 말이오. 왜냐하면, 칼키스보다 그림쇼가 나중에 죽었다면, 시체가 칼키스의 관에서 나온 것으로 보아 그림쇼의 시체를 칼키스의 관에 넣어야겠다는 사전 계획이 있었다는 말이 되지. 내 말 알겠소? 그 경우에는, 그림쇼의 시체를 칼키스의 관에 넣을 수 있을 때, 즉 칼키스가 매장될 때까지 숨겨놓기는 녹스의 빈집이 안성맞춤이라는 말이오."

"그 말은 맞아요. 하지만, 반대로도 생각해 보십시다." 샘프슨이 반박했다. "부검 결과도 없이 이 시점에서 볼 때, 그림쇼가 먼저 죽었다는 얘기도 될 수가 있지요. 이 경우에는 칼키스가 죽는다는 것을 예측할 수 없었고 시체를 칼키스의 관에 넣어야겠다는 생각도 없었겠지요. 따라서 그림쇼의 시체를 살해 장소에 놔두었다고 생각할 수도 있고, 녹스의 빈집이 꼭 살해 장소라고는 말할 수 없소. 어쨌든 그림쇼가 죽은 지 얼마나 되는가 알기 전까지는 이런 논쟁을 해봐야 쓸데없어요."

"그 말은," 페퍼가 생각에 잠겨 말했다. "칼키스가 죽기 전에 그림쇼가 살해됐다면, 그림쇼의 시체를 살해 장소에 놔 두었는데, 칼키스가 죽고 나자 칼키스의 관 속에 넣자는 생각이 살인자에게 떠올라서 시체를 살해 장소에서 묘지로 옮겨──아마도 54번가 철책 문을 통해서──관에 넣었다는 뜻입니까?"

"바로 그거야." 샘프슨이 느닷없이 말했다. "10대 1 확률로 칼키스 저택 옆에 있는 빈집은 이 사건과 아무런 관계도 없다고 생각해. 내 생각으로는 이것이 전부 쓸데없는 추측에 불과해."

"그럴지도 모르지만 아주 관계가 없다고만은 할 수 없습니다." 엘러리가 조용히 말했다. "또한, 여러분께서 김칫국부터 먼저 마시고 계시는 건 아닌지 모르겠군요. 부검 결과가 나올 때까지 왜 참고 계시지들 않습니까?"

"기다리고 기다리다 늙어 죽겠다." 경감이 투덜댔다.

"다른 것은 뭐 없나, 페퍼?" 샘프슨이 물었다.

"별것 없습니다. 벨리가 칼키스 저택과 묘지 건너편에 있는 백화점 도어맨을 심문했습니다. 그 사람은 낮에는 종일 54번가 문 앞에 서 있습니다. 순찰 순경에게도 물어 봤고요. 둘이 다 장례가 끝난 다음 의심스러운 것을 못 봤답니다. 야간 순찰하는 순경도 아무것도 못 봤지만, 자기 모르게 묘지로 시체를 운반할 수는 있었을 것이라고 했습니다. 백화점 야간 근무자는 밤새도록 백화점 안에서 근무를 해서 묘지는 볼 수도 없었고요. 이상이 전부입니다."

"기다리고만 있으려니 미칠 지경이군." 경감이 꼿꼿한 작은 몸으로 벽난로 앞에 털썩 주저앉으며 투덜댔다.

"La patience est amère, mais son fruit est doux." 하고 엘러리가 중얼거렸다. "좋은 말을 인용하고 싶은 생각이 자꾸 드는군."

"자식놈을 대학에 보냈더니 한다는 짓이라니." 경감이 신음 소리를 냈다. "사람을 얕잡아보기나 하고. 그게 뭐라는 소린데?"

"'인내는 쓰나 그 열매는 달다.'" 엘러리가 미소를 지었다. "개구리(Frog)가 한 말입니다."

"뭐? 개구리?"

"그냥 웃기려고 하는 소리입니다." 샘프슨이 지쳤다는 듯 말했다. "프랑스인('Frog'는 프랑스인을 지칭하는 속어)이라는 말이지요. 루소가 한 말 같습니다."

"샘프슨 씨께선," 엘러리는 기분이 좋아져서 말했다. "가끔 높은 지능을 나타내셔서 저를 놀라게 하신다는 것을 아십니까?"

제13장 조 사

다음날 아침 토요일에는 화창한 10월의 햇빛 때문인지 경감의 기분이 많이 좋아져 있었다. 기분이 좋아진 직접적인 이유는 새뮤얼 프라우티 의사가 칼키스와 그림쇼의 부검 결과를 직접 갖고 왔기 때문이다.

지방검사 샘프슨은 직접 처리해야 하는 사건 때문에 사무실에서 꼼짝도 할 수 없어, 보좌관인 페퍼를 경찰국 경감 사무실로 보냈다. 프라우티가 그날의 첫 여송연을 씹으며 왔을 때 경감의 사무실에는 경감, 페퍼, 벨리 경사, 그리고 결과를 잔뜩 기대하고 있는 엘러리가 있었다.

"결과는 뭐요? 어서 말해 봐요, 빨리." 경감이 다그쳤다.

프라우티 의사는 일부러 방에서 제일 좋은 의자에 앉았다. "칼키스 씨의 시체 부검 결과를 알고 싶어 그러시지요? 그쪽은 사람들이 얘기한 그대로요. 프로스트 박사의 사망 진단이 틀림없어요.

자연사가 아닌 징후는 아무것도 없으니까. 심장이 형편없어서 펌프질을 중단한 겁니다."

"독약은 찾을 수가 없단 말이지요?"

"전혀. 자, 이번에는 두 번째 시체에 대한 것을 볼까요?" 프라우티 박사는 기세 좋게 여송연을 씹었다. "모든 증거가 그림쇼는 칼키스보다 먼저 죽은 것을 나타내고 있어요. 설명하자면 길지요." 의사가 히죽 웃었다. "정확한 사망시간을 측정하기란 결과에 영향을 줄 수 있는 변수들이 하도 많아서 쉽지 않아요. 이번 경우에 있어서는 체온 강하를 이용해서 사망시간을 측정하는 것은 힘들었지요. 그래도 근육 이완 상태라든가 사반(死斑)을 보고 뭘 좀 알아냈지요. 화학적 변화와 세균학적 변화에 의해 복부 중간에 녹색 반점들이 뚜렷이 형성되어 있고, 외형상으로뿐만 아니라 안으로도 부패해서 생긴 넓은 반점들이 많이 있어서, 그것들의 위치로 보아 부검할 때를 기준해서 약 7일 전에 사망했다는 것을 알 수 있어요. 부패 가스의 충만, 입과 코를 통해 나오는 점액, 기관(氣管)의 부패 상태, 내장기(內臟器)들의 부패 등 모든 것이 7일은 경과했다는 것을 보여 주고 있더군요. 복부 팽창, 악취, 근육 비중(比重)의 감소 등, 모든 증세로 보아 그림쇼는 어제 아침 부검 실시 6일 반 전에 죽었습니다."

"다른 말로 하면," 경감이 말했다. "그림쇼는 지난 금요일 밤 늦게나 토요일 새벽 일찍 교살됐다는 말이지요?"

"맞습니다. 그리고 여러 가지를 고려할 때, 부패의 자연발생 과정에 약간 지체된 징후가 있어요. 관에 넣기 전에 공기가 잘 통하지 않는 건조한 곳에 시체를 보관했던 것 같아요."

엘러리는 불안해 하는 듯했다. "별로 듣기 좋은 얘기는 아니군요. 인간의 영혼은 영원하다고 하던데, 신체는 형편없이 약한 모양이지요?"

"왜요? 그렇게 빨리 썩는다고?" 프라우티 의사는 재미있어하는 표정이었다. "위로되는 말을 해 드릴까? 여자의 자궁은 어떤 때는 사후 7개월까지 썩지 않는 경우가 있소."

"그것을 위로의 말이라고 하신다면……."

경감이 황급하게 말했다. "그림쇼가 교살됐다는 점은 의심의 여지가 없소?"

"없어요. 맨손으로 목졸라 죽였소. 손가락 자국이 뚜렷이 나 있어요."

"박사님," 엘러리는 의자에 몸을 깊숙이 파묻고 천천히 담배를 피웠다. "제가 드린 오래 된 물에서는 무엇을 알아내셨습니까?"

"아, 그거.!" 검시관이 별로 관심이 없는 표정으로 말했다. "모든 경수(硬水)에는 소금이 들어 있지요. 마시는 물도 경수라오. 물을 끓이면 이 소금이 응결되지. 그래서 소금의 응결 상태를 보고 끓인 물인가 아닌가를 알 수 있소. 전기 주전자의 물을 분석해 보니 그것은 끓인 물이고, 끓이고 난 다음에 찬물을 더 섞지도 않았다는 것을 알 수 있었소."

"박사님의 과학 지식에 경의를 표합니다." 엘러리가 낮게 중얼거렸다.

"놀리지 말아요. 그 밖에는?"

"그만하면 됐소. 수고했어요." 경감이 말했다.

프라우티 의사는 코브라처럼 몸을 세우고, 여송연을 뻐끔뻐끔 빨면서 방을 나갔다.

"자, 그럼, 어떻게 된 것인지 검토를 해볼까?" 경감이 두 손을 비비면서 말을 시작했다. 그리고 수첩을 꺼냈다. "이 브릴랜드란 친구의 퀘벡 출장 건은 철도 승무원, 기차표, 호텔 숙박부, 호텔을 떠난 시간 등으로 틀림없다는 것이 확인됐다. 음……디미트리오스는 지난 토요일 종일 벨로스 박사 병원에서 보냈다는 것도 확인됐고……칼키스 저택 안에서 나온 지문에도 별것이 없고. 서재 책상에서는 여러 사람들의 지문과 함께 그림쇼의 지문도 나왔어. 집안 사람들 모두가 한 번쯤은 책상을 만진 모양이야. 아마 유언장 찾는다고 법석을 떨 때였겠지. 관에 묻은 지문들도 별것이 아니었어. 관이 응접실에 놓여 있었을 때 모두가 그곳에 있었으니 관에서 지문이 나왔다고 그 사람이 이상하다고 볼 수는 없지……토머스, 피것이 바레트 상점에서 알아낸 건 있나?"

"전부 틀림없습니다." 벨리 경사가 대답했다. "점원의 얘기로는

——칼키스 씨하고 전화로 여러 번 대화를 했었기 때문에, 칼키스 씨가 틀림없었답니다——토요일 아침에 칼키스 자신이 직접 전화로 붉은 물결무늬 넥타이 반 다스를 주문했답니다. 시간, 주문한 물건, 전부 틀림없습니다. 배달부의 영수증 중에 소포를 받았다는 위크스의 사인이 있었습니다. 전부가 맞습니다."

"그 소리를 듣고 너는 크게 만족했겠구나." 경감이 엘러리에게 심술궂게 말했다. "나는 그것이 무슨 의미인지 모르겠다."

"그 빈집은 어떻게 됐습니까?" 페퍼가 물었다. "수색 영장을 얻었나요?"

"아무 소득도 없었소." 경감이 투덜댔다.

"영장을 받아서 리터 형사가 수색해 봤는데 소득이 없었습니다." 벨리가 굵은 목소리로 말했다. "세간도 없고 집만 덩그러니 서 있더랍니다. 지하실에 낡아빠진 트렁크만 하나 있었고요. 아무 소득이 없었습니다."

"리터가 수색했다고요?" 엘러리가 담배 연기 사이로 눈을 껌벅이며 말했다.

"자, 이제는 그림쇼 자체에 대한 것을 볼까?" 경감이 수첩을 뒤적이며 말했다.

"그러지요. 샘프슨 검사님도 그 점을 특별히 알아보라고 하시더군요." 페퍼가 말했다.

"많은 것을 찾았소." 경감이 심각하게 말했다. "살해되기 전 화요일, 그러니까 9월 28일이 되겠군. 그날 싱싱 교도소에서 출옥했소. 모범수로 빨리 나오지도 않았어요. 위조죄로 5년형을 받은 것은 다들 아는 사실이고. 형을 받고도 3년이 지나서야 수감됐지. 행방불명이었거든. 15년 전에 시카고 박물관 직원으로 일할 때 그림을 훔치려다가 잡혀서 2년 동안 교도소에 있었던 기록이 있더군."

"내가 전에 한 말이 그 말입니다." 페퍼가 말했다. "그놈의 범죄 기록은 위조죄뿐이 아닐 것이라고 한 것 말입니다."

엘러리는 사람들의 말을 주의깊게 듣고 있었다. "박물관에서 물건을 훔치려 했다고요? 우연치고는 이상하지 않습니까? 유명한 미술품 중개상에다 미술품 도둑이라니……"

"네 말도 일리가 있다." 경감이 중얼거렸다. "어쨌든 9월 28일 이후의 행적을 보면, 싱싱 교도소에서 출옥해서는 이 도시 웨스트 49번가에 있는 베네딕트 호텔로 왔더군. 3류 호텔인데 자기 이름인 그림쇼로 숙박을 했어."

"가명도 쓰지 않았다니 뻔뻔스러운 놈이군요." 페퍼가 말했다.

"호텔 사람들은 심문해 봤나요?" 엘러리가 물었다.

벨리가 대답했다. "지배인이나 주간 근무자는 아무것도 모르더군요. 야간 근무자에게 출두 지시를 해 놨습니다. 뭘 알고 있을지도 모르죠."

"그 외에 놈의 행적에 관한 것은 없습니까?" 페퍼가 물었다.

"많지요. 출옥한 다음날, 그러니까 일주일 전 수요일에, 전에 자주 다니던 45번가에 있는 술집에 나타났었다는 거요. 쉬크는 왔나, 토머스?"

"밖에서 기다리고 있습니다." 벨리가 방을 나갔다.

"쉬크가 누구지요?" 엘러리가 물었다.

"술집 주인이야. 오랫동안 해먹었지."

벨리가 덩치가 크고 건장하게 생긴, 얼굴이 큰 사람을 데리고 돌아왔다. 그 사람은 바텐더 출신이라는 표시가 역력히 보였다. 그는 대단히 불안해 하고 있었다. "안녕……안녕하십니까, 경감님? 날씨가 좋군요."

"그저 그래." 경감이 툴툴거리는 목소리를 냈다. "앉게, 바니. 몇 가지 물어 볼 것이 있어."

쉬크는 얼굴에 돋은 땀을 닦았다. "제 개인적인 문제가 아니겠죠, 경감님?"

"아, 가짜 술 판다는 거 말이야? 그것 때문이 아니야." 경감은 책상을 톡톡 두드렸다. "내 말 잘 들어, 바니. 일주일 전 수요일 밤에 교도소에서 나온 앨버트 그림쇼란 친구가 자네 술집에 간 것을 우리는 알아. 맞지?"

"그랬던 것 같습니다, 경감님." 그는 안절부절못하고 있었다. "그 살해됐다는 놈 말이죠?"

"대답이나 해! 놈이 어떤 여자하고 같이 있었다는데 어찌된 거야?"

"말씀드리죠, 경감님." 쉬크는 비밀이라도 털어놓는 것처럼 목쉰 소리로 말했다. "내가 하는 말은 진짭니다. 처음 보는 여자였어요. 여자가 누군지는 모르겠더군요."

"어떻게 생긴 여자야?"

"몸집이 좋은 여자였습니다. 뼈대가 굵고 금발 머리였는데, 살이 살짝 찐 몸매였지요. 서른댓 살이나 되어보이더군요. 눈 밑에 잔주름이 있었습니다."

"계속해. 그리고는 어떻게 됐지?"

"그들은 9시쯤 들어왔습니다. 그때는 손님이 별로 없어 한산할 때였지요." 쉬크는 기침을 했다. "들어와서 둘이 같이 앉더니 그림쇼가 술을 한잔 시키더군요. 여자는 아무것도 마시지 않겠다고 했고요. 조금 있자니까 둘이 말다툼을 시작하더군요. 대단했지요. 무슨 말을 하는지 알아듣지는 못했지만 놈은 '릴리'라고 여자를 불렀습니다. 놈이 여자에게 뭘 하자는 것 같았는데, 여자가 싫다고 하는 것 같았습니다. 갑자기 여자가 일어나서 쥐새끼같이 왜소한 그 사내놈을 놔두고 도망갔지요. 놈이 화가 나서 씩씩거리며 한 5분, 10분쯤 있다가 꺼지더군요. 그게 전부입니다, 경감님."

"'릴리'라고 불렀고 몸집이 좋았단 말이지?" 경감이 턱을 쓸면서 생각에 잠겼다. "좋아, 바니. 수요일 뒤에 그림쇼가 또 왔나?"

"아뇨. 맹세할 수 있어요." 쉬크가 급히 말했다.

"알았어. 가봐."

쉬크가 황급히 일어서 빠르게 나갔다.

"그 금발 여자를 찾아볼까요?" 벨리가 나직하게 말했다.

"그래, 빨리 찾아봐. 교도소에 가기 전에 사귀던 여자일 거야. 싸웠다는 걸 봐서 교도소에서 나온 지 하루 만에 새로 사귄 여자는 아닐 거야."

벨리가 사무실을 나갔다가 눈에 겁을 집어먹은 얼굴이 하얀 청년을 데리고 돌아왔다. "이 친구가 벨이라고 베네딕트의 야간 근무자입니다. 이봐, 앞으로 나와! 누가 잡아먹지는 않을 테니." 그가 벨을 앞으로 밀어서 의자에 앉게 했고, 자기는 그 옆에 섰다.

경감이 손짓으로 벨리를 물리쳤다. "자, 벨." 경감이 부드럽게 말했다. "여기 해칠 사람은 없어. 정보만 조금 주면 돼. 베네딕트 호텔 프런트의 야간 근무를 얼마나 했지?"

"4년 반 됐습니다." 그는 앉아서 펠트 모자를 만지작거리고 있었다.

"9월 28일 이후로 계속해서 근무했나?"

"네. 한 번도 결근한 적이……."

"앨버트 그림쇼란 손님을 아나?"

"네, 압니다. 신문에 난 54번가 교회 묘지에서 살해되어 있는 걸 발견했다는 사람 말씀이지요?"

"좋아, 벨. 정신을 바짝 차리고 있는 사람이군. 자네가 체크 인 시켰나?"

"아닙니다. 주간 근무자가 했습니다."

"그런데 어떻게 알지?"

"얘기가 좀 이상합니다." 벨에게서 불안한 기가 조금 가셨다. "숙박하는 동안 하루는, 뭐라고 할까, 이상한 일이 있었습니다. 그래서 기억하게 되었습니다."

"어느 날 밤이었지?" 경감이 조급히 물었다. "그리고 이상했다는 것은 뭔가?"

"지난 주 목요일 밤, 체크 인하고 이틀 뒤였습니다."

"아, 그래?"

"그 그림쇼에게 찾아온 사람이 다섯 명이나 있었습니다. 그것도 한 30분 동안에 말입니다."

경감의 행동은 존경할 만했다. 의자에 몸을 기대더니 별로 중요한 얘기도 아니라는 듯 코담배를 맡았다. "그래? 계속해 봐, 벨."

"그 목요일 밤 10시경에 그림쇼가 한 남자와 함께 들어오더군요. 빠른 말로들 얘기하고 있었는데 알아들을 수는 없었습니다."

"그림쇼하고 같이 온 사람은 어떻게 생겼나?" 페퍼가 물었다.

"얼굴은 못 봤습니다. 얼굴을 가리다시피 하고 뭘 잔뜩 두르고 있었습니다."

"아, 그래?" 경감이 두 번째로 말했다.

"남들이 알아보지 못하게 한 듯했습니다. 다시 보면 알 수도 있을 것 같지만, 자신은 없습니다. 어쨌든 두 사람이 같이 엘리베이터로 가는 것을 본 것이 마지막이었습니다."

"잠깐 기다려, 벨." 경감이 벨리 경사 쪽으로 몸을 돌렸다. "토머스, 엘리베이터 야간 근무자를 데려와."

"데려오라고 시켰습니다. 헤세가 데리고 도착할 시간이 거의 됐습니다."

"잘했어. 계속해, 벨."

"말씀드렸다시피 그때가 10시경이었습니다. 그 뒤를 따라 즉시 ──그림쇼와 그의 동행이 엘리베이터를 기다리고 있을 때── 한 남자가 들어오더니 그림쇼를 찾으며 방 번호를 묻더군요. 그래서 제가, '저기 가시는데요.' 하고 그들이 엘리베이터에 타는 것을 보고 말했지요. 그리고는 방 번호는 314호라고 알려줬습니다. 그 사람은 몹시 불안한 듯 이상한 몸가짐을 하고 있었습니다. 그 사람이 엘리베이터가 있는 곳으로 가서 엘리베이터를 기다리더군요. 우리 호텔은 작아서 엘리베이터가 한 개밖에 없습니다."

"그 다음에는?"

"그 조금 전부터 한 여자가 로비를 서성거리는 것을, 신경은 안 썼지만 느끼고 있었습니다. 그 여자도 불안해 하는 것 같았습니다. 그 여자가 프런트로 오더니, '314호 옆에 빈 방이 있으면 주세요.' 하더군요. 그전에 제가 그림쇼의 방이 314호라고 하는 말을 들은 것 같았습니다. 이상하다는 생각을 했지요. 짐도 없었거든요. 마침 그 옆에 316호가 비어 있었길래 열쇠를 꺼내어 벨 보이를 불렀지요. 그랬더니 그 여자가 혼자 가도 되니 벨 보이는 필요없다고 했습니다. 그때 앞의 손님은 벌써 올라가고 거기 없었습니다."

"그 여자는 어떻게 생겼는데?"

"저, 보면 알 것 같습니다. 땅딸막한 중년 부인이었습니다."

"숙박부에 쓴 이름은?"

"J 스톤 부인이었습니다. 필체를 감추려고 한 것 같았습니다. 일부러 삐뚤게 쓰더군요."

"금발이었나?"

"아닙니다. 검은 머리였는데 흰 머리가 나기 시작하는 것 같더 군요. 방값은 선불로 하루치만 냈습니다. 화장실이 딸리지 않은 방 이었지요. 그래서 생각했습니다. '걱정인데. 장사도 안되는데 말썽 까지 나면……'"

"아, 이봐. 쓸데없는 말은 말고 하던 얘기나 해. 다섯 명이라고 했는데 나머지 두 명은 어떻게 된 거야?"

"15분이나 20분쯤 뒤에 두 남자가 더 와서 앨버트 그림쇼라는 손님이 있느냐고 묻고 방 번호도 물었습니다."

"두 사람이 함께 왔나?"

"아닙니다. 5분이나 10분쯤 사이를 두고 따로 왔습니다."

"그 사람들을 다시 보면 알아볼 수 있겠나?"

"물론입니다. 사실은," 벨이 비밀 얘기를 의논이라도 하듯이 말 했다. "남에게 들키지 않으려는 듯이 모두가 불안스럽게 행동을 해서 제가 이상하다고 생각한 겁니다. 처음에 그림쇼하고 같이 온 사람도 이상하게 굴었습니다."

"그 사람들 나가는 것은 봤나?"

벨의 여드름투성이 얼굴이 흐려졌다. "그 점을 후회하고 있습니 다. 주의를 기울이고 살펴보았어야 하는 건데. 그리고 나서 좀 바 빴거든요. 쇼걸들 한 패거리가 체크 아웃을 하는 바람에요. 아마 제가 바쁜 동안에 전부 나간 것 같습니다."

"여자는 언제 나갔나?"

"그것도 이상한 일입니다. 다음날 출근을 하니까, 낮 근무자가 말하기를 316호 손님이 자지 않았다고 메이드가 보고하더라는 겁 니다. 열쇠가 방문에 꽂혀 있었답니다. 마음을 바꿨나 보다 했지요. 선금을 받았기 때문에 아무 일도 없었습니다."

"그럼, 다른 날들은 어땠나? 수요일이나 금요일 말이야. 찾아 온 손님이 있었나?"

"그건 잘 모르겠는데요." 그는 잘못을 저지른 사람처럼 말했다. "프런트에 와서 물어 본 사람은 없었습니다. 그림쇼는 금요일 아 침 9시경에, 앞으로 어디 있겠다는 연락도 없이 체크 아웃을 했습 니다. 그 사람도 짐이 없었습니다. 그래서 더욱 잘 기억하고 있지요."

"그 방을 한번 조사해 봐야겠군." 경감이 중얼거렸다. "그림쇼가 떠난 뒤 314호에 다른 손님들이 들었나?"

"네, 세 손님이 그 방을 썼습니다."

"매일 청소하나?"

"물론입니다."

페퍼가 도움이 안되겠다는 듯이 말했다. "그 방에 단서라도 남겼다면 지금은 없어졌겠습니다. 그 방에서는 아무것도 찾을 수 없 겠는데요?"

"일주일이나 지났으니 소용이 없겠지요."

"저, 벨 씨." 엘러리가 느리게 말했다. "그림쇼의 방에 욕실이 있 습니까?"

"네."

경감이 의자에 기대며 상냥하게 말했다. "재미있는 일이 생기겠 는데. 토머스, 사건에 관계된 모든 사람들을 한 시간 내에 칼키스 저택에 집합시켜."

벨리가 떠나자 페퍼가 말했다. "그 다섯 사람 중에 누가 이 사건 에 관련된 사람이라면 문제가 커지겠는데요. 특히 그림쇼의 시체 를 보고 다들 모르겠다고 한 이 마당에 말입니다."

"사건이 복잡하게 된다는 말인가요?" 경감이 헛웃음을 지었다. "그게 인생이지."

"아니, 아버지! 무슨 말씀을 그렇게……." 엘러리가 신음 소리 를 냈다. 벨은 눈이 둥그레져서 사람들의 얼굴을 번갈아 쳐다보고 있었다.

벨리가 다시 들어왔다. "지시해 놨습니다. 헤세가 베네딕트 호텔 엘리베이터 보이인 흑인을 데리고 밖에서 기다리고 있습니다."

"데리고 와."

베네딕트 호텔의 엘리베이터 보이는 흑인 청년인데, 겁에 질려 얼굴이 보랏빛이었다. "자네 이름이 뭐지?"

"화이트(白)입니다."

"하나님 맙소사!" 경감이 기가 찬다는 듯이 말했다. "그래, 화이트, 지난 주에 숙박한 베네딕트 호텔의 손님 그림쇼 생각나나?"

"목졸려 죽었다는 손님 말인가요?"

"그래."

"네, 기억하고말고요." 화이트가 떨면서 말했다. "거울 속처럼 기억하고 있는데요."

"지난 주 목요일 밤 10시쯤 다른 사람하고 엘리베이터에 탄 것도 기억하나?"

"기억하고말고요."

"같이 있었던 사람은 어떻게 생겼었나?"

"모르겠는뎁쇼, 선생님. 어떻게 생겼는지 모르겠어요."

"그림쇼의 방이 있는 층에 다른 사람을 데리고 간 것도 기억 못하나?"

"하도 많이 손님을 날라서요, 선생님. 수도 없이 나르지요. 생각나는 건 그림쇼 씨하고 손님을 3층에 내려 줬더니 314호로 들어가서 문을 닫는 것을 본 것뿐입니다. 314호는 엘리베이터 바로 옆에 있어서 봤죠."

"엘리베이터 속에서는 무슨 말을 하던가?"

흑인이 신음 소리를 냈다. "전 머리가 텅 비어서 무슨 말을 들었는지 모르겠는데요."

"두 번째 사람 목소리는 어땠나?"

"모릅니다."

"알았어, 화이트. 가봐."

화이트가 도망치다시피 나갔다. 경감은 일어서서 코트를 입고 벨에게 말했다. "여기서 잠깐 기다려. 곧 돌아올 테니. 사람 확인을 해줘야겠어." 그가 방을 떠났다.

페퍼가 벽을 보며 말했다. "퀸 씨, 이 문제는 이제 내 책임이 됐어요. 샘프슨 검사님이 내 어깨에 짐을 올려놨거든요. 내 임무는 없어진 유언장을 찾는 것이지만, 그놈의 유언장은 영 못 찾을 것 같은 생각이……도대체 그 유언장은 어디로 갔을까요?"

"이봐요, 페퍼." 엘러리가 말했다. "그 유언장은 여기저기 옮겨 다닌 것이라고요. 똑똑한 체하는 것이 아니라 내 추리에 의하면 칼키스의 관하고 같이 묻혔을 겁니다."

"당신이 설명할 때는 틀림없다는 생각이 들던데."

"나는 그랬을 거라고 확신하고 있어요." 엘러리가 담배 연기를 길게 들이마셨다. "유언장을 없애지 않았다면 누가 갖고 있는지 말할 수 있지요."

"말할 수 있다고?" 페퍼는 믿지 못하겠다는 표정이었다. "누군데요?"

"페퍼," 엘러리가 한숨을 쉬었다. "어린애라도 알 수 있는 간단한 일 아닙니까? 누구긴 누구예요, 그림쇼를 관에 넣은 놈이지."

제14장 주 목

경감이 그 화창했던 10월 아침을 오랫동안 잊을 수 없는 데는 이유가 있었다. 또한, 쓸데없는 망상은 하지 않고 있지만 내심 뻐기고 싶기도 한 호텔 근무자 벨에게는 신나는 날이기도 했다. 반면에 슬론 부인에게는 고통만 갖고 온 날이었다. 그 밖의 사람들은 약간 의심만 받았으나, 조앤 브레트 양은 달랐다.

브레트 양에게 그날 아침은 혹독했다. 그날 아침에 그녀는 분해서 눈물을 흘렸다. 여지껏 그녀에게 고통만 주고 있었던 이 사건이 그날엔 더욱 잔인했다. 그 눈물은 봄비처럼 사랑의 씨앗을 싹트게 하는 것이 아니라 아예 짓밟아 버리는 눈물이었다.

그것은 굳센 영국 여자라도 견딜 수 없는 시련이었다.

그리고 그것은 젊은 앨런 체니의 행방불명으로 시작됐다.

사건에 관련된 모든 사람들을 심문하려고 칼키스 저택의 서재에 버티고 앉아 있을 때만 해도 경감은 체니가 없는 것을 모르고 있었다. 그는 한 사람 한 사람의 반응을 관찰하기에 급급해 있었다. 벨은 눈을 빛내며 뽐내면서, 마치 정의의 사자처럼 경감의 의자 옆에 서 있었다. 길버트 슬론, 나시오 수이자, 슬론 부인, 데미, 브릴랜드, 그리고 워드스 의사와 조앤이 한 사람씩 들어왔다. 우드러프는 조금 늦게 왔고, 위크스와 심스 부인은 경감에게서 가능한 한 멀리 떨어져서 벽에 기대어 있었다. 그리고 사람들이 들어올 때마다 벨은 눈을 가늘게 뜨고, 팔을 흔들고, 입술을 삐죽거리기도 하고, 마치 고대 그리스 신화에 나오는 복수의 여신의 아들처럼 머리를 흔들기도 했다.

전부가 입을 다물고 있었고 벨을 흘끗 보고는 고개를 돌렸다.

경감은 심각하게 입맛을 다셨다. "다들 앉으십시오. 자, 벨, 9월 30일 목요일 밤에 베네딕트 호텔에 그림쇼를 찾아왔던 사람이 혹시 이 중에 있나?"

혹 하고 숨을 들이마시는 소리가 났고, 경감이 뱀처럼 재빨리 그쪽으로 고개를 돌렸으나 누군지 알 수가 없었다. 어떤 사람은 무관심한 표정이었고, 어떤 사람은 흥미로운 얼굴이었으며, 나머지 사람들은 지겹다는 빛을 띠고 있었다.

벨은 자기에게 온 기회를 최대한 활용했다. 팔을 뒷짐지더니 앉아 있는 사람들을 비판적인 눈으로 보며 그 앞을 왔다갔다했다. 그러더니, 승리의 손가락으로 멋을 잔뜩 부려 옷을 입고 있는 길버트 슬론을 가리켰다.

"저기 한 사람이 있습니다." 하고 힘차게 말했다.

"그래?" 경감이 코담배를 맡았다. 이제는 차분해져 있었다. "그러리라고 생각했지. 자, 슬론 씨, 새빨간 거짓말이 들통났군요. 당신은 어제 앨버트 그림쇼를 본 적이 없다고 했소. 그런데 지금 그림쇼가 묵었던 호텔 근무자가 그림쇼가 살해되기 전날 밤에 당신이 그를 찾아갔었다고 하는데 어찌된 거요?"

슬론은 머리를 뭍에 나온 물고기처럼 희미하게 흔들었다. "나는⋯⋯." 그는 말이 목에 걸렸는지 희미한 기침을 했다. "나는 이 사람이 무슨 말을 하고 있는지 모르겠소, 경감님. 무슨 오해가⋯⋯."

"오해?" 경감의 눈에 비아냥거리는 빛이 떠올랐다. "브레트 양 흉내를 내려는 거요, 슬론? 그 말은 어제 브레트 양이 써먹었어요." 슬론은 무엇이라고 중얼거렸고, 조앤은 얼굴이 빨개지기 시작했다. 그러나 그녀는 꼼짝도 않고 앞만 보고 있었다. "이봐, 벨, 자네가 잘못 본 거야? 아니면 그날 밤 이 사람을 본 거야?"

"제가 봤어요, 틀림없는 그 사람입니다."

"어떻게 된 거요, 슬론?"

슬론이 갑자기 다리를 포갰다. "그건⋯⋯그건 말도 안돼요. 나는 무슨 소린지 모르겠소."

경감은 미소를 짓고 벨 쪽을 보았다. "몇 번째 사람이었지?"

벨은 얼떨떨한 듯했다. "몇 번째인지 정확히는 기억하지 못하지만, 그들 중 하나였습니다. 틀림없어요!"

"이것 보시오⋯⋯." 슬론이 열심히 설명을 하려고 했다.

"당신과는 다음에 얘기할 테니 기다려요, 슬론 씨." 경감이 손을 흔들었다. "계속해, 벨. 누가 또 있나?"

벨이 다시 사냥꾼의 모습이 됐다. 가슴을 잔뜩 부풀리더니, "제가 확실하게 맹세할 수 있어요." 하고 말하고 나서 갑자기 방을 질러갔기 때문에 브릴랜드 부인이 작은 비명을 질렀다. 그리고 벨이 소리쳤다. "이 사람이 그 여자입니다."

그는 델피나 슬론, 슬론 부인을 가리키고 있었다.

"흠⋯⋯." 경감이 팔짱을 꼈다. "슬론 부인, 당신도 무슨 말인지 모르겠다는 말을 하려고 하십니까?"

부인의 창백한 얼굴이 붉어지기 시작했다. 그녀는 연거푸 혀로 입술을 빨았다. "저⋯⋯몰라요, 경감님. 무슨 말인지 몰라요."

"그러고도 그림쇼를 본 적이 없다고 했지요?"

"본 적이 없어요!" 그녀는 사납게 소리쳤다. "본 적이 없단 말예요!"

경감은 증인들이 전부 거짓말을 하고 있다는 것을 알고 있음을 철학적으로 대변하듯 슬픈 표정으로 고개를 흔들었다. "다른 사람이 또 있나, 벨?"

"네, 있습니다." 그가 주저하지 않고 워드스 의사에게 가서 어깨를 툭툭 쳤다. "이 사람은 어디서 봐도 알 수 있습니다. 저 갈색 턱수염을 잊어버리기란 쉽지 않지요."

경감은 이번에는 정말 놀란 것처럼 보였다. 그는 영국 의사를 빤히 쳐다보았고, 의사도 아무 표정이 없이 마주보았다. "몇 번째였지, 벨?"

"마지막 사람이었습니다." 벨이 자신 있게 말했다.

"물론," 워드스 의사가 차분히 말했다. "당신도 이것은 말이 안 된다는 것을 알 텐데요, 경감님? 내가 미국 범죄자하고 무슨 관계가 있겠소? 그 사람을 설혹 안다고 해도 만나야 할 이유가 어디 있겠소?"

"당신이 나에게 물어 보는 겁니까, 워드스 박사?" 경감이 미소를 지었다. "지금 질문은 내가 하고 있습니다. 당신은 수많은 사람들을 매일 만나는 직업 때문에 사람 얼굴을 기억하는 데 훈련이 잘 되어 있는 사람에 의해 확인됐습니다. 대답해 보시지요."

워드스 의사가 한숨을 쉬었다. "내 말을 못 믿으니 반론을 제시해야겠군요, 경감님. 이보시오, 이 수염만 달면 내 흉내를 내는 것이 세상에서 제일 쉽다는 걸 모릅니까?"

"브라보!" 엘러리가 중얼거리고는 페퍼에게 말했다. "의사 선생님이 머리가 빨리 돌아가는데요, 페퍼."

"너무 빨리 돌아가고 있소."

"대단히 약삭빠른 생각이오, 선생. 아주 영리해요." 경감이 감탄하듯 말했다. "그 말도 맞습니다. 좋습니다. 누가 당신 흉내를 냈다고 합시다. 그러면 남이 당신 흉내를 냈다는 시간, 9월 30일 밤의 당신의 행동을 말해 주면 되겠군요. 어때요?"

워드스 의사는 얼굴을 찡그렸다. "가만 있자⋯⋯지난 주 목요일 밤이라⋯⋯이봐요, 경감님, 그건 공정하지 못해요. 일주일 전 어떤 시간에 어디서 뭘 했느냐는 것을 어떻게 기억하란 말이오?"

"지난 주 금요일 밤 행동은 잘 기억했지 않소?" 경감이 비꼬아서 말했다. "오래 됐다고는 하지만⋯⋯."

경감이 조앤의 목소리에 몸을 돌렸다. 다른 사람들도 전부 그녀를 바라보았다. 그녀는 의자 끝에 앉아 어설픈 미소를 짓고 있었다. "아니, 선생님. 그렇게까지 용감하게 행동하실 필요가⋯⋯어제는 기사도 정신을 발휘해서 브릴랜드 부인을 옹호하시더니⋯⋯이제는 저의 별 볼일 없는 이름까지 지켜 주시려는 건가요, 아니면 정말로 잊으신 건가요?"

"아, 참!" 워드스 의사의 눈이 밝아지면서 소리쳤다. "바보같이⋯⋯바보같이 그 생각을 못했어, 조앤. 경감님, 사람의 정신이라는 것이 이상하지요? 지난 주 목요일 그 시간에는 브레트 양과 같이 있었습니다."

"그랬습니까?" 경감이 의사와 조앤을 천천히 번갈아 가며 보았다. "말이 척척 들어맞는군요."

"네,·그랬어요." 조앤이 급히 말했다. "하녀가 그림쇼를 안내하는 것을 보고 제 방에 갔지요. 그때 워드스 선생님께서 오시더니 시내에 가서 심심풀이를 하고 오자고 하셔서……."

"그랬지요." 의사가 낮게 말했다. "곧장 집을 나가서 55번가에 있는 카페라고 하는 데를 갔지요. 어디였는지 확실한 위치는 기억할 수 없지만, 아주 재미있는 시간을 보냈습니다. 우리가 돌아왔을 때가 12시쯤 됐지, 아마. 그렇지, 조앤?"

"그럴 거예요, 선생님."

경감이 투덜댔다. "말이 잘 맞는군. 아주 꼭 맞아떨어지고 있어……자, 벨, 아직도 저 사람이 맞다고 생각하나?"

"예, 저 사람입니다." 벨이 고집했다.

워드스 의사는 낮게 웃었고, 경감은 벌떡 일어섰다. 그는 화가 나 있었다. "이봐, 벨. 세 사람은 설명이 되었네——그걸 설명이라고 친다면 슬론, 슬론 부인, 워드스 박사, 이렇게 세 사람이야. 나머지 둘은 어떻게 됐나? 이 사람들 중에 있나, 없나?"

벨이 고개를 흔들었다. "여기엔 없습니다. 그 중 한 사람은 몸집이 아주 커서 거의 거인이라고 할 수 있었습니다. 머리는 반백이었고, 붉은 얼굴이 햇빛에 그을은 사람입니다. 말소리가 아일랜드 사람 같았습니다. 그 사람이 저 부인과 저분 사이에 왔는지,"——그가 슬론 부인과 워드스 박사를 가리켰다——"처음에 왔는지는 기억이 확실치 않습니다."

"몸집이 큰 아일랜드 사람?" 경감이 중얼거렸다. "아니, 그 사람은 어디서 나타났지? 여태까지는 그런 사람이 없었잖아?……좋아, 이렇게 된 것 같네, 벨. 그림쇼가 몸을 감춘 사람하고 들어왔고, 그 다음에 한 남자, 그리고는 슬론 부인, 다음에 또다른 남자, 마지막으로 워드스 의사. 찾아온 남자 셋 중에서 한 명은 여기 있는 슬론 씨이고, 또 하나는 몸집이 큰 아일랜드 사람이지. 세 번째 남자는 어떻게 된 거야? 여기 그럴듯해 보이는 사람이 없나?"

"잘 모르겠는데요." 벨이 아깝다는 듯이 말했다. "뒤죽박죽입니다. 어쩌면 이 슬론 씨가 몸을 감추고 온 사람일지도……."

"벨!" 경감이 고함쳤다. "이랬다저랬다하면 안돼! 확실치 않은가?"

"글쎄요……잘 모르겠는데요."

경감은 화가 난 얼굴로 방안을 둘러보았다. 벨이 잘 모르겠다는 사람이 방안에 혹시 있는가 해서였다. 그러다가 그는 눈에 사나운 빛을 띠고 고함을 쳤다. "제기랄! 누가 없다 싶은 생각이 들었어. 체니! 그 버릇없는 체니란 친구 어디 있어?"

사람들은 잘 모르겠다는 듯 서로를 쳐다보았다.

"토머스! 정문 보초가 누구야?"

벨리는 죄를 지은 표정으로 아주 낮게 말했다. "플린트입니다, 경감님……퀸 경감님." 엘러리는 웃음이 나오려는 것을 얼른 참았다. 벨리가 경감을 성까지 붙여 부르는 것을 처음 보았기 때문이다. 벨리는 정말로 겁을 먹고 있었다. 얼굴이 잿빛이었다.

"데리고 와!"

벨리가 어찌나 재빠르게 나갔던지 목 안에서 그르렁거리고 있던 경감도 좀 누그러졌다. 벨리가 겁이 나서 떨고 있는 플린트를 데리고 왔다. 플린트도 체구가 벨리 경사만큼이나 큰 사람이었는데, 그때는 떨고 있는 가엾은 사람으로밖에 보이지 않았다.

"플린트, 왔나?" 경감이 험악한 목소리로 말했다. "들어와. 아, 빨리 들어와!"

플린트가 낮게 중얼거렸다. "네, 경감님. 네, 경감님."

"플린트, 앨런 체니가 떠나는 걸 봤나?"

플린트가 침을 꿀꺽 삼켰다. "네, 봤습니다. 봤어요."

"언제?"

"어젯밤 11시 15분입니다, 경감님."

"어디로 갔나?"

"자기 클럽에 간다고 했습니다."

경감이 조용히 물었다. "슬론 부인, 아드님이 다니는 클럽이 있습니까?"

슬론 부인은 손가락을 꼬고 있었다. 곧 울 것만 같았다. "왜……
아뇨, 경감님. 어떻게 된 건지…….."

"언제 돌아왔지?"

"그는, 그는 돌아오지 않았습니다, 경감님." 하고 플린트가 대답
했다.

"돌아오지 않았다고?" 경감의 목소리가 더욱 낮아졌다. "왜 벨
리 경사에게 보고하지 않았지?"

플린트는 정말로 고통스러운 표정이었다. "보, 보고를 하려던 참
이었습니다, 경감님. 어젯밤 11시에 근무를 시작해서 곧 끝나게 되
어서……곧 보고하려고 생각하고 있었습니다, 경감님. 어디서 술
을 퍼먹고……게다가 짐도 없이 나갔습니다, 경감님."

"밖에서 기다리고 있어. 이따가 얘기할 것이 있으니까." 경감의
목소리는 여전히 무섭도록 조용했다. 플린트가 사형선고라도 받은
사람 모양으로 나갔다.

(이전에 출판된 퀸의 소설들을 읽어 여기 나오는 형사들을 알고
있는 독자들에게 알려드리자면, 플린트 형사는 이 일 때문에 근무
태만으로 강등당하게 되었던 것이 분명하다. 그러나 오래지 않아
그가 대담한 강도 행위를 막아 복직이 되었음을 알려드린다. 지금
의 경우는 초기의 일로서 일반에게는 오랫동안 알려져 있었다.

J.J.McC)

벨리의 푸른 턱이 떨리고 있었다. "플린트의 죄가 아닙니다. 제
가 잘못했습니다. 모두를 집합시키라고 했을 때 제가 살펴보는 건
데……."

"입닥쳐, 토머스. 슬론 부인, 아드님이 은행 거래를 하고 있습니
까?"

슬론 부인은 떨고 있었다. "네, 경감님. 머캔타일 은행하고 거래
했어요."

"토머스, 머캔타일 은행에 전화해서 오늘 아침에 앨런 체니가
돈을 인출해 갔는지 알아봐."

벨리가 전화가 있는 책상으로 가려면 조앤 브레트를 스치고 가

야만 했다. 그가, '실례합니다.' 하고 양해를 구했으나 그녀는 꼼짝
도 않고 있었다. 자신도 괴로운 심정이었으나 조앤의 공포와 절망
어린 표정을 보고 벨리는 놀랐다. 그녀는 꼭 쥔 두 주먹을 무릎에
놓고 숨도 안 쉬고 있었다. 벨리는 턱을 만지며 서 있다가 그녀 주
위를 완전히 돌아서 갔다. 전화를 들고서도 눈은 조앤을 뚫어지게
보고 있었다.

"아드님이 어디 갔는지 모르십니까, 슬론 부인?" 경감이 날카롭
게 물었다.

"몰라요. 설마, 당신은……."

"당신은 어때요, 슬론? 어젯밤에 무슨 말이 없었소?"

"없었습니다. 왜 그런 짓을……."

"토머스, 어떻게 됐어?" 경감이 조급해서 물었다. "뭐라고 그러
나?"

"지금 알아보고 있는 중입니다." 경사가 말을 몇 마디 하고, 고
개를 무겁게 몇 번 끄덕이더니 전화를 끊었다. 그가 두 손을 주머
니에 쑤셔넣고 조용히 말했다. "도망쳤습니다. 오늘 아침 9시에 돈
을 다 빼내갔답니다."

"제기랄!" 경감이 욕을 했다. 슬론 부인은 일어서서 사방을 미
친 듯이 두리번거리다가 남편이 팔을 잡자 다시 앉았다. "어떻게
된 거야?"

"잔고가 4,200달러 있었는데, 통장을 마감하고 소액권으로 전부
인출했답니다. 새것으로 보이는 작은 손가방을 갖고 있었답니다.
아무런 말도 없었답니다."

경감이 문으로 갔다. "헤이그스트롬!" 북구(北歐) 사람 하나가 뛰
어왔다. 그도 긴장하고 있었다. "앨런 체니가 없어졌어. 오늘 아침
9시에 머캔타일 은행에서 4,200달러를 찾아갔어. 우선 어젯밤 어디
서 지냈나 찾아보고 뒤를 쫓아. 영장을 갖고 가. 필요한 것은 지원
받고, 쫓아가서 잡아 와. 국외로 도망갈지도 몰라."

헤이그스트롬이 나가자 벨리도 뒤따라 나갔다.

경감이 사람들을 다시 향했다. 조앤 브레트를 바라보는 눈길이
험악했다. "아가씨는 모든 일에 연관이 되어 있는 것 같은데, 브레

트 양, 체니가 도망간 것에 대해 아는 것 없소?"

"없습니다, 경감님." 그녀의 목소리는 낮았다.

"누구, 왜 도망쳤는지 아는 사람 없소?" 경감이 소리쳤다.

슬론 부인은 흐느끼고 있었다. "정말로……경감님……어떻게 그런 생각을……앨런은 아직 어린애예요, 경감님. 뭔가 잘못됐어요! 잘못된 거라고요, 경감님!"

"쓸데없는 말만 길게 늘어놓으시는군요, 부인." 경감이 소름끼치는 미소를 지었다. 그는 문에 벨리가 서 있는 것을 보고 몸을 돌렸다. "뭐야, 토머스?"

벨리가 커다란 팔로 작은 종이 조각을 내밀었다. 경감이 낚아챘다. "이게 뭐야?" 엘러리와 페퍼가 급히 다가갔다. 셋은 종이에 쓴 것을 급히 읽었다. 경감이 벨리를 바라보자 그도 급히 왔고, 그들은 구석으로 자리를 옮겼다. 경감이 벨리에게 무엇을 묻자 경사가 간단히 대답했고, 그들은 다시 방 가운데로 왔다.

"여러분, 내가 무엇을 읽어 드리겠소." 사람들이 긴장했다. "내가 손에 들고 있는 것은 이 집안에서 벨리 경사가 찾은 쪽지입니다. 앨런 체니가 쓴 것입니다." 그가 종이를 쳐들고 큰소리로 똑똑히 읽기 시작했다. "글 내용은 이렇습니다. '나는 떠나겠소. 영원히 돌아오지 않을지도 모르오. 여러 가지를 볼 때——이런 말을 해서 무엇하겠소. 모든 것이 뒤죽박죽이고 뭐가 어떻게 된 것인지…… 잘 있어요. 당신이 위험할지 모르니 이런 글은 안 쓰는 건데. 제발, 당신의 안전을 위해서 이것을 태우시오. 앨런.'"

슬론 부인은 얼굴이 샛노래져서 의자에서 일어나 비명을 지르고는 기절했다. 슬론이 부인의 힘없이 쓰러지는 몸을 잡았고, 방안이 비명과 놀라는 소리로 시끄러워졌다. 경감은 아무 말도 않고 고양이처럼 그 광경을 조용히 보고 있었다.

사람들의 힘으로 부인이 깨어났고, 경감이 눈이 퉁퉁 부은 부인의 코 밑에 종이를 들이댔다. "이게 아들의 필체요, 슬론 부인?"

"맞아요. 불쌍한 앨런, 맞아요."

경감은 크고 뚜렷하게 말했다. "벨리 경사, 이것을 어디서 찾았지?"

"위층 침실에서 찾았습니다. 매트리스 밑에 넣어 놨더군요."

"그게 누구 방이지?"

"브레트 양의 방입니다."

그것은 모든 사람에게 지독한 순간이었다. 조앤은 여러 사람들이 보내는 비난하는 듯한 적의에 찬 눈초리를 피하려는 듯이 눈을 꼭 감고 있었다. 경감의 얼굴에는 승리의 빛이 떠올라 있었다.

"어떻게 된 거지요, 브레트 양?"

그녀가 눈을 떴다. 눈물이 고여 있었다. "오늘 아침에 발견했습니다. 문 밑으로 넣어 놨더군요."

"왜 즉시 알려주지 않았소?"

아무 대답이 없었다.

"왜 앨런 체니가 없어졌다고 야단이 났을 때 말을 안했소?"

침묵.

"더욱 중요한 것은——'당신이 위험할지 모르니'가 무슨 뜻이지요?"

그때에 여자의 섬세한 신체의 일부분인 눈물샘의 문이 열려, 조앤 브레트 양은 전에도 표현했듯이 진주 같은 눈물을 흘리게 되었다. 그녀는 앉아서 떨며, 흐느끼며, 코를 홀쩍거리며, 마치 버림받은 여자같이 햇빛이 밝은 그 10월 아침에 울고 있었다. 그것은 벌거벗고 있는 것처럼 다른 사람들을 당혹케 하는 모습이어서, 심스 부인이 한 발 앞으로 나섰다가 힘없이 물러섰다. 워드스 의사가 성이 나서 경감을 노려보고 있는 눈에서는 갈색 번개가 치고 있었다. 엘러리는 경감의 행동을 찬성하지 못하겠다는 듯 고개를 흔들었다. 경감만이 냉정했다.

"대답해요, 브레트 양."

그 질문의 대답으로 그녀는 의자에서 벌떡 일어서서, 한 팔로 눈을 가리고 서재에서 뛰어나갔다. 그녀가 2층으로 쿵쿵거리며 뛰어가는 소리가 들렸다.

"벨리 경사." 경감이 차갑게 말했다. "지금부터 브레트 양의 행동을 철저히 감시하도록."

엘러리가 아버지의 팔을 잡자, 경감이 그를 교활한 눈초리로 바라보았다. 엘러리가 남에게 들리지 않도록 낮게 말했다. "나의 존경하는 아버지, 아버지께선 세상에서 가장 유능한 경찰일지는 몰라도, 심리학자로는……" 그는 머리를 흔들었다.

제15장 미궁(迷宮)

지금까지 엘러리는 이 사건의 변두리에서 맴돌기만 했으나, 10월 9일 토요일 오후에는, 종잡을 수 없는 그의 성품으로 인하여 사건의 한가운데에 직접 빠져들게 되었다── 관찰자의 입장에서 사건을 이끌어가는 입장이 된 것이다.

사건의 전모를 밝히기엔 때도 무르익었고, 무대장치도 완전해서 그는 스포트라이트를 받기 위해 무대 중간에 뛰어들어야 한다는 유혹을 물리칠 수가 없었다. 유의해야 할 것은, 이때의 엘러리는 아주 젊을 때여서 미숙한 젊은이들이 그렇듯이 뽐내고 싶은 커다란 이기심을 참지 못했던 것이다. 인생은 마냥 즐겁기만 했고, 자기만이 자신 있게 풀 수 있는 어려운 문제가 있고, 어떠한 난관도 헤쳐 나갈 수 있는 자신도 있고, 지방검사 샘프슨의 코도 납작하게 해주고 싶었다.

엘러리가 사건의 주인공이 된 그 일은 센터 가(街)에 있는 퀸 경감의 사무실에서 시작됐다. 샘프슨은 우리에 갇힌 호랑이처럼 어슬렁거리고 있었고, 페퍼는 깊은 생각에 빠져 있었다. 경감은 입을 꼭 다물고 나이 든 회색 눈을 이글거리며 의자에 축 늘어져 있었다. 그러한 상황에서 누가 뽐내지 않을 수 있겠는가? 더욱이나, 별로 도움도 되지 않는 사건 논의중에 경감의 비서가 황급히 들어와서 제임스 J 녹스 씨가── 억만장자이고 은행가이며 증권계의 왕이고 대통령의 친구인 위대하신 녹스 씨께서 친히 찾아오셔서 퀸 경감을 만나겠다고 한 마당에 있어서야.

녹스 씨는 전설적인 인물이었다. 그는 부(富)와 권력을 이용해서, 사회에 나타나기보다는 나타나지 않고 있었다. 사회가 알고 있는 그는 명성이지 실체가 아니었다. 따라서 녹스 씨가 사무실로 안내되어 왔을 때 퀸 부자, 샘프슨, 페퍼가 모두 한 사람처럼 벌떡 일어나서는 다른 사람에게보다도 더 많은 경의를 표하며 편히 모시려고 법석을 떤 것은, 아무리 민주주의 원칙에 어긋나는 것이라고 해도 사람이니만큼 어쩔 수가 없었다. 그 위대한 사람은 힘없이 악수를 하고, 권하지도 않았는데 의자에 먼저 앉았다.

녹스 씨는 뼈대가 큰 사람인데, 몸은 말라가고 있었다. 나이는 60쯤 되어보였고 머리카락, 눈썹, 수염 모두가 완전히 하얗게 셌으며, 입 끝은 처져 있었다. 그의 회색 눈만은 아직 젊었다.

"회의중인가요?" 목소리는 생각지도 않게 부드러웠고 낮았으며, 주저하는 빛도 있었다.

"아……네." 샘프슨이 다급하게 말했다. "칼키스 씨 사건을 의논중이었습니다. 아주 불행한 일입니다, 녹스 씨."

"그렇군요." 그는 경감을 똑바로 바라보았다. "무슨 진전이 있습니까?"

"약간 있습니다." 경감은 괴로웠다. "사건이 엉켜 있습니다, 녹스 씨. 많은 실을 풀어내야 합니다. 아직은 무엇이라고 말씀드릴 수가 없습니다."

그때가 적당한 시기였다. 아직도 젊고 미숙한 엘러리가 백일몽 속에서 기다리던 때——꼼짝도 못하고 있는 법의 집행자들, 고귀한 사람의 출현……. "아버지, 너무 겸손하시군요." 하고 엘러리 퀸이 말했다. 다른 말은 없이 꾸짖는 듯한 한마디뿐이었다. 손으로는 찬성하지 못하겠다는 표시를 하고 있었으며, 입가에는 미소가 비치고 있었다. 아버지도 자기 말이 무슨 말인지를 알고 있다는 투였다.

퀸 경감은 꼼짝도 하지 않았고, 샘프슨은 입술을 벌렸다. 높은 분은 엘러리와 아버지를 번갈아 쳐다보았고, 페퍼는 입을 벌린 멍한 표정이었다.

"사실은, 녹스 씨." 엘러리는 같은 공손한 투로 말을 계속했다. 아! 얼마나 멋진 순간인가 하고 엘러리는 생각했다. "아직도 세밀한 부분까지는 답을 못 얻고 있지만, 아버지는 대강의 윤곽은 잡고 있다는 것을 잊으신 모양입니다!"

"무슨 말인지 잘 모르겠는데." 녹스 씨가 설명을 해보라는 듯 말했다.

"엘러리, 애야." 경감이 떨리는 소리로 말했다.

"분명합니다, 녹스 씨." 엘러리는 아버지의 마음을 읽고 서글픈 생각이 들었다. 그러나 때는 지금인데! 엘러리는 마음을 고쳐 먹었다. "사건은 해결됐습니다."

그런 때야말로 이기주의자들이 살찌는 시기. 엘러리는 경감, 샘프슨, 페퍼의 표정들이 변하는 것을, 예상했던 대로 실험 결과가 변하는 것을 보는 과학자처럼 보고 있었다. 녹스 씨는 물론 아무것도 모르고 있었다. 흥미롭다는 표정만 떠올랐다.

"그림쇼의 살해자를……." 샘프슨은 목이 막혀 말을 계속하지 못했다.

"그게 누굽니까, 퀸 씨?" 녹스 씨가 부드럽게 물었다.

엘러리는 숨을 내쉬고서 대답하기 전에 담배에 불을 붙였다. 이럴 때 급히 서두르면 안돼. 길게 끌어야지. 그리고는 담배 연기 사이로 말했다. "게오르그 칼키스입니다."

그 일이 있은 뒤 오랜 시간이 지나서, 녹스 씨만 그 자리에 없었더라면 전화기로 엘러리의 머리를 내리쳤을 것이라고 샘프슨은 고백했다. 샘프슨은 그 말을 믿지 않았다. 믿을 수가 없었다. 죽은 사람, 그것도 장님이 살인자라니! 그것뿐만이 아니었다. 우쭐해서 허풍을 떨고 있는 꼴이라니……샘프슨은 그 말을 믿을 수가 없었다.

그러나 그는 녹스 씨도 있고 해서, 그냥 의자에 앉은 채 병이 든 것처럼 후들후들 떨며 이 바보 같은 소리를 어떻게 처리해야 하나 고심했다.

감정이 격해질 이유가 없는 녹스 씨가 제일 먼저 입을 열었다. 엘러리의 말을 듣고 놀랐는지 눈은 두어 번 껌벅였으나, 이내 부드러운 목소리로 말했다. "칼키스라……그럴까?"

경감이 그 다음으로 입을 열었는데, 그는 입술을 빨고서 말했다. "녹스 씨에게 우리가 설명을 해드려야 하지 않겠니, 애야?" 목소리는 아무렇지도 않았으나 눈은 분노로 끓고 있었다.

엘러리가 의자에서 벌떡 일어났다. "그래야겠지요." 그는 기운차게 말했다. "특히 녹스 씨께서 직접 이 사건에 관심을 갖고 계시니." 엘러리는 경감의 책상 끝에 걸터앉았다. "이 사건은 독특합니다. 참으로 멋진 면들이 있어요.

제 말을 잘 들어 주십시오. 이 사건 해결에는 두 가지의 단서가 있습니다. 하나는 칼키스가 심장마비로 죽을 당시에 매고 있었던 넥타이 문제이고, 두 번째는 서재에 있었던 전기 주전자와 티 세트입니다."

녹스 씨가 무슨 말인지 모르겠다는 표정을 지었다. "죄송합니다, 녹스 씨. 이 점에 대해서는 잘 모르시겠군요." 엘러리는 그 일들을 재빨리 설명했다. 녹스 씨가 알았다고 고개를 끄덕이자 말을 계속했다. "그러면 칼키스의 넥타이 건부터 검토해 볼까요. 일주일 전 토요일, 칼키스가 죽은 날 칼키스의 바보 사촌이 계획표에 따라서 칼키스의 옷을 입혔다고 진술했습니다. 그러므로 그날은 계획표에 쓰여 있는 대로 칼키스 씨가 옷을 입고 있었어야 됩니다. 그런데 토요일 계획표는 어떻게 되어 있습니까? 여러 가지 의상 중에 녹색 물결무늬 넥타이를 매게 되어 있습니다.

거기까지는 좋습니다. 데미는 사촌의 의복을 내놓고는 9시에 집을 떠났습니다. 옷을 입은 칼키스는 서재로 와서 혼자 있었습니다. 그 시간이 약 15분 동안입니다. 9시 15분에 슬론이 그날 업무를 협의하러 서재로 갔습니다. 그런데 어떻게 되었습니까? 슬론의 말에 의하면 9시 15분에 칼키스는 붉은색 넥타이를 매고 있었습니다."

이제는 모든 사람들이 엘러리의 말을 경청하고 있었다. 기분이 더욱 좋아진 엘러리는 낮게 웃었다. "흥미롭지 않습니까? 만일 데미가 진실을 말했다면 우리는 이상한 현상에 이르게 됩니다. 따라서 만일 데미가 진실을 말했다면——데미의 지능으로 보아 거짓이라고 믿기가 어렵습니다——칼키스 씨는 9시 15분에 계획표대로 녹색 넥타이를 매고 있었어야 합니다.

그렇다면 이 일을 어떻게 설명할 수 있을까요? 이렇게밖에 설명이 되지 않습니다. 즉, 그 15분 동안에 우리가 알 수 없는 무슨 이유로, 칼키스가 자기 침실로 가서 붉은 넥타이로 바꿔 맸다는 것입니다.

슬론의 말을 빌리면 서재에 들어갈 때도 칼키스는 붉은 넥타이를 매고 있었고, 이야기 도중에 칼키스가 자기가 매고 있는 넥타이를 만지면서, '이것과 똑같은 넥타이를 주문하게 알려달라'고 말했다는 겁니다. 또한 브레트 양은 서재로 나가면서 칼키스가 바레트 상점에 전화하는 것을 봤습니다. 바레트 상점은 칼키스가 직접 전화로 주문한 대로 넥타이를 전달했다고 진술했습니다. 그런데 전달된 넥타이는 어땠습니까? 6개의 붉은 넥타이였습니다."

엘러리는 일어서서 책상을 쾅쾅 쳤다. "요약하면, 자기가 매고 있는 것과 같은 넥타이를 주문한다고 했고, 주문한 넥타이가 붉은 것이었다면, 칼키스는 자기가 매고 있는 넥타이가 붉은색이었다는 것을 알고 있었다는 말이 됩니다. 기초적인 문제지요. 칼키스는 슬론과 이야기를 할 때 자기가 붉은 넥타이를 매고 있다는 것을 알고 있었습니다.

그런데 계획표에는 녹색이라고 되어 있는데 그 사실을 어떻게 알았을까요? 누가 말을 해주었다? 누가? 칼키스가 바레트 상점에 전화하기 전에 그를 만난 사람은 세 사람뿐입니다. 데미는 계획표에 따랐다고 했고, 슬론이나 브레트 양은 넥타이 색깔에 대해서는 언급하지 않았습니다.

아무도 바뀐 넥타이의 색상에 대해서는 얘기를 하지 않았습니다. 그러면 무슨 이유로 칼키스가 우연히 붉은 넥타이로 바꿔 맨 것일까요? 그것도 가능합니다. 칼키스 옷장에 걸려 있던 넥타이들이 종류별로 있지를 않고 섞여 있었으니 손에 잡힌 것이 붉은 넥타이였을 수도 있습니다. 그렇다면 우연이건 아니건, 그것이 붉은 넥타이라는 것을 어떻게 알았을까요? 나중의 일로 봐서는 그가 알고 있었다는 것이 틀림없는데."

엘러리가 재떨이에 천천히 담배불을 비벼 껐다. "여러분, 그가 그 사실을 아는 방법은 한 가지밖에 없습니다. 그는 앞을 볼 수 있었던 겁니다.

그렇지만 장님이 어떻게 앞을 볼 수 있는가?

거기에 저의 추리의 첫번째 요점이 있습니다. 프로스트 박사가 증언하기를——이것은 워드스 의사도 확인한 것입니다——칼키스는 언제고 시력이 순간적으로 회복될 수 있는 특이한 눈병을 앓고 있다고 했습니다.

그러면 결론은 무엇일까요? 적어도 지난 토요일 아침에는, 칼키스 씨는 여러분이나 저처럼 볼 수가 있었다는 것입니다."

엘러리는 미소를 지었다. "그러면 질문 하나가 즉각 떠오르지요. 시력을 회복했는데도 왜 그 말을 하지 않았을까? 그의 가족은 물론, 브레트 양, 그리고 그의 눈을 치료하고 있었던 워드스 의사에게조차 왜 아무 말도 안했을까? 거기에는 심리적인 이유 하나밖에는 생각할 수 없습니다. 칼키스는 자기가 다시 볼 수 있게 됐다는 것을 알리고 싶지 않았던 것입니다. 무슨 이유에서건 남에게는 아직도 장님이라고 믿게 하고 싶었던 것입니다. 그 이유가 무엇이냐고요?"

엘러리가 말을 중단하고 숨을 크게 들이마셨다. 녹스는 몸을 앞으로 길게 빼고 있었고, 냉철한 눈에는 동요의 빛이 없었다. 다른 사람들은 몸을 뻣뻣이 굳히고 귀를 기울이고 있었다.

"그 문제는 일단 접어 두고, 전기 주전자와 티 세트 단서 건(件)을 검토해 보지요.

피상적인 증거를 보십시오. 티 테이블의 증거는 세 사람이 차를 마신 것으로 보입니다. 의심할 이유가 없지요. 차를 마신 흔적이 있는 찻잔 셋, 나중에 물에 넣어도 찻물이 우러나지 않아서 틀림없이 사용했다고밖에 볼 수 없는 홍차 봉지 셋, 눌러 짜서 마른 레몬 세 조각, 사용한 찻숟가락 셋, 모든 것이 세 사람이 차를 마셨다는 증거로 남습니다. 게다가 그것을 뒷받침하는 브레트 양의 증언. 즉, 칼키스가 금요일 밤에 두 사람이 방문할 것이라고 했고, 실제로 두 사람이 온 것. 모든 것이 피상적으로는 세 사람이 차를 마셨다는 증거입니다.

그러나——이 '그러나'에 주의를 해주십시오, 여러분——주전자를 검토하면 그것이 피상적이라고 제가 한 말이 타당하다는 것을 금방 알 수 있습니다. 주전자에서 알아낸 것은 무엇입니까? 간단히 얘기해서 주전자에 물이 너무 많다는 것입니다. 나중에 그 점이 증명됐지요. 주전자에 남아 있던 물을 따르니 다섯 잔이 차더군요. 그런데 물을 가득 채우고 따르니 여섯 잔이 찼습니다. 여섯 잔짜리 주전자였습니다. 그러나 주전자에 있던 오래 된 물은 다섯 잔이었습니다. 그런데 피상적인 증거들이 지적하고 있는 대로 세 사람이 차를 마셨다면 어떻게 그런 일이 있을 수 있을까요? 우리의 실험 결과는 세 잔이 아니라 한 잔의 물만 사용됐다고 나왔는데요. 그러면 세 사람이 1/3잔씩만 마셨다? 말이 안돼요. 사용된 세 잔 위에 찻물 자국이 말라붙어 있어, 세 잔 가득히 물이 사용되었다는 증거가 있어요. 그러면 세 잔 가득 쓰고, 나중에 누가 두 잔의 물을 주전자에 부었다? 그것도 말이 안돼요. 제 물의 샘플을 분석해 보니까 끓인 물에 새 물을 첨가하지 않았다는 결과가 나왔습니다.

따라서 결론은 하나뿐입니다. 세 사람이 차를 마셨다는 증거는 거짓이라는 겁니다. 누가 고의적으로 세 사람이 차를 마신 것처럼 증거를 조작한 것입니다. 누가 증거를 조작했든, 그 사람은 실수를 한 가지 저질렀습니다. 주전자에서 세 잔의 물을 따라서 쓰지 않고, 한 잔의 물만 갖고 세 잔을 쓴 것처럼 보이게 한 실수를 저지른 것이지요. 그런데 무엇 때문에 세 사람이 차를 마셨다는 증거를 조작해 놓았을까요? 그것은 강조하려고 했던 것입니다. 그 자리에 세 사람이 있었다고 하는 점을 강조하고 싶었던 것입니다. 그러나 실제로 세 사람이 있었다면, 왜?

그것은 이상하게 들릴지 몰라도, 세 사람이 있지 않기 때문입니다."

엘러리는 승리감에 취해 들뜬 눈으로 사람들을 보았다. 샘프슨은 타당하다는 듯 한숨을 쉬고 있었고, 페퍼는 설명을 깊게 생각하고 있는 듯했고, 경감은 고개를 끄덕이고 있었다. 제임스 녹스는 턱을 쓸기 시작했다.

엘러리가 교단에서 하는 강의에 가장 어울리는 소리로 날카롭게 말을 계속했다. "만일 세 사람이 한 잔 가득씩 차를 마셨다면, 주전자 물은 세 잔분이 없어졌을 것입니다. 그러면 세 사람 중에 차를 마시지 않은 사람이 있었다고 생각할 수도 있겠지요. 요새는 금주법도 있고 해서 차를 안 마시는 사람도 더러 있으니까요. 좋습니다. 틀린 말이 아니지요. 그러면 무엇 때문에 세 사람이 마신 것처럼 해놨을까요? 그것은 두 사람이 찾아와서, 자기까지 세 사람이, 그림쇼가 살해된 지난 금요일 밤에 서재에 있었다는 것을 남에게 믿게끔 하려 했다는 것으로밖에는 달리 설명할 수가 없습니다.

따라서 우리는 흥미로운 문제에 부딪히게 됩니다. 세 사람이 아니었다면 몇 사람이 서재에 있었나 하는 점이지요. 브레트 양이 방문객 둘을 서재에 안내하고 난 다음 앨런을 데리고 2층에 가고 나서 셋, 넷, 다섯, 몇 사람이라도 들키지 않고 서재로 갔을 수는 있습니다. 그러나 세 명 이상이 있었다면 그 인원수를 우리가 확정시키는 방법이 없으니 그 점은 덮어두지요. 그런데 세 명 이하였다는 가정 아래서 생각해 보면 재미있는 것을 발견하게 됩니다.

두 사람이 서재에 들어가는 것을 보았으니 한 사람은 아니고, 여지껏 설명한 대로 세 사람도 아니면, 두 사람이 됩니다.

만일 두 사람이었다면, 어떻게 됩니까? 그 중 한 사람은 브레트 양에 의해 확인됐습니다. 그렇다면 나머지 한 사람은 칼키스 자신이었을 가능성이 매우 높습니다. 그러면 브레트 양이 모습을 볼 수 없었다는 사람이 칼키스라는 말이 됩니다. 그것이 가능할까요?"

엘러리는 담배를 또 피웠다. "틀림없이 가능합니다. 그때의 이상했던 상황을 검토해 보면 가능하다는 판단이 나옵니다. 그날 두 사람이 찾아왔을 때 브레트 양이 서재 안을 보지 못했다는 말이 기억날 것입니다. 사실은 그림쇼와 같이 온 사람이 브레트 양을 밀쳤습니다. 마치 서재 안을 보여 주지 않으려는 듯이. 이 행동에 대한 대답은 여러 가지가 있겠지만, 브레트 양으로 하여금 서재 안을 보지 못하게 하려고 했다는 것도 이유 중의 하나가 될 수 있습니다. 그 사람이 칼키스였다면 당연히 그랬겠지요. 또 다른 것은? 또 있습니다. 신체적으로 그 사람은 칼키스와 몸집이 비슷했습니다. 또한 가지는 그림쇼의 동행자는 앞을 볼 수 있었다는 점입니다. 심스 부인의 고양이 투치 얘기 기억나시죠? 앞을 볼 수 없었다면 고양이를 밟았을 테니까요. 이 점도 아까 넥타이 건에서 추리한 대로 칼키스가 시력을 회복했다는 것을 증명하고 있습니다. 여러 정황으로 보아 워즈 의사가 눈을 검사하고 난 목요일 이후에, 그리고 두 사람의 방문객이 있기 이전에 칼키스는 시력을 회복했으나 남에게는 알리지 않았다고 생각됩니다.

그렇다면 이것으로 제가 아까 한 질문, 즉 왜 남에게 알리지 않았나 하는 것에 대한 답변이 나옵니다. 그 답변은, 그림쇼가 살해됐다는 것이 알려지고, 칼키스에게 혐의가 간다면, 그는 장님이니 살해할 수가 없을 것이라는 알리바이가 성립될 수 있다는 거지요. 달리 생각하면, 혐의는 그림쇼의 동행자에게 가고 칼키스는 장님이니 동행자가 아니다 하는 말도 되겠고요. 칼키스가 어떻게 그 동행자가 될 수 있었나 하는 것은 간단합니다. 심스 부인이 차 준비를 끝내고 자러 간 뒤에 집을 빠져 나가서 그림쇼를 만나서 같이 돌아온 것이지요."

녹스는 의자에 꼼짝도 않고 앉아서 무슨 말을 하려고 입을 열었다가 닫은 뒤에, 눈을 껌벅거리고는 침묵을 지키고 있었다.

"칼키스가 그런 짓을 했다는 것은 어떻게 증명할 수 있는가?" 엘러리가 쾌활하게 말을 계속했다. "우선, 브레트 양에게 방문객이 두 사람이라는 생각을 심어 놓았고, 그 중 한 사람은 신분 노출을 꺼린다는 말을 했고, 그 다음은 결정적인 증거인데, 시력 회복을 감추었다는 것이지요. 또 유의해야 할 점은, 칼키스가 죽기 6시간 내지 12시간 전에 그림쇼가 교살됐다는 것입니다."

"더럽게 이상한 실수도 있군!" 샘프슨이 불평을 했다.

"무슨 실수 말인가요?" 엘러리가 명랑하게 물었다.

"칼키스가 같은 물 한 잔으로 찻잔 셋을 더럽혀 놨다는 것 말이야. 다른 것은 전부 교묘하게 처리하고 그것만 바보 같은 실수를 하다니."

페퍼가 끼여들었다. "제 생각에는 그것이 실수가 아니었다고 생각됩니다."

"왜 그렇게 생각하게 됐지요?" 엘러리가 흥미를 갖고 물었다.

"칼키스가 주전자에 물이 가득 찼다는 걸 몰랐다고 생각해 보자고요. 반쯤 찼다든가, 그런 다른 생각을 했다고 보면 바보 같은 실수라고만은 생각할 수 없지요."

"그 말에도 일리가 있군요." 엘러리가 미소를 띠었다. "여지껏 말한 제 설명에는, 추리는 할 수 있으나 단언은 할 수 없는 의문이 있기는 합니다. 한 가지 예로, 칼키스의 그림쇼 살해 동기는 무엇인가 하는 것입니다. 우리는 그 전날에 그림쇼가 칼키스를 방문했고, 그 방문 때문에 칼키스가 자기 변호사인 우드러프에게 전화를 해서 새로운 유언장 초안을 작성하라고 일렀다는 것을 압니다. 그것도 밤늦게. 새 유언장은 다른 것은 전부 그전의 유언장하고 같은데 칼키스 화랑의 유산 상속인만 바꾼 것입니다. 자기 변호사까지도 모르게 하려고 많은 노력을 했습니다. 새로운 화랑 상속인이 그림쇼나 그림쇼가 지정한 사람일 거라고 생각한다고 해서 그것이 틀린 생각은 아닐 것입니다. 그런데 이 엄청난 일을 칼키스는 왜 했을까요? 대답은 명백합니다. 그림쇼의 사람됨됨이나 전과 기록으로 봐서 공갈이지요. 칼키스는 그림쇼에게서 협박을 받고 있었던 것입니다. 그림쇼가 그 방면에 관련이 있다는 것을 잊지 마십시오. 그는 박물관에서 근무한 적도 있고, 그림을 훔치려다 교도소에 간 적도 있습니다. 그림쇼가 칼키스의 약점을 잡고 있었다면 그것은 미술품에 관한 일일 겁니다. 그림쇼가 칼키스의 미술품 거래중에 있었던 불미스러운 일이나 그것 비슷한 약점을 잡고 협박을 하고 있었던 것 같습니다.

그러면 그림쇼가 칼키스를 위협하고 있었다는 가정 아래 사건을 재현시켜 볼까요? 그림쇼가 목요일 밤에 칼키스를 찾아가서 협박을 했습니다. 칼키스는 그 대가로 그림쇼나 그가 지정하는 사람을 유산 상속인으로 하기로 약속했습니다. 조사해 보면, 칼키스의 재정 상태가 나쁘고, 그래서 현찰은 주지 못했다는 것이 밝혀지리라고 봅니다. 변호사에게 전화를 하고 나서 생각하니 협박에 한번 응하면 계속 응해야 한다는 생각이 들었든가, 또는 생각이 달라져서 그림쇼를 살해하기로 마음을 먹었겠지요. 그렇게 작정한 것으로 보아 그림쇼는 직접 혼자서 움직였지 다른 사람하고 손잡고 움직이지는 않았을 거라는 생각이 듭니다. 다른 사람이 있었다면 그림쇼를 살해해 봐야 그 사람이 또 나타나면 소용이 없으니까요. 어쨌든 그림쇼는 금요일 밤에 유언장을 보기 위해 다시 찾아왔다가 칼키스의 함정에 빠져 살해된 것입니다. 칼키스는 시체를 근처에 감

첬다가 나중에 영원히 처치하려고 했겠지요. 그런데 운명의 손길이 뻗어와 시체를 처리하기도 전에, 전날 밤의 흥분으로 해서 그는 토요일 아침에 심장마비로 죽은 것입니다."

"그렇지만, 이봐……." 샘프슨이 말을 시작했다.

엘러리가 미소를 지었다. "무슨 말씀을 하시려는 줄 압니다. 칼키스가 시체를 치우지 않았다면 장례 뒤에 누가 그림쇼의 시체를 칼키스의 관에 넣었느냐는 말이죠?

그것은 그림쇼의 시체를 발견한 사람이 범죄를 영원히 감추려고 한 것이 뻔합니다. 그럼, 왜 범죄 사실을 알리지 않았느냐? 그것은 범인을 잘못 알고 범인을 도우려고 한 짓이지요. 그 실제의 동기는 어디에 있든, 사건에 관련된 사람들 중에 거기에 꼭 들어맞는 사람이 하나 있습니다. 생각지도 않게 칼키스의 관을 파내서 그림쇼의 시체가 발견되니까 겁이 나서 은행에서 돈을 전부 찾아 도망친 사람, 칼키스의 조카 앨런 체니 말입니다."

"그래서, 여러분." 엘러리는 뽐을 내며 결론을 내렸다. "앨런 체니를 잡으면 사건이 전부 해결될 것입니다."

녹스는 이상한 표정을 짓고 있었다. 엘러리가 말을 시작하고부터 한마디도 않던 경감이 입을 열었다. "그럼, 누가 금고에서 유언장을 훔쳤지? 칼키스는 죽었으니 그가 없앨 수도 없고. 그것도 체니의 짓인가?"

"아닐 겁니다. 새 유언장에 영향을 받는 사람은 슬론뿐이니 그에게 가장 큰 동기가 있다고 보입니다. 그 말은 슬론이 훔친 유언장 건과 그림쇼 살해사건과는 아무 관계가 없다는 말입니다. 우연히 연관이 됐지요. 그리고 슬론이 유언장을 훔쳤다는 확증도 없고요. 그러나 체니를 체포하면 그가 유언장을 없앴다는 것을 알게 될 것입니다. 그가 그림쇼의 시체를 넣으려고 관을 열자 슬론이 넣은 유언장이 있어서, 그 내용을 읽고는 상자와 함께 유언장을 없앤 것입니다. 그 유언장을 없애버리면 칼키스는 유언을 하지 않고 죽은 것이 되고, 그러면 자기 어머니인 슬론 부인이 칼키스와 가장 가까운 친척으로서 법적 상속인이 되니까요."

샘프슨은 걱정스러운 표정이었다. "그러면 살해되기 전날 밤 호텔로 찾아온 그 많은 사람들은 어떻게 된 거야? 그 사람들의 역할은 뭐야?"

엘러리가 아무것도 아니라는 듯이 팔을 흔들었다. "아무 관계도 없습니다. 중요한 일이 아니지요. 사실은……."

누군가가 경감 사무실 문에 노크를 하자 경감이, "들어와!" 하고 신경질적으로 소리쳤다. 문이 열리고 존슨이라는 작은 몸집에 생기 없는 형사가 들어왔다.

"뭔가, 존슨?"

존슨이 급히 경감 옆으로 왔다. "브레트 양이 밖에 와 있습니다." 존슨이 귓속말을 했다. "여기로 자꾸 오겠다고 해서……."

"나를 보자고?"

존슨이 죄송하다는 듯이 말했다. "엘러리 퀸 씨를 만나겠답니다, 경감님……."

"들여보내."

존슨이 문을 열자 오늘 따라 회색과 청색으로 예쁘게 차려 입은 조앤이 문앞에서 서성거리고 있었다.

"퀸 씨를 만나겠다고요?" 경감이 공적인 태도로 물었다. "지금은 회의중인데요, 브레트 양."

"내 생각에는……어쩌면 중요한 일인지도 몰라요."

엘러리가 얼른 말했다. "체니에게서 연락을 받았군요!" 그러나 그녀는 고개를 흔들었다. 엘러리가 눈살을 찌푸렸다. "내가 잘못 생각했군요. 브레트 양, 녹스 씨와 샘프슨 씨를 소개합니다." 지방 검사는 고개를 간단히 끄덕였고, 녹스 씨는 '전에 만났지요.' 하고 말했다. 어색한 침묵이 흘렀다. 엘러리가 의자를 권했고 모두가 앉았다.

"무슨 말을 어떻게 시작해야 할지 모르겠군요." 조앤은 장갑을 만지작거리며 말했다. "저를 바보라고 생각하실 거예요. 너무나 하찮은 일이기는 하지만……."

엘러리가 격려했다. "뭐 새로운 사실이라도 발견했나요, 브레트 양? 아니면, 말을 하지 않은 것이라도 있나요?"

"네, 저, 사실은 잊어버리고 말을 하지 않은 것이 있어요." 그녀의 목소리는 아주 작았다. "저, 티 세트에 관해서요."

"티 세트!" 엘러리의 입에서 말이 미사일처럼 튀어나왔다.

"네, 저……사실은 물어 보실 때 그 일은 잊고 있었어요……이 제야 생각이 났어요. 여러 가지를 생각하다가……."

"계속해요." 엘러리가 날카롭게 말했다.

"그날 걸리적거릴까 봐 티 테이블을 책상 옆에서 구석으로 옮길 때……."

"그 얘기는 벌써 들었소."

"그렇지만 전부를 말하지는 않았어요, 퀸 씨. 지금 생각하니 티 세트에 다른 점이 있었어요."

엘러리는 아버지 책상 위에 산꼭대기의 부처처럼 걸터앉아 있었 다. 이상하게 꼼짝도 않고……그의 자신만만하던 태도는 어디로 가고, 바보처럼 조앤을 바라보면서.

그녀가 급히 말을 이었다. "찻잔을 검토할 때는 더러운 찻잔이 세 개 있었지만," 엘러리의 입술이 소리내지 않고 움직였다. "장례 치르는 날 오후에 제가 옮길 때는 더러운 잔이 하나만 있었다는 것이 생각났어요……."

엘러리가 벌떡 일어섰다. 얼굴에서 재미있어했던 표정은 사라지 고, 보기 흉하고 거친 표정이 나타났다. "아주 신중하게 말해야 합 니다, 브레트 양." 그의 목소리가 갈라져 나왔다. "대단히 중요한 문젭니다. 지난 토요일에 티 테이블을 구석으로 옮길 때 그 위에는 깨끗한 잔이 둘 있었고, 잔 하나만 사용한 흔적이 있었다는 말입니 까?"

"그래요, 틀림없어요. 지금 생각하니 잔 하나에는 식은 차가 거 의 가득 담겨 있었고, 찻잔 받침에 마른 레몬 한 조각과 더러운 찻 숟가락 한 개가 놓여 있었던 것이 생각나요. 나머지는 전부가 깨끗 했어요."

"레몬 접시에는 레몬이 몇 조각이나 있었나요?"

"죄송해요, 퀸 씨. 그건 생각나지 않아요. 우리 영국 사람들은 홍 차에 레몬을 사용하지 않거든요. 그것은 러시아 사람들의 지저분 한 습관이에요. 하여튼 잔에 관한 것은 틀림없어요."

"그때가 칼키스 씨가 사망한 다음이 맞지요?" 엘러리가 끈질기게 물었다.

"맞아요." 조앤이 한숨을 쉬었다. "돌아가셨을 뿐만 아니라 아까 말한 대로 화요일 장례 다음이었어요."

엘러리가 아랫입술을 꼭 깨물었다. 그의 눈은 돌처럼 표정이 없었다. "대단히 감사합니다, 브레트 양." 그의 목소리는 아주 작았다. "아주 곤란하게 될 뻔한 걸 구해 주셨습니다……이제 돌아가 보시죠."

그녀가 수줍은 미소를 띠고, 따뜻한 칭찬이라도 들으려는 듯 사람들을 둘러보았다. 사람들은 그녀에게는 관심을 보이지 않고, 이상한 눈으로 엘러리를 보고 있었다. 그녀는 다른 말 없이 사무실을 나갔고, 존슨이 그녀를 뒤쫓아 나가며 문을 조용히 닫았다.

첫번째로 입을 연 사람은 샘프슨이었다. "여보게, 법석을 한번 떨었군." 그가 친절하게 말했다. "자, 엘러리, 그렇게 심하게 받아들일 건 없어. 우리 모두가 실수는 하지. 실수치고는 자네 것은 훌륭했어."

엘러리가 고개를 가슴까지 처박고 힘없는 팔을 흔들었다. 목소리가 둔탁하게 들렸다. "실수라고요? 이것은 변명의 여지가 없어요. 혼이 잔뜩 나서 내쫓겨야만 하지요……."

제임스 녹스가 갑자기 일어섰다. 그가 웃음기 섞인 빈틈없는 눈으로 엘러리를 보았다. "퀸 씨, 당신의 추리는 두 개의 중요한 요소를 바탕으로 하고 있어요……."

"압니다. 잘 알고 있습니다." 엘러리가 신음 소리를 냈다. "제발, 더 상처를 건드리지 마십시오."

"차차 배우게 되겠지, 젊은이." 높은 분이 말했다. "실패 없는 성공이란 없다는 것을……두 개의 요소가 큰 역할을 했어. 하나는 찻잔 문제였소. 아주 훌륭한 추리였어. 가히 천재적이라고 할 수 있는 추리였는데 브레트 양이 그것을 깨버렸소, 퀸 씨. 이제는 그날 두 사람만이 있었다는 당신의 논리는 성립이 되지 않게 됐어요. 당신은 찻잔으로부터 처음부터 서재에는 칼키스와 그림쇼 두 사람만 있었고, 세 사람이 있었던 것처럼 증거를 조작했다고 추리를 했어요. 세 사람은 처음부터 없었고, 칼키스 자신이 두 번째 사람이라고 했지."

"그렇습니다." 엘러리가 슬프다는 듯이 말했다. "그렇지만 지금은……."

"그것은 틀린 얘기요." 녹스 씨가 부드럽게 말했다. "거기에는 세 사람이 있었다고 추리가 아니라 실증을 할 수 있어요."

"뭐라고요?" 엘러리의 머리가 용수철처럼 튀어올랐다. "실증할 수 있다고요? 어떻게요? 선생님께서 어떻게 아시지요?"

녹스가 낮게 웃었다. "나는 알아. 내가 세 번째 사람이었거든."

제16장 충 격

오랜 시간이 흐른 뒤에, 엘러리는 그 당시를 이렇게 회상했다. '내가 성숙하기 시작한 것은 녹스 씨가 그 말을 하고 나서부터이다. 나는 내 자신과 재능에 대한 생각을 바꾸었다'고.

그렇게 유창하게 떠들어댔던 그의 섬세한 추리 전체가 산산조각이 난 것까지는 참을 수 있었다. 그러나 개인적인 치욕은……자기만이 똑똑했고, 자기만이 영리하고 교활하고……녹스 씨같이 높은 분 앞에서 뽐내려고 한 것이, 지금은 자신을 비웃으며 얼굴을 화끈거리게 하고 있었다.

그의 머리는 창피함과 자기의 어리석었던 젊음의 미숙함을 잊어버리려고 미친 듯이 움직이고 있었다. 절망감이 그의 명석함을 흐리게 하고 있었으나, 그래도 녹스 씨의 말에 대하여 더 알아보아야 겠다는 생각이 들었다. 녹스의 특이한 발언. 녹스가 제3의 사나이라니. 찻잔의 추리로 해서 얻었던 칼키스 범인 안(案)이 무너진 이 마당에, 이 문제를 나중에 검토해 보아 다른 답을 구해야지…….

고맙게도 다른 사람들은 의자에 쭈그리고 앉아 있는 그에게 관심을 보이지 않고 있었다. 경감은 열띤 질문으로 녹스의 주의를 빼앗고 있었다. 그날 밤 무슨 일이 있었습니까? 어째서 녹스 씨께서 그림쇼의 동행자가 되었습니까? 그것들이 뜻하는 바가 무엇입니까?……

녹스는 냉철한 회색 눈으로 경감과 샘프슨을 재어보면서 설명했다. 녹스는 칼키스의 중요한 고객이었는데, 3년 전에 칼키스가 녹스에게 접근하여 이상한 제안을 했다. 칼키스의 수중에 보물급의 명화가 있는데, 녹스 씨가 남에게 보여주지 않는다는 조건 아래 그 명화를 팔겠다는 것이었다. 조건이 너무나 특이해서 녹스 씨는 조심스러웠다. 그림은 무엇인가? 여지껏 정직했던 사람이 왜 그런 비밀스러운 조건을 붙이는가? 칼키스가 말하기를 그림은 런던의 빅토리아 박물관이 소장하고 있었던 것으로, 박물관에서 100만 달러로 평가한…….

"100만 달러라고요, 녹스 씨?" 검사가 물었다. "저는 미술품에 대해서는 잘 모르지만, 아무리 명화라고 해도 100만 달러라면 많은 돈이 아닙니까?"

녹스가 짧게 웃었다. "그 명화라면 비싼 값도 아니오, 샘프슨 씨. 그것은 레오나르도였소."

"레오나르도 다빈치?"

"그렇소."

"그렇지만 그의 모든 걸작들은……."

"그 그림은 빅토리아 박물관에서 몇 년 전에 찾은 새 그림이오. 피렌체에 있는 베치오 궁(宮) 홀 벽면에 그린 미완성된 프레스코화(畫)의 일부를 유화(油畫)로 캔버스에 옮긴 것으로서 16세기 초의 작품이오. '깃발의 전장(戰場)의 묘사'라고 빅토리아가 명명한 걸작이었소. 레오나르도의 새 명작이라면 100만 달러도 비싸지 않지요."

"계속하십시오."

"그런 물건이 시장에 나왔다는 말을 들어 보지 못한 나는 칼키스가 어떻게 그것에 손대게 됐는지 물었소. 확실한 대답을 하지 않고 얼버무리더군. 자기가 빅토리아 박물관의 미국측 중개인이라며, 그 명화가 영국을 떠난 것을 국민이 알게 되면 야단이 날 테니까 박물관측에서 선전을 원치 않는다는 것이었소. 굉장한 물건이었습니다. 그가 그림을 보여 주는데 참지 못하겠더군. 그래서 75만 달러에 샀지요. 그것도 싼 값이었소."

경감이 고개를 끄덕였다. "그 다음에 일어난 일을 짐작할 수 있 겠습니다."

"그래요. 일주일 전 금요일에 앨버트 그림쇼라는 사람이 찾아왔 더군요. 보통때는 면회를 사절했겠지만, 쪽지에 '깃발의 전장'이라 고 적어 보내서 할 수 없이 만났지요. 거무스름하고 작은 사내였소. 쥐같이 교활한 눈을 갖고 있더군. 그가 놀랄 만한 얘기를 하더라고 요. 칼키스에게서 산 그림이 자기가 5년 전에 빅토리아 박물관에 서 훔친 도난품이라고 하는 거요. 자기가 도둑질했다고 꺼리지도 않고 말했소."

지방검사는 녹스의 말에 흠뻑 빠져 있었고, 경감과 페퍼도 몸을 앞으로 내밀고 귀를 기울이고 있었다. 엘러리는 눈도 깜박이지 않 고 녹스를 쳐다보고 있었다.

녹스는 냉정하고 간략하게, 천천히 말을 이었다. 5년 전에 그림 쇼는 그레엄이라는 가명으로 빅토리아 박물관에 근무하던 중, 그 그림을 훔쳐서 미국으로 도망쳤다. 대담한 도둑질로 그림쇼가 영 국을 떠나고 나서야 도난이 발견되었고, 그림쇼는 비밀리에 그림 을 팔려고 칼키스를 찾았다. 칼키스는 정직한 사람이었으나, 정열 적으로 미술품을 애호한 사람이어서 세상에 둘도 없는 명화를 소 유한다는 유혹을 이기지 못했다. 자기 개인 소유로 하고 싶어 50만 달러를 주기로 하고 그림을 넘겨받았다. 그러나 돈을 건네주기 전 에, 그림쇼는 전에 저지른 위조 사건으로 뉴욕에서 체포되어 5년 형을 받고 싱싱 교도소에 수감되었다. 2년이 지나고, 그 동안에 칼 키스는 투자를 잘못하여 돈을 날렸고, 돈이 필요한 칼키스가 조금 전에 말한 대로 녹스를 속이고 75만 달러에 그림을 판 것이다.

"지난 주 화요일에 싱싱 교도소에서 출감한 그림쇼는 칼키스가 빚진 50만 달러를 찾으려고 했지요." 녹스는 말을 계속했다. "그가 말하기를, 목요일 밤에 칼키스를 찾아가서 50만 달러를 요구하니 까, 계속해서 나쁜 곳에 투자를 해서 돈을 전부 날리고 없다고 하 더라는 거요. 그래서 그림쇼가 그림을 돌려달라고 하자 결국에는 그림을 나에게 팔았다고 고백했다더군. 그림쇼는 칼키스에게 돈이 나 그림을 주지 않으면 죽여 버리겠다고 하고 다음날 나를 찾아왔다는 거였소.

그림쇼의 목적은 뻔하더군요. 나를 보고 칼키스가 진 빚 50만 달러를 갚으라는 것이었소. 물론 나는 거절했지. 그림쇼가 치사하게 굴더군. 내가 돈을 안 갚으면, 내가 도난당한 레오나르도를 갖고 있다고 떠벌이겠다는 거였소. 나도 화가 단단히 났지."

녹스는 입을 꽉 다물었고 눈에서는 잿빛 불똥이 튀었다.

"난 내 입장을 그처럼 곤란하게 만든 칼키스에게 화가 났소. 그래서 칼키스에게 전화로 그날 밤——지난 주 금요일 밤——그림쇼와 셋이서 만나기로 약속을 하자고 했고, 나를 보호해 달라고 요구했소. 낙심한 칼키스가 그날 밤 집안 사람들을 모두 물리고, 이 일을 모르고 있고 믿을 수 있는 브레트 양이 직접 안내하도록 하겠다고 전화로 약속하더군요. 난 신원이 밝혀지는 것이 겁이 났소.

그날 밤 칼키스 집에 가니 브레트 양이 직접 안내하더군. 칼키스는 서재에 혼자 있어서 들어가서 담판을 했소."

얼굴에서 부끄러운 기색이 가신 엘러리도 다른 사람들처럼 녹스의 이야기에 귀를 기울이고 있었다.

녹스는 칼키스에게 무슨 조치를 취해서라도 자기를 곤란한 입장에서 빼내 달라고 분명히 말했고, 불안과 절망에 빠진 칼키스는 돈이 없으니 자기가 할 수 있는 최선의 방법으로 문제를 해결하자고 했다. 칼키스는 그날 아침에 새로 작성해서 서명한 유언장을 제시했다. 새로운 유언장에는 빚진 금액보다 훨씬 더 값어치가 있는 칼키스 화랑의 유산 상속인으로 그림쇼를 올려놓았다.

"그림쇼도 바보는 아니지." 녹스가 심각하게 말했다. "즉각 거절하더군요. 친척들과 유산 상속에 대한 법적인 싸움이라도 붙으면 이길 수도 없거니와, 그 친구 표현대로 말한다면 칼키스가 언제 돼질지도 모르니, 당장 현찰이나 양도 채권을 내놓으라는 것이었소. 그림쇼 말로는 그것은 자기 혼자의 일이 아니고 동업자가 있다고 했소. 자기의 동업자만이 이 세상에서 도난 사실과 도난품을 칼키스가 샀다는 것을 아는 단 한 사람이라고 말했소. 그 전날 칼키스를 만난 다음에 그림쇼가 동업자를 만나서 둘이서 같이 그림쇼가 묵고 있는 호텔 베네딕트에 가서, 칼키스가 내게 그림을 다시 팔았다는 것을 말해 주었다고 하더군요. 그들은 유언장이나 그런 것은 싫다고 했소. 만일 당장 돈을 내놓지 못하면 지참인불(持參人拂) 어음도 좋다고 했소."

"동업자를 보호하기 위한 조치였군요." 경감이 중얼거렸다.

"그렇지요. 한 달 뒤 날짜의 50만 달러짜리 어음을 당장 쓰라는 거였소. 재산을 전부 경매에 붙여서라도 한 달 뒤에는 돈을 갚으라고 했소. 그림쇼가 특유의 불쾌한 웃음을 지으면서, 자기를 죽여도 자기 동업자가 내용을 전부 알고 있으니 자기에게 무슨 일이 생기면 동업자가 우리를 끝까지 뒤쫓을 것이라고 했소. 그리고 그가 누군지는 말할 수 없다고 하며 윙크를……아주 밉살스러운 놈이더군."

"이 얘기를 들으니," 샘프슨이 눈살을 찌푸리며 말했다. "사건이 새로운 방향으로 나아가는군요. 그림쇼나 그의 공범이——아마도 이것은 공범의 생각이었을 테지만——똑똑하게 굴었군요. 동업자의 신원을 감춤으로써 그림쇼는 물론 동업자까지도 안전하게 했군요."

"맞습니다. 하여튼 칼키스는 앞을 못 보면서도 겨우 약속 어음을 써서 서명해서 그림쇼에게 주니까 낡은 지갑에 넣더군요."

"지갑은 찾았지만," 경감이 말했다. "속은 비어 있던데요."

"나도 그 얘기는 신문에서 읽었소. 그리고 난 다음, 나는 앞으로는 관련을 시키지 말라고 칼키스에게 말했소. 자기가 저지른 일이니 자기가 책임을 지라고 말해 주었지. 우리가 떠날 때, 그는 비탄에 빠진 늙은 장님이었소. 욕심을 부린 거지. 그림쇼와 나는 같이 떠났는데 다행히 아무도 만나지 않았소. 밖에 나와서, 계단에서 나만 귀찮게 하지 않으면 모든 것을 잊어버리겠다고 그림쇼에게 말했지요. 나를 속이려고? 미친놈들!"

"그림쇼를 마지막으로 본 것이 언제입니까?" 경감이 물었다.

"그때가 마지막이었소. 꼴도 보기 싫더군. 5번 애버뉴 모퉁이로 가서 택시를 잡아타고 집으로 갔지."

"그림쇼는 어디 있었습니까?"

"내가 그를 마지막으로 본 것은 보도 위에서 나를 보고 있는 모습이었소. 기분나쁜 미소를 짓고 있었지."

"칼키스의 집 바로 앞에서요?"

"그래요. 얘기할 것이 조금 더 있어요. 다음날 오후, 그러니까 지난 토요일이지, 그의 사망 소식을 듣고 난 이후에 칼키스의 개인 서한을 받았소. 스탬프를 보니 그날 아침에 부친 편지더군. 죽기 전에, 금요일 밤에 우리가 떠난 다음 써 놨다가 토요일 아침에 부쳤겠지요. 여기에 갖고 왔소." 녹스가 주머니에서 종이 한 장을 꺼내 경감에게 주었고, 경감이 큰소리로 읽었다.

'친애하는 J.J.K.에게.

오늘밤 일로 저를 나쁘게 보실 줄 압니다. 저는 어쩔 수가 없었습니다──돈을 전부 잃어서 그렇게 됐습니다. 선생님께 피해를 끼쳐 드릴 생각은 추호도 없었습니다. 그 그림쇼 놈이 선생님을 협박할 줄은 꿈에도 생각지 못했습니다. 앞으로는 절대로 선생님께 피해를 못 끼치도록 하겠습니다. 제 전재산을 팔아서라도, 그것도 모자라면 제 생명보험을 담보로 은행 대출을 받아서라도 그림쇼와 공범의 입을 다물게 하겠습니다. 어쨌든 선생님은 안전하실 겁니다. 이 일을 알고 있는 사람은 선생님과 저, 그리고 그림쇼와 동업자뿐이니까요. 하여튼 그 두 놈은 입을 다물게 하겠습니다. 저는 아무에게도, 저를 도와 일하고 있는 매제인 슬론에게까지도 이 일은 말하지 않았으니, 저 두 놈만 입을 다물게 하면 될 것입니다.

K로부터.'

"이것이 지난 토요일 아침에 칼키스가 브레트에게 부치라고 한 편지인 모양이군." 경감이 말했다. "벌레가 기어가는 듯한 필체지만 장님치고는 잘 썼군."

엘러리가 조용히 물었다. "레오나르도 건에 대해서는 아무에게도 말씀을 하지 않으셨다는 말이지요, 녹스 씨?"

"안했소. 지난 주 금요일까지는 박물관에서 남들이 모르게 하고 싶어한다는 칼키스의 말을 믿었거든. 우리 집에 있는 내 개인 소장품들을 보려고 친구들, 수집가들, 그리고 미술품 감정가들이 자주 찾아오기 때문에 레오나르도는 항상 감추어 두었소. 그리고 남에

게는 그 얘기를 입 밖에도 내지 않았지. 특히 지난 토요일 이후에
는 더욱 말할 수가 없었소. 그 레오나르도 도난 사건이나 내가 그
걸 갖고 있는 것을 아는 사람은 없습니다."

샘프슨은 걱정되는 표정이었다. "물론, 녹스 씨, 선생님께서는
특이한 입장에……."

"특이한 입장? 무슨 입장이오?"

"제 말씀은," 샘프슨이 근심스럽게 말했다. "도난당한 물건을 갖
고 계시니까……."

"샘프슨 씨 말은," 경감이 거들었다. "법적으로 말하자면 범죄를
눈감아주었다는 말입니다."

"말도 안돼요." 녹스가 갑자기 낮게 웃었다. "증거가 있소?"

"선생님 입으로 그림을 갖고 계시다고 하시지 않았습니까?"

"흥! 내가 그런 말을 한 적이 없다고 한다면?"

"설마, 그렇게는 하지 않으시겠죠." 경감이 조용히 말했다.

"그림 자체가 증명할 텐데요." 샘프슨이 불안한 듯 입술을 씹으
며 말했다.

녹스가 웃음기를 잃지 않으면서 말했다. "그 그림을 제시할 수
있습니까, 여러분? 당신들은 그림이 없이는 아무 조치도 취할 수
없어요."

경감의 눈이 가늘어졌다. "선생님은 그 그림을 비밀로 하고, 넘
겨주지 않을 작정이십니까?"

녹스는 턱을 쓰다듬으며 샘프슨과 경감을 번갈아 보았다. "이봐
요, 당신들은 이 문제를 틀린 각도에서 접근하고 있어요. 당신들은
살인사건을 수사하고 있는 겁니까, 중죄(重罪)를 수사하고 있는 겁
니까?" 그가 미소를 지었다.

"선생님께서는," 경감이 일어서면서 말했다. "묘한 행동을 하고
계십니다. 저희는 어떠한 범죄라도 밝혀야만 합니다. 그러면, 무엇
때문에 그 얘기를 하셨지요?"

"이제야 제대로 말을 하는군요, 경감. 내게는 두 가지 이유가 있
소. 하나는 살인자를 찾고 싶어서이고, 두 번째는 화나는 일이 있
어서 복수하고 싶어 그럽니다."

"무슨 말씀이시죠?"

"내가 속았단 말이오. 75만 달러나 주고 산 레오나르도가 가짜였단 말이오."

"그렇게 나오실 겁니까?" 경감이 날카롭게 물었다. "그걸 언제 알았습니까?"

"어젯밤에요. 내 개인 감정사에게 감정을 시켜 봤지요. 남에게 발설하지 않겠다고 약속했어요. 얘기하지 않을 거요. 그 사람만이 내가 그 그림을 갖고 있다는 것을 알고 있습니다. 그것도 어젯밤에 처음 알게 됐지요. 그의 생각은 그 그림이 레오나르도의 제자가 그렸든가, 로렌조 디 체레디의 작품 같다고 하더군요. 그는 레오나르도와 같은 시대 사람으로 둘 다 베로치오의 제자들이었지요. 감정사의 말에 따르면, 레오나르도의 기법을 꼭 닮았지만 내면적인 기법인가 하는 것으로 봐서 레오나르도의 작품이 아니고 값도 몇 천 달러밖에 나가지 않는다고 했소. 내가 당한 거요. 그 가짜를 내가 산 거요."

"어쨌든 그것은 빅토리아 박물관 것입니다, 녹스 씨." 지방검사가 박물관 편을 들며 말했다. "따라서 박물관에 돌려주어야……."

"그것이 박물관에서 도난당한 것이라고 어떻게 말할 수 있소? 다른 사람이 발견한 사본인지 누가 알아요? 박물관에서 진품을 훔쳤다고 해도 그림쇼가 바꿔치기했는지 누가 알아요? 칼키스가 바꿨는지도 모르지 않소? 그러니 당신들은 어떻게 하겠소?"

"그림 문제는 아무 말도 하지 않기로 하죠." 엘러리가 말했다.

그 문제는 거기서 끝냈다. 칼자루는 녹스가 쥐고 있었다. 샘프슨은 불만스러운지 경감에게 열심히 속삭였다. 경감은 어깨를 으쓱할 뿐이었다.

"죄송하지만, 다시 치욕스러웠던 사건 분석으로 되돌아가야겠습니다." 엘러리가 아직도 부끄러워하며 말했다. "지난 주 금요일 밤에 유언장 자체는 어떻게 됐습니까?"

"그림쇼가 유언장을 거절하자, 칼키스는 기계적으로 금고 속 쇠상자에 넣고 금고를 잠그더군."

"티 세트 일은 어찌된 것입니까?"

녹스가 무뚝뚝하게 말했다. "그럼쇼와 서재에 가니 책상 옆에 티 테이블이 있더군. 칼키스가 차를 권했소. 주전자의 물은 끓고 있었으나, 우리는 차를 거절했소. 얘기가 시작되자 칼키스는 자기 차를 준비했소."

"홍차 봉지와 레몬도 썼나요?"

"그래요. 그러나 홍차 봉지는 접시에 놨소. 얘기에 정신이 없어 차를 마시지는 않았지. 차는 식었고, 우리가 떠날 때까지 마시지 않았소."

"찻잔은 세 개가 있었나요?"

"그래요. 다른 두 잔은 물도 묻지 않았고 깨끗했소."

엘러리가 씁쓸하게 말했다. "제가 잘못을 저질렀던 점을 고쳐야 만 하겠습니다. 간단히 말해서 저는 교활한 적에게 농락당한 겁니 다. 교활한 술수에 바보가 된 것이지요.

다른 면으로는, 미술품 도난사건 같은 문제가 살인사건 수사를 방해하게 할 수도 없습니다. 여러분, 혹시 제가 틀리게 말하면 지 적해 주십시오.

범인은 저의 지능을 믿었습니다. 그래서 교활하게 증거를 조작 해서 칼키스를 범인으로 보이게 한 겁니다. 찻잔의 증거가 칼키스 의 사망 며칠 뒤에야 조작된 것으로 봐서, 더러운 찻잔 세 개로 증 거를 조작한 것은 살인자라고 봅니다. 범인은 일부러 칼키스가 부 어 놓았던 홍차로 다른 두 잔을 더럽히고 차를 버렸지요. 그렇게 함으로써, 주전자의 물은 그대로 놔두고 제가 바보 같은 추리를 하 게끔 만들었습니다. 칼키스가 사망한 뒤에 브레트 양이 한잔만 사 용됐다는 것을 봤으므로, 칼키스가 증거를 조작했다는 추리가 깨 어졌지요. 거짓 증거를 남겨야만 할 동기를 가진 사람은 범인밖에 없습니다. 범인이 증거를 조작해서 혐의를 다른 곳으로 돌리려고 한 것입니다."

"이번에는," 엘러리는 여전히 씁쓸한 음성으로 말을 계속했다. "칼키스가 시력을 회복했다는 추리를 검토해 볼까요? 범인은 우 연히 생긴 상황을 이용했습니다. 어떻게 해서 칼키스의 의상 계획표를 알게 된 범인은, 제가 잘못 추리하도록 홀 테이블에 있었던 바레트 상점에서 배달한 넥타이를 칼키스의 침실 옷장으로 옮긴 것입니다. 아마 찻잔을 조작할 때 옮겼겠지요. 물론, 계획표와 그 날 매고 있던 넥타이의 색상 차이를 알고 난 다음이었지요. 찻잔 조작과는 관계 없이, 칼키스는 과연 앞을 볼 수 있었는가, 볼 수 없었는가? 범인은 얼마만큼 알고 있었나? 이 점은 나중에 얘기하지요.

그러나 한 가지 중요한 점은 말해야겠습니다. 범인이 칼키스에게 계획표와 다른 넥타이를 죽은 날 아침에 매게 할 수는 없었다는 점입니다. 칼키스가 시력을 회복했을 가능성은 있지만, 죽을 당시 장님이었다면, 칼키스가 시력을 회복했다는 저의 추리는 어디엔가 잘못된 점이 있습니다."

"회복 가능성은 있지만 실제로 회복했을 가능성은 희박하지." 샘프슨이 지적했다. "죄도 없는 사람이 그것을 감출 필요가 없지 않나?"

"그 말은 맞습니다, 샘프슨 씨. 따라서 칼키스의 시력은 회복되지 못했다고 생각됩니다. 그렇다면 장님이 어떻게 자기가 매고 있는 넥타이 색깔을 알았을까요? 데미, 슬론, '또는 브레트 양이 붉은 넥타이라고 말해 주었을까요? 말해 줬다면 간단하지요. 그러나 자기들 말대로 얘기를 해주지 않았다면 칼키스가 넥타이 색을 알 수 있었던 이유는 다른 데에 있습니다. 그 점을 알아내지 못한다면, 아무 말도 안했다는 사람들 중 누군가가 거짓말을 했다고밖에 생각할 수가 없군요."

"그 브레트라는 아가씨 말이야." 경감이 으르렁거렸다. "나는 믿을 수가 없어."

"추측을 해서는 아무 소용이 없어요, 아버지." 엘러리가 머리를 흔들었다. "확증이 없는 추리는 질색이에요……녹스 씨가 말씀하시는 동안 그런 일이 생길 수 있는 가능성을 생각해 보았지요. 한 가지 가능성, 만일 사실이라면 놀랄 만한 가능성을 제가 미처 생각지 못했다는 것을 알았습니다. 칼키스가 장님이면서도 자기가 매고 있는 넥타이가 붉은색이라는 걸 알 수 있는 방법이 있지요. 쉽게 확인할 수 있습니다……실례합니다."

엘러리는 전화로 가서 칼키스 저택에 전화를 했다. 사람들은 아무 말도 않고 보고만 있었다. "슬론 부인을 바꿔 주십시오……슬론 부인, 엘러리 퀸입니다. 데미 있습니까?……잘됐습니다. 센터 가의 경찰국으로 빨리 보내 주십시오. 퀸 경감을 찾으라고 하십시오……네, 알지요. 위크스가 데리고 와도 좋습니다……슬론 부인, 데미에게 칼키스 씨의 녹색 넥타이를 갖고 오라고 해주십시오. 중요한 일입니다. 안됩니다. 위크스에게 데미가 뭘 갖고 오는지 알려주지 마십시오. 감사합니다."

엘러리가 경찰 교환을 불렀다. "그리스어 통역관인 트리칼라를 찾아서 퀸 경감 사무실로 보내 주십시오."

"뭘 하려는 것인지……." 샘프슨이 입을 열었다.

"조금만 기다려 주십시오." 엘러리가 담배를 피워 물었다. "그럼, 계속할까요? 어디까지 얘기했지요? 아, 따라서, 칼키스가 범인이라는 추리는 완전히 깨졌습니다. 왜냐하면, 그 추리는 두 가지를 근거로 했기 때문입니다. 첫째, 칼키스는 볼 수 있었다는 것과, 둘째, 서재에는 두 사람만이 있었다는 것이었기 때문입니다. 두 번째 것은 녹스 씨와 브레트 양에 의해 깨졌고, 첫번째 것도 곧 제가 깰 수 있다고 봅니다. 달리 말하면, 칼키스가 정말 장님이었다면 칼키스에게는 혐의를 둘 수가 없습니다. 실제로 칼키스를 범인 혐의에서 뺄 수 있습니다. 증거를 조작한 자가 범인인데, 칼키스가 죽은 뒤 증거가 조작됐으니 그는 범인이 아니라는 얘기이지요. 게다가, 칼키스에게 혐의를 두게끔 증거 조작을 했으니 더더욱 칼키스는 그림쇼를 살해한 범인이 아닙니다.

그런데 녹스 씨의 얘기에 따르면, 그림쇼는 레오나르도의 그림에 연관되어 살해당했습니다. 저도 그 비슷한 얘기를 처음부터 했지요." 엘러리는 말을 계속했다. "그림쇼의 살해 동기가 그림 때문이었다는 것은 그림쇼의 시체에서 칼키스가 주었다는 약속 어음이 나오지 않은 것으로도 알 수 있습니다. 살인자가 그림쇼에게서 빼앗은 것이 분명합니다. 범인은 그것으로 칼키스에게서 돈을 갈취하려고 했습니다. 그런데 생각지도 않게 칼키스가 죽고 나니 어음이 소용없어졌습니다. 칼키스가 아니고 다른 사람에게 보였다가는 살인자가 위험하게 되지요. 따라서 범인이 어음을 그림쇼에게서 빼앗은 것은 칼키스가 계속 살아 있을 것이라고 믿었기 때문이지 요. 즉, 칼키스가 죽었기 때문에 유산 상속자들이 50만 달러를 건 지게 되었다고도 할 수 있습니다.

그러나 더욱 중요한 점이 있습니다." 그는 말을 중단하고 사무 실을 둘러보았다. 문은 닫혀 있었다. 그는 사무실을 건너가 문을 열고 밖을 살펴본 다음 문을 닫고 제자리로 돌아왔다. "이것은 너 무나 중요해서 순경도 듣지 않게 했으면 합니다.

주의해서 들어 주십시오. 조금 전에 설명한 대로 죽은 칼키스에 게 혐의를 돌리려고 한 사람은 살인자입니다. 그런데 살인범은 다 음 두 가지의 특성을 갖고 있습니다. 첫번째로는, 찻잔의 증거를 조작하려면 칼키스가 죽은 뒤 브레트 양이 티 테이블을 옮긴 지난 화요일 오후에서, 우리가 더러운 찻잔 세 개를 발견한 어제 사이에 칼키스 저택에 들어갈 수 있었다는 것이고, 두 번째는, 찻잔의 조 작이 그날 밤 서재에 두 사람만이 있었다는 것을 보이려고 한 짓 이니까 세 번째 인물, 즉 녹스 씨가 입을 열지 않을 것을 자신하고 있었다는 것입니다.

두 번째 특성을 더 자세히 설명하지요. 우리가 알고 있다시피 그 날 밤에 서재에는 세 사람이 있었습니다. 두 사람만 있었다고 보이 게 하려고 찻잔을 조작한 살인범도 세 사람이 있었고 그 세 사람 이 누구누구라는 것도 알고 있었습니다. 그런데 범인이 두 사람만 있었다고 경찰이 믿게 하려고 증거를 조작한 것으로 보아, 그 세 사람 가운데 아무도 입을 열지 않을 것이라고 범인은 믿었습니다. 누구라도 입을 열면 조작이 쓸모없어지니까요. 살인범은 세 사람 중 두 사람은 입을 열지 않을 것이라는 것을 알았습니다. 칼키스는 자연사했고, 그림쇼는 살해되었으니까요. 그러면 입을 열 가능성이 있는 사람은 세 번째 사람인 녹스 씨인데, 녹스 씨는 건강하게 살 아 계십니다. 그런데도 두 사람이 있었던 것처럼 증거를 조작해 놨 습니다. 그는 녹스 씨가 입을 열지 않을 것을 자신했던 것입니다. 제 말 이해하시겠습니까?"

　모든 사람들은 엘러리의 말 한마디 한마디에 귀를 기울이고 있었다. 녹스는 이상한 표정으로 엘러리의 입을 열심히 보고 있었다. "그러면 증거를 조작한 사람은 녹스 씨가 입을 열지 않을 것을 어떻게 자신할 수 있었을까요?" 엘러리가 또렷또렷하게 말했다. "놈은 레오나르도의 그림에 관한 얘기 전부를 알고 있었고, 녹스 씨가 세 번째로 서재에 있었던 사람이며, 녹스 씨가 불법적으로 레오나르도의 그림을 갖고 있다는 것을 알고 있기 때문입니다. 그런 까닭에, 녹스 씨가 자신을 보호하기 위하여 입을 열지 않을 것을 확신할 수 있었을 것입니다."

　"똑똑한 젊은이군." 녹스가 말했다.

　"그러면," 엘러리는 웃지도 않고 말을 계속했다. "레오나르도의 그림에 대한 모든 것을 알고, 녹스 씨가 관련되어 있다는 것도 아는 사람은 누굽니까?

　한번 찾아보지요.

　칼키스는 편지에 의하면 아무에게도 말을 하지 않았고 그 자신도 죽었습니다.

　녹스 씨는 단 한 사람, 선생님의 미술품 감정사에게 어저께 얘기했습니다. 그 사람은 그 사실을 증거가 조작된 뒤에 알게 되었습니다. 어제 아침에 제가 조작된 증거를 보았고, 그 사람은 어젯밤에야 선생님이 그 그림을 갖고 계신 걸 알았으니 그 사람도 아닙니다. 이것은 쓸데없는 추리라고 생각됩니다. 그 사람이 범인이라고는 생각할 수가 없지요. 이 사건과 연관되는 것이 아무것도 없는 사람이니까요. 그래도 이 사람까지 거론하는 것은 반박할 틈을 조금도 주지 않기 위해서입니다."

　엘러리는 시큰둥한 표정으로 벽면을 보았다. "그러면 누가 남지요? 그림쇼뿐입니다. 그런데 그림쇼는 죽었습니다. 그리고 녹스 씨의 말에 의하면, 그림쇼가 '세상에 단 한 사람'인 자기의 동업자에게만 그림 얘기를 했다고 했습니다. 따라서 그 동업자만이 그림이 도난당한 것과 그것을 녹스 씨가 갖고 있다는 것을 알고 있으며, 증거도 조작했고, 녹스 씨가 입을 열지 않을 것이라는 자신도 가지고 있었습니다."

"그래요, 맞아." 녹스가 말했다.

"여기서 얻을 수 있는 결론은 무엇입니까?" 엘러리가 억양이 없는 투로 말을 이었다. "그림쇼의 공범만이 증거를 조작할 수 있었고, 또 살인범만이 증거를 조작할 필요가 있으니, 그림쇼의 동업자가 그림쇼의 살해범이라는 얘기죠. 또한, 그림쇼가 동업자와 같이 지난 주 목요일 밤에 베네딕트 호텔에 갔다고 했으니, 동업자가 금요일 밤에도 칼키스 저택을 나온 그림쇼를 만나서 새로운 유언장을 거절했다는 얘기, 약속 어음 얘기, 기타 일어났던 일들을 자세히 들었을 겁니다."

"물론," 경감이 깊은 생각을 하며 말했다. "새로운 사실을 많이 알게 되기는 했지. 그러나 그것이 이 시점에는 별로 도움이 되지 못해. 목요일에 호텔에 같이 간 사람의 모습을 본 사람이 없으니 그가 누군지 알 수가 있어야지."

"그래요. 그러나 몇 가지 문제점들은 해명이 됐지요." 엘러리는 담뱃불을 비벼 끄고 사람들을 힘없이 바라보았다. "방향 설정이 된 것입니다. 제가 일부러 여지껏 손대지 않은 문제가 있습니다. 그것은 살인자가 속았다는 것입니다. 녹스 씨가 입을 연 것입니다. 왜 입을 여셨죠, 녹스 씨?"

"그 애기는 하지 않았소? 내가 레오나르도라고 생각했던 것이 가짜이기 때문이지. 거의 값어치가 없는 것이라고."

"바로 그거예요. 녹스 씨는 그림이 가짜라는 것을 알고는 입을 열었습니다. 녹스 씨는 말썽을 피할 수 있는 길을 발견하고 말씀을 하신 겁니다. 그런데 그 애기는 우리만이 알고 있어요. 살인범인 그림쇼의 동업자는 아직도 우리가 그림 사건에 대해서는 모르는 줄 알고 있고, 칼키스 범인 추리도 믿고 있는 줄로 생각하고 있습니다. 좋습니다. 한편으로는 범인이 원하는 대로 해주고, 다른 한편으로는 우리가 원하는 대로 조치를 취해 보지요. 우리가 칼키스 범인 추리가 사실이 아닌 것을 알고 있는 이상, 칼키스가 범인이라고 공식적으로 발표할 수는 없습니다. 그렇지만 범인에게 미끼를 던져 봅시다. 놈이 실수를 해서 우리에게 단서를 제공할지 또 누가 압니까? 우선, 범인이 조작해 놓은 단서 때문에 경찰은 칼키스가 범인인 줄 알았는데 브레트 양의 진술로 들통이 났으니, 범인은 아직 활보하고 있다고 발표하는 겁니다. 그러나 녹스 씨가 말을 한 것은 발표하지 않는 거지요. 범인은 녹스 씨가 입을 열지 않은 것으로 알고, 그럼 때문에 계속 입을 열지 않을 것으로 믿겠지요."

"범인이 따로 있다는 발표를 들으면 경찰에서는 아직도 범인을 찾고 있다고 생각하고 자신을 보호하려고 애쓰다가 단서를 남길지도 모른다는 말이지? 좋은 생각이야, 엘러리." 샘프슨이 말했다.

"범인은 칼키스 범인 추리가 깨졌다고 해서 숨지는 않을 겁니다." 엘러리는 말을 계속했다. "브레트 양의 경우처럼 더러운 찻잔이 한 개뿐이었다는 것을 본 사람이 있을 가능성은 범인도 염두에 두고 일을 꾸몄을 테니까요. 그걸 본 사람이 있다면 재수없는 일일 뿐이지 범인에게 큰 피해를 주는 것은 아닐 테니까요."

"체니가 도망친 것은 어떻게 된 건가요?" 페퍼가 물었다.

엘러리는 한숨을 쉬었다. "체니가 그림쇼의 시체를 관에 숨겼다는 나의 엉터리 추리는 그의 아저씨인 칼키스가 살인범이라는 가정 아래에서 나온 것이었습니다. 새로운 사실을 알게 된 지금은 그림쇼의 시체를 관에 넣은 사람은 살인자 자신이라는 것도 알게 됐지요. 현재까지 알아낸 증거로는 왜 체니가 도망쳤는지 알 수가 없겠군요. 그 문제는 기다리는 수밖에 없습니다."

사무실 인터폰의 버저 소리가 울렸고, 경감이 대답했다. "응, 들여보내고 다른 사람은 밖에서 기다리게 해." 경감이 엘러리 쪽으로 몸을 돌렸다. "네가 보고 싶어하는 사람을 위크스가 데리고 왔다."

엘러리가 고개를 끄덕였다. 문이 열리고 데미가 휘청거리며 들어왔다. 옷은 깨끗이 입고 있었으나, 흉한 입가의 웃음이 그를 더욱 바보처럼 보이게 했다. 대기실에는 위크스가 모자를 가슴에 안고 불안하게 앉아 있는 모습이 보였다. 기름 독에 빠진 듯한 모습의 트리칼라가 왜 불렀느냐는 표정으로 들어왔다.

"트리칼라," 엘러리가 말했다. "이 바보에게 갖고 오라고 한 물건을 갖고 왔나 물어 봐 주시죠."

트리칼라가 들어오는 것을 보고 얼굴이 환해진 데미는, 트리칼라가 웃고 있는 자신의 얼굴에 대고 무엇이라고 말하자, 작게 싼 물건을 쳐들고 열심히 고개를 끄덕였다.

"좋아요." 엘러리는 차분하고 주의깊었다. "무엇을 갖고 오라고 연락받았나 물어 보세요."

다시 말이 오갔고, 트리칼라가 말했다. "게오르그의 방 옷장에서 녹색 넥타이를 가져오라는 지시를 받았답니다."

"아주 좋아요. 그 가져온 녹색 넥타이를 꺼내라고 하세요."

트리칼라가 데미에게 뭐라고 날카롭게 말하자 데미는 고개를 끄덕이더니 서투른 손길로 소포의 끈을 풀기 시작했다. 데미가 끈을 푸는 동안 모든 사람들이 말없이 데미의 서투른 손끝만 바라보고 있었다. 끈을 푼 데미가 끈을 조심스레 둘둘 말아서 자기 주머니에 넣고 포장지를 벗겼다. 그리고는 붉은 넥타이를 쳐들었다.

엘러리가 두 검사가 놀라는 소리와 경감의 욕지거리를 막았다. 데미가 칭찬해 주기를 바라며 웃음을 짓고 그들을 바라보았다. 엘러리는 아버지의 책상 윗서랍을 열어 초록색 압지(壓紙)를 꺼내들었다.

"트리칼라, 이 압지가 무슨 색인지 물어 보세요."

트리칼라가 물었다. 데미가 자신 있는 목소리로 대답했다. "이 친구 얘기는," 트리칼라가 놀란 듯이 말했다. "붉은색이랍니다."

"훌륭해요. 고맙습니다, 트리칼라 씨. 밖으로 데리고 나가서 밖에서 기다리고 있는 사람에게 집에 데리고 가라고 말해 주십시오."

트리칼라가 데미의 팔을 잡고 밖으로 데리고 나갔다. 엘러리가 그의 뒤로 문을 닫았다.

"저의 자신 있었던 추리가 틀린 원인은 그것 때문이었습니다. 저는 데미가 색맹이라는 희박한 가능성을 생각지 못한 것이지요."

그들이 고개를 끄덕였다. "저는, 칼키스에게 다른 사람들이 붉은 넥타이를 매고 있다는 것을 알려주지 않았고, 데미가 계획표대로 했는데도 칼키스가 매고 있는 넥타이 색상을 알 수 있던 것은 칼키스가 볼 수 있었기 때문이라는 생각만 했지, 계획표를 틀리게 썼다는 것은 생각지도 않았습니다. 데미에게는 녹색은 적색이었고, 적색은 녹색이었습니다. 데미는 일반적으로 말하는 부분 색맹으로,

그것을 아는 칼키스가 계획표를 그것에 맞추어 써놓았던 것입니다. 결국 계획표는 같은 목적을 달성시킬 수 있었지요. 지난 토요일 아침에 칼키스는 자기가 붉은 넥타이를 매고 있다는 것을 알았던 것입니다."

"그렇다면 데미, 슬론, 그리고 브레트 양이 진실을 말했군요. 잘된 일입니다." 페퍼가 말했다.

"그렇습니다. 우리는 살인자가 칼키스가 장님이라고 생각했는지, 아니면 저처럼 잘못 추리해서 볼 수 있었다고 생각했는지를 검토해 볼 필요가 있습니다. 지금에 와서 검토해 보아야 소득은 없지만. 그도 저처럼 추리를 해서, 칼키스가 죽을 때는 장님이 아니었다고 지금도 믿고 있다고 생각합니다. 어떻게 생각을 하든 우리에게는 소용이 없습니다만." 엘러리가 아버지를 향했다. "화요일에서 금요일 사이에 칼키스 저택을 방문한 사람들의 명단을 누가 작성했나요?"

샘프슨이 대답했다. "내 부하 코핼런이 작성했지. 갖고 있나, 페퍼?"

페퍼가 타자친 종이를 꺼냈다. 엘러리는 그것을 대강 훑어보았다. "오늘까지의 방문자 명단이군." 명단은 목요일에 엘러리가 본 것에 덧붙여서 현재까지의 방문자를 모두 적어놓고 있었다.

엘러리가 명단을 페퍼에게 돌려주었다. "뉴욕에 사는 사람 전부가 방문한 것 같군……녹스 씨, 레오나르도의 그림에 대한 얘기와, 그 그림을 선생님이 갖고 계신다는 것을 남에게 말하지 마셔야겠습니다."

"입 밖에 내지 않으리다." 녹스가 말했다.

"그리고 새로운 상황이 벌어지는 즉시 경감님께 통보해 주시겠습니까?"

"물론 그렇게 하겠소." 녹스가 일어서자, 페퍼는 얼른 옷 입는 것을 거들었다. "난 우드러프와 일하고 있소." 녹스가 옷을 입으며 말했다. "유산에 대한 법적인 문제처리를 의뢰했지요. 칼키스가 유언을 하지 않고 죽은 것으로 처리하려니까 복잡하더군요. 새 유언장이 나타나지 말았으면 좋겠소. 나타나면 문제가 더 복잡해질 것이라고 우드러프가 그러더군. 슬론 부인은 그 유언장이 발견되지 않으면 계속해서 내게 집행인 노릇을 해달라고 했소."

"망할 놈의 없어진 유언장!" 샘프슨이 성난 소리로 말했다. "유산 문제가 골치아프게 되겠군. 그림쇼에게 친척이 있을까?"

녹스는 손을 흔들고 떠났다. 샘프슨과 페퍼가 일어서서 얼굴을 마주보았다. "무슨 생각을 하고 계시는 줄 알겠습니다." 페퍼가 낮게 말했다. "레오나르도가 가짜였다는 녹스의 말은 지어낸 말이라고 생각하시죠?"

"그럴 가능성이 많지." 샘프슨이 인정했다.

"나도 그렇게 생각하오." 경감이 짧게 말했다. "유명 인사건 아니건, 위험한 짓을 하고 있어."

"지어낸 말이 틀림없을 겁니다." 엘러리도 동의를 했다. "그러나 사건 해결에는 중요하지 않다고 봐요. 미술품 수집광으로 악명이 높은 분이니 무슨 수를 쓰더라도 그림을 차지하려고 하겠지요."

"어쨌든 골치아프게 됐어." 경감이 한숨을 쉬며 말했다. 샘프슨과 페퍼가 엘러리를 향해 고개를 끄덕이고는 떠났다. 경감이 경찰 출입 기자들에게 그간의 사실을 발표하려고 뒤쫓아 나갔다.

혼자 남은 엘러리는 깊은 생각을 하고 있었다. 줄담배를 피우며, 실수한 대목이 생각날 때마다 얼굴을 붉히며 사건을 처음부터 생각하고 있었다. 경감이 되돌아왔을 때 엘러리는 눈살을 찌푸리고 신발을 내려다보며 생각에 잠겨 있었다.

"얘기해 줬다." 경감이 의자에 앉으며 통명스럽게 말했다. "기자들에게 칼키스 범인 추리를 설명하고, 조앤 브레트의 진술로 깨졌다는 얘기를 해주었지. 몇 시간 뒤에 시내에 그 소식이 쫙 퍼질 거고, 그러면 범인이 바빠지겠군."

경감이 인터폰에 대고 소리를 지르자 비서가 들어왔다. 런던의 빅토리아 박물관장 앞으로 비밀취급 전문을 받아쓰게 했다. 비서가 나갔다.

"자, 그림 문제가 어떻게 되나 보자꾸나." 경감이 코담뱃갑을 꺼내며 말했다. "우리 입장이 어떤가 알아봐야지. 샘프슨하고 밖에서 얘기했는데, 녹스 말만 듣고 모른 척할 수는 없지……." 그가 아무 말이 없는 아들을 안됐다는 듯이 바라보았다. "애야, 정신차려. 하늘이 무너진 것이 아니야. 실수를 좀 한 것이 어때서 그래? 잊어버려."

엘러리가 고개를 천천히 들었다. "잊어버려요? 쉽게 잊지 못할 겁니다, 아버지." 그가 한 손을 그러쥐고 그것을 멍하니 바라보았다. "이번 일로 여러 가지를 배웠지만, 가장 중요한 것은 앞으로는 제아무리 작은 단서라도 설명이 안되고 모든 것에 대해 완전무결하게 답을 구하지 못하면 사건을 설명하지 않겠다는 것입니다. 만일 제가 이 맹세를 어기면 아버지가 제 머리에 총알을 한 방 먹이세요."

경감은 걱정스러운 표정이 되었다. "애야, 그렇게까지……."

"제가 한 바보 같은 짓을 생각하면……자신을 과대평가하고, 이기적인, 완전한 바보짓을 한 것을 생각하면……."

"틀렸더라도 네 추리는 대단히 훌륭했다고 나는 생각한다, 애야." 경감이 위로의 말을 했다.

엘러리는 반응하지 않았다. 아버지의 머리 위를 응시하면서 코안경의 렌즈만 닦고 있었다.

제17장 오명(汚名)

10월 10일 일요일 새벽에 앨런 체니가 잡혔다. 버팔로 비행장에서 시카고행 비행기에 비틀거리며 오르는 체니를 노르웨이 혈통의 헤이그스트롬 형사가 단단히 붙잡은 것이다. 술이 잔뜩 취해서 눈동자가 흐릿한 앨런 체니는 다음 침대차로 뉴욕으로 호송되었다.

침울한 집안 분위기 속에서 그 소식을 일요일에 들은 퀸 부자는, 월요일 아침 일찍 반항적인 체니와, 신이 난 헤이그스트롬 형사를 맞기 위해 경감 사무실에 나와 있었다. 지방검사 샘프슨과 지방검사보 페퍼가 접대위원 대열에 합류했다. 경감 사무실 분위기는 음침했다.

술이 깨어 기분이 더욱 언짢고 더욱 퉁명스러운 체니가 의자에 몸을 던지자, 경감은 기분좋은 목소리로 물었다. "자, 앨런 체니, 할말 없나?"

"얘기 안하겠소." 목쉰 소리가 마른 입술 사이로 나왔다.

샘프슨이 날카롭게 말했다. "당신이 도망간 것 때문에 어떤 입장에 처했는지 알아?"

"도망을 가요?" 앨런이 시무룩해서 말했다.

"아, 도망이 아니었구먼. 소풍 겸 놀러갔다 온 모양이지, 젊은 이?" 경감이 낮게 웃다가 별안간 험상궂은 표정을 지었다. "이봐, 우린 어린 아이도 아니고 지금 장난하고 있는 게 아니야. 왜 도망 갔지?"

앨런 체니는 팔짱을 끼더니 반항적으로 바닥만 내려다보았다.

"겁이 나서 도망가는 것이 아니라고 했지?" 경감이 책상 서랍에서 벨리가 조앤 브레트의 침실에서 찾은 종이를 꺼내서 흔들었다.

앨런의 얼굴에서 핏기가 가시고, 그 종이를 살아 있는 원수처럼 노려보았다. "어디서 났소?" 그가 낮게 말했다.

"왜, 정신이 번쩍 드나? 브레트 양의 매트리스 밑에서 찾았네."

"그녀가……그녀가 태우지 않았나요?"

"안 태웠어. 자, 웃기는 짓 그만해! 그냥 말을 할 텐가, 혼이 난 뒤에 말할 텐가?"

앨런이 빠르게 눈을 깜박였다. "무슨 일이 있었나요?"

경감이 다른 사람들 쪽으로 몸을 돌렸다. "자기가 질문을 하고 있어, 나쁜 놈!"

"브레트 양은……그녀는 괜찮나요?"

"지금은 괜찮아."

"그게 무슨 말이지요?" 앨런이 자리에서 벌떡 일어났다. "설마, 당신들이…….."

"우리들이 뭐야?"

그는 고개를 흔들고 다시 앉았다. 주먹으로 눈을 힘없이 누르고 있었다.

"경감." 샘프슨이 머리로 사무실 구석을 가리켰다. 경감이 이상한 눈으로 체니의 헝클어진 머리를 보더니 구석에 있는 지방검사에게로 갔다. "말을 하지 않으려고 하면," 샘프슨이 낮게 말했다. "잡아 둘 수가 없소. 꼭 잡아 둬야 한다면 그럴 수도 있겠지만, 도움이 될 것이 없는 것 같아요. 확실한 혐의가 아무것도 없잖소?"

"맞아요. 하지만, 보내기 전에 확인해 보고 싶은 것이 있소." 경감이 문으로 갔다. "토머스!"

벨리 경사의 거대한 몸이 문앞에 나타났다. "지금 데리고 올까요?"

"그래. 데리고 와."

벨리가 사라졌다가, 이내 베네딕트 호텔의 야간 근무자인 벨을 데리고 들어왔다. 체니는 자기의 불안감을 고집스런 침묵으로 감추며 앉아 있었다. 그가 무엇이라도 알아내려는 듯 벨의 얼굴을 흘끗 보았다.

경감이 체니를 엄지손가락으로 가리켰다. "벨, 지난 주 목요일 밤 그림쇼를 찾아온 사람들 중에 이치도 있었나?"

벨이 퉁명스럽게 앉아 있는 체니를 꼼꼼히 뜯어보았다. 체니가 벨의 눈을 의아한 듯 반항적으로 마주보았다. 벨이 고개를 힘차게 흔들었다. "아닙니다. 그들 중에는 없었습니다. 이분은 처음 보는 사람입니다."

경감이 불만족스러운 소리를 냈다. 체니는 내용은 몰랐지만 경감이 실패했다는 것을 직감하고 마음이 놓이는 듯이 한숨을 쉬고 의자에 몸을 기대었다. "좋아, 벨. 밖에서 기다리게." 벨이 급히 나갔고, 벨리가 문을 가로막고 섰다. "아직도 왜 도망쳤는지 말하지 않을 작정인가, 체니?"

체니가 입술에 침을 발랐다. "변호사를 불러 줘요."

경감은 두 팔을 번쩍 쳐들었다. "제기랄, 그 소리는 수천 번도 더 들었어. 그래, 변호사가 누군데?"

"그야……마일스 우드러프지요."

"집안 변호사 말이지?" 경감이 음흉하게 말했다. "그럴 필요는 없어." 경감은 자기 의자에 털썩 주저앉아 코담배를 꺼냈다. "자넬 보내 주겠네." 보내는 것이 아깝다는 듯이 경감이 코담뱃갑을 흔들었다. 앨런의 얼굴이 밝아졌다. "집에 가도 돼." 경감이 몸을 앞으로 굽혔다. "내가 한 가지 약속을 하지. 지난 토요일 같은 짓을 또 한 번만 하면 철창 속에 집어넣을 거야. 국장 허가를 받아서라도 꼭 할 테니 명심해. 알겠나?"

"그러죠." 체니가 퉁명스럽게 대답했다.

"미리 말해 두겠는데, 자네 행동을 일일이 감시할 것이네. 그러니 또 도망치려고 해봐야 소용없어. 집 밖으로 나갈 때마다 형사가 꽁무니에 붙어 다닐 테니. 헤이그스트롬!" 형사가 깜짝 놀라 몸을 폈다. "체니 씨를 집에 데리고 가서 꼭 붙어 있어. 귀찮게 굴 필요는 없어. 집 밖에 나갈 때마다 친형제처럼 붙어 다녀."

"알았습니다. 갑시다, 체니." 헤이그스트롬은 미소를 지으며 체니의 팔을 잡았다. 체니는 급히 일어나, 잡은 손을 뿌리치고 어깨를 편 뒤 방을 나갔다. 헤이그스트롬이 뒤에 바짝 따랐다.

그 동안 엘러리는 입을 열지 않고 있었다. 깨끗한 손톱을 본다든가, 안경을 처음 보는 사람처럼 불에 비춰보기도 하고, 한숨을 쉬며 담배만 피우고 있었다. 벨과 체니가 마주쳤을 때 보였던 관심도 벨이 체니를 처음 본다고 하자 곧 사라졌다.

체니와 헤이그스트롬이 나가고 페퍼의 음성이 들리자 엘러리는 귀를 세웠다. "살인자를 보내는 것 같습니다."

샘프슨이 조용히 말했다. "혐의가 없잖나, 페퍼."

"도망친 놈이 아닙니까?"

"맞아. 도망친 것만 갖고 배심원에게 유죄라고 인정시킬 자신 있나?"

"그렇게 한 적도 있습니다." 페퍼는 끈질겼다.

"허튼소리!" 경감이 날카롭게 말했다. "증거가 하나도 없잖소. 알 만한 사람이 왜 그래요, 페퍼. 그대로 놔둬요. 그 녀석이 이상한 짓을 한 것이 있으면 우리가 다 밝혀낼 거요……토머스, 왜 그래? 할말이 있는 것 같은데."

"바니 쉬크의 술집에서 그림쇼와 다퉜다는 여자하고 그 남편을 잡아왔습니다."

"아니, 어떻게?" 경감이 몸을 세웠다. "잘된 일인데, 토머스. 어떻게 찾았어?"

"그림쇼의 과거 기록을 조사해서 찾았습니다. 릴리 모리슨이란 여잔데, 전에 그림쇼와 놀던 여잡니다. 그림쇼가 감옥에 들어가 있는 동안 결혼했더군요."

"바니 쉬크를 불러와."

"놈도 기다리고 있습니다."

"잘됐어. 다들 데려와."

벨리가 나가고 경감은 회전의자에 앉아 기다렸다. 벨리는 얼굴이 붉은 술집 주인을 데리고 왔다. 경감은 조용히 있으라고 술집 주인에게 말했고, 벨리가 다른 문으로 나가서 남자와 여자를 데리고 들어왔다.

그들은 주춤거리며 들어왔다. 여자는 몸집이 큰 금발이었다. 남자는 여자와 걸맞는 반백(半白)의 거인으로 40대였고, 아일랜드 사람의 코와 검은 눈을 갖고 있었다.

벨리가 소개했다. "제러마이어 오델 부붑니다, 경감님."

경감이 의자를 가리켰고, 그들은 긴장해서 앉았다. 경감은 책상 위에 흩어진 종이를 뒤적거렸고——효과를 노린 기계적인 행동이었다——그 행동에 감명을 받은 부부는 사무실을 둘러보던 것을 멈추고 경감의 가느다란 손끝만 보고 있었다.

"자, 오델 부인." 경감이 말하기 시작했다. "겁먹지 마십시오. 이건 형식적인 조사일 뿐입니다. 앨버트 그림쇼를 아십니까?"

그들의 눈길이 마주쳤고, 여자가 눈을 떨구었다. "오, 관 속에서 나왔다는 목이 졸려 죽은 사람 말인가요?" 그녀가 말할 때 가슴 깊숙이에서 끓는 소리가 났다. 엘러리는 자기 가슴이 아픈 느낌이 들었다.

"그래요. 압니까?"

"저는……아뇨, 몰라요. 신문에서 읽었을 뿐이에요."

"그래요?" 경감이 방 건너편에 꼼짝도 않고 앉아 있는 바니 쉬크 쪽으로 몸을 돌렸다. "바니, 이 여자 알겠나?"

오델 부부가 몸을 잽싸게 돌리더니, 여자가 흑 하고 숨을 들이마셨다. 남편의 털투성이 손이 여자의 팔을 잡았고, 여자는 마음의 평정을 찾으려는 듯 몸을 움직였다.

"네, 압니다." 쉬크는 땀을 흘리고 있었다.

"어디서 마지막으로 봤지?"

"45번가 우리 술집에서요. 일주일 전, 아니 거의 2주일 전입니다. 수요일이었습니다."

"어떤 상황에서?"

"네? 아, 알겠습니다. 죽은 사람하고 같이 있었습니다. 그림쇼하고요."

"오델 부인이 죽은 사람과 다투었나?"

"네." 쉬크가 큰소리로 웃었다. "그때는 그 사람이 죽지 않았었습니다. 팔팔했습니다, 경감님."

"웃기는 소리 그만해, 바니. 이 여자가 그림쇼와 같이 있었던 것이 틀림없지?"

"틀림없습니다."

경감이 오델 부인을 향해 말했다. "앨버트 그림쇼를 모른다고 했죠? 이래도 모릅니까?"

그녀의 넓은 입술이 떨리기 시작했다. 남편이 얼굴을 찌푸리며 몸을 앞으로 내밀었다. "내 마누라가 모른다면," 그가 으르렁거렸다. "모르는 거요. 내 말 알겠소?"

경감은 그 말을 생각해 보는 듯했다. "흠……그 말도 일리는 있군. 바니, 이 싸움꾼 본 적 있나?" 경감이 엄지손가락으로 아일랜드 거인을 가리켰다.

"아뇨, 못 봤습니다."

"알았어, 바니. 가서 일해." 쉬크가 일어서서 나갔다. "오델 부인, 처녀 때 이름이 뭐지요?"

입이 더욱 심하게 떨렸다. "모리슨이에요."

"릴리 모리슨?"

"네."

"오델하고 결혼한 지는 얼마나 됐지요?"

"2년 반이오."

"그렇군." 경감이 있지도 않은 그녀의 이력서를 보는 척했다.

"내 말을 잘 들어요, 릴리 모리슨 오델 부인. 내 앞에 당신에 대한 상세한 기록이 있어요. 5년 전에 앨버트 그림쇼가 체포되어 싱싱 교도소에 수감됐어요. 체포될 때에는 당신은 그와 관계가 없었지요. 그러나 그보다 몇 년 전에 당신은 그와 살았어요……주소가 어디지, 벨리 경사?"

"10번가 145번지입니다." 벨리가 대답했다.

오델이 얼굴이 검붉어져서 벌떡 일어섰다. "같이 살았다고?" 그가 으르렁거렸다. "내 마누라에게 그런 소리를 하고 살아남은 놈은 없어. 덤벼, 이 영감쟁이! 혼을……."

그는 몸을 구부리고 허공에 주먹질을 하고 있었다. 별안간 그의 머리가 척추에서 떨어져 나갈 것처럼 뒤로 젖혀졌다. 벨리 경사가 그의 칼라를 꽉 잡았기 때문이다. 벨리가 아이들이 장난감을 흔들듯이 오델을 흔들고 의자에 눌러 앉혔다.

"제대로 굴어, 이 자식." 벨리가 낮게 말했다. "경찰을 협박하면 어떻게 되는 줄 알아?" 벨리가 손을 놓지 않아서 오델은 숨이 막힐 지경이었다.

오델 부인은 공포의 빛이 어린 눈으로 거한인 남편이 거칠게 다루어지는 것을 보고 침을 꿀꺽 삼켰다. "나는 아무것도 몰라요. 당신이 무슨 말을 하고 있는지 몰라요. 그림쇼란 사람 나는 몰라요. 나는……."

"전부 '몰라요'뿐이군. 그림쇼가 출옥하고 나자마자 왜 당신을 찾아갔소, 오델 부인?"

"대답하지 마." 거인은 목이 막혀 말도 제대로 하지 못했다.

"안할게요. 안할게요."

경감이 거한을 날카롭게 노려보았다. "당신을 살인사건 수사 협조 거부죄로 체포할 수 있다는 걸 알아?"

"체포해 봐. 나도 배후가 있다고. 마음대로 안될 거야. 시청의 올리반트를 잘 안다고……."

"저 얘기 들려요, 지방검사님? 시청에 있는 올리반트를 알고 있답니다." 경감이 한숨을 쉬었다. "이 사람이 고위층에……오델, 무슨 못된 짓을 했어?"

"못된 짓 한 것 없소."

"아, 정직하게 살고 계시다, 이거지? 직업이 뭐요?"

"배관공(配管工)이오."

"그래서 배경 얘기를 했군⋯⋯어디에 살지?"

"브루클린 플랫부쉬에 살고 있소."

"이 친구 전과 있어, 토머스?"

벨리가 잡고 있던 손을 놓았다. "없습니다." 없어서 섭섭하다는 말투였다.

"여자는?"

"정직하게 산 모양입니다."

"그것 봐요." 오델 부인이 의기양양해서 말했다.

"정직하게 살았다는 것을 자랑이라도 할 만한 이유가 있는 모양이지요?"

개구리 눈처럼 커다란 그녀의 눈이 더 커졌으나 입은 다물고 있었다.

"제 생각은," 의자에 몸을 깊이 파묻은 엘러리가 천천히 말했다. "벨 씨를 만나보게 하는 것이 좋겠다는 생각입니다."

경감이 벨리에게 고개를 끄덕이자, 벨리가 나가서 그 호텔 야간 근무자를 즉시 데리고 왔다. "이 사람 잘 보게, 벨." 경감이 말했다.

벨의 결후(結喉)가 크게 움직였다. 그는 얼굴이 뻘개져 있는 제러마이어 오델에게 떨리는 손으로 손가락을 내밀었다. "이 사람입니다. 이 사람이에요!"

"그래?" 경감이 일어섰다. "누구였지?" 벨이 어리둥절한 표정이 되었다. "글쎄요. 정확히는 모르겠는데⋯⋯아, 참. 알았어요. 끝에서 두 번째, 턱수염 기른 의사 앞에 온 사람이에요." 그의 목소리는 자신에 차 있었다. "내가 아일랜드 사람, 거인이라고 한 사람입니다. 이제는 생각나요."

"틀림없나?"

"맹세할 수 있습니다."

"좋아. 이젠 집에 가 봐."

벨이 떠났고, 오델의 커다란 입이 벌어졌다. 검은 눈은 절망의 빛으로 차 있었다.

"어떻게 된 거요, 오델?"

"뭐가 어떻게 돼요?" 그가 녹초가 되어 나가떨어진 사람처럼 머리를 흔들었다.

"지금 나간 사람 본 적 있소?"

"아니오!"

"그가 누군지 압니까?"

"모릅니다!"

"그는 베네딕트 호텔 야간 근무자요." 경감이 쾌활하게 말했다. "가본 적 있소?"

"아니오!"

"9월 30일, 목요일 10시에서 10시 30분 사이에 봤다는데?"

"더러운 거짓말이오!"

"당신이 프런트에 와서 앨버트 그림쇼라는 사람이 묵고 있느냐고 물었다는데?"

"그런 적 없소!"

"묻고 난 다음에 314호로 올라갔다는데, 오델, 기억나요? 기억하기 쉬운 번호요……어떻게 됐지?"

오델이 일어섰다. "이봐요, 나는 세금을 내는 정직한 시민이오. 당신들이 무슨 말을 하고 있는지 모르겠소. 여기는 러시아가 아니란 말이오!" 그가 고함쳤다. "나도 내 권리는 있어! 이봐, 릴리, 가자고. 우리를 잡아놓을 수는 없어!"

여자가 고분고분 일어섰다. 벨리가 오델 뒤에 다가서서 곧 한바탕 붙을 것 같았으나, 경감이 옆으로 비키라고 손짓했다. 오델 부부가 처음에는 천천히, 그리고 점점 더 빠르게 문으로 다가가서 곧 사라졌다.

"아무나 붙여 놔." 경감이 씁쓸한 음성으로 말하자, 벨리가 오델 부부를 쫓아나갔다.

"이제까지 만나본 중 제일 고집불통인 증인들이군." 샘프슨이 투덜댔다. "배후가 뭐지?"

엘러리가 중얼거렸다. "제러마이어 오델이 한 얘기 못 들으셨습니까? 배후는 러시아지요. 그 멋쟁이 적색선전 있잖아요. 좋은 소비에트 러시아! 러시아 없이 우리의 고귀한 시민들이 무엇을 할 수 있지요?"

모두가 그를 무시했다. "뭔가 이상한 것이 있습니다." 페퍼가 말했다. "그림쇼란 놈, 여러 가지 좋지 않은 일에 관여하고 있었던 것 같습니다."

경감이 어쩔 수 없다는 듯이 어깨를 으쓱하며 양팔을 벌렸다. 그리고 그들은 침묵 속에 오래 머물러 있었다.

그러나 지방검사와 페퍼가 가려고 일어서자 엘러리가 맑은 음성으로 말했다. "테렌스가 말한 대로 하시죠. '기회가 무엇을 가져오더라도 마음의 평정으로 맞으리.'"

월요일 오후까지 칼키스 사건은 현상 유지 상태였다. 경감은 복잡다양한 일상 업무를 해냈고, 엘러리는 자기 일을 하면서 시간을 보냈다. 엘러리의 일이란 담배나 계속 피워대고, 주머니에서 작은 사포의 시집을 꺼내어 아무 곳이나 들추어서 읽고, 그 사이사이에 아버지의 가죽 의자에 몸을 파묻고 사건을 열심히 검토하는 것이 고작이었다. 테렌스를 인용하는 것은 쉬웠으나, 실제로 따르는 것은 어려운 모양이었다.

폭탄이 터진 것은 경감이 하루 일과를 끝내고 아들과 함께 사무실보다 분위기가 더 좋지도 않은 집으로 가려고 할 때였다. 경감이 외투를 입고 있을 때 페퍼가 얼굴이 빨갛게 상기되어 환희에 찬 이상한 소리를 지르며 사무실로 뛰어들었다.

"경감님! 퀸 씨! 이것 좀 보세요." 그가 봉투 하나를 경감 책상 위에 던지고 사무실 안을 들떠서 왔다갔다했다. "지금 막 배달됐어요. 보시다시피 샘프슨 검사님 앞으로 온 것이지만, 외출중이십니다. 검사님의 비서가 뜯어 보고 저에게 줬습니다. 샘프슨 검사님을 기다릴 수가 없어 이리로 왔습니다. 읽어 보세요!"

엘러리는 급히 일어서서 경감 옆으로 다가갔다. 두 사람은 편지를 바라보았다. 봉투는 질이 나쁜 것이었고, 주소는 타자로 쳐져 있었다. 스탬프로 보아 그날 아침 그랜드 센트럴 우체국에서 부친 것이었다.

"자, 뭔지 읽어 볼까?" 경감은 이렇게 말하고, 봉투만큼이나 품질이 나쁜 편지지를 조심스럽게 꺼냈다. 타자로 몇 줄을 쳐 놓았는데 날짜, 인사말, 서명, 아무것도 없었다.

'본인은 그림쇼 사건에 대한 중요한 것을 알고 있습니다. 지방검사도 알아야 할 것으로 생각됩니다. 내용은 이렇습니다. 앨버트 그림쇼의 과거를 들추어 보면 그에게 형이 있었다는 것을 알게 될 것입니다. 그러나 찾기 힘든 것은 그 형이 그림쇼 사건에 깊이 연관되어 있다는 점입니다. 현재 형이 쓰고 있는 이름은 길버트 슬론입니다.'

"이것을 어떻게 생각하십니까?" 페퍼가 흥분해서 말했다. 퀸 부자는 서로를 마주보다가 페퍼에게 눈을 돌렸다. "사실이라면 흥미 있는 일이군." 경감이 말했다. "미친놈의 짓일 수도 있지."

엘러리가 조용히 말했다. "사실이라도 나는 그것의 중요성을 모르겠는데요."

페퍼의 얼굴이 어두워졌다. "세상에! 슬론이 그림쇼를 본 적도 없다고 하지 않았습니까? 서로가 형제간이라면 그 점이 중요하지 않습니까?"

엘러리가 고개를 흔들었다. "어떻게 중요하다는 겁니까, 페퍼? 슬론이 그림쇼가 전과자이기 때문에 창피해서 모른다고 말한 것이 뭐가 그렇게 중요합니까? 특히, 동생이 살해된 마당에. 아닙니다. 슬론이 모른다고 한 것은, 나쁜 짓을 했다거나 겁 때문이 아니라 사회적 체면이 손상되는 게 겁나서였을 겁니다."

"나는 그렇게 생각하지 않습니다." 페퍼는 지지 않았다. "샘프슨 검사님도 나와 같은 생각일 겁니다. 이 문제를 어떻게 하실 생각입니까, 경감님?"

"두 사람이 입씨름을 끝내면 우선 편지지에서 얻을 것이 있는가 알아봐야겠소." 경감이 냉담하게 말하고 인터폰 쪽으로 갔다. "램버트 양? 퀸 경감이오. 내 방으로 와주시겠소?" 그가 심각한 표정을 짓고 두 사람 쪽으로 돌아섰다. "전문가의 얘기를 들어 봐야지."

우나 램버트는 날카롭게 생긴 젊은 여성으로, 검은 머리카락 사이로 윤기 있는 희끗희끗한 머리카락이 보였다. "무슨 일이지요, 경감님?"

경감이 편지를 책상 위에 가볍게 던졌다. "이것 좀 알아봐 줘요."

불행하게도 그녀가 찾을 수 있는 것은 별로 없었다. 오래 되지 않은, 많이 사용한 언더우드 타자기로 쳤다는 것과, 각 타자의 활자에 특성이 있다는 것 외에 다른 특별한 것은 찾지 못했다. 그러나 같은 타자기로 친 서류를 보면 그 타자기를 찾을 수가 있다고 말했다.

우나 램버트가 떠나자 경감은 언짢게 말했다. "전문가도 별것은 찾지 못했군." 편지의 사본을 뜨고 지문을 채취해 보라고 벨리를 보냈다.

"지방검사님을 찾아서 이 편지 얘기를 해야겠습니다." 페퍼가 불만스러운 듯 말했다.

"그렇게 하세요." 엘러리가 말했다. "그리고 아버지와 내가 이스트 54번가 13번지 빈집을 직접 수색하겠다는 말씀도 드려 주십시오."

경감도 페퍼만큼이나 놀랐다. "무슨 소리야, 이 멍청아! 리터가 녹스의 빈집을 벌써 수색했다는 것을 알잖아. 뭣 때문에 그래?"

"아이디어는 분명치 않을지 몰라도," 엘러리가 말했다. "이유는 뻔하지 않습니까? 리터가 정직하다는 것은 무조건 믿지만, 관찰력은 글쎄요⋯⋯."

"좋은 생각인 것 같습니다." 페퍼가 말했다. "혹시 리터가 놓친 것이 있을지도 모르니까요."

"말도 안돼!" 경감이 날카롭게 말했다. "리터는 내가 가장 믿을 수 있는 부하 중 하나야."

"저는 오늘 오후 내내 여기 앉아서," 엘러리가 씁쓸하게 한숨을 쉬며 말했다. "제가 저지른 잘못도 돌이켜 보았지만——이 헝클어진 사건의 복잡성도 곰곰이 생각해 보았습니다. 아버님 말씀대로 리터는 아버지가 제일 믿을 수 있는 부하입니다. 그래서 제가 직접 수사해 보려고 합니다."

"아니 설마, 너는 리터⋯⋯." 경감은 놀라서 물었다.

"기독교인들이 늘 말하듯이, 제 믿음에 대고——전 믿지 못합니다." 엘러리가 대답했다. "리터는 정직하고, 믿을 수 있고, 용감하고, 양심적이어서 훌륭한 형사라는 것은 믿습니다. 그러나 앞으로는 어떤 일이든지 내 눈으로 직접 본 것이거나, 하나님이 저에게 준 복잡한 대뇌(大腦)의 현명함이 지시하는 대로만 따르겠습니다."

제18장 유언장

그날 저녁에 경감, 엘러리, 그리고 벨리 경사는 음산한 13번지 집 앞에 서 있었다.

녹스의 빈집은 옆의 칼키스 저택과 똑같았다. 적갈색 사암으로 지은 저택은 폐허가 다 될 만큼 낡았고, 커다란 구식 창은 잿빛 널빤지로 막혀 있었다. 옆의 칼키스 저택에는 불이 켜져 있었고 형사들이 동정을 살피며 돌아다니는 것이 보였다. 빈집에 비하면 칼키스 저택은 명랑해 보였다.

"열쇠 갖고 있나, 토머스?" 경감도 음산한 감을 느꼈는지 목소리가 낮았다.

벨리가 말없이 열쇠를 내밀었다.

"진격(En avant)!" 엘러리가 중얼거렸고, 세 사람은 삐거덕거리는 문을 밀고 들어갔다.

"집안부터 수색할까요?" 벨리가 물었다.

"그러지."

그들은 얇게 깎은 돌계단을 올라갔다. 벨리가 커다란 손전등을 꺼내 팔 밑에 끼고 현관문을 열었다. 그들은 토굴 같은 현관으로 들어갔다. 벨리가 플래시를 여기저기 비추어서 안쪽 문을 찾아 열었다. 그들은 깜깜한 굴속 같은 현관에서 경사의 손전등 불빛으로 홀이 옆집인 칼키스 저택의 홀과 모양이나 크기가 똑같은 것을 알 수 있었다.

"자, 가지." 경감이 말했다. "네 아이디어니까 앞장서라, 엘러리."

엘러리의 눈은 흔들리고 있는 손전등의 불빛에 빛을 발하고 있는 것처럼 이상하게 보였다. 엘러리는 잠깐 머뭇거리더니 사방을 둘러본 다음 홀로 통하는 문을 들어섰고, 경감과 손전등을 높이 쳐든 벨리가 뒤따랐다.

방들은 완전히 비어 있었다. 주인이 이사갈 때 가구들을 없앤 것이 분명했다. 적어도 아래층에서는 아무것도 찾지 못했다. 빈 방들뿐이었고, 수북한 먼지 위에는 리터 형사와 그의 동료들이 수색하면서 남긴 발자국들이 흩어져 있었다. 벽지는 누렇게 바랬고, 천장은 금이 가 있었고, 바닥은 뒤틀렸으며 소리가 요란했다.

"만족했니?" 그들이 아래층 구석구석을 보고 난 뒤 경감이 말했다. 먼지를 들이마신 경감은 재채기를 하고는 욕지거리를 했다.

"아직은요." 엘러리는 말하고 나서 사람들과 같이 2층으로 난 카펫이 깔리지 않은 계단을 올라갔다. 그들의 발소리가 커다랗게 빈집 안에 메아리쳤다.

그러나 2층에서도 역시 아무것도 찾지 못했다. 칼키스 저택과 마찬가지로 2층은 방과 화장실밖에 없었다. 침대나 카펫이 없어서 사람이 살 수 없게 되어 있었고, 경감은 점점 더 불쾌해졌다. 엘러리는 옷장들을 수색했으나 헛수고였고, 종이 조각 하나 없었다.

"이제 됐니?"

"아뇨."

그들은 삐거덕거리는 계단으로 다락방에 올라갔다.

아무것도 없었다.

"헛수고였군." 홀로 내려오면서 경감이 말했다. "이제 우스운 짓 그만하고 집에 가서 뭘 좀 먹자."

엘러리는 대답하지 않았다. 그는 깊은 생각을 하면서 코안경을 빙빙 돌리고 있었다. 그러다가 벨리 경사를 바라보았다. "지하실에 못쓰게 된 트렁크가 있다고 얘기했잖아요, 벨리?"

"네, 리터가 보고했지요, 퀸 씨."

엘러리는 홀 뒤쪽으로 갔다. 2층으로 올라가는 계단 밑에 문이 있었다. 그가 벨리의 손전등을 빌려 밑을 비추어 보니 내려앉을 것 같은 계단이 보였다.

"지하실 계단이군." 그는 말했다. "갈까요?"

그들이 위태로운 계단을 내려가 보니, 지하실은 저택의 길이와 폭만큼이나 컸다. 지하실은 귀신이 당장이라도 튀어나올 것 같았고, 손전등 불빛 때문에 여기저기에 그림자가 생겼다가는 없어졌다. 위층보다도 먼지가 더욱 많이 쌓여 있었다. 엘러리가 열두어 발자국을 성큼성큼 걸어가서 벨리의 손전등을 비추었다. 철테를 두른 낡고 커다란 트렁크가 뚜껑이 닫힌 채, 부서진 자물쇠가 걸려서 쓸쓸히 놓여 있었다.

"그 안에서는 아무것도 못 찾을 거다." 경감이 말했다. "리터가 속을 조사해 봤다고 보고했다, 엘러리."

"물론 조사했겠지요." 엘러리는 중얼거리며 장갑 낀 손으로 뚜껑을 열었다. 손전등으로 낡은 트렁크 속을 비추어 보았지만 아무것도 없었다.

뚜껑을 닫으려고 하던 엘러리가 코를 벌름거리더니 킁킁거리며 급히 몸을 구부렸다. "찾았다!" 엘러리는 낮게 말했다. "아버지, 벨리, 이 냄새를 맡아 보세요."

그들은 냄새를 맡아 보더니 몸을 폈다. 경감이 중얼거렸다. "관을 열었을 때 난 바로 그 냄새야. 약하기는 하지만."

"그렇습니다." 벨리가 굵은 음성으로 말했다.

"맞아요." 엘러리가 뚜껑을 놓자 소리를 내며 뚜껑이 닫혔다. "앨버트 그림쇼의 시체가 처음 숨겨졌던 곳을 찾은 겁니다."

"뭐라도 찾았으니 다행이다. 어떻게 바보 같은 리터가……."

엘러리가 남이 들으라는 것보다는 자신에게 하는 듯이 말을 이었다. "그림쇼는 이곳이나, 여기서 가까운 곳에서 교살되었을 겁니다. 10월 1일 금요일 아주 늦은 시간에 죽었을 겁니다. 범인은 시체를 이 트렁크에 쑤셔넣고 그냥 놔두었지요. 처음에는 시체를 다른 곳으로 옮길 생각은 안했겠지요. 이 빈집이 시체를 감추기에는 안성맞춤이었으니까."

"그리고 칼키스가 죽었단 말이지." 경감이 생각에 잠겨 말했다.

"바로 맞습니다. 그러자 다음날인 10월 2일 토요일에 칼키스가 죽었지요. 범인은 이곳보다 더 좋은, 영원히 감출 수 있는 장소가 생겼다고 여겼지요. 그래서 범인은 장례가 끝나기를 기다렸다가 다음 수요일이나 화요일에 여기에 숨어 들어와서," 엘러리가 말을 중단하고 컴컴한 지하실 뒤쪽으로 가서 오래 된 낡은 문을 보고는 고개를 끄덕였다. "이 문으로 나가 시체를 뒤뜰로 옮겼지요. 거기서 묘지로 끌고 가서 땅을 파고……묘지라든가, 시체, 송장 냄새, 그런 것들에 무신경한 사람이라면 깜깜한 한밤중에 처리하기란 쉬운 일이지요. 범인은 실제적인 생각만 하는 친구일 겁니다. 그림쇼는 이곳에 나흘이나 닷새 밤낮을 있었습니다. 그러니 시체 썩는 냄새가 배어 있을 만도 하지요."

그는 손전등을 여기저기 비추었다. 지하실 바닥에는 먼지가 쌓인 것과 트렁크 외에는 아무것도 없었다. 그러나 근처에는 거의 천장에 닿을 듯한 섬뜩한 큰 괴물이 있었다……손전등을 아래위로 비추어 보니 그 괴물은 거대한 난방로(煖房爐)였다. 이 집의 중앙집중식 난방장치였다. 엘러리는 그곳으로 걸어가서 녹슨 화덕 문을 열고 손전등으로 안을 비추어 보았다. 즉시 그가 소리쳤다. "뭔가 있어요! 아버지, 벨리, 빨리!"

세 사람은 허리를 굽혀 녹슨 셔터 사이로 안을 들여다보았다. 바닥 구석에 쌓여 있는 작은 잿더미 위로 두껍고 하얀 작은 종이 조각이 삐죽이 나와 있었다.

엘러리가 주머니에서 확대경을 꺼내어 손전등을 그 종이 조각에 비추며 열심히 보았다. "뭐지?" 경감이 물었다.

엘러리는 천천히 몸을 펴며 일어나 확대경을 내렸다. "게오르그 칼키스의 마지막 유언장을 찾은 것 같습니다."

벨리가 유언장 조각을 난로 속에서 꺼내는 데는 10분이나 걸렸다. 벨리는 몸집이 너무 커서 안으로 들어갈 수가 없었고, 몸집이 좀더 작은 엘러리와 경감도 몇 년간 쌓인 재와 먼지 속에 들어갈 생각은 없었다. 엘러리는 이 문제를 푸는 데에는 아무 소용이 없었다. 좀더 기계적인 머리를 가진 벨리가 이 문제를 해결했다. 엘러리의 연장통에서 꺼낸 바늘을 엘러리의 지팡이 끝에 잡아매고 그것으로 종이 조각을 힘들게 찔러서 꺼낼 수 있었다. 잿더미를 뒤적여 보았으나, 다른 것은 형체도 없을 정도로 타버려서 소용이 없었다. 엘러리가 말한 대로 그 종이 조각은 칼키스의 마지막 유언장의 일부였다. 다행스럽게도 불에 타지 않은 곳에 칼키스 화랑의 유산 상속인의 이름이 있었다. 경감이 게오르그 칼키스의 필체라고 즉시 알아본, 벌레가 기어가듯이 꾸불꾸불한 필체로 이름이 적혀 있었다. 앨버트 그림쇼.

"이것이 녹스의 이야기를 뒷받침해 주는군." 경감이 말했다. "그리고 새 유언에 따라서 슬론이 아무것도 상속받지 못하게 된 것도 분명해졌어."

"그렇군요." 엘러리가 낮게 말했다. "이것을 태운 놈이 완전히 탄 것을 확인도 하지 않는 바보 같은 짓을 하다니······문제가 성가시게 됐군." 엘러리는 불에 타다 만 종이 조각을 코안경으로 이빨을 톡톡 치며 보고 있었다. 그는 문제가 무엇이고 왜 성가시게 됐는지는 설명을 하지 않았다.

"한 가지는 확실해." 경감이 만족스럽다는 듯이 말했다. "그림쇼와 형제간이라는 이름 없는 편지와, 이 유언장에 대해 슬론 씨에게 자세히 설명을 해달라고 해야겠군. 이제 전부 끝났니, 얘야?"

엘러리는 지하실을 다시 불을 비추어서 둘러보면서 고개를 끄덕였다. "네, 수색은 전부 끝난 것 같습니다."

"그럼, 가자꾸나." 경감이 불에 타다 만 유언장 조각을 조심스레 지갑에 넣고 지하실 계단으로 앞장섰다. 엘러리가 깊은 생각에 빠져 뒤를 따랐고, 벨리가 맨 뒤에서 급히 따라왔다. 벨리까지도 죽음과 같은 지하실의 분위기에 겁을 먹고 있는 것 같았다.

제19장 폭 로

칼키스 저택의 현관 홀에 퀸 부자와 벨리가 들어서자, 모든 사람이 전부 집안에 있다고 위크스가 말했다. 경감이 길버트 슬론을 만나겠다고 퉁명스럽게 말하자 위크스는 2층 자기 방에 있는 슬론을 부르러 홀 뒤쪽에 있는 계단 쪽으로 급히 갔고, 세 사람은 칼키스의 서재로 들어갔다.

경감은 책상 위에 있는 전화기로 가서 지방검사 사무실을 불러 잃어버렸던 유언장 조각을 찾은 이야기를 페퍼에게 간략하게 했다. 페퍼가 곧 그곳으로 가겠다고 소리쳤다. 그 다음, 경감은 경찰 본부를 불러 큰소리로 몇 가지 질문을 하고, 몇 마디 답변을 듣고는 성이 나서 전화를 끊었다. "편지에서는 아무것도 찾지 못했대. 지문이 한 개도 없더라는군. 편지 쓴 놈이 조심을 많이 한 것 같다고 지미가 말하더군……들어와요, 슬론, 어서 들어와요. 얘기할 것이 있소."

슬론은 문 앞에서 머뭇거리고 있었다. "새로운 단서라도 찾았나요, 경감님?"

"들어오라니까요! 잡아먹지 않을 테니."

슬론은 들어와서 깨끗이 손질한 하얀 두 손을 긴장하며 무릎 위에 포개 얹었다. 벨리가 구석으로 성큼성큼 걸어가서 오버코트를 의자 등받이에 던져 걸었다. 엘러리는 담뱃불을 붙이고 피어오르는 연기 사이로 슬론의 옆얼굴을 바라보았다.

"슬론." 경감이 불쑥 말했다. "거짓말을 많이 했더군요."

슬론의 얼굴에서 핏기가 가셨다. "무슨 거짓말을 했다는 겁니까? 나는……."

"당신은 처음부터 그림쇼를 처음 본 것은 바깥 묘지에서 그림쇼가 관에 들어 있을 때라고 했소. 처음 봤다는 뻔한 거짓말을, 베네딕트 호텔의 벨이 9월 30일 밤에 그림쇼를 찾아간 사람들 중에 당신도 있었다고 확인했을 때 또 했소."

슬론이 더듬거리며 말했다. "그……그 말은 틀린, 틀린 말입니다."

"틀린 말이라고?" 경감은 몸을 앞으로 뻗어 슬론의 무릎을 툭툭 쳤다. "그러면, 길버트 슬론 씨, 당신이 앨버트 그림쇼의 형이라는 것을 우리가 알아냈다면?"

슬론의 얼굴이 흉하게 변했다. 턱이 바보처럼 내려앉았고, 눈알이 튀어나올 듯 툭 불거졌고, 혀는 입술을 핥고 있었고, 이마에는 땀방울이 솟았다. 두 번이나 말을 하려고 했으나, 두 번 다 알아들을 수 없는 소리만 침을 튀기며 낼 뿐이었다.

"놀랐소, 슬론? 자, 이제 바른 말을 하시오." 경감이 으르렁거렸다. "어떻게 된 거요?"

슬론이 겨우 제 목소리를 찾았다. "대관절, 어떻게······알았습니까?"

"그것은 알아서 뭘해요? 그게 사실이지요?"

"네." 슬론은 여전히 당황해 하면서 눈썹을 문질렀는데, 손을 떼자 손에 기름이 묻어 나왔다. "그렇지만 도대체 당신들이 어떻게 그것을······."

"잔소리 말고 대답이나 해요, 슬론."

"경감님 말대로 앨버트는 내 동생이었습니다. 몇년 전에 부모님들이 돌아가시자 우리 둘만이 남게 됐습니다. 앨버트는 언제나 말썽만 피웠습니다. 그래서 다투고 헤어졌지요."

"당신이 이름을 바꿨군."

"네. 내 이름은 당연히 길버트 그림쇼였습니다." 그가 침을 꿀꺽 삼켰고 눈에는 힘이 없었다. "앨버트는 하찮은 범죄를 저질러서 교도소에 갔지요. 나는 부끄러움과 나쁜 평판을 참을 수가 없었습니다. 나는 어머니의 처녀 때의 성(姓)인 슬론이라고 이름을 고치고 새 출발을 했습니다. 헤어질 때 앨버트에게 앞으로는 관계를 끊자고 했습니다······." 슬론은 머뭇거리더니 무엇이든 말해야겠다는 마음이 속에서 말을 밀어내는지, 다시 천천히 말을 시작했다. "내가 이름을 바꿨다는 말을 해주지 않았으므로, 동생은 내 바꾼 이름은 몰랐습니다. 동생과 가능한 한 떨어져 살고 싶었습니다. 뉴욕으로 와서 직업을 구하고······그러나 나는 언제나 동생의 동정을 살폈지요. 내가 잘 지내고 있는 것을 알면 말썽을 피우고, 내게서 돈을 뜯어가고, 우리의 관계를 퍼뜨리고······그렇게 할까 겁이 났습니다. 그애는 내 동생이었지만, 어쩔 도리가 없는 악당이었습니다. 아버지는 미술 선생님이었고, 그림을 직접 그리기도 하셨습니다. 우리들은 훌륭한 문화적인 가정 환경 속에서 자랐는데, 어떻게 해서 앨버트가 나쁜 길로 들어섰는지 알 수가 없······."

"옛날 얘기는 듣고 싶지 않소. 요즘 얘기를 해봐요. 목요일 밤에 그림쇼를 만나러 호텔에 찾아갔지요?"

슬론이 한숨을 쉬었다. "이제 와서 안 갔다고 해봐야……그래요. 동생이 살아오면서 나쁜 짓을 하는 것을 지켜봤습니다. 점점 더 나빠지고……동생은 내가 지켜보는 것을 몰랐습니다. 동생이 싱싱 교도소에 수감됐다는 것도 알았고, 출옥하는 것을 기다렸습니다. 화요일에 출옥하자 동생이 있는 곳을 찾아내고는 목요일 밤에 이야기하려고 찾아갔습니다. 동생이 뉴욕에 있다는 것이 마음에 걸려서 동생이 다른 데로 떠나기를 바랐던 겁니다……."

"떠나기는 떠났군요." 엘러리가 끼여들었다. 슬론은 놀라서 부엉이처럼 눈을 크게 뜨고 고개를 홱 돌렸다. "목요일 밤에 호텔로 찾아가서 만난 것 말고, 마지막으로 만난 것은 언제입니까?"

"직접 얼굴을 맞대고 말인가요?"

"그래요."

"내가 슬론이라는 이름을 쓴 동안 만나거나 얘기한 적은 한 번도 없습니다."

"훌륭하군." 다시 담배 피울 준비를 하며 엘러리가 중얼거렸다.

"그날 밤 둘 사이에는 무슨 일이 있었소?" 퀸 경감이 물었다.

"아무 일도 없었어요.. 맹세해요! 뉴욕을 떠나 달라고 사정을 했지요. 돈을 주겠다고 했습니다……동생은 놀라더군요. 다시 만난다는 것은 꿈도 꾸지 않은 것처럼 악의적으로 반가워하는 눈치였습니다. 거북한 일은 전혀 없었지요……나는 곧 찾아간 것이 잘못이라는 것을 알았습니다. 괜히 건드렸다고 후회했습니다. 왜냐하면, 나를 까맣게 잊어버리고 있었고, 형이 있다는 사실조차 잊고 있었다고 말했거든요. 그래도 자기 형인데……그러나 때는 이미 늦었습니다. 그래서 갖고 간 소액권 5천 달러를 줄 테니 뉴욕을 떠나서 다시는 오지 말아 달라고 얘기했습니다. 동생이 약속을 하고 돈을 낚아채자, 나는 거기를 떠났습니다."

"그 이후로 살아 있는 모습을 보았습니까?"

"아니오, 못 봤습니다! 난 동생이 떠난 줄로만 알았어요. 관이 열리고, 그 속에서 동생을 봤을 때……."

엘러리가 천천히 말했다. "앨버트와 이야기하는 중에, 당신이 현재 사용하고 있는 이름을 말해 줬습니까?"

슬론이 겁나는 표정이 되었다. "아니오, 물론 안했습니다. 뭐라고 할까요……자체 방어 수단으로 얘기를 안한 거지요. 내 생각으로는 그는 내가 그때까지도 길버트 그림쇼라는 이름을 쓰고 있는 줄 알았을 겁니다. 그렇기 때문에 경감님이 우리가 형제 사이라는 말을 했을 때 내가 그렇게 놀랐던 것입니다. 도대체 어떻게 우리가 형제 사이라는 것을……."

"당신 말은," 엘러리가 급히 말했다. "길버트 슬론이 앨버트 그림쇼의 형이라는 것을 아무도 모른다는 말입니까?"

"그렇지요." 슬론은 이마를 다시 닦았다. "나에게 동생이 있다는 말을 아무에게도 하지 않았거든요. 내 아내도 모릅니다. 앨버트도 형이 세상 구석 어디엔가 살고 있다는 것은 알았겠지만, 내가 길버트 슬론이라는 것을 모르고 있었기 때문에 남에게는 말할 수 없었고요. 나를 만나고 나서도 내가 현재 사용하고 있는 이름만은 몰랐을 겁니다."

"이상하군." 경감이 중얼거렸다.

"그렇지요?" 엘러리가 말했다. "슬론 씨, 당신 동생은 당신이 게오르그 칼키스와 관계가 있다는 것을 알았습니까?"

"오, 아닙니다. 모른 것이 틀림없습니다. 나에게 비꼬듯이 지금 뭐하고 지내느냐고 묻기까지 한걸요. 나는 물론 거짓말을 했지요. 내 신원을 아는 것이 싫었거든요."

"한 가지만 더. 그 목요일 밤에 동생을 호텔 밖에서 만나, 호텔에 같이 들어갔습니까?"

"아닙니다. 나는 혼자였습니다. 앨버트가 얼굴을 둘러싼 사람과 같이 호텔에 들어갔을 때 우연히 바싹 뒤따르게 된 겁니다. 그 사람 얼굴은 못 봤습니다. 나는 앨버트를 밤에 쭉 미행한 것이 아니고, 사실은 어디서 오는 줄도 몰랐습니다. 그러나 동생을 보고는, 프런트에서 방 번호를 알아내서 앨버트와 동행자 뒤를 쫓아 올라갔습니다. 3층 사이 복도에서 잠시 기다렸지요. 같이 간 사람이 나오면 내가 들어가서 앨버트와 얘기하고 나오려고……."

"314호 문을 계속 감시하고 있었나요?" 엘러리가 날카롭게 물었다.

"보다 말다 했습니다. 내가 보고 있지 않을 때 같이 온 사람이 빠져나간 줄 알았지요. 조금 기다리다가 314호에 가서 노크를 했습니다. 좀 있다가 앨버트가 문을 열어 줘서……."

"방에는 다른 사람이 없었습니까?"

"없었어요. 앨버트가 앞서 온 손님이 있었다는 말을 안하길래 그 사람이 호텔 방에 든 손님인데 내가 기다리는 사이에 갔나 보다 하고 생각했습니다." 슬론이 한숨을 쉬었다. "나는 끔찍한 일을 빨리 처리하고 떠나고 싶어서 그 사람에 관한 것은 물어 볼 생각도 못했습니다. 그리고는 아까 얘기한 대로 일을 처리하고 나왔습니다. 마음이 조금 편해지더군요."

경감이 갑자기 말했다. "됐어요. 가보시지요."

슬론이 벌떡 일어섰다. "감사합니다, 경감님. 이해해 주셔서 감사합니다. 퀸 씨, 당신도요. 경찰에서는 고문을 한다느니 하는데, 소문하고는 다르군요……." 그가 넥타이를 만지자 벨리의 어깨가 터지는 화산의 등성이같이 흔들렸다. "그럼, 이제 가, 가봐야겠습니다." 슬론이 힘없이 말했다. "화랑에서 밀린 일을 좀 처리해야 되거든요……."

그들은 말없이 그를 바라보았다. 슬론은 중얼거리면서 낄낄 웃는 듯한 소리를 내고 서재에서 빠져나갔다. 곧 현관문 닫히는 소리가 쾅 하고 났다.

"토머스." 경감이 말했다. "9월 30일과 10월 1일, 목요일과 금요일 베네딕트에 투숙했었던 사람들의 숙박부 내용을 모조리 알아와."

"그러면 아버지는," 엘러리가 우습다는 듯이 말했다. "슬론이 말한 대로, 그림쇼하고 같이 간 사람이 호텔에 숙박하고 있었던 사람이라고 생각하세요?"

경감의 핏기 없는 얼굴이 붉어졌다. "그러지 말라는 법이라도 있니? 너는 그렇게 생각하지 않는 거냐?"

엘러리는 한숨을 쉬었다.

바로 그때 페퍼가 코트 자락을 펄럭이며 방으로 뛰어들어왔다. 불그스레한 얼굴이 찬바람을 맞아 더욱 상기되었고, 눈은 빛을 발하고 있었으며, 옆집에서 찾은 유언장 조각을 보자고 했다. 책상 위의 더 밝은 불빛 아래에서 경감과 페퍼가 유언장 조각을 검토하는 동안 엘러리는 꿈을 꾸듯이 앉아 있었다. "확실치는 않군요." 페퍼가 말했다. "대충 봐서는 진짜 유언장 조각 같습니다. 필적도 같은 것 같고."

"필적은 검토하기로 하지요."

"이것이 칼키스의 유언장의 일부분이라는 것이 증명되고," 페퍼는 코트를 벗었다. "녹스 씨의 얘기가 더해지면 복잡한 유산 상속 싸움에 휘말리게 되겠습니다." 그는 깊이 생각하며 말했다.

"무슨 말이지요?"

"내 말은, 이 유언장이 강압적인 분위기 속에서 쓰여졌다는 것을 증명할 수 없으면 칼키스 화랑이 앨버트 그림쇼의 유산이 된다는 것입니다!"

그들은 얼굴을 마주보았다. 경감이 느릿느릿 말했다. "무슨 말인지 알아듣겠군. 그러니까 슬론이 가장 가까운 친척이므로……."

"좀 의심스러운데요." 엘러리가 낮게 말했다.

"당신 생각으로는 오히려 유산은 부인을 통해서 받는 것이 안전하다고 생각할 것이라는 말입니까?" 페퍼가 물었다.

"당신이 슬론의 입장이라면 그렇게 생각하지 않겠소, 페퍼?"

"그 말도 일리가 있어." 경감이 어깨를 으쓱하며 말했다. 경감이 조금 전에 슬론이 진술한 것을 말해 주자, 페퍼는 고개를 끄덕였다. 둘이서 유언장 조각을 다시 들여다보았다. 어떻게 해야 좋을지 모르겠다는 표정이었다.

페퍼가 말했다. "우선 할 일은 이 조각과 우드러프가 보관하고 있는 유언장 사본을 비교하는 일입니다. 필적이 같고, 우드러프가 틀림없다고 한다면……."

서재 문 밖에서 가벼운 발소리가 나서 그들은 모두 재빨리 그쪽을 바라보았다. 희미하게 비치는 까만 가운을 걸친 브릴랜드 부인이 일부러 포즈를 취하듯 문가에 서 있었다. 페퍼는 유언장 조각을 황급히 주머니에 넣었고, 경감은 아무 일도 없다는 듯이 말했다.
"들어오십시오, 브릴랜드 부인. 나를 만나려고 그러십니까?"

그녀는 아주 낮은 소리로 "네." 하고 대답하고, 죄를 지은 사람처럼 홀을 둘러보더니 얼른 들어와서 문을 닫았다. 그녀는 조심스럽게 행동하고 있었다. 그들로선 알 수 없는 어떤 억제된 감정이 그녀의 양쪽 볼을 빨갛게 물들였고, 큰 눈은 빛을 내뿜고 있었으며, 길게 숨을 쉴 때마다 가슴이 높이 오르내렸다. 어쩐지 그 아름다운 얼굴에는 사악한 빛이 깃들어 있었고, 대담한 눈에는 단도 끝 같은 날카로움이 비쳤다.

경감이 의자를 권하자 그녀는 싫다고 하고 몸을 뻣뻣이 편 채 문에 기대 섰다. 밖에서 나는 소리에 귀를 기울이는 듯 조심하는 것이 눈에 보였다. 경감의 눈은 가늘어졌고, 페퍼는 눈살을 찌푸렸으며, 엘러리까지도 흥미를 갖고 그녀를 바라보았다.

"무엇 때문에 그러시죠, 브릴랜드 부인?"

"사실은," 그녀는 속삭였다. "제가 하지 않은 말이 있었거든요, 퀸 경감님."

"그래요?"

"말씀드릴 것이 있어요. 제 얘기를 들으면 대단히 흥미로워하실 겁니다." 그녀의 촉촉한 속눈썹이 내려왔다가 올라가자 흑단(黑檀)처럼 새카만 눈이 보였다. "일주일 전 수요일 밤에……."

"장례식 다음날 말입니까?" 경감이 급히 물었다.

"네, 수요일 밤 늦게 잠이 오지 않아서——저는 불면증 때문에 고생하고 있어요——일어나서 창가로 갔습니다. 제 침실 창에서는 집 뒤에 있는 뜰을 내려다볼 수 있지요. 한 남자가 뜰에서 묘지 문쪽으로 몰래 가는 것이 보였습니다. 그 사람은 묘지로 갔어요, 퀸 경감님!"

"그랬습니까?" 경감이 부드럽게 말했다. "대단히 흥미로운 얘기군요, 브릴랜드 부인. 그 남자가 누구였지요?"

"길버트 슬론!"

원한이 가득 찬 격렬한 음성이었다. 입은 도발적으로 비뚤어져 있었고, 까만 눈은 그들을 바라보고 있었다. 그 모습은 아주 흉하게 보여서, 그녀가 슬론을 해치기 위해 열심인 것을 알 수 있었다.
경감은 눈을 껌벅거렸고, 페퍼는 기뻐하는 듯 한 손을 꼭 쥐었다.
엘러리만이 현미경을 통해서 박테리아를 관찰하듯 표정이 없었다.

"길버트 슬론이라. 틀림없습니까, 브릴랜드 부인?"

"틀림없어요." 대답이 채찍질처럼 세차게 나왔다.

경감은 어깨를 폈다. "부인 말씀처럼 이것은 심각한 얘깁니다,
브릴랜드 부인. 말씀하실 때는 정확히 해야 합니다. 더도 덜도 말
고 보신 대로만 얘기하십시오. 창 밖을 내다봤을 때, 슬론 씨가 어
디서부터 왔는지 보셨습니까?"

"제 방 창 밑 그늘에서 나왔습니다. 이 집에서 나왔는지 정확히
는 모르지만, 칼키스 저택 지하실에서 나왔다는 생각이 들었습니
다. 그런 느낌을 받았어요."

"옷은 어떤 것을 입고 있었지요?"

"오버코트에 중산모를 쓰고 있었습니다."

"브릴랜드 부인." 엘러리의 목소리에 그녀가 고개를 돌렸다. "늦
은 밤이라고 하셨죠?"

"그래요. 시간을 정확히는 말할 수 없지만, 자정이 훨씬 지나서
였습니다."

"새벽에는 뒤뜰이 아주 컴컴했을 텐데요."

그녀의 목에 핏줄이 불거졌다. "무슨 말인지 알아요! 제가 그를
모를 줄 아세요? 그가 틀림없어요!"

"실제로 그의 얼굴을 봤습니까, 브릴랜드 부인?"

"아뇨, 못 봤어요. 그렇지만 길버트였어요. 언제, 어디서, 어떤
상황에서도 저는 그를 알아볼 수 있어요⋯⋯." 그녀가 아랫입술을
깨물자 페퍼가 알아듣겠다는 듯이 고개를 끄덕였다. 경감은 싸늘
한 표정이었다.

"만일, 필요하다면 그날 밤에 길버트 슬론이 묘지에 가는 것을
봤다고 법정에서 진술하셔야 합니다." 경감이 말했다.

"그래요. 전 진술할 수 있어요." 그녀는 엘러리를 날카롭게 쳐다
보았다.

"그가 묘지로 들어간 다음에도 창가에 계셨습니까?" 페퍼가 물

었다.

"그래요. 그는 약 20분 뒤에 나타나더군요. 남에게 들키지 않으려는 듯이 사방을 둘러보며 급히 걸어와서, 창 밑의 그늘 속으로 들어갔어요. 이 집으로 들어온 것이 틀림없어요."

"다른 것은 못 보셨습니까?" 하고 페퍼가 계속 물었다.

"맙소사!" 그녀는 씁쓰름하게 말했다. "그만하면 충분하지 않아요?"

경감은 몸을 돌렸다. 그의 뾰족한 코가 그녀의 가슴을 정면으로 향했다. "그가 묘지에 들어가는 것을 처음 봤을 때, 무엇인가를 들고 가던가요, 브릴랜드 부인?"

"아뇨."

실망한 표정을 감추려는 듯 경감은 다시 몸을 돌렸다. 엘러리가 느릿느릿 물었다.

"왜 이 얘기를 전에 하지 않으셨습니까, 브릴랜드 부인?"

그녀가 다시 그를 노려보았다. 엘러리의 관심 없는 듯한, 명석하고 약간 신랄한 태도에서 그녀의 말을 의심하고 있다는 기미를 느낀 듯했다. "그것이 뭐가 그리 중요해요?"

"아, 그래도 중요합니다, 브릴랜드 부인."

"저……이제야 생각이 났어요."

"흠, 그게 전붑니까?" 하고 경감이 물었다.

"그래요."

"이 얘기를 아무에게도——정말로 아무에게도——말하지 마십시오. 가셔도 좋습니다."

그 순간, 그녀의 마음속에 있던 강철처럼 강한 받침대가 무너졌다——그녀의 긴장감이 무너지고, 별안간 그녀는 늙어 보였다. 문으로 천천히 걸어가며 그녀는 낮은 소리로 말했다. "그렇지만, 아무 조치도 취하지 않을 건가요?"

"그만 가시죠, 브릴랜드 부인."

그녀는 지친 듯이 문의 손잡이를 돌리고 뒤를 돌아보지도 않고 나갔다. 경감이 문을 닫고 손 씻는 것처럼 두 손을 비볐다. "자," 그는 힘이 솟는 듯 힘주어 말했다. "문제가 달라지는군. 저 여자는 진실을 말하고 있었어. 이렇게 되니, 마치…….”

"그 부인이 그 남자의 얼굴을 본 것은 아닙니다." 하고 엘러리가 말했다.

"그 여자가 거짓말을 했다고 생각합니까?" 하고 페퍼가 물었다.

"내 생각은, 부인은 정말이라고 믿고 있는 것을 말한 것 같다는 겁니다. 여자의 심리란 미묘해서요."

"그래도 슬론이었을 가능성은 많다는 것은 인정하겠지." 하고 경감이 말했다.

"아, 물론이지요." 엘러리는 맥없이 말하며 손을 흔들었다.

"당장 할 일이 있습니다." 입을 꽉 다물며 페퍼가 말했다. "위층 슬론의 방을 수색해 보는 겁니다."

엘러리가 한숨을 쉬고 경감과 페퍼의 뒤를 따랐다. 큰 기대는 안 한다는 눈치였다. 그들이 문을 나서려니까, 상기된 얼굴에 열띤 눈으로 뒤를 돌아다보며 현관 홀 문가로 급히 가는 가냘픈 슬론 부인의 모습이 보였다. 그녀가 응접실 문 안으로 사라졌다.

경감이 우뚝 멈춰섰다. "저 여자가 엿듣지 않았으면 좋을 텐데." 경감은 걱정되는 듯 말했다. 그리고는 고개를 흔들더니 복도를 지나 계단 있는 쪽으로 가서, 다들 위층으로 올라갔다. 그리고는 계단 꼭대기에 멈춰서서 사방을 둘러보고는 계단 왼쪽으로 돌아갔다. 한 문에 경감이 노크를 하자 브릴랜드 부인이 이내 나타났다. "우리가 내려갈 때까지 아래층 응접실로 가셔서, 슬론 부인을 바쁘게 해서 나오지 못하도록 해주시겠습니까?" 하고 속삭였다. 그리고 경감이 윙크를 하자 그녀는 숨을 죽이고 고개를 끄덕였다. 그녀가 자기 방 문을 닫고 잽싸게 아래층으로 내려갔다. "적어도," 하고 경감이 만족스럽다는 듯이 말했다. "일보는 동안 방해는 안 받게 됐군. 자, 가볼까."

위층에 있는 슬론의 방은 거실과 침실, 이렇게 두 개의 방으로 되어 있었다.

엘러리는 수색에 직접 참여는 하지 않고 경감과 페퍼가 침실을 수색하는 것을 빈둥거리며 보고만 있었다. 서랍들, 옷장, 그리고 벽장을 전부 뒤졌다. 경감은 아주 신중했다. 아무것도 그의 눈을 벗어나지 못했다. 늙은 다리를 구부려서 양탄자 밑까지 보았고, 벽을 톡톡 두드려 보기도 했으며, 옷장 속도 자세히 찾아보았다. 아무것도 없었다. 경감이나 페퍼의 눈길을 돌릴 만한 것은 없었다.

그들은 거실로 와서 같은 일을 시작했다. 엘러리는 벽에 기대 서서 보고만 있었다. 담배를 꺼내어 입에 물었다. 성냥불을 켜더니 담배에 불을 붙이지도 않고 이내 불을 흔들어 껐다. 담배를 피울 곳이 못된다고 생각한 모양이었다. 담배와 탄 성냥을 조심스레 주머니에 넣었다.

아무것도 못 찾겠구나 하고 생각되었을 때 그것이 발견되었다. 응접실 구석에 있는, 조각 장식을 한 오래 된 책상을 뒤적이던 호기심 많은 페퍼가 그것을 발견했다. 모든 서랍을 뒤졌으나 아무것도 찾지 못하고 난 뒤였다. 그는 책상 위에 있는 담배통을 최면이 걸린 사람처럼 서서 보고 있었다. 뚜껑을 열었더니 파이프 담배가 차 있었다. "이곳이 숨기기엔 좋겠군." 하고 중얼거리며 손을 넣고 뒤적이다가……멈췄다. 눅눅한 담배를 뒤적이던 손끝에 쇠로 된 물체가 닿았다.

"앗!" 하고 그가 낮게 소리쳤다. 벽난로 안을 찾고 있던 경감이 고개를 들고 얼굴에 묻은 재를 털고서 책상으로 급히 다가갔다. 엘러리도 무관심했던 태도를 버리고 급히 경감 뒤를 따랐다.

담배 가루가 약간 묻은 페퍼의 떨리고 있는 손이 열쇠를 쥐고 있었다.

경감이 열쇠를 지방검사보의 손에서 낚아챘다. "이것은 보기에……." 하고 말을 하다가, 입을 꼭 다물고 열쇠를 조끼 주머니에 넣었다. "이것이면 충분히 찾아본 것 같소, 페퍼. 나갑시다. 이 열쇠가 내가 생각하는 곳에 맞는 열쇠라면, 야단이 날 거요!"

그들은 조심하면서 급히 거실을 나왔다. 아래층에 내려오니 벨리 경사가 와 있었다.

"베네딕트 호텔의 숙박부를 갖고 오라고 사람을 보냈습니다." 벨리의 굵은 목소리가 울렸다. "곧 도착할 것……."

"그건 잊어버려, 토머스." 하고 경감이 말하며 벨리의 큰 손을 잡았다. 경감이 사방을 둘러보아 아무도 없는 것을 확인했다. 주머니에서 열쇠를 꺼내어 벨리의 손에 쥐어 주고는, 벨리의 귀에 무엇이라고 속삭였다. 벨리는 고개를 끄덕이고 현관을 향해서 복도를 걸어갔다. 잠시 뒤에 그가 집을 나가는 소리가 들렸다.

"자, 여러분." 하고 경감이 기뻐서 말하고, 기세 좋게 코담배를 맡았다. "이봐——쿵, 쿵, 에취!——아주 잘된 것 같아. 남들이 보지 못하도록 서재로 들어가지."

경감이 페퍼와 엘러리를 서재 안으로 몰아넣고 문 옆에 섰다. 문을 완전히 닫지 않고 아주 작은 틈을 남겨 놓았다. 그들은 말없이 기다렸다. 엘러리의 홀쭉한 얼굴에는 기다리다 지친 표정이 어려 있었다. 갑자기 경감은 문을 열고 팔을 내밀어 벨리 경사를 끌어들였다.

경감이 문을 재빨리 닫았다. 벨리의 야유하는 듯한 얼굴에 흥분의 빛이 떠올라 있었다. "어떻게 됐어, 토머스? 빨리 말해!"

"맞습니다. 꼭 들어맞았어요."

"됐다!" 하고 경감이 소리쳤다. "슬론의 담배통에서 나온 열쇠가 녹스의 빈집 지하실 문에 맞아!" 늙은 경감은 쩍쩍거리는 늙은 울새 같았다. 문을 지키고 서 있는 벨리는 눈을 빛내고 있는 독수리였고, 페퍼는 튀어나가는 화살처럼 보였다. 그리고 엘러리는 새까만 깃털을 가진 우울한 갈가마귀로서 울지도 못하고 있었다.

"이 열쇠 문제는 두 가지 의미를 갖고 있어." 경감은 엄격한 얼굴이 주름으로 갈라질 만큼 크게 이빨을 드러내어 웃으며 말했다. "네가 하는 식으로 추리를 해볼까, 얘야……이것은 유언장을 훔쳐야 하는 가장 큰 동기를 갖고 있는 슬론이, 유언장 조각이 발견된 지하실 문을 열 수 있는 복사(複寫) 열쇠를 갖고 있다는 점이지. 이것은 슬론이 빈집에서 유언장을 태웠다는 것을 뜻해. 장례식 날 이 방 벽금고에서 유언장을 훔쳐서 관 속에 숨겼지——아마 쇠상자를 열지도 않고 그대로 넣었을 거야——그것을 수요일이나 목요일에 관에서 다시 빼냈어.

두 번째는, 모든 것이 확인이 됐다는 점이야. 악취가 밴 트렁크, 지하실 열쇠——그림쇼가 관에 넣어지기 전에 그 지하실에 있었

다는 것이 확인됐지. 그 빈집의 지하실은 시체를 숨기기에는 안성
맞춤……제기랄! 이놈의 리터를 혼내 줘야겠어! 유언장 조각을
놓치다니!"

"점점 흥미로워지기 시작하는데요." 하고 페퍼가 말하며 턱을
쓸었다. "대단히 흥미로워요. 내가 할 일이 명백해졌습니다——당
장 우드러프를 만나서 불에 탄 유언장 조각과 그가 보관중인 유언
장 사본을 비교해 보는 것이지요. 그 조각이 진짜라는 것을 확인해
야 돼요." 그가 책상에 가서 전화 다이얼을 돌렸다. "통화중이군."
그는 전화를 끊으며 말했다. "경감님, 어느 놈이 처리도 못할 일을
저지른 것 같습니다. 우리가 확인만 할 수……." 다시 다이얼을 돌
리니 우드러프의 집과 연결이 되었다. 우드러프의 집사가 주인은
외출중이지만 30분 안으로 돌아올 것 같다고 말했다. 페퍼는 자기
가 갈 테니 우드러프 씨더러 기다리라고 전해 달라고 말하고는 쾅
소리가 나게 수화기를 내려놓았다.

"빨리 가보는 것이 좋겠군." 경감은 흥분해서 눈을 빛내며 말했
다. "빨리 하지 않으면 당신은 좋은 구경거릴 놓칠 거요. 어쨌든
유언장 조각이 진짜라는 것을 확실히 해야 하니까. 우리는 여기서
잠깐 기다릴 테니……결과를 알게 되는 대로 연락해 주시오, 페퍼."

"알겠습니다. 아마도 우드러프의 사무실까지 가서 비교를 해봐
야 될 것 같군요. 결과를 확인하는 대로 즉시 이리로 오겠습니다."
페퍼는 모자와 코트를 집어들고 급히 떠났다.

"자신이 있는 것 같군요, 경감님." 하고 엘러리가 말했다. 얼굴
에서 웃음기가 가셨고 걱정스러운 표정이었다.

"자신을 가지면 안되니?" 경감이 만족스러운 작은 한숨을 쉬며
칼키스의 회전의자에 앉았다. "마지막이 온 것 같다——우리에게
나 길버트 슬론에게나."

엘러리가 들리지 않는 볼멘소리를 냈다.

"이 사건은 말이다." 경감이 낄낄거렸다. "네가 호언장담하는 추
린가 뭔가 하는 것으로는 해결할 수가 없어. 모양내지 말고 보통
식으로 제대로 생각만 잘하면 된다, 애야."

엘러리가 다시 볼멘소리를 냈다.

"너의 결점은 말이다," 경감이 익살스런 음성으로 말을 계속했다. "모든 사건이 정신적인 씨름을 해야 풀린다고 생각하는 데 있어. 너는 네 애비가 이런 사건을 풀 만한 일반 상식도 갖고 있지 않다고 생각하는 것이 탈이야. 수사관이란 일반적인 상식만 제대로 사용하면 된다. 너는 문제를 너무 어렵게 생각하고 있어."

엘러리는 아무 말도 하지 않았다.

"이 길버트 슬론 문제만 해도 그래." 경감은 계속했다. "뻔한 사건이야. 동기? 많지. 슬론이 그림쇼를 살해한 이유는 두 가지가 있어. 우선 그에게 그림쇼는 위험한 존재였어. 협박을 했을지도 모르지. 그렇지만 그것이 중요한 동기는 아냐. 왜냐하면, 그림쇼가 칼키스의 새 유언장에 의해 유산 상속인이 됨으로써 슬론이 화랑을 상속받지 못하게 됐거든. 그림쇼가 없어지고, 네가 설명한 대로 유언장을 없애면——그림쇼의 형의 자격으로 증여받으면 위험하다는 너의 설명 말이다——칼키스는 유언을 하지 않고 죽은 것이나 마찬가지가 되어서, 부인을 통해서 화랑을 물려받게 되지. 머리를 잘 썼어!"

"아! 아주 잘 썼지요."

경감이 웃었다. "그렇게 나쁘게 생각지 말아라. 너도 더 크면 알게 돼……슬론의 사생활을 조사하면 금전적인 문제가 있다는 것이 나타날 거다. 돈이 필요했을 거야. 그것으로 동기 문제는 됐고, 다른 점을 생각해 보자.

네가 전에 추리한 바에 의하면, 살인범이 증거를 조작해서 칼키스를 그림쇼의 범인으로 만들려고 했으니 살인범은 녹스가 그림을 불법으로 갖고 있어서 입을 열지 않을 것이라고 생각했다고 했었지? 그리고 증거를 조작한 살인범은 그림쇼의 동업자——즉, 공범이라고 했지?"

"틀림없습니다."

"그렇다면——" 경감은 자기 말이 틀림없다는 뜻으로 눈살을 찌푸리고, 양손을 펴서 손가락 끝을 맞대고 말을 계속했다. "——토머스, 꿈틀거리지 말고 진득하게 있어——그렇다면 슬론이 그림쇼의 살인자이며 그림쇼의 동업자가 되는데, 그들이 형제간이라는 것을 생각하면 쉽게 믿을 수 있지."

엘러리가 신음 소리를 냈다.

"알아, 네가 무슨 말을 하려는지 알아." 하고 경감이 제멋대로 말했다. "그러니까 슬론이 아까 두 가지 중요한 점에 대해 거짓 진술을 했다는 것이지. 첫째, 슬론이 그림쇼의 동업자였다면 그림쇼는 슬론의 현재 신분을 알고 있었을 테고——그러니까 칼키스 집안에 있어서의 슬론의 위치를 알고 있었을 것이며, 둘째, 슬론의 진술대로 그림쇼를 쫓아서 방에 들어간 것이 아니라 그림쇼와 함께 베네딕트 호텔에 들어갔다는 점이지. 따라서 우리가 누군지 모르는 얼굴을 감추고 있었다는 사람은 두 번째 방문객인 거야. 그 사람이 이 사건과 무슨 관계가 있는지는 모르겠어. 아마도 사건과는 관계가 없는 사람일 테지."

"모든 것이 전부 설명되어야죠, '아마도'라는 것이 있으면 안됩니다." 라고 엘러리가 말했다.

"네 방식은 그렇단 말이지?" 경감이 미소를 지었다. "그렇지만 나는 내 생각에 만족하고 있어. 어쨌든 슬론이 그림쇼의 살해범이고 동업자였다면 유산 문제가 주동기(主動機)이고, 개인적인 위협으로부터 벗어나려고 그림쇼를 살해한 것은 부수적으로 얻을 수 있는 두 번째 동기이고, 녹스의 불법적인 레오나르도 소유를 협박해서 돈을 만들자는 것이 세 번째 동기지."

"마지막 것이 중요합니다." 하고 엘러리가 평했다. "세 번째 일이 일어나는가 특별히 살펴봐야겠습니다. 자, 이제 모든 설명을 아버지 생각대로 맞추어 놓으셨으니, 사건 개요를 설명해 주시면 고맙겠습니다. 이것은 실물 교육 시간 같은데, 항상 배워야 하니까요."

"그러지. 이 사건은 눈앞에 코가 붙어 있는 것처럼 간단히 알 수 있어. 슬론은 그림쇼를 지난 수요일 밤에 관에 넣어서 묻었지——브릴랜드 부인이 슬론이 뒤뜰을 수상하게 배회하는 것을 본 날 밤에 말이야. 시체를 갖고 있지 않았다는 것을 보아 두 번째 가는 것을 봤을 거야. 시체는 그전에 묘지에 가져다 놓았겠지."

엘러리는 고개를 흔들었다. "아버지 말씀을 반박할 만한 것을 갖고 있지는 않지만, 그렇게 됐다는 생각은 안 드는데요."

"시시한 소리. 너는 가끔 고집불통이 되는데, 나는 내 생각이 옳다고 본다. 물론 슬론이 그림쇼를 관에 넣고 묻을 때에는 경찰이 관을 파내리라고는 생각지 않았겠지. 시체를 관에 넣으면서 완전하게 없애려고 유언장을 다시 꺼냈지. 관은 파내 놓았겠다, 유언장을 꺼내는 것은 간단했지——내 말 알겠니? 슬론은 그림쇼를 죽이고 약속어음을 빼앗았어. 그리고 남이 그것으로 돈을 요구할까 봐 어음을 없앴겠지. 유산은 부인을 통해서 간접적으로 자기에게 오게 되니까. 잘 맞는 장갑처럼 꼭 맞지?"

"그렇게 생각하세요?"

"제기랄! 그렇게 생각하는 게 아니고 그게 틀림없어! 슬론의 담배통 속에서 발견된 열쇠——그것이 증거야. 옆집의 난방로에서 발견된 불에 탄 유언장 조각——그것도 증거고. 거기다가 슬론과 그림쇼는 형제간이고……애야, 잠을 깨거라. 이런 사건을 보고서 눈을 감고 있을 수는 없어."

"슬픈 일이지만 그렇기도 하군요." 엘러리가 한숨을 쉬었다. "그러나 이 일에 저는 끼워넣지 마세요, 아버지. 사건이 그렇게 해결되면 아버지가 모든 공로를 차지하세요. 전 끼여들고 싶지 않아요. 조작된 증거를 단서로 했다가 혼이 났으니까요."

"조작된 증거, 흥!" 경감이 비웃듯이 코방귀를 뀌었다. "너는 담배통의 열쇠도 누가 슬론을 모함하기 위해서 넣었다는 거냐?"

"저의 대답을 아버지께선 쉽게 이해하시지 못하실 겁니다. 저는 눈을 될 수 있는 대로 크게 뜨고 있고, 그래도 확실하게 보이는 것은 없지만 폰테인이 그렇게도 감동적으로 표현한 '이중의 즐거움'——속이는 자를 속이는 기쁨을 누릴 수 있도록 기대하고 있습니다."

"웃기는 소리 마!" 하고 경감이 소리치며 칼키스의 회전의자에서 벌떡 일어섰다. "토머스, 모자를 쓰고 코트를 입어. 그리고 부하들을 몇 명 모아. 칼키스 화랑을 방문해야겠어."

"여지껏 수집한 것을 증거라고 슬론에게 들이댈 겁니까?" 하고 엘러리가 느긋하게 말했다.

"물론이지. 그리고 만일 페퍼가 유언장 조각이 진짜라는 것을 알아 오면 슬론을 살인 혐의로 구속해서 반짝반짝 빛나는 철창 속에 집어넣을 거야."

"그 철창이," 하고 벨리가 굵은 목소리로 말했다. "반짝반짝하지는 않지요."

제20장 청 산

조금 뒤 퀸 경감과 엘러리, 벨리와 그의 부하들이 여러 곳으로부터 모였을 때, 근처의 매디슨 애버뉴는 깜깜했고 조용했다. 정문의 유리를 통해 본 화랑 내부도 깜깜했다. 정문은 격자무늬 철책으로 전기 도난방지시설이 되어 있었다. 그러나 정문 옆에 있는 다른 문이 그들의 주의를 끌었다. 경감과 벨리가 귓속말을 주고받더니, 벨리가 '야간 벨'이라고 쓴 밑에 있는 단추를 누르고 침묵 속에서 반응을 기다렸다. 5분을 기다려도 안에서 소리가 나지 않고 불도 켜지지 않자, 벨리가 뭐라고 투덜대더니 부하들을 손짓으로 불러서 같이 문을 부쉈다. 나무와 쇠 경첩이 부서지는 소리가 난 뒤에 문 안쪽의 홀로 엉켜서 들어갔다. 그들이 무리를 지어 계단을 올라가자 그들의 손전등 불빛이 또 하나의 문을 비췄다. 이 문에도 도난방지시설이 되어 있었다. 그들은 도난경보 본부에 비상경보가 울릴 걱정은 하지도 않고 문을 맹렬하게 부수고 안으로 들어갔다.

그 안은 길다란 전시장으로서 깜깜했다. 손전등 불로 비추어 보니 벽에는 관람하기에 알맞은 태연한 표정의 초상화들이 여러 장 걸려 있었고, 바닥 진열대에는 미술품들이 들어 있는 것이 보였으며, 많은 조상(彫像)들이 희미하게 보였다. 모든 것이 잘 정돈되어 있었고 그들을 막는 사람은 없었다.

화랑 거의 끝에 왼쪽으로, 열린 문을 통해 방에서 흘러나온 불빛이 바닥을 비추고 있었다. 경감이, "슬론! 슬론 씨!" 하고 크게 불렀으나 아무 대답도 없었다. 그들이 떼를 지어 불빛 쪽으로 다가가니, 열려져 있는 철문 앞에는 푯말이 붙어 있었다.

길버트 슬론
개인 사무실

그러나 그들의 눈은 그런 덧없는 것에 오래 머물러 있지 않았다. 문 앞에 선 그들은 한 사람같이 숨을 들이쉬었다. 그들은 죽은 사람같이 꼼짝도 않고 있었다……사실 방안에는 죽은 사람이 책상에 엎어져 꼼짝도 않고 있었던 것이다. 책상 램프의 불빛을 냉혹하게 받고 있는 시체의 주인공은 바로 길버트 슬론이었다.

그가 죽었다는 것은 확실했다. 그들은 방안 여기저기에 우뚝 서서——방에 불은 켜져 있었다——피투성이가 된 슬론의 머리를 내려다보았다.

책상은 사무실 중앙에 있었는데, 그 위에 얹힌 녹색 고무판의 왼편에 그는 머리를 얹고 엎어져 있었다. 책상의 한쪽 면이 문과 직각을 이루고 있어서 문가에서 본 것은 시체의 옆 모습이었다. 가죽의자에 앉아 왼팔은 고무판 위에 쭉 뻗고, 오른팔은 의자 옆으로 바닥을 향해 늘어져 있었다. 오른손 바로 밑바닥에 손에서 힘없이 떨어진 것처럼 보이는 권총이 놓여 있었다. 경감은 시체에 손을 대지 않고 몸을 굽혀, 사무실 불빛에 노출된 오른쪽 관자놀이를 살펴보았다. 가장자리에 까맣게 탄 화약 가루가 묻은 깊고 붉은 구멍이 나 있었다. 탄흔(彈痕)이 분명했다. 경감이 무릎을 꿇고 조심스럽게 탄창(彈倉)을 열어 보았다. 한 발을 빼고 꽉 차 있었다. 그가 총구 냄새를 맡더니 고개를 끄덕였다.

"자살이 틀림없어." 하고 경감이 말하며 일어섰다.

엘러리는 사무실 안을 둘러보았다. 정돈이 잘된 작은 방이었다. 모든 것이 제자리에 있는 것 같았고, 싸운 흔적은 없었다.

엘러리가 방안을 둘러보는 동안 경감이 권총을 얇은 종이에 싸서 누구 것인지 알아보라면서 형사 한 사람을 보냈다. 형사가 떠나자 그는 엘러리를 향했다. "아직도 불만이냐? 아직도 조작이라고 생각하니?"

엘러리는 사무실 너머를 보려는 듯이 허공을 응시하고 있었다.

그가 낮게 중얼거렸다. "아닙니다. 아버지 말씀이 맞는 것 같습니다. 그렇지만 제가 이해할 수 없는 것은 무엇 때문에 이렇게 빨리 자살했느냐는 점입니다. 오늘 저녁에 슬론과 얘기했을 때, 우리가 그를 의심하고 있다는 것을 비치지도 않았잖습니까? 유언장 얘기도 없었고, 열쇠도 찾기 전이고, 브릴랜드 부인의 말도 듣기 전이었어요. 그래서 저는 의심이⋯⋯."

그들은 얼굴을 마주보았다. "슬론 부인이야!" 둘이 같이 소리치고, 엘러리는 책상 위의 전화기를 급히 들었다. 그는 교환양을 불러 물어 보고, 중앙교환국을 부르고, 바삐 움직였다⋯⋯.

경감의 주의가 다른 곳으로 쏠렸다. 매디슨 애버뉴 멀리서 사이렌 소리가 희미하게 들렸다. 차가 급정거하는 소리가 들리더니 밖에서 계단을 급히 밟는 소리가 들렸다. 경감은 바깥 전시장을 내다보았다. 벨리가 부순 도난경보장치가 열매를 맺어, 총을 빼든 심각한 모습의 사람들이 뛰어들었다. 경감이 자기는 경찰국 형사과의 유명한 퀸 경감이고, 같이 있는 사람들은 도둑이 아니라 형사들이며, 화랑에는 도난당한 것이 없는 것 같다고 그들에게 인식시키는 데는 시간이 약간 들었다. 경감이 그들을 달래서 보내고 사무실로 돌아오니, 엘러리는 전보다 더 근심스러운 표정으로 의자에 앉아 담배를 피우고 있었다.

"뭘 좀 알아냈니?"

"믿을 수가 없어요⋯⋯시간은 약간 걸렸지만 교환과 통했어요. 이 전화번호로 지난 한 시간 이내에 걸려온 전화가 있다고 하더군요." 하고 엘러리는 침울하게 말했다. "걸려온 전화를 추적하니, 칼키스 저택에서 건 전화였습니다."

"내 생각대로군. 그래서 슬론이 끝장났다는 것을 알았어! 우리가 얘기하는 것을 누가 엿듣고 전화로 슬론에게 알린 거야."

"그런데," 하고 엘러리가 지쳤다는 듯이 말했다. "누가 무슨 내용을 전화했는지는 못 알아냈어요. 그 정도로 만족하셔야겠습니다."

"그 정도면 충분해. 토머스!" 벨리가 문에 나타났다. "칼키스 저택에 빨리 가서 모두를 심문해. 우리가 슬론의 방을 수색할 때 집에 누가 있었나 알아봐. 슬론과 브릴랜드 부인하고 서재에서 우리가 얘기하고 있을 때 다른 사람들의 동정도 알아보고, 특히 슬론 부인은 심하게 다그치라고. 알겠어?"

"슬론이 죽었다는 얘기도 할까요?" 벨리가 으르렁거렸다.

"그래. 형사 몇 명을 데리고 가. 내가 갈 때까지 아무도 집에서 나가지 못하게 해."

벨리가 떠났다. 전화가 와서 받아 보니 총을 가지고 간 형사가 건 것이었다. 권총 소지허가가 길버트 슬론에게 발급되었더라고 했다. 경감이 검시관인 새뮤얼 프라우티 의사에게 전화를 했다.

전화를 끝내고 몸을 돌리니 엘러리는 슬론의 책상 뒤에 있는 벽 금고의 둥근 문을 열고 속을 뒤적거리고 있었다.

"뭐가 있니?"

"아직은요……아, 이게 뭐지!" 엘러리가 코안경을 치켜올리고, 금고로 몸을 구부렸다. 작은 금고 속에 널려 있던 서류들 밑에 금속제 물건이 놓여 있었다. 경감이 즉시 엘러리의 손에서 그것을 낚아챘다.

그것은 오래 사용한, 낡고 무거운 구식 회중시계였다.

경감이 뒤집어서 뒤를 보았다. "세상에, 이런 것이!……" 경감이 시계를 높이 쳐들고 인디언 춤을 추듯이 몸을 움직였다. "엘러리! 이것으로 다 끝났어! 사건 전체가 끝난 거야!"

엘러리는 시계를 날카롭게 조사해 보았다. 시계 뒷면에는 앨버트 그림쇼라고 하는 거의 닳아 없어진 작은 글씨가 새겨져 있었다. 새겨진 글자들은 실제로 시계를 오랫동안 사용해서 낡은 것처럼 보였다.

엘러리의 표정은 더욱 불만스럽게 변했다. "의심의 여지가 없어. 이것으로 확증되었어. 슬론이 그림쇼를 죽이고 빼앗은 시계야. 이런 증거에다 슬론이 자살까지 했으니 그가 범인이라는 것이 확실해." 하고 경감이 말하면서 시계를 조끼 주머니에 넣자, 엘러리의 고통은 더 커지는 것처럼 보였다.

"아버지 말씀을 인정하는 수밖에 없습니다." 엘러리는 쓸쓸히 말했다.

마일스 우드러프와 지방검사보 페퍼는 조금 뒤 자살 현장에 모습을 나타냈다. 그들은 길버트 슬론의 시체를 심각한 표정으로 내려다보았다.

"범인은 자네였군." 하고 우드러프가 말했다. 보통때는 혈색이 좋았던 그의 얼굴이 핏기 없이 핼쑥해 보였다. "처음부터 유언장을 훔친 사람이 그라고 생각하고는 있었지……자, 경감님. 그럼 사건은 이것으로 해결됐나요?"

"고맙게도 끝났소."

"사람이 이렇게 죽어야 하는지." 하고 페페가 말했다. "비겁하게 죽었군요. 하기야, 여러 면으로 그가 여자같이 약하다고 느껴지기는 했지만……우드러프 씨와 칼키스 저택으로 가는 도중에 벨리 경사를 만나서 얘기를 듣고 이리로 왔습니다. 우드러프 씨, 유언장에 대해서는 당신이 말씀하시지요."

우드러프가 구석에 있는 현대식 긴의자에 무겁게 앉아 얼굴의 땀을 닦았다. "별로 말할 것도 없어요. 그 조각은 유언장 원본의 일부가 틀림없습니다. 내가 보관중이던 사본과 꼭 맞는다는 것을 페퍼도 인정할 겁니다. 그리고 필적도——그림쇼라고 쓴 필적도——칼키스가 쓴 겁니다. 전부가 틀림없어요."

"좋아요. 그래도 확실히 해두는 것이 좋겠군. 유언장 조각과 유언장 사본은 갖고 왔소?"

"물론이지요." 우드러프가 경감에게 큰 마닐라지 봉투를 주었다. "칼키스의 다른 서류도 몇 개 넣었습니다. 필적을 대조해 보시라고요."

경감이 봉투 속을 들여다보고, 고개를 끄덕이더니 근처에 서 있던 사람들 중 하나를 손짓하여 불렀다. "존슨, 본부에 가서 필적분석 전문가인 우나 램버트를 찾아. 본부에 그녀의 집 주소가 있을 거야. 그 여자에게 이 봉투를 주고 필적을 조사하라고 해. 그리고 불에 탄 유언장 조각의 타자도 조사시켜. 급하다고 해."

존슨이 떠나는 것과 동시에, 크고 여윈 프라우티 의사가 떼어 놓을 수 없는 여송연을 씹으며 구부정한 걸음걸이로 들어왔다.

"어서 오시지요, 박사님!" 하고 경감이 기분좋게 소리쳤다. "시체 하나가 또 생겼소. 마지막 시체 같아요."

"이 사건에서는 마지막일 테지요." 프라우티 의사가 명랑하게 말하고는 검은 가방을 내려놓고 죽은 사람의 머리를 보았다.

"흠! 범인은 자네였나? 이런 식으로 다시 만나게 될 줄은 생각도 못했소, 슬론 씨." 그는 모자와 코트를 벗고 일을 시작했다.

5분 뒤에 그가 일어섰다. "자살이군. 달리 아는 사람이 없는 한, 내 진단은 자살이오. 총은 어쨌어요?"

"누구를 시켜서 보냈소." 하고 경감이 말했다. "총도 딱 들어맞아요."

"38구경이지요?"

"그래요."

"내가 물어 보는 이유는," 하고 검시관이 여송연을 씹어대며 말을 계속했다. "총알이 여기 없어서요."

"무슨 말씀이시지요?" 하고 엘러리가 급히 물었다.

"진정해요, 퀸. 이리 와 봐요." 엘러리와 다른 사람들이 모이자, 프라우티 의사가 시체 위로 몸을 굽혀서 시체의 빈약한 머리칼을 쥐더니 머리를 쳐들었다. 녹색 고무판에 엎어져 있던 머리 왼쪽에 구멍이 나 있었으며, 범벅이 된 피가 말라붙어 있었다. 머리가 놓여 있었던 고무판 위에 피가 묻어 있었다. "총알이 머리를 관통해서 빠져나갔어. 이 근처 어디에 있겠는데."

그가 의자에 앉은 자세로 시체의 윗몸을 일으켜 세웠다. 그는 시체가 세탁물 뭉치인 양 아무렇지도 않게 취급했다. 그는 미끄러운 머리칼을 쥐고는 고개를 반듯하게 세웠다. 그리고는 그렇게 앉아서 총을 쏘아서 자살했을 경우, 탄알이 관통해서 갔을 방향을 가늠해 보았다.

"시체의 위치로 보아 열린 문을 통해서 나갔군." 하고 경감이 말했다. "우리가 시체를 발견했을 때 문이 열려 있었어. 그리로 해서 바깥 전시실로 나간 거야."

경감이 문을 통해서 불이 환히 켜진 전시실로 나갔다. 총알이 지나갔을 만한 방향을 눈으로 대강 재고, 고개를 끄덕이고는 문 반대쪽 벽으로 갔다. 페르시아 골동품 주단이 걸려 있었다. 주단을 자세히 살피더니, 주머니칼을 꺼내어 칼 끝으로 주단을 몇 번 후벼파서는 약간 납작해진 총알을 들고 의기양양하게 방으로 되돌아왔다.

프라우티 의사가 잘했다는 듯이 목 안에서 소리를 내고 시체를 원래 위치대로 엎어 놓았다. 경감은 찾은 총알을 손가락으로 살살 돌렸다. "뻔해. 그는 자살을 했고, 머리를 관통한 총알이 머리 왼쪽으로 나와서 문을 나간 거야. 추진력이 떨어진 탄알은 문 반대쪽에 있는 주단에 박혔지. 별로 깊게도 안 들어갔더군. 모든 것이 전부 들어맞아."

엘러리가 총알을 검토해 보고는, 아직도 미심쩍은 듯한 이상한 표정으로 지쳤다는 듯이 어깨를 으쓱하더니 총알을 아버지에게 되돌려주었다. 경감과 프라우티 의사가 부검하기 위해서 시체를 치우는 것을 감독하고 있는 동안, 엘러리는 구석으로 가서 우드러프와 페퍼 옆에 앉았다. 만전을 기하자고 경감이 고집해서 부검은 하기로 되었다.

벨리 경사가 계단을 올라와서 시체가 운반되고 있는 들것을 흘끗 보더니, 영국근위대원이 열병식을 하는 걸음걸이로 방으로 들어왔다. 그는 머리에 깊이 눌러쓴 커다란 중산모를 벗지도 않고 경감에게 굵은 목소리로 말했다. "아무것도 못 찾아냈습니다."

"이젠 크게 상관할 것도 없어. 어쨌든 어떻게 됐나 말이나 해 봐."

"아무도 전화를 하지 않았답니다——적어도 모두들 그렇게 얘기했습니다."

"물론, 전화를 했더라도 말을 하지 않겠지. 그 점은 영영 알 수 없게 될 거야."

경감은 코담뱃갑을 꺼내며 말했다. "슬론 부인이 전화해서 알려 준 것이 거의 틀림없어. 우리가 서재에서 떠들고 있는 것을 엿듣고, 브릴랜드 부인을 떨쳐 버리고는 급히 남편에게 전화한 것일 거야. 부인도 남편의 공범인지, 아니면 자신은 결백하지만 우리의 얘기를 듣고 따지려고 남편에게 전화를 했는지는 알 수 없지. 둘 사이에 무슨 말이 오갔는지는 모르지만, 슬론은 범죄가 발각됐다는 것을 알았지. 그래서 자살을 한 거야."

"저는 그 여자가 결백하다고 보는데요." 하고 벨리가 방이 울리는 목소리로 말했다. "남편이 죽었다는 소리를 듣고 기절했거든요.

진짜로 기절했어요, 경감님. 연극이 아니었습니다."

앉아 있기가 답답한지 엘러리는 일어서서 사람들 말을 건성으로 들으며 방안을 헤맸다. 벽금고를 다시 조사해 보고, 관심 끌 만한 것이 없는지 책상으로 다가갔다. 그의 눈은 슬론의 머리에서 나온 피로 거무스레하게 물든 고무판은 피하고 있었다. 책상 위에 널려 있는 서류들을 뒤적이다가 책처럼 생긴 것에 눈이 멎었다. 표지에 금박으로 쓰여진 제목으로 보아 모로코 가죽으로 장정된 일기장이었다. '192×년 일기'라고 쓰여 있었다. 일기는 서류들 밑에 반쯤 가려져 있었는데, 엘러리는 잘 만났다는 듯이 그걸 냉큼 집어들었다. 경감이 아들 곁으로 가서 무엇인가 하고 엘러리의 어깨너머로 넘겨다보았다. 엘러리는 일기장을 넘겼다──두꺼운 일기장은 각 장마다 작은 글씨로 일기가 꼼꼼하게 쓰여져 있었다. 책상 위에 널려 있는 서류들 중에서 슬론의 글씨체가 있는 것을 찾아서 일기장의 글씨와 비교해 보았다. 일기장의 글씨는 슬론의 것이 틀림없었다. 엘러리는 몇 줄을 읽어 보더니, 화가 나는지 고개를 흔들고 책을 윗도리 옆 주머니에 넣었다.

"뭐가 있니?" 하고 경감이 물었다.

"있더라도 흥미 없으실 텐데요, 아버지. 사건이 완전히 해결됐다고 하시지 않았습니까?"

경감이 웃음을 짓더니 몸을 돌렸다. 밖의 전시장에서 여러 사람이 떠드는 소리가 메아리치고 있었다. 벨리 경사가 떠들고 있는 신문기자들에 싸여 나타났다. 용케도 사진기자들이 안으로 들어와서, 곧 방안이 번쩍이는 플래시 불빛과 연기로 가득 찼다. 경감은 사건의 내용을 관대하게 설명했고, 기자들은 바쁘게 써 내려갔다. 벨리도 그의 설명을 들으려는 사람들에 의해 구석으로 밀려 있었고, 페퍼는 냉소적인 경탄의 대상이 되었다. 마일스 우드러프도 가슴을 내밀면서 개인적인 의견을 빠르게 말하기 시작했다──자기는 집안 변호사의 입장에서 누가 범인인지는 알고 있었지만 말하기가 ……당신들도 내 입장을 잘 알지 않소. 공식적인 수사는 법에서만 할 수 있는데, 내가 나서기도 뭣해서…….

그 야단 속에 엘러리는 남들이 모르게 사무실을 빠져나와서 조각품들과 훌륭한 그림들이 진열되어 있는 전시실을 지나, 부서진 문을 통하여 어둡고 싸늘한 바람이 불고 있는 매디슨 애버뉴로 안도의 숨을 쉬면서 나왔다.

15분 뒤에 경감이 나와서 그를 보았을 때, 엘러리는 그림자진 상점 창문에 기대서서 그의 아픈 머릿속에서 엉켜서 뒹굴고 있는 몽롱한 생각들과 이야기하고 있었다.

제21장 일 기

음산한 분위기는 새벽까지 이어졌다. 경감은 아버지로서 알고 있는 모든 방법을 동원하여 침울한 엘러리가 모든 생각을 떨쳐버리고 잠을 자게 하려고 노력했으나 실패했다. 실내복에 슬리퍼만 신고, 거실의 약한 불이 피워진 벽난로 앞에서 안락의자에 몸을 깊이 파묻고 슬론의 책상에서 갖고 온 일기장의 글자 하나하나에 온 신경을 집중시키고 있는 엘러리는 노인의 설득에는 대답도 하지 않았다.

결국에는 두손을 든 아버지는 부엌으로 가서 커피 한 주전자를 만들어서——쥬나는 자기 방에서 자고 있었다——침묵 속에서 혼자 사건 해결의 축배를 들었다.

커피 냄새가 코를 스치자 일기장을 전부 읽은 엘러리는 졸립다는 듯 눈을 비비고 부엌으로 가서 커피를 따라서, 둘은 귀에 거슬리는 침묵 속에서 차를 마셨다.

경감이 자기의 커피잔을 탕 소리를 내며 내려놓았다. "애비한테 말해 봐. 도대체 뭐가 그리 맘에 안 드니, 얘야?"

"아버지가 물으시니 말씀드리지요. 그렇게 물어 보시기를 기다렸습니다. 아버지는 길버트 슬론을 자기 동생 앨버트 그림쇼의 살인자로 보고 계십니다. 겉으로 보기에 틀림없는 것 같은 범죄 고백의 정황(情況)으로 사건이 깨끗이 끝났다고 생각하시고 계십니다. 그러며 제가 물어 보겠습니다. 슬론이 그림쇼의 형이라고 알린 편지는 도대체 누가 썼을까요?"

노인이 자기의 늙은 이빨들을 핥았다. "계속해 봐." 하고 그가 말했다. "가슴에 든 것을 전부 훌훌 털어놔 봐. 전부 대답해 줄 테니."

"아, 그러세요? 좋습니다. 계속하지요. 슬론 자신이 그 편지를 보내지 않았다는 것은 명백합니다. 자기가 범인인데, 자기에게 불리한 정보를 경찰에 제공하겠어요? 물론 그런 짓은 안합니다. 그렇다면 누가 편지를 썼을까? 슬론은 자기를 죽은 그림쇼의 형인 길버트 슬론으로 알고 있는 사람은 아무도 없다고 했습니다. 자기 동생인 그림쇼까지도 모른다고 했습니다. 그래서 다시 여쭈어 보지요. 도대체 누가 그 편지를 보냈을까요? 편지를 보낸 사람은 형제간이라는 것을 알고 있는 것이 분명한데, 내용을 알고 있던 슬론은 편지를 쓰지 않았을 것이 분명하지 않습니까? 이치에 닿지가 않습니다."

"애야, 네 질문이란 것이 전부 그렇게 쉬운 것이냐?" 경감이 웃음을 지었다. "물론 슬론은 그 편지를 안 썼지. 그리고 내겐 누가 편지를 썼든 상관이 없다. 그것은 중요하지가 않아. 왜냐하면…….." 경감이 자기의 가느다란 집게손가락을 흔들어댔다. "왜냐하면, 그것을 알고 있는 사람이 없다는 것은 슬론 자신의 말이었거든. 내 말 알아듣겠니? 물론 슬론이 진실을 말했다면 문제는 어렵지. 그렇지만 범인의 말이라고 한다면, 그가 한 말은 전부 의심스럽게 돼. 특히, 자기가 의심을 받지 않고 있으니 안전하다는 입장에서는 거짓말을 해서 경찰 수사의 초점을 흐려 놓겠다는 의도로 말할 수도 있지. 그러니까 슬론을 그림쇼의 형이라는 것을 알고 있었던 사람이 있었다는 것이 분명해. 슬론 자신이 남에게 말했겠지. 슬론 부인이었을 가능성이 제일 많아. 그 여자가 어째서 자기 남편에게 불리한 짓을 했는지는 모르겠다만……."

"그래요. 마지막 말씀이 중요해요. 아버지의 슬론 범인설에 의하면, 슬론 부인이 전화로 알려준 것으로 되어 있습니다. 아버지 말씀대로 그것은 이상한 일입니다. 밀고 편지를 쓴 사람은 슬론을 해치려고 썼는데, 그렇게 되면 아버지 말씀에 일관성이 없어요."

"좋아." 하고 경감은 즉시 반박했다. "그러면 이렇게 생각해 보자꾸나. 슬론에게 적이 있었나? 틀림없이 있었어. 다른 방향으로 슬론에게 불리한 말을 한 브릴랜드 부인이 있어! 그 여자가 편지를 썼는지도 모르지. 형제간이라는 것을 어떻게 알았느냐 하는 것은 내 추측이지만, 내기를 해도 좋아……."

"내기를 하면 돈을 잃으실 거예요. 무엇인지는 모르지만 이 사건에서는 고약한 냄새가 나고 있어서 제 골치를 아프게 해요. 맞지 않는 단서, 그 단서만……." 그도 말을 끝맺지 않았다. 얼굴이 더욱 우울한 표정으로 변했다. 사그라지고 있는 벽난로 불에 성냥개비를 힘껏 던졌다.

따르릉 하는 날카로운 전화벨 소리에 둘은 깜짝 놀랐다. "이 밤중에 누구지?"

노인이 놀라서 말하며 수화기를 들었다. "여보세요! 오, 굿 모닝!……괜찮아요, 뭐를 발견했소?……그랬군. 잘됐소. 이제 그만 자요——늦게까지 잠을 안 자면 젊은 아가씨 피부에 좋지 않아요. 하하!……그래요. 잘 자요." 그는 웃으며 전화를 끊었다. 엘러리가 눈썹을 치켜서 질문을 했다. "우나 램버트야. 불에 탄 유언장 조각의 필적이 틀림없이 칼키스의 필적이래. 그리고 다른 실험 결과에 의하면 그 조각이 유언장 원본의 일부분이 확실하대."

"그렇군요." 경감이 이해할 수 없는 무슨 이유에서인지, 그 보고가 엘러리를 더욱 우울하게 했다.

경감의 좋았던 기분이 사라지고 화가 폭발했다. "제기랄, 너는 이 사건이 해결되지 않기를 바라니!"

엘러리가 고개를 얌전히 흔들었다. "제발 호통치지 마세요, 아버지. 저만큼이나 이 사건이 해결되기를 바라는 사람도 없을 거예요. 그렇지만 저에게 만족스러운 해결이라야 돼요."

"나는 만족스럽다. 슬론이 범인이라는 것은 완벽해. 그리고 슬론이 죽었으니 그림쇼의 공범도 없어졌고 모든 것이 해결됐어. 왜냐하면, 네 말대로 녹스가 레오나르도의 그림을 갖고 있는 것을 아는 사람은 그림쇼의 공범 단 한 사람뿐이고 그 사람은 이제 죽었으니까, 그 문제는 경찰만 알고 있는 것이 되었으니 하는 말이다. 슬론이 사건을 저지른 동기 중에 가장 컸던 것이 그 그림이었을 거다."

경감이 입맛을 다셨다. "그러니 제임스 J 녹스 씨에게 남들이 모르게 대들 수 있게 됐어. 녹스가 빅토리아 박물관에서 그림쇼가 훔친 그림을 정말로 갖고 있다면, 우리가 찾아서 돌려줘야 해."

"발송한 전문의 답신은 받았나요?"

"아무런 회답이 없어." 경감이 이상하다는 표정을 지었다. "어째서 박물관이 답신을 안 보내는지 알 수가 없어. 어쨌든 영국 친구들이 녹스에게서 그림을 찾아가려면 큰 싸움이 붙을 거야. 녹스의 재력이나 영향력으로 봐서 다치지는 않겠지. 샘프슨하고 둘이서 천천히 조심해서 다뤄야겠어. 녹스를 화나게 하면 골치만 아파질 테니."

"이 문제를 해결하는 데 시간은 충분할 겁니다. 영국 박물관측도 여지껏 진짜 레오나르도의 명화라고 일반에 전시까지 한 그림이 값어치가 없는 가짜였다는 얘기가 퍼지는 것은 원치 않을 테니까요. 이것은 물론, 그림이 정말로 가짜라는 전제로 했을 때 얘기지요. 가짜라는 것은 녹스의 말뿐이기는 하지만."

경감이 깊은 생각을 하며 벽난로 불에 침을 뱉았다. "그림 문제는 점점 더 복잡해지는군. 어쨌든 슬론 사건으로 돌아가 보자. 토머스가 베네딕트 호텔에 묵었던 목요일과 금요일의 호텔 숙박자 명단을 갖고 와서 조사해 봤는데, 사건에 관련된 사람은 아무도 없었어. 그러려니 하고 생각은 하고 있었지. 슬론은 호텔에서 사건 사람인 것 같았다고 했지만, 거짓말을 한 것이겠지. 사건에는 아무 관계도 없는 사람이 슬론 다음으로 우연히 호텔에 들어왔는지도 모르고……."

경감은 기분이 좋아서 자신있게 말을 계속하고 있었다. 엘러리는 경감이 장황하게 늘어놓는 말에는 대꾸도 하지 않고, 긴 팔을 뻗어 슬론의 일기장을 집어들고 우울한 모습으로 책장을 다시 넘기며 검토했다.

"제 말 좀 들어 보세요, 아버지." 엘러리가 일기에서 눈을 떼지 않으며 말했다. "표면상으로는 슬론이 이 사건의 주인공처럼 그럴싸하게 보이는 것이 사실이에요. 바로 그 점이 문제입니다. 제 불안한 마음을 흡족하게 하지 못하고 있어요. 게다가 저는 한번 큰 실수를 할 뻔했거든요. 우연히 제 잘못이 발견되지 않았더라면 사건이 그렇게 마무리되어 범인을 놓쳤을지도 모르는 그런 경험을 갖고 있는 것도 염두에 두세요. 아버지 설명이 그럴듯하기는 하지만……." 엘러리가 고개를 흔들었다. "꼭 어디라고 말할 수는 없어도 뭔가가 잘못됐다는 생각이 들어요."

"그래도 확실한 일을 갖고 속을 썩여 봐야 소용없지 않니?"

엘러리가 힘없이 웃었다. "속을 태우다 보면 좋은 생각이 떠오를지도 모르죠." 그는 이렇게 말하고 입술을 깨물었다. "제 설명 좀 들어 보세요." 엘러리가 일기장을 펴들었다. 경감이 슬리퍼를 질질 끌면서 보러 갔다. 엘러리가 펴놓은 곳은 10월 10일, 일요일이라고 인쇄된 곳 아래 작은 글씨로 꼼꼼하게 써놓은 곳이고, 그 반대면은 10월 11일, 월요일이라고 인쇄는 되어 있었지만 밑에는 완전히 백지였다.

엘러리가 한숨을 쉬며 말을 계속했다. "저는 이 사생활이 적힌 흥미 있는 일기장을 읽어봤는데, 오늘밤, 아버지 말씀으로는 자살을 한 오늘밤에는 일기를 안 썼어요. 내용을 간략하게 설명하지요. 물론 그림쇼를 죽였다는 말은 없고, 당연히 자기에게 불리한 일을 안 썼다고 보고 그 점은 제가 문제삼지 않도록 하지요. 칼키스의 죽음에 대해서는 누구나 그렇게밖에 쓰지 않았을 태도로 대하고 있어요. 다른 면에서는 슬론의 진짜 모습을 써놓았고요. 우선 일기를 쓴 시간을 적어 놓았는데 지난 몇 개월 동안 매일 거의 같은 시간, 밤 11시경에 일기를 썼더군요. 또 다른 면으로는 슬론은 자신만을 생각하는 대단한 이기주의자라는 것을 알 수 있습니다. 조심해서 이름을 밝히지 않은 어느 여인과의 성적인 관계를 야하게, 아주 노골적으로 세밀한 대목까지 썼습니다."

엘러리는 힘있게 일기를 접어서 테이블 위로 던지고 일어서서, 이마에 많은 주름을 잡고 벽난로 앞을 거닐었다. 노인이 걱정스러운 듯 엘러리를 쳐다보았다. "현대 심리학상으로 볼 때 이런 사람이, 이 일기가 보여 주듯이 모든 것을 극화(劇化)하는 그런 부류의 사람들에게, 즉 병적으로 만족감을 주는 뻔한 방법으로 자기의 이기심을 나타내지 않으면 못 배기는 사람이, 그런 사람이 자기 생애에서 여지껏 없었던 유일한 큰 사건인 자신의 죽음을 직면하고도 그것을 극적으로 쓸 수 있는 커다란 기회를 놓칠 것 같습니까?"

"죽음 자체가 그런 생각을 떨쳐버리게 했는지도 모르지." 하고 경감이 넌지시 말했다.

"전 그렇게 생각지 않습니다." 하고 엘러리가 씁쓸하게 말했다. "만일 그가 경찰이 혐의를 두고 있다는 빈약한 정보를 받고 법의 처벌을 면할 수 없다고 생각했다면, 그의 성품으로 보아 그의 영웅적인 종말을 일기를 쓰지 않고는 못 배겼을 것입니다. 특히, 시간상으로도 그가 일반적으로 일기를 쓰던 밤 11시경에 그런 일이 일어났고, 일기에 쓸 만한 시간적인 여유도 있었는데도, 다른 날 밤에는 언제나 쓰던 일기를 안 썼다는 것은 말이 안돼요!"

그의 눈은 붉게 충혈되어 있었다. 경감이 일어서서 엘러리의 팔을 가냘픈 손으로 잡고 여자처럼 살살 흔들었다. "애야, 너무 그렇게 심하게……네 설명이 좋은 것 같기는 하지만, 무엇을 증명하는 것은 아니잖니?……이제 그만 자자."

엘러리는 마지못해 끌려가면서 말했다. "맞습니다. 아무것도 증명을 할 수가 없어요."

30분 뒤에, 그는 깜깜한 어둠 속에서 가볍게 코를 골며 자고 있는 아버지에게 말했다. "그렇지만, 이러한 심리적인 면이 길버트 슬론이 과연 자살을 했는지 의심하게 하고 있단 말이에요!"

약간 쌀쌀한 어둠은 대답을 하지도 않았고, 그의 마음을 풀어 주지도 않았다. 엘러리도 체념하고 잠을 잤다. 엘러리는 살아 있는 일기장이 이상스럽게 생긴 사람 모습을 한 관을 타고 팔을 휘두르며 달을 향해 총질을 하고 있었는데, 달의 표면이 앨버트 그림쇼의 얼굴이 틀림없는 그런 꿈을 밤새도록 꾸었다.

제2부

대부분의 현대 과학의 위대한 발견들은, 발견한 사람들이 행동과 반응을 일으키도록 하기 위해 끈질긴 노력을 함으로써 근본적으로 가능했다.

지금은 간단히 설명되지만, 순수한 납이 연소되면 어떻게 되는가 하는 라부아지에의 간단한 설명도——이 설명이, 낡은 사고(思考)가 끔찍하게도 만들어 내서 몇 세기 동안 잘못 알고 있던 플로지스톤(phlogiston, 고대 화학에서의 연소(燃素)를 뜻함)을 드러냈다——현대 과학의 완전성으로 볼 때 쓸데없이 추구하다가 발견한 것이다. 즉, 공기 중에서 연소 전에 1온스였던 순수 납이, 공기 중에서 연소 뒤에는 1.07온스가 되었다고 하면, 추가된 무게만큼 어떤 물질이 납에 달라붙었기 때문에 무거워졌을 것이라는 간단한 원리를 탐구해서 알게 된 것이다……인간들이 이것을 납득하게 되고, 이 새로운 물질을 산화연(酸化鉛)이라고 부르기까지는 16세기라는 긴 세월이 소요되었다.

범죄에 있어 설명할 수 없는 현상은 없다. 탐정에게는 끈질김과 올바른 논리 전개야말로 가장 요구되는 필수 요소이다. 생각을 하지 않는 사람에게는 모호한 것도, 빈틈없이 생각하는 사람에게는 알기 쉬운 진실일 뿐이다……범죄 수사는 수정 구슬 위에 주문을 중얼거리는 것이 아니다. 범죄 수사는 현대 과학의 가장 정밀한 것을 요구한다. 그리고 그의 뿌리는 올바른 논리 전개에 있다.

'현대 과학의 별로 알려지지 않은 부분'에서
——조지 힌치클리프 박사 저——

제22장 기 초

엘러리 퀸은 인간의 능력이 아주 빈약하다는 것을 알았고, 또 그에 대하여 손을 쓸 수가 없어서 안타까웠다. 시간이 흘러도 시간을 이용할 수가 없었다. 흐르는 시간을 막을 수도 없었다. 일주일이 지났건만 사건은 제자리걸음을 하고 있었다.

그러나 다른 사람들에게는 일주일 동안에 많은 일이 있었다. 슬론의 자살과 장례식은 마치 봇물을 터뜨린 것과 같았다. 신문들은 세부사항까지 샅샅이 찾아내어 길버트 슬론의 사생활을 휘갈겨 써댔다. 죽은 사람을 나쁘게 써서는 난도질을 했고, 힘들이지 않고 그의 생애를 까발려서 다시없는 악인으로 만들었다. 살아 남은 사람들도 후유증에 시달렸는데, 특히 델피나 슬론 부인은 냉혹하게 덤벼드는 여론의 중심이었으며, 말의 파도들이 그녀의 비통의 해안을 덮쳤다. 칼키스 저택은 난공불락의 요새가 되어 기세를 꺾을 수 없는 신문기자들의 공격 목표가 되었다.

작은 신문사 하나가 그녀의 사인과 함께 '살인자와의 생활——델피나 슬론 자신이 쓴 이야기'라는 제목으로 기사를 싣게 허락해 주면 많은 돈을 주겠노라고 제안했다. 그녀는 이 제안에 격분하여 대꾸조차 하지 않았으나, 이런 종류의 언론의 뻔뻔함이 슬론 부인의 첫번째 결혼 사생활을 발굴하여 독자들에게 낱낱이 공개하였다. 젊은 앨런 체니가 그 신문의 기자를 때려서 퍼렇게 멍든 눈과 붉게 부은 코를 가지고 신문사에 돌아가도록 만들었는데, 부인은 앨런이 폭행죄로 체포당하지 않도록 하느라고 고생깨나 했다.

이렇게 저속한 신문들이 썩은 고기를 놓고 싸우는 동안 경찰은 유일하게 조용했다. 경감은 덜 복잡한 일반 업무를 했고, 신문에서 이름붙인 '칼키스—그림쇼—슬론 사건'의 공식 기록의 자질구레한 끝마무리를 하였다. 프라우티 의사의 완전하기는 했으나 형식적인 부검에서도 살인의 물증(物證)은 조금도 찾지를 못했다. 독약의 흔적도 없고, 폭행당한 흔적도 없었으며, 탄흔은 사람이 자기의 오른

쪽 이마를 쏘아서 자살할 때 늘 생기는 그런 것이었다. 시체는 검
시관실에서 되돌려받아 교외 묘지의 꽃 속에서 매장했다.

부검 결과 슬론이 즉사했다는 것이 판명되었으나, 엘러리로서는
이 사실을 어떻게 이용해야 할지 눈앞에 짙은 안개가 낀 듯 아무
것도 보이지 않았다.

그때는 오리무중이라 주위가 온통 안개였으나, 곧 안개가 걷히
고 길버트 슬론이 즉사했다는 사실이 환하게 불이 켜진 네온사인
간판처럼 눈에 확 들어오게 되었다.

제23장 이야기

그것의 시작은 10월 19일, 화요일 정오가 조금 안됐을 때였다.
슬론 부인이 귀찮게 구는 기자들을 어떻게 떨치고 왔다는
설명은 없었으나, 아무도 쫓아오는 사람 없이 혼자서 경찰본부에
나타났다. 수수하게 검은 옷을 입고 얼굴에 얇은 베일을 한 그녀는
중요한 일로 리처드 퀸 경감을 찾아왔다고 두려워하듯이 말했다.
퀸 경감은 그녀를 만날 기분이 내키지는 않았지만, 여성에 대해서
는 신사이고 운명론자 같은 기분이 들었으므로, 부인을 만나겠다
고 했다.

눈에 얇은 막이 쳐진 것 같았음에도 불구하고 눈이 이글이글 타
고 있는 듯한 중년의 가냘픈 슬론 부인이 안내되어 왔을 때 경감
은 혼자 있었다. 그는 상투적인 위로의 말을 중얼거리고, 그녀를
의자에 앉히고서 자기는 책상 옆에 서서 기다렸다──마치 서서
기다림으로써 바쁘니 단도직입적으로 용무를 말하는 것이 시(市)를
돕는 것이라는 듯이.

그녀가 약간 신경질적이고 불안한 목소리로 곧장 말했다. "제
남편은 살인자가 아니었어요, 경감님."

경감은 한숨을 쉬었다. "그러나 사실이 증명하고 있는데요, 부인."

그 중요한 '사실'이라는 것을 그녀는 무시했다. "길버트는 결백
했다고 지난 주 내내 기자들에게 말했어요." 하고 그녀가 소리쳤

다. "저는 정의를 원해요, 경감님. 이 스캔들이 우리 모두를, 내 아들까지도 죽을 때까지 쫓아다닐 거예요!"

"그렇지만, 부인, 남편은 자기 손으로 정의를 처리했습니다. 자살이 죄를 고백한 것이라는 걸 잊지 마십시오."

"자살!"하고 그녀가 경멸하는 투로 말하면서 베일을 걷자, 그녀의 눈이 경감에게 불꽃을 내뿜고 있었다. "전부가 눈이 멀었어요! 진실?" 눈물이 그녀의 목소리를 떨려 나오게 했다. "불쌍한 길버트는 살해당했어요. 그런데 아무도……아무도……." 그녀가 흐느끼기 시작했다.

비참한 순간이었고, 경감은 심기가 불편해서 창 밖을 내다보았다. "그런 말씀을 하시려면 증거가 있어야 합니다, 슬론 부인. 증거가 있습니까?"

그녀가 의자에서 벌떡 일어섰다. "여자는 증거가 필요없어요." 하고 그녀가 소리쳤다. "증거가 있느냐고요! 물론 없어요. 없으니 어쩌겠다는 거예요 ? 저는……."

"슬론 부인." 하고 경감이 쌀쌀하게 말했다. "그 점이 법이 여자분들과 다른 점입니다. 죄송하지만, 다른 사람이 앨버트 그림쇼의 살인자라는 새로운 증거를 제시하지 못하면, 나는 어쩔 수가 없습니다. 이 사건은 공적(公的)으로 완전히 해결됐습니다."

그녀는 아무 말도 않고 떠났다.

슬론 부인의 불만족스러웠던 짧은 방문은 표면상으로는 중요한 일이 아니었으나, 전혀 새롭고 연관된 사건들을 불러일으켰다. 만일, 그날 저녁식사 뒤에 커피를 들면서 경감이 아들의 수척해 보이는 얼굴의 주름살을 펴게 하려고 한 가련한 아버지의 마음에서 슬론 부인의 방문을 얘기해 주지 않았다면, 이 사건은 이대로 경찰 기록 보관소에 영원히 묻히게 되었을 것이다——엘러리는 그 뒤 몇 년간을 그렇게 됐을 것이라고 자신 있게 말하고 있었다.

엘러리는 즉시 흥미 있다는 반응을 보였다. 얼굴의 주름살이 없어지고 예의 독창적인 사고(思考)하는 표정이 되었다. "그 여자도 슬론이 살해되었다고 생각한다는 말이지요." 그가 놀랐다는 표정을 약간 지었다. "흥미롭군요."

"그래, 흥미롭지?" 가냘픈 두 손으로 커다란 커피잔을 잡고, 커다랗고 까만 집시의 눈으로 잔 너머 엘러리를 응시하고 있는 쥬나에게 경감이 윙크했다. "여자들의 머리 돌아가는 것을 보면 흥미로워: 남의 말은 들으려고 하지도 않아. 꼭 너처럼 말이다." 경감이 낮게 웃으며 엘러리의 눈이 반짝거리는 대답을 기다렸다.

엘러리의 눈에 반짝거리는 빛은 나타나지 않았고, 대신 조용히 말했다. "아버지는 이 문제를 너무 가볍게 보시는 것 같습니다. 저는 손가락이나 빨며, 어린애처럼 뾰로통해서 너무 오랫동안 빈둥거렸어요. 이제부터는 바쁘게 움직일 겁니다."

경감은 불안해졌다. "뭘 어쩌겠다는 거냐? 불씨를 다시 헤집겠다는 거야, 엘? 잘된 일을 가만히 놔두지 않고?"

"살인자란 누명을 쓰고 죽은 사람들이 많이 있어요, 아버지."

"이치에 닿는 말을 해라, 애야." 하고 불안을 느낀 경감이 말했다. "너는 아직도, 모든 증거에도 불구하고 슬론이 결백하다고 믿고 있는 거냐?"

"꼭 그렇다는 것은 아닙니다." 엘러리가 담배 끝을 손톱에 톡톡 쳤다. "그렇지만 이 말은 할 수 있습니다. 즉, 아버지, 샘프슨, 페퍼, 경찰국장, 그리고 수많은 사람들이 이 사건과 관계가 없고 중요치 않다 생각하는 많은 점들이 아직도 설명되지 않고 있습니다. 가능성이 아무리 작더라도 그 점들을 추적해서 막연한 제 생각들을 만족시키려고 합니다."

"확증을 잡은 것이라도 있느냐?" 하고 경감이 교활하게 물었다. "슬론이 아니라면 다른 누구라고 생각하는 사람이라도 있느냐?"

"이 사건의 배후 인물이 누구인지는 눈곱만큼도 아는 것이 없습니다." 엘러리는 한 가슴 잔뜩 연기를 마셨다가 우울하게 내뿜었다. "세상이 잘못된 것만큼이나 확실한 것이 한 가지 있습니다. 그것은 길버트 슬론이 앨버트 그림쇼나 자신을 죽이지 않았다는 것입니다."

그가 다음부터 취한 행동은 일종의 허세를 부린 것이었다. 그러나 거기에는 뚜렷한 목적이 있었다. 잠을 푹 자고 난 엘러리는, 다음날 아침식사가 끝난 뒤에 곧 이스트 54번가로 떠났다. 칼키스 저택은 창문마다 덧문이 닫혀 있었고──외관상으로는 아무런 방비도 하고 있지 않은 것 같았다──무덤 속처럼 사람이 살지 않는 곳 같았다. 그가 계단을 올라가서 초인종을 눌렀다. 현관문이 잠긴 채 안에서 집사에게는 어울리지 않는 퉁명스러운, "누구요?" 하는 소리가 났다. 끈질기게 여러 말이 오고가서야 걸쇠를 푸는 소리가 났다. 문에 틈만 약간 나고, 그 사이로 위크스의 분홍빛 얼굴과 시달려서 지친 눈이 보였다. 그 다음부터는 어렵지 않았다. 위크스가 문을 얼른 열고, 장미빛 머리를 내밀고서 좌우로 54번가를 살피는 모습을 보고도 엘러리는 미소를 띄우지 않았다. 엘러리가 들어서자 위크스는 문을 황급히 닫고 걸쇠를 건 뒤 엘러리를 응접실로 안내했다.

슬론 부인은 자기 방에 진을 치고 꼼짝도 않고 들어앉아 있는 듯했다. 잠시 뒤 부인에게 다녀온 위크스는 슬론 부인께서는──에헴!──퀸 씨를 만나지 못하신다고, 안하겠다고 하는 말을 입장이 곤란해져서 헛기침을 하며 말했다.

그렇다고 해서 엘러리가 포기하지는 않았다. 그는 위크스에게 수고했다고 말한 뒤 현관 쪽으로 가지 않고 이층으로 올라가는 계단으로 갔다. 위크스는 놀라서 손만 비비고 있었다.

엘러리가 부인을 만나는 방법은 간단했다. 슬론의 방에 노크를 하자, "누구세요?" 하는 껄껄한 소리가 났고, 엘러리가 말했다. "길버트 슬론이 살인자가 아니라고 믿는 사람입니다." 즉시 문이 열리고 숨을 몰아쉬며 구세주를 갈망하는 듯한 눈을 한 슬론 부인이 나타났다. 방문자가 누구라는 것을 알고는 부인의 눈에서 갈망하던 표정이 증오로 바뀌었다. "이건 또 무슨 속임수예요!" 하고 그녀가 성을 내며 말했다. "당신네 바보들은 보기도 싫어요."

"슬론 부인," 엘러리가 부드럽게 말했다. "부인은 저를 잘못 보신 겁니다. 이것은 속임수가 아닙니다. 아까 한 말은 진담입니다."

그녀의 얼굴에서 증오의 빛이 사라지고 냉철한 사고의 빛이 떠올랐다. 말없이 그를 보고 있던 부인의 얼굴에서 냉철한 빛이 사라지더니 문을 활짝 열었다. "죄송해요, 퀸 씨. 좀 당황했어요. 들어 오세요."

엘러리는 앉지 않았다. 모자와 지팡이를 책상——슬론의 숙명적인 담배통이 아직 있었다——위에 놓고 말했다. "요점을 말하겠습니다, 부인. 부인도 협조하시리라 믿습니다. 부인은 누구보다도 남편의 이름을 깨끗이 하고 싶으실 테니까요."

"오, 하나님. 그래요, 퀸 씨."

"좋습니다. 그런데 피하시기만 하면 아무 결과도 얻을 수 없습니다. 저는 이 사건의 제아무리 작은 틈새라도 찾아서 그 안에 무엇이 있는가 조사해 볼 작정입니다. 슬론 부인, 부인의 신뢰가 필요합니다."

"그렇다면……."

"제 말은," 하고 엘러리는 확실하게 말을 이었다. "몇 주일 전에 어째서 부인이 베네딕트 호텔로 앨버트 그림쇼를 찾아갔었는지, 그 이유를 말해 달라는 것입니다."

부인이 그녀의 생각을 두 팔로 가슴에 싸안았다. 엘러리가 틀렸구나 하고 생각하고 있는데 그녀가 쳐다보았다. 그녀의 표정에서 그가 이겼다는 것을 알았다. "전부 말하겠어요." 하고 그녀가 간단히 말했다. "내 말이 당신에게 도움이 되기를 빌겠어요……퀸 씨, 내가 앨버트 그림쇼를 만나러 베네딕트 호텔에 가지 않았다는 말은 사실이라고 할 수 있어요." 엘러리가 부인을 부추기듯 고개를 끄덕였다. "나는 어디를 가고 있는지도 몰랐어요. 사실은," 그녀는 말을 끊고 방바닥을 보았다. "그날 저녁 내내 남편을 쫓고 있었거든요……."

이야기가 천천히 계속됐다. 오빠 게오르그가 죽기 몇 개월 전부터 남편이 브릴랜드 부인과 은밀한 관계를 갖고 있다고 부인은 의심하고 있었다. 브릴랜드 부인은 선은 굵었지만 미인이었고, 같은 집안에서 살고 있었으며, 브릴랜드 씨는 자주 오랫동안 집을 비웠으니 이기적인 슬론과의 은밀한 관계는 일어날 수밖에 없었는지도 모른다. 질투에 찬 슬론 부인에게는 확증이 없었다. 확증이 없는 부인은 아무 말도 안하고 그 일을 일부러 모르는 척하고 있었다.

그러나 확증을 잡으려고 언제나 눈과 귀를 열고 있었다.

몇 주일 동안이나 슬론은 집에 늦게 돌아왔다. 남편은 여러 가지 이유를 댔지만, 그것은 그녀의 질투심에 부채질만 할 뿐이었다. 고통을 참지 못한 부인은 증거를 잡겠다고 마음먹었다. 9월 13일 목요일 밤에 남편이 저녁을 끝내고 회의가 있다는 뻔한 거짓말을 하고 집을 나가자, 슬론 부인은 미행을 시작했다.

회의 같은 것은 물론 없었고 목적지도 없는 듯 여기저기를 돌아다니던 슬론은 10시가 되기까지는 아무도 만나지 않았다. 10시가 되자 브로드웨이를 거닐던 그가 허름한 베네딕트 호텔로 갔다. 드디어 밀회장소로 왔구나 하고 생각한 부인은 호텔 로비로 뒤따라 들어갔다. 남편은 남의 눈에 띄지 않으려는 듯한 이상한 태도로 프런트로 가서는 근무자에게 말을 걸더니 엘리베이터로 갔다. 남편과 호텔 근무자의 대화에서 '314호'라는 말을 엿들은 부인은 314호가 밀회장소라고 생각하고 314호와 붙은 방을 달라고 호텔 근무자에게 말했다. 부인의 행동은 확실히 어떻게 하겠다는 목적에서 나온 게 아니라 충동적인 것이었다. 다만 옆방에서 그들의 대화를 엿듣다가 둘이 한덩어리가 됐을 때 뛰어들어가겠다는 막연한 생각밖에는 없었다.

그때를 상기하고 있는 부인의 눈이 불탔다. 엘러리가 그녀의 격정에 기름을 부었다. "그래, 어떻게 하셨습니까?" 하고 말하자, 부인의 얼굴은 더욱 빨갛게 달아올랐다. 부인은 방값을 지불한 316호로 곧바로 가서 벽에 귀를 대었다……하지만, 몰골은 초라해도 제대로 지은 호텔인지 아무 소리도 들을 수가 없었다. 울음이 나오려는 것을 참으며, 분함에 떨면서 소리가 나지 않는 벽에 귀를 대고 기대 서 있는데 옆방 문이 열리는 소리가 들렸다. 부인이 급히 문으로 뛰어가서 조심스럽게 문을 열었다. 남편이 314호에서 나와 엘리베이터 쪽으로 복도를 걸어가는 모습을 볼 수 있었다……그녀는 일이 어떻게 되고 있는지는 몰랐지만, 비상 계단으로 급히 내려가니 호텔 밖으로 나가는 남편의 모습이 보였다. 계속 미행을 하니 놀랍게도 남편은 집으로 돌아가는 것이었다. 집에 돌아온 부인은 교묘한 방법으로 심스 부인에게서 브릴랜드 부인이 저녁 내내 밖에 나가지 않고 집안에 있었다는 말을 들었다. 적어도 그날 밤만은 슬론이 외도를 하지 않았다는 것을 알았다. 아뇨, 남편이 314호에서 나온 시간은 모르겠어요, 그날 밤은 시간이 어떻게 지나갔는지조차 몰라요.

그것이 전부인 듯했다.

그녀가 한 말이 무슨 단서라도 제공했느냐고 묻는 양, 부인이 희망을 거는 듯한 눈길을 엘러리에게 보냈다.

엘러리는 깊은 생각을 하고 있었다. "부인이 316호에 있는 동안 남편말고 다른 사람이 314호에 들어갔습니까?"

"아닙니다. 길버트가 들어가는 것과 나오는 것을 보고서는 미행하느라 방을 곧 떠났거든요. 그렇지만 내가 옆방에 있는 동안 314호 문이 열렸거나 닫혔다면 내게 들렸을 거예요."

"그랬군요. 그 점은 도움이 되겠습니다, 부인. 솔직히 말해 주신 김에 한 가지만 더 말해 주십시오. 남편이 자살하신 지난 월요일 밤에 이 집에서 남편에게 전화를 하셨습니까?"

"그날 밤, 벨리 경사에게도 말했지만 나는 전화를 안했어요. 내가 남편에게 경고해 줘서 남편이 자살했다는 의심을 받고 있는 건 알아요, 퀸 씨. 그러나 전화를 안했어요. 사실은……경찰이 남편을 체포하려는 것도 몰랐는걸요."

엘러리는 그녀의 모습을 보며 그녀가 진실을 말하고 있다고 생각했다. "그날 저녁에 아버지와 페퍼, 저, 이렇게 세 사람이 아래층 서재를 나서다가 부인이 홀을 달려가서 응접실로 들어가시는 걸 봤습니다. 실례되는 질문이지만 꼭 알아야겠습니다. 우리가 서재에서 얘기하는 것을 엿들었습니까?"

부인이 성이 나서 얼굴이 벌겋게 달아올랐다. "내가 다른 면에서는 야비한 짓을 했는지 몰라도, 그리고 남편과의 관계로 해서 곧 이들리지 않을지는 몰라도……나는 엿듣지 않았어요, 퀸 씨."

"엿들었을 만한 다른 사람은 생각나지 않으십니까?"

그녀의 목소리가 앙심을 품었다. "네, 있어요! 브릴랜드 부인이에요. 길버트와 친했거든요. 너무 친해서……."

"그렇지만 그 바로 전에 슬론 씨가 묘지로 숨어 들어가는 것을 봤다고 그 부인이 말한 것을 생각하면 앞뒤가 안 맞아요." 하고 엘러리가 부드럽게 말했다. "애인을 돕기보다는 해치려는 마음을 먹고 있는 것 같았는데요."

부인은 무엇이 어떻게 된 것인지 모르겠다는 듯이 한숨을 쉬었다. "내가 잘못 생각했는지도 모르겠어요……그날 밤에 그녀가 그런 말을 했다는 것도 남편이 죽고 난 다음 신문에서 겨우 알았어요."

"마지막으로 하나만 더 물어 보겠습니다, 부인. 남편이 동생이 있다는 말을 한 적이 있습니까?"

그녀가 고개를 흔들었다. "그런 티는 내지도 않았어요. 자기 가족들 얘기는 통 하지 않으려고 했습니다. 부모님 얘기는 해주더군요. 중류 계급의 좋은 분들 같았어요. 그러나 동생 얘기는 한마디도 없었어요. 언제나 외아들이었다는 느낌을 받았고, 친척도 없는 것으로 알고 있었지요."

엘러리는 모자와 지팡이를 집어들고 말했다. "인내심을 가지십시오, 슬론 부인. 그리고 이 얘기는 다른 사람에게는 하지 마십시오." 그는 미소를 던지고 급히 방을 떠났다.

아래층으로 내려가서, 위크스로부터 말을 듣고 잠시 놀랐다. 워드스 의사가 떠났다는 것이다.

엘러리는 더 자세한 것을 알려고 했으나, 위크스가 알고 있는 것은 많지 않았다. 그림쇼 살해사건이 해결됐다는 공식적인 발표가 있은 뒤 워드스 의사는 칼키스 저택에서 떠날 궁리만 하고 있었는데, 경찰이 행동 제한 조치를 풀자마자 슬론 부인에게 떠나겠다고 말했다. 자신의 문제에 정신이 팔려 있던 부인은 빈말로 막는 시늉도 하지 않았고, 워드스 의사는 애도의 뜻을 표하고는 집을 떠났다. 지난 금요일에 떠났는데, 어디로 갔는지 아는 사람이 이 집안에는 없다고 위크스가 말했다.

"그리고 조앤 브레트 양도……."

엘러리의 얼굴에서 핏기가 가셨다. "조앤 브레트 양이 어쨌다는 거요? 그 여자도 떠났소? 빨리 말 좀 해봐요, 이 양반아! 입이 얼어붙었소?"

위크스의 말문이 열렸다. "아닙니다. 아직 떠나지는 않았습니다. 그렇지만 곧 떠날 겁니다. 그 아가씨는……."

"이봐요, 위크스." 엘러리가 난폭하게 말했다. "확실히 얘기해요. 어떻게 됐다는 거요?"

"브레트 양은 떠날 준비를 하고 계십니다." 위크스는 헛기침을 작게 했다. "그분의 고용은, 말하자면 만료된 것이나 다름없어서 슬론 부인께서," 위크스는 슬픈 빛을 띠었다. "슬론 부인께서 브레트 양이 할 일이 없다고 말씀하셨거든요. 그래서……."

"브레트 양은 지금 어디 있지요?"

"자기 방에 계십니다. 짐을 싸고 계십니다. 계단 꼭대기에서 오른쪽 첫번째 방이……."

엘러리는 말이 끝나기도 전에 옷자락을 펄럭이며 계단 쪽으로 달려갔다. 한번에 세 계단씩 뛰어오른 그는 계단 맨 위에 가서는 걸음을 멈추었다. 브레트 양의 말소리가 들렸기 때문이다. 뻔뻔스럽게도 그는 지팡이를 손에 들고 고개를 오른쪽으로 빼서 남의 말을 엿들었다……이른바 사랑에 들뜬 남자의 탁한 음성이 들렸다. "조앤! 당신을 죽도록 사랑해요! 정말로 나는……."

"또 취했군요." 남자의 사랑 고백을 듣는 젊은 여자의 목소리라고는 할 수 없는 쌀쌀한 조앤의 목소리가 들렸다.

"그렇지 않아, 조앤. 장난으로 듣지 말아 줘요. 나는 정말로 당신을 사랑해요, 사랑해……."

남자가 자기가 한 말을 행동으로 옮기는 소리가 나더니, 놀라서 숨을 들이마시는 소리와, '찰싹' 하는 소리에 브레트 양의 팔이 못 미치는 곳에 있는 엘러리도 몸을 움츠렸다.

아무 소리도 들리지 않았다. 성난 사람들이 보통 취하는, 고양이가 서로 노려보듯 서로 노려보고 있으려니 하는 생각이 들었다. 아무 표정도 없이 가만히 서 있던 엘러리는 남자가 중얼거리는 소리를 듣고는 슬그머니 웃었다. "그렇게 심하게 나올 필요는 없었어, 조앤. 놀라게 하려던 것은 아닌데……."

"내가 놀라요? 천만에! 조금도 놀라지 않았어요." 웃긴다는 듯 약간 거만하게 느껴지는 조앤의 말소리가 들렸다.

"제기랄!" 화가 난 남자의 목소리가 들렸다. "남자의 청혼을 그런 방식으로 받는 법이 어딨어? 내가……."

숨을 들이마시는 소리가 또 한 번 났다. "이제는 나한테 욕까지 하고……혼 좀 내줘야 하는 건데……이렇게 창피를 당한 적이 없어. 당장 나가요!"

엘러리는 벽 모서리에 몸을 숨겼다. 화가 잔뜩 나서 지르는 소리가 나더니 문이 난폭하게 열리는 소리가 나고, 꽝 하고 집이 흔들리도록 세게 닫히는 문 소리가 나고……엘러리가 모퉁이에 고개를 내밀자 화가 잔뜩 난 앨런 체니가 두 손을 불끈 쥐고 커다랗게 몸을 흔들며 복도를 지나가는 모습이 보였다.

앨런 체니가 자기 방에 들어가서 두 번째로 집이 흔들리도록 심하게 문을 닫자 엘러리는 느긋한 표정으로 넥타이를 매만지고, 주저하지 않고 브레트 양의 방으로 갔다. 그는 지팡이를 들어 가볍게 그녀의 방문을 노크했다. 아무 소리도 없었다. 다시 노크를 했다. 코를 훌쩍이는 소리와 낮게 흐느끼는 소리가 나더니 조앤의 목소리가 들렸다. "들어올 생각일랑 하지도 마요, 이 나쁜……나쁜……."

"접니다. 엘러리 퀸입니다, 브레트 양.' 그는 방문자의 노크에 훌쩍이는 소리가 당연한 대답이라도 되는 것처럼, 세상에서 가장 나직한 목소리로 말했다. 훌쩍이는 소리가 멈추더니 조금 있다가 낮은 소리가 들렸다. "들어오세요, 퀸 씨. 문은 열려 있어요."

두 볼에 홍조를 띠고 젖은 손수건을 꼭 쥔 조앤 브레트가 침대 옆에 서 있었다. 침대 위, 의자, 방바닥 모든 곳에 여러 가지 여자 옷이 널려 있었다. 방바닥에는 작은 여행용 트렁크가 뚜껑이 열린 채 놓여 있었고, 뚜껑이 열린 슈트케이스 두 개가 의자에 얹혀 있었다. 화장대 위에 있는 급히 뒤집어놓은 듯한 사진틀은 못 본 체했다.

이제 엘러리는 가장 유능한 청년 외교관이었다──적어도 그렇게 되기를 그는 바랐다. 이런 경우는 기교와 스스럼없는 견해의 표명이 필요하다고 생각되었다. 어쨌거나 엘러리는 얼빠진 듯한 웃음을 머금고 말했다. "제가 노크했을 때 뭐라고 하셨습니까? 잘

듣지 못해서요."

"오!" 하고 그녀는 작게 말했다. 조앤은 의자에 앉으며 다른 의자를 권했다. "그것은……저는 가끔 혼자 중얼거려요. 바보 같은 습관이죠?"

"천만에요." 하고 엘러리는 기운차게 말하며 의자에 앉았다. "그렇지 않습니다. 그런 습관을 갖고 있는 훌륭한 사람도 많지요. 혼자 중얼거리는 사람은 은행에 돈이 많다고 하던데, 브레트 양도 은행에 돈을 많이 저금하셨습니까?"

그 말을 듣고 그녀는 가냘프게 웃었다. "많지는 않아요. 그나마도 옮기려 하고 있어요……." 그녀의 얼굴에서 붉은빛이 사라졌고, 그녀는 한숨을 작게 쉬었다. "전 미국을 떠납니다, 퀸 씨."

"위크스가 그러더군요. 섭섭하게 됐군요."

"재미있는 분이시네." 하며 그녀가 크게 웃었다. "프랑스 사람처럼 말씀을 하시네요, 퀸 씨." 그녀가 팔을 뻗어 침대에서 손지갑을 집었다. "이 짐들 하고……바다 여행은 우울해요." 그녀가 손지갑에서 승선권(乘船券)을 꺼냈다. "이건 공식적인 방문인가요? 저는 정말로 떠나요, 퀸 씨. 여기 증거가 있어요. 절 못 가게 막으실 건가요?"

"제가요? 천만에요! 정말 떠나고 싶으신가요, 브레트 양?"

"지금 이 시각에는," 그녀는 작고 예쁜 이를 꽉 물었다. "떠나고 싶은 마음이 간절해요."

엘러리는 왜 그런 말을 하는 줄 모르는 척 딴청을 부렸다. "그러시겠죠. 살인이다, 자살이다──당연히 정나미가 떨어지셨겠습니다……오랫동안 시간을 빼앗지는 않겠습니다. 나쁜 일로 온 것이 아닙니다." 엘러리는 진지한 표정이 되었다.

"아시다시피 사건은 끝났습니다. 그 점에도 불구하고 계속해서 마음을 편치 않게 하는 것들이 있어요. 분명치도 않고, 중요한 것이 아닌지도 모르지만……브레트 양, 당신이 서재에서 무엇을 찾고 있는 것을 페퍼가 봤다는 날 밤에, 무엇을 하신 겁니까?"

그녀는 냉철한 푸른 눈으로 그를 저울질했다. "그날 제 설명을 믿지 않으셨군요……담배 피우시겠어요, 퀸 씨?" 그가 거절하자 그녀는 침착한 손으로 자기 담배에 불을 붙였다. "좋습니다. '도망치는 비서가 모든 것을 고백하다' 하고 신문에 나겠군요. 고백하겠어요. 제 말을 들으면 놀라실 거예요."

"놀란다는 것은 틀림없을 겁니다."

"그럼, 마음의 준비를 하세요." 그녀는 숨을 깊게 들이마셨고, 말을 할 때 예쁜 입에서 연기가 구두점(句讀点) 모양으로 흘러나왔다. "퀸 씨가 지금 보시고 있는 여자는 여성 수사관입니다."

"그럴 리가!"

"정말이에요. 저는 런던 빅토리아 박물관 직원이에요——수사관이라니까 런던 경시청을 생각하시는 모양인데, 박물관일 뿐입니다."

"놀랐는데요." 하고 엘러리가 낮게 말했다. "아직도 잘 못 알아듣겠는데요. 빅토리아 박물관 직원이시라고요? 설명을 해주시지요."

조앤이 담뱃재를 손가락으로 톡톡 쳐서 털었다. "이야기는 신파연극 같아요. 게오르그 칼키스 씨에게 일자리를 구할 때 나는 빅토리아 박물관의 수사관이었습니다. 칼키스로 이어진 꼬리를 잡고 추적중이었죠. 박물관에서 도난당한 그림에 칼키스가 관련되어 있다는——매수자(買收者)일 가능성이 많았지요——복잡한 정보를 추적중이었습니다."

엘러리가 진지한 표정으로 물었다. "누가 그린 그림이었습니까, 브레트 양?"

"그림이 누가 그린 것이었느냐보다 도난 자체가 더 중요하지요. 실제로는 레오나르도 다빈치가 그린 명화였습니다. 몇년 전에 박물관의 현장 조사원이 발견한 명화인데, 16세기 초에 피렌체에서 레오나르도가 프레스코 화법으로 그린 벽화의 일부분으로서 세밀하게 그린 그림이었지요. 벽화 작업이 중지되자 레오나르도가 캔버스에 그린 유화(油畫)인데, 박물관 카탈로그에는 '깃발의 전장의 세부 묘사'라고 되어 있습니다."

"운좋게 발견했군요." 하고 엘러리가 중얼거렸다. "계속하세요, 브레트 양. 칼키스가 어떻게 관련되어 있었지요?"

"제가 말한 대로 그가 매수자일지도 모른다는 것밖에 다른 것은 없었어요. 그것도 확실한 정보가 있었던 것이 아니라 미국 사람들이 잘 쓰는 말로 '육감'밖에 없었지요. 처음부터 설명을 드려야 할 것 같군요.

저를 칼키스에게 추천한 아서 이윙 경은 실제 인물이에요. 빅토리아 박물관의 이사(理事) 중 한 사람으로 런던의 유명한 미술품 중개인이에요. 그도 물론 도난사건 조사 내용을 알고 있었고, 그래서 저를 추천한 것이지요. 저는 전에도 이와 비슷한 수사를 했지만, 주로 유럽 대륙이 무대였지 미국은 처음이었습니다. 저는 극비(極秘)로 그림의 행방을 찾으라는 임무를 받았지요. 그 동안에는 그림을 복원중이라고 일반에게는 핑계를 대고 있었고요."

"어떻게 된 것인지 알겠군요."

"그래요? 저보다는 날카로운 눈을 가지셨군요, 퀸 씨." 그녀가 신랄하게 말했다. "말을 계속할 수 있게 방해하지 마세요……칼키스의 비서로 있으면서 레오나르도 그림의 행방을 알려고 백방으로 노력했지만, 서류나 대화에서는 작은 꼬투리조차 못 잡았어요. 우리 정보가 믿을 수 있다고 생각은 하면서도 자신감을 잃어가고 있었지요.

그러던 참에 앨버트 그림쇼가 나타났어요. 그림은 그레엄이라는 박물관 직원이 훔쳤는데, 나중에야 본명이 앨버트 그림쇼라는 것이 판명됐지요. 9월 30일, 그림쇼가 칼키스 저택에 나타난 것이 제가 제대로 찾아왔다는 첫번째 징후였습니다. 그의 모습은 자세히 알고 있었기 때문에 그를 보자 첫눈에 그가 5년 전에 영국에서 그림을 훔쳐 자취를 감춘 그레엄이라는 도둑인 것을 알았지요."

"아주 잘됐군요."

"그래요. 문에서 엿들으려고 했지만, 칼키스와 대화하는 것을 들을 수 없었어요. 그 다음날 밤에 얼굴을 볼 수 없었던 사람과 같이 또 찾아왔을 때도 마찬가지였어요. 일이 복잡하게 되려니까," 하고 말하는 그녀의 얼굴이 험악해졌다. "바로 그때 앨런 체니 씨가 술이 잔뜩 취해서 비틀거리며 들어오는 바람에, 그의 뒤치다꺼리를 하고 왔죠. 두 사람은 떠났더군요. 그렇지만 한 가지 확실한 것은 레오나르도를 숨긴 곳은 칼키스와 그림쇼, 두 사람을 추적하면 알 수 있다는 사실이었죠."

"그래서 그림의 행방에 대한 새로운 단서가 칼키스의 유품 중에 있을까 해서 서재를 찾아본 것이로군요?"

"바로 맞추셨어요. 수색을 했지만 그전처럼 아무것도 못 찾았어요. 사실은 칼키스가 소유하고 있는 곳 어디엔가 있을 것이라고 보고 저택, 화랑과 전시실 등 여러 곳을 찾아보았거든요. 한편으로는 칼키스 씨가 그날 온 사람들을 은밀하게 만나려는 태도, 또 안절부절못하던 모습으로 보아, 그림쇼와 같이 온 정체를 알 수 없는 인물도 그림에 관계가 있는 사람 같았어요. 저는 그 사람이 그림의 운명에 중요한 열쇠를 갖고 있다고 확신해요."

"그러면, 그 사람의 정체를 알아내지 못하셨나요?"

그녀는 담배가 납작하게 될 만큼 세게 비벼 껐다. "못 찾아냈어요." 하고 말하고는 엘러리를 의심하듯 바라보았다. "아니, 그럼, 그 사람이 누군지 아신다는 말이에요?"

엘러리는 거기에는 대답을 안했고, 눈에는 아무 표정도 없었다. "그러면 별로 쓸모없는 질문을 하나 하겠습니다……수색이 그런 단계까지 왔는데 어째서 영국으로 돌아가십니까?"

"그것은 제 힘으로는 감당 못할 지경이 되어서 그렇습니다." 그녀가 손가방에서 런던의 스탬프가 찍힌 편지를 꺼냈다. 편지는 박물관 이사가 서명한 빅토리아 박물관 용지에 쓴 것으로, 엘러리는 아무 말도 않고 편지를 읽었다. "그 동안 저는 런던에 제가 알아낸 ——아니, 못 알아낸 것이라는 말이 맞겠군요——것을 보고하고 있었어요. 이 편지는 제가 마지막으로 보낸, 신원을 알 수 없는 사람에 대한 보고의 답변입니다. 그 편지로도 아시겠지만, 런던과 저는 막다른 골목에 와 있는 거예요. 박물관 얘기로는 퀸 경감님이 박물관에 연락을 한 뒤, 여러 번의 연락이 박물관측과 뉴욕 경찰 사이에 있었다고 해요——그 내용은 퀸 씨도 알고 계실 테죠. 처음에는 박물관에서 뉴욕의 문의에 답변을 해야 되는 것인지, 안해야 하는 것인지 망설였지요. 답변을 하려면 내용 전부를 전달해야 하니까 주저한 거예요.

이 편지는 뉴욕 경찰에 모든 것을 털어놓고, 다음 행동은 제가 알아서 조심성 있게 처리하라는 지시입니다." 그녀가 한숨을 내쉬었다. "저의 판단으로는 이 사건은 제 힘으로는 어찌해 볼 수 없는 데까지 온 것 같아서, 경감님을 방문하여 모든 것을 털어놓고 런던으로 돌아갈 참이었습니다."

엘러리가 편지를 돌려주자, 그녀는 편지를 손가방에 조심해서 넣었다. "잘 생각하셨습니다." 하고 엘러리가 말했다. "그림의 행방의 실마리가 너무 뒤엉켜서, 수사관의 단독 행동, 그것도 아마추어 수사관의 힘으로는 불가능하고 여러 사람의 프로들이 처리할 문제라는 생각이 듭니다. 그러나 다른 편으로는……." 그가 생각을 하며 말을 중단했다. "그러나 한편, 제가 찾는 데 도움이 될 수도 있다는 생각이 드는군요."

"퀸 씨!" 그녀의 눈에 생기가 돌았다.

"조용히 그림을 찾는 방법이 있다면, 박물관에서는 브레트 양이 계속해서 뉴욕에 있는 것을 허락할까요?"

"오, 그럼요! 그 점은 자신 있어요, 퀸 씨! 관장님께 즉시 전문을 보내겠어요."

"그러세요. 그리고, 브레트 양." 그가 웃음을 지었다. "아직 경찰에는 연락을 하지 마시지요. 저의 아버님께도 연락을 하지 마세요. 의심을 받는 입장에 있는 것이 도움이 될 것 같으니까요."

조앤이 벌떡 일어섰다. "좋습니다. 더 명령하실 것은 없나요?" 하며 그녀가 차려 자세로 오른손으로 경례하는 모습을 취했다.

엘러리가 미소를 지었다. "훌륭한 스파이가 되겠군요. 브레트 양, 지금부터는 우리는 연합군입니다. 당신과 나는 개인 협정을 맺은 겁니다."

"친밀한 협정이길 바라요." 그녀는 행복해 보였다. "스릴 있겠어요."

"위험하기도 하고요." 하고 엘러리가 말했다. "우리가 비밀협정은 맺었지만, 브레트 부관(副官), 당신에게까지도 숨겨야 할 것이 있어요. 그것은 당신을 위해서 하는 조치입니다." 그녀의 얼굴에 실망하는 빛이 나타나는 것을 보고 엘러리는 그녀의 손등을 토닥거렸다. "당신을 의심해서 그러는 것이 아닙니다. 내 명예를 걸고 맹세해요. 그러니 지금은 나를 믿어 줘야 합니다."

"알았습니다, 퀸 씨." 하고 그녀가 진지하게 말했다. "나의 모든 것을 당신에게 맡기겠어요."

"아이고, 그러면 안돼요." 하고 엘러리는 급히 말했다. "그것은 너무나 큰 유혹이에요. 당신은 너무나 아름다워서……쓸데없는 소리는 그만하고." 그녀의 재미있어하는 눈길을 피해 고개를 돌리고 생각하기 시작했다. "자, 어떻게 하면 된다? 흠……사람들이 해고됐다는 것을 알 테니 여기 있으려면 좋은 핑계가 있어야 할 텐데……직업도 없이 뉴욕에 있으면 의심받을 테고……칼키스 저택에 그냥 눌러 있을 수도 없고……아, 알았다!" 그가 조앤의 손을 잡았다. "남의 의심을 받지 않고 합법적으로 있을 만한 곳이 있어요."

"그게 어딘데요?"

엘러리는 그녀를 데리고 침대로 가서 둘이 앉아 머리를 맞댔다. "당신은 칼키스의 사업이나 개인적인 일을 잘 알고 있어요. 복잡한 유언집행 문제로 골치를 썩이고 있는 사람이 있어요. 바로 제임스 녹스 씨입니다!"

"아주 근사해요." 하고 그녀가 속삭였다.

"녹스가 골치를 썩이고 있으니," 하고 엘러리는 재빨리 말을 계속했다. "내용을 잘 아는 사람이 있다면 얼씨구나 할 겁니다. 어젯밤에 우드러프가 말하기를 녹스의 비서가 병으로 안 나온다더군요. 제가 조치를 해서 아무 의심도 않고 녹스 씨가 먼저 당신에게 일을 맡아 달라고 하도록 해보겠습니다. 이 일은 입 밖에 내면 안돼요. 일도 열심히 해서 남들이 의심하지 않도록 하세요."

"그 점은 염려 마세요." 그녀는 진지하게 말했다.

"염려하지 않아도 되겠지요." 엘러리가 일어나서 모자와 지팡이를 들었다. "아이쿠, 벌써 이렇게 시간이 됐나! 할 일이 아직도 많은데……잘 있어요, 부관! 전능하신 녹스 씨한테서 연락이 올 때까지 이 집에 있어야 합니다."

조앤이 고맙다고 하는 것을 아무것도 아니라는 듯이 막고는 방에서 급히 나왔다. 밖에 나온 그는 복도에서 잠깐 생각을 하더니,

심술궂은 미소를 머금고 복도를 지나서 앨런 체니의 방문을 두드렸다.

앨런 체니의 방안은 캔사스의 회오리 바람이 지나간 것처럼 어질러져 있었다. 마치 자기 그림자와 던지기 시합이라도 한 것처럼 물건들이 널려 있었다. 담배 꽁초들이 전투중에 죽은 군인처럼 방바닥에 깔려 있었다. 체니의 머리칼은 탈곡기를 통한 것처럼 헝클어져 있었고, 붉게 충혈된 두 눈은 성이 나서 방안을 둘러보고 있었다.

앨런은 안절부절못하고 방안을 왔다갔다하고 있었다. "들어와, 누구든간에!" 하는 그의 말을 듣고 엘러리는 물건들이 흩어져 있는 방안을 눈을 크게 뜨고 바라보면서 문가에 서 있었다.

그를 보고 서성거리던 걸음을 멈춘 앨런이, "무엇 때문에 왔습니까?" 하고 퉁명스럽게 물었다.

"얘기 좀 할까 하고 왔습니다." 하고 말하고 엘러리는 문을 닫았다. "기분이 대단히 언짢으실 때 온 것 같은데 오래 끌지는 않겠습니다. 앉아도 됩니까, 아니면 결투라도 하듯이 얘기를 할까요?"

그래도 예의를 차릴 수는 있었는지 체니는, "앉으시죠. 미안합니다. 이 의자에 앉으시오." 하고 말하며 더러운 방바닥에다 의자 위에 있던 담배 꽁초들을 쓸어 버렸다.

엘러리는 앉아서 이내 코안경 렌즈를 닦기 시작했다. 앨런이 화가 난 듯 그를 보았다. "자, 앨런 체니 씨." 하고 엘러리는 말하고 코안경을 그의 곧은 코 위에 얹었다. "얘기 좀 할까요? 나는 당신의 양아버지의 자살과 그림쇼 사건의 끝마무리를 하고 다니고 있었소."

"자살! 흥!" 앨런이 반박했다. "자살한 것이 아니오."

"그래요? 당신 어머니도 조금 전에 그런 말씀을 하시던데, 무슨 구체적인 증거라도 있습니까?"

"아니, 없소. 지금 와서 그런 것을 얘기해 봐야 무슨 소용이 있겠소. 죽어서 여섯 자 땅 밑에 묻혔는데." 앨런이 침대에 몸을 던졌다. "할말이란 게 뭐요, 퀸 씨?"

엘러리는 미소를 지었다. "이건 쓸데없는 질문이고, 당신도 이제는 숨길 필요가 없을 텐데……1주일 반 전에 왜 도망쳤소?"

앨런은 침대에 누운 채 담배를 피우면서 벽에 걸린 낡고 오래된 남아프리카 원주민이 쓰는 창을 바라보았다.

"아버지 것이었지요. 아프리카는 아버지의 특별한 천국이었소." 그리고는 담배를 던져 버리더니 침대에서 벌떡 일어나, 조앤의 방이 있는 쪽을 성난 눈으로 흘겨보면서 다시 방안을 거닐기 시작했다. "좋소, 얘기하지. 처음부터 그런 바보짓은 하지 말아야 하는 건데. 더러운 교태나 부리는 여자, 얼굴 값이나 하라지!"

"친애하는 체니 씨," 하고 엘러리가 중얼거렸다. "도대체 무슨 말을 하고 있는 거요?"

"내가 얼마나 병신짓을 했나 하는 얘기를 하는 거요! 세상에 다시없는 풋나기의 기사도 정신 얘기를 들어 보고 싶소, 퀸?" 하고 말하며 앨런은 이를 갈았다. "내가 사랑에 빠진 거요. 내가 이, 이……그래요, 조앤 브레트를 사랑하게 된 거요. 그런데 지난 몇 개월 동안 그 여자가 무엇을 찾는지 이 집안을 엿보며 다니더란 말이오. 남에게나 그 여자에게나 아무 말도 안했지. 사랑하는 사람을 위해 자기 희생을 한다나, 뭐 그런 병신 같은 짓이었소. 그 여자가 아저씨가 돌아가신 날 밤에 금고를 뒤적이는 것을 페퍼가 봤다는데 어떻게 된 거냐고 경감이 심문할 때……제기랄, 나는 어떻게 해야 할 줄을 모르겠더라고요. 유언장이 행방불명됐다, 살인이다, 이렇게 생각해 보니 끔찍한 생각이 들더군요……그녀가 그 무서운 일에 무슨 관계가 있다고 생각하니……." 말이 중얼거리는 소리로 변하더니 아무 소리도 들리지 않았다.

엘러리가 한숨을 쉬었다. "아, 사랑. 인용구 하나가 생각나는데, 말하면 안되겠군……그래서 앨런 기사는, 즉 당신은 쌀쌀한 레이디 에타레에게 멸시받고 있는 고귀한 펠레아스 경이군요. 그래서 기사답게 사랑하는 공주를 도우려고 백마를 타고 도망쳤다……."

"내 말을 갖고 장난이나 치려면 맘대로 하시오." 하고 앨런이 으르렁거렸다. "그래, 그 말이 맞아요. 당신 말대로 용감한 기사 흉내를 냈소……일부러 도망치는 이상한 행동을 해서 의심을 내게 돌리려고 했소. 내 참, 기가 막혀서!" 그는 화가 나서 어깨를 으쓱했다. "그런데 이게 뭐요? 그 여자가 그럴 만한 값어치가 있소? 이 바보 같은 얘기를 지껄이고는, 이 얘기나 그 여자나 잊어버려야겠소."

"살인사건을 수사하는 꼴이라니." 하고 말하며 엘러리는 일어섰다. "사람들이 이상한 짓을 왜 하는지 정신의학이 완전히 파악하기까지는 범죄 수사는 초보 단계를 벗어나지 못하겠군……아주 고맙소, 앨런 경. 그리고 자포자기하지 마십시오. 안녕!"

약 한 시간 뒤에 엘러리 퀸은 마일스 우드러프 변호사 사무실에서 우드러프를 마주보고 앉아 있었다. 변호사가 건네주는 작은 여송연을 태우며 잡담을 하고 있는 것은 전에 없던 별난 일이었다. 책상 옆에 있는 반짝이는 타구(唾具)에 자주 침을 뱉고 있는 변호사는, 칼키스의 유언 문제로 여지껏 경험하지 못한 어려움을 겪고 있었다.

"당신은 모를 것입니다, 퀸." 변호사가 큰소리로 말했다. "우리가 당면하고 있는 문제가 얼마나 복잡한지. 불에 탄 유언장 조각이 나타나는 바람에 강요된 분위기에서 유언장을 썼다고 증명하지 못하면 그림쇼의 유산으로 칼키스 화랑이 넘어가게 되고……녹스는 유언집행인이 된 것을 후회하고 있을 겁니다."

"녹스요? 그렇겠군요. 굉장히 바쁘겠지요?"

"말도 못하게 바빠요. 법의 판결이 나오기 전에도 할 일이 많아요. 세목별로 분리해서 목록을 만들어야 하는 것도 태산같이 많습니다. 칼키스가 자잘구레한 것을 많이 남겼거든요. 녹스는 그런 일은 내게 떠맡기겠죠. 그런 사람이 집행자가 되면 보통 우리 같은 사람이 고생을 하니까."

"녹스의 비서는 아파서 못 나온다 하고," 하고 무관심한 듯이 엘러리는 말했다. "브레트 양은 현재 직장도 없으니……."

우드러프의 여송연이 흔들렸다. "브레트 양! 좋은 생각이오, 퀸. 그 여자는 칼키스의 일이라면 환하고……내가 녹스에게 말을 꺼내서……."

씨를 뿌린 엘러리는 잠시 뒤에 그곳을 나와서 만족감에 미소를 지으며 브로드웨이를 걸었다.

우드러프 변호사는 엘러리가 떠난 2분 뒤에 녹스와 전화로 이야기를 나누고 있었다. "칼키스 저택에서 브레트 양이 할 일이 없어졌으니……."

"우드러프! 좋은 제안이오!"

제임스 J 녹스 씨는 안도의 숨을 쉰 뒤, 우드러프 변호사의 훌륭한 생각에 감사의 말을 하고 칼키스 저택을 전화로 불렀다.

조앤 브레트 양과 통화가 되자 그 생각을 자기가 한 것처럼 칼키스의 유산 문제가 해결될 때까지 자기 일을 돌보아 주러 당장 내일부터 일해 달라고 말했다. 또한, 영국 사람인 브레트 양이 뉴욕에는 거처도 없을 테니 일하는 동안에는 자기 저택에 머무르는 것이 좋겠다고 말했다.

브레트 양은 그 제안을 예의바르게 받아들였다. 봉급도 묘지에 묻혀 있는 칼키스가 주던 것보다 많았다. 그리고 그녀는 어떻게 엘러리 퀸이 그 일을 해냈는지 궁금해 했다.

제24장 공 개

10월 22일 금요일, 엘러리 퀸은 녹스 저택을 거들먹거리며 비공식적으로 방문했다. 흥미롭게 들릴지도 모르는 할말이 있으니 방문해 달라는 녹스 씨의 전화 요청에 의한 것이었다. 리버사이드 드라이브에 있는 어마어마한 저택에 택시로 온 엘러리는 제복을 입은 키 큰 사람에 의해 안내되었다. 메디치 궁(宮)에서 가져온 듯한 으리으리한 응접실에서 얼마 동안 기다린 뒤 높은 분을 만났다.

주위의 모든 현란함에도 불구하고, 높으신 분은 현대적인 사실(私室)──이 말은 몸을 꼿꼿이 편 집사가 사무실을 일컬어 한 말이었다──의 현대적인 책상에서 일을 하고 있었다. 검은 에나멜 가죽으로 벽을 장식했고, 모난 가구들, 미친놈의 꿈속에나 있을 듯한 램프들……현대의 부자가 꼭 가져야 할 그런 방이었다. 녹스 씨 옆에는 예쁜 무릎 위에 노트를 얹은 조앤 브레트 양이 단정하게 앉아 있었다.

녹스가 엘러리를 정성껏 맞았다. 나무 상자에 든 6인치(약 15*cm*)나 되는 허연 담배를 권하고, 보기에는 불편할 것 같으나 앉으니 편한 의자에 앉으라고 손짓을 했다. "빨리 와 줘서 고맙소. 브레트 양이 여기서 일하는 것을 보고 놀라지 않았소?"

"깜짝 놀랐습니다." 엘러리는 엄숙한 표정으로 말했다. 브레트 양은 속눈썹을 내리깔고 스커트 자락을 약간 내렸다. "브레트 양에게는 큰 다행이겠습니다."

"아냐, 내가 운이 좋은 사람이지. 브레트 양은 보물 같은 사람이오. 개인 비서가 배앓이를 한다나 뭘 해서 누웠다는군. 믿을 수 없는 여자야. 브레트 양이 내 개인 비서 일도 봐 주면서 칼키스의 일도 봐 주고 있지. 그 칼키스의 일이라니! 한 가지 얘기하겠는데, 온종일 어여쁜 아가씨를 보고 있는 것은 즐거운 일이라오. 내 개인 비서는 바짝 마른 얼굴을 한 스코틀랜드 출신이었는데, 자기 어머니 무릎 위에서 웃어 보고는 한 번도 웃지 않은 여자일 거요. 잠깐 실례를 해야겠소, 퀸. 우선 브레트 양과 몇 가지 일을 처리하고 얘기합시다……날짜가 다 된 청구서들을 지불해요, 브레트 양."

"청구서 지불." 하고 브레트 양이 유순하게 반복했다.

"그리고 브레트 양이 구입한 사무용품 대금도 지불해요. 새로 산 타자기 대금에는 타자 활자를 한 개 바꾼 대금을 잊지 말고 같이 지불하도록 하고……낡은 타자기는 자선기관에 기부해요. 오래된 기계들은 영 못마땅해서……."

"낡은 타자기는 자선기관에."

"그리고 시간을 내서 브레트 양이 권한 철제 서류 캐비닛을 주문하시오. 그게 끝이오."

조앤은 일어나서 방 건너편으로 가서, 비서에게 가장 어울리는 몸가짐으로 최신식 의자에 앉았다. "자……퀸, 이제 얘기할 시간이 생겼소. 자질구레한 것을 처리하려니 귀찮군. 개인 비서가 안 나와서 큰 불편을 겪고 있소."

"그러시겠지요." 하고 엘러리가 낮게 말했다. 무엇 때문에 제임스 J 녹스가 거의 생판 모르는 사람이라고 할 수 있는 자기에게 별 뜻도 없는 개인적인 얘기를 하려는 것일까? 언제나 하고 싶은 말을 하려는 것일까? 혹시, 제임스 J 녹스는 무슨 낭패스러운 일이나 불안을 감추려고 쓸데없는 말을 하고 있는 것이 아닐까…….

녹스가 금을 입힌 연필을 만지작거렸다. "오늘 어떤 생각이 떠올랐소, 퀸. 마음이 혼란스럽지 않았다면 벌써 생각이 났겠지. 경찰본부에서 퀸 경감과 얘기할 때는 까맣게 잊고 있었다오."

'엘러리 퀸, 너는 재수가 좋은 놈이야!' 하고 엘러리는 생각했다. 끈질기게 뒤쫓다 보면 이런 일도……. "그게 뭡니까?" 하고 큰 관심이 없다는 듯이 엘러리는 물었다.

녹스가 얘기를 시작했다. 처음에는 불안한 듯했던 태도도 말을 계속함에 따라 없어졌다.

녹스가 그림쇼와 함께 칼키스를 방문하던 날 밤 이상한 일이 있었다. 그림쇼가 요구한 약속어음을 만들어서 주고 난 뒤의 일이었다. 어음을 지갑에 넣으면서 이득을 더 보자는 속셈에서였는지, 어음 내용을 잘 이행하겠다는 징표로, 또 당장 쓸 돈도 없으니 선금조로 1,000 달러를 달라고 칼키스에게 눈썹도 깜빡이지 않고 요구했다는 것이다.

"1,000 달러라는 돈은 그림쇼의 몸에서 나오지 않았습니다, 녹스 씨!" 하고 엘러리가 날카롭게 말했다.

"내 말을 끝까지 전부 들어 보시오, 젊은 친구." 하고 녹스가 말했다. "칼키스가 집에는 그런 돈이 없다고 말하고, 내게 다음날 갚겠다고 꿔 달라고 하더군. 그래서……." 녹스가 불쾌한 표정으로 담뱃재를 털었다. "마침 그날 개인적으로 쓰려고 은행에서 1,000 달러짜리 지폐를 다섯 장 찾은 것이 있어서, 그 중에 한 장을 칼키스에게 건넸더니 그림쇼에게 주더군."

"그래, 그림쇼는 그 돈을 어디에 넣던가요?"

"그림쇼가 칼키스에게서 돈을 낚아채더니, 조끼 주머니에서 낡고 무거운 금시계를 꺼내어——슬론의 금고에서 발견됐다는 그것 같아——뒤뚜껑을 열더군. 지폐를 작게 접어서 시계 뒤에 넣고 뒤

뚜껑을 닫고는 시계를 조끼 주머니에 넣었소……."

엘러리가 손톱을 물어뜯었다. "낡고 무거운 금시계. 금고에서 나온 것이 틀림없습니까?"

"틀림없소. 신문에서 금고에서 나왔다는 시계의 사진을 봤는데, 그 시계였소."

"정말로 운만 따라 준다면……녹스 씨, 그날 은행에서 찾은 지폐 번호를 갖고 계십니까? 당장 시계를 조사하는 것이 대단히 중요합니다. 만일 돈이 없어졌다면 그 지폐 번호가 살인범을 찾는 단서를 제공할 수도 있으니까요!"

"나도 그렇게 생각했지. 당장 알아봅시다. 브레트 양, 은행 출납 책임자인 보먼을 전화로 불러 줘요."

브레트 양이 자기 감정을 나타내지 않고 은행을 연결한 뒤에 녹스에게 수화기를 건네고 말없이 자기 자리로 가서 비서 일을 보았다. "보먼인가? 녹스요. 10월 1일 내게 준 1,000 달러짜리 지폐 다섯 장의 번호들을 알려주시오……그래요? 좋아." 녹스가 기다리다가 메모지에 번호를 적기 시작했다. 전화를 끊고 메모지를 엘러리에게 주었다. "여기 있소, 퀸."

엘러리는 신경을 다른 곳에 쏟으며 종이를 만지작거렸다. "녹스 씨, 저와 같이 경찰에 가서 시계 속을 조사하는 것을 도와주시겠습니까?"

"기꺼이. 수사라는 것이 대단히 매력적이더군."

책상 위에 전화벨이 울리자 조앤이 일어나서 받았다. "보증채권에서 전화왔습니다. 제가 처리……?"

"아니, 내가 받겠소. 실례하오, 퀸."

엘러리에게는 흥미 없고 따분한 업무 통화를 녹스가 하는 동안, 그는 조앤과 같이 그녀의 책상으로 갔다. 그녀에게 의미 있는 눈길로 신호를 하고 말했다. "브레트 양, 이 지폐 번호들을 타자쳐 주시겠습니까?" 몸을 구부려서 그녀에게 귓속말을 하려는 핑계였다. 그녀는 엘러리가 주는 종이를 다소곳이 받아 타자기에 끼우고 낮게 말했다. "왜 녹스 씨가 그림쇼와 같이 왔었던 미지의 인물이라는 것을 말 안하셨죠?" 비난조의 말투였다.

엘러리가 조심하라는 듯이 고개를 저었다. 녹스가 통화하는 음성에는 움찔해서 더듬거리는 기미가 없었다. 조앤이 타자기에서 종이를 빼면서 큰소리로 말했다. "아이, 귀찮아. '번호'라는 말을 일일이 쳐야 하니." 그리고 새로운 타자지를 끼우고는 능숙한 솜씨로 타자를 치기 시작했다.

엘러리가 낮게 말했다. "런던에서 무슨 연락 받았소?"

그녀가 고개를 흔들었다. 타자판 위에서 춤추던 그녀의 손이 멈칫했다. "아직도 녹스 씨의 타자기에는 익숙치가 못해요……나는 언더우드만 써 왔는데, 이건 레밍턴 타자기라서……그렇다고 이 집에는 다른 타자란 한 대도 없으니……." 그녀가 타자를 끝내고, 타자친 종이를 빼내서 엘러리에게 주면서 속삭였다. "녹스 씨가 혹시 레오나르도를 갖고 있는 것은 아니에요?"

엘러리가 그녀의 어깨를 얼마나 세게 쥐었던지, 그녀는 몸을 움찔하며 얼굴이 하얘졌다. 그가 미소를 띄우며 명랑하게 말했다. "잘하셨습니다, 브레트 양. 감사해요." 그리고는 종이를 주머니에 넣으면서 속삭였다. "조심해요. 쓸데없는 짓 말아요. 뭘 찾겠다고 뒤적이다가 들키거나 하지 말아요. 나를 믿고 비서 일이나 잘해요. 1,000 달러 지폐 얘기는 입 밖에도 내지 말고……."

"알겠어요, 퀸 씨." 그녀는 대답하며 장난기 있게 윙크를 했다.

수수한 제복을 입고 목을 뻣뻣이 세운, 저승의 나루지기 같은 녹스의 운전사가 운전하는 녹스의 타운카(유리문으로 앞뒤 자리를 칸막이 한 자동차) 뒷좌석에 유명한 높은 분 옆에 앉아 가는 즐거움을 엘러리는 맛보았다.

센터 가에 있는 경찰본부에 도착한 두 사람은 넓은 계단을 올라가서 안으로 들어갔다. 경찰, 형사, 그리고 여러 사람들이 퀸 경감의 아들을 성심껏 대하는 것을 본 녹스 씨가 놀라는 표정을 짓는 것을 보고 엘러리는 재미있어했다. 엘러리가 녹스를 보관실로 데리고 가서, 그림쇼―슬론 사건의 물증들이 보관된 함을 열고 구식 금시계를 꺼내어 둘만이 있어 조용한 가운데 시계를 조사했다.

녹스 씨는 단순한 호기심뿐이었으나 엘러리는 앞으로 사건이 전개될 징조 같은 것을 느끼며 시계의 뒤뚜껑을 열었다.

그 안에는 작게 접힌 1,000 달러짜리 지폐가 있었다.

엘러리의 얼굴에는 실망했다는 표정이 역력했다. 지폐 번호를 추적해서 범인의 꼬투리를 잡겠다던 희망이 지폐가 그곳에 있음으로 해서 사라졌기 때문이다. 그래도 엘러리는 지폐 번호와 타자로 쳐진 번호를 대조하여, 그 지폐가 녹스 씨가 은행에서 인출한 것이 틀림없다는 것을 확인하고는 시계 뒤뚜껑을 닫고 시계를 보관함에 다시 넣었다.

"어떻게 생각하시오, 퀸?"

"별 도움이 안됩니다. 이 새로운 발견은 슬론 범인설에 영향을 끼치지 못합니다." 하고 엘러리는 낙심했다는 투로 말했다. "슬론이 그림쇼의 살해범이고 신원 미상의 공범이었다 해도, 지폐가 아직도 시계 안에 있다는 것은 슬론이 지폐가 있었다는 걸 몰랐다는 얘기밖에 안됩니다. 그림쇼가 자기 동업자를 속였고, 칼키스에게서 강탈하다시피 얻은 돈을 동업자와 나눌 생각이 없어서 말하지 않았다고 볼 수 있습니다. 지폐를 이상한 곳에 감춘 일을 생각해 보십시오. 슬론이 그림쇼를 살해하고 무슨 개인적인 이유로 시계는 빼앗았지만 시계 속에 돈이 있으리라고는 생각지 못하고 속을 보지 않았다고 생각할 수 있습니다. 따라서 지폐가 아직도 시계 안에 있다……설명 끝입니다……젠장!"

"당신은 슬론 범인설이 마음에 들지 않는 모양이군?" 하고 녹스가 엘러리의 속마음을 읽은 듯이 말했다.

"녹스 씨, 무엇을 어떻게 생각해야 할지 모르겠습니다." 그들이 복도를 걸어나갔다. "한 가지 부탁드릴 것이 있습니다……."

"무엇이건 말해요, 퀸."

"아무에게도 시계 안에 있었던 돈 얘기는 하지 마십시오. 특별한 뜻은 없지만……."

"알았소. 그렇게 하지. 하지만, 브레트 양은 우리가 하는 말을 들어서 알 텐데."

엘러리가 고개를 끄덕였다. "그녀에게도 입 밖에 내지 말라고 말해 주십시오."

둘이 악수를 하고, 엘러리는 녹스가 떠나는 것을 보고 있다가, 마음을 안정시킬 수 없는지 복도를 서성거렸다. 잠시 뒤에 아버지 사무실에 들렀으나 아무도 없었다. 그는 고개를 흔들더니 센터 가로 내려가서 택시를 잡아탔다.

5분 뒤에 엘러리는 제임스 J 녹스 씨 거래 은행에 있었다. 출납 책임자인 보먼 씨를 찾아, 뻔뻔스럽게도 경찰 특수신분증을 내보이면서 10월 1일에 녹스 씨가 인출한 1,000달러짜리 지폐 번호를 보여 달라고 했다.

그림쇼의 시계에서 나온 지폐 번호가 은행에서 제공한 다섯 개의 번호 중에 있었다.

엘러리는 은행을 나와 별 소득도 없었다는 생각이 들었는지 택시도 타지 않고 지하철로 집으로 갔다.

제25장 잔　해

土요일 오후에 브루클린에 와야 한다니……그것도 앙상한 나무들만 줄줄이 서 있는 플랫부쉬 지역 주택가를 걷고 있어야 한다니……하고 비참하다는 생각을 하면서, 엘러리는 집의 번짓수를 기웃거렸다. 생각했던 것보다는 괜찮아……평화롭고 건전한 동네 같아……브로드웨이에나 어울릴 것 같은 제러마이어 오델 부인의 모습과, 그 부인이 시골 같은 이곳에 살고 있다는 것을 생각하고 엘러리는 낮게 웃었다.

제러마이어 오델 부인은 문 앞에 목조로 된 다섯 계단이 있는, 하얗게 칠한 목조 건물인 자기 집에 있었다. 엘러리가 초인종을 누르자 문을 연 그녀의 금빛 눈썹이 올라가더니 외판원이 찾아왔다고 생각했는지 경험 많은 가정 주부가 취하는 통명스러운 태도로 문을 닫으려고 뒤로 발을 뺐다. 엘러리는 미소를 띠면서 문지방에 발을 끼웠다. 엘러리가 경찰 신분증을 내보이자 통명스러웠던 얼굴에 공포의 빛 같은 것이 떠올랐다.

"들어오세요, 퀸 씨. 들어오세요……처음에는 누구신 줄 못 알아

보고⋯⋯." 그녀는 불안한 몸짓으로 앞치마에 손을 닦더니——그녀는 풀을 먹여서 빳빳한 꽃무늬 실내복을 입고 있었다——시원하고 컴컴한 현관의 홀로 안내했다. 왼편에 문이 열려 있는 방이 있었는데, 그녀가 앞장서서 그 방으로 안내했다. "제리도⋯⋯남편도 오는 것이 좋겠지요?"

"그랬으면 좋겠습니다."

그녀는 급히 나갔다.

엘러리는 미소를 띤 얼굴로 방안을 둘러보았다. 릴리 모리슨이 릴리 오델이 된 것은 더 잘된 일인 듯했다. 결혼 생활이 그녀를 가정적으로 만든 것 같았다. 방안은 쾌적했고 깨끗했다——그들은 '거실'이라고 부를 것이 분명하다. 가정 주부 노릇이 즐거워서 애써서 고른 것이었겠지만, 경험이 적어서 그런지 쿠션은 불타는 듯한 빨간색이었고, 잘 꾸며야겠다는 책임감으로 말미암아 벽에는 너무 야한 그림이 걸려 있었고, 고풍스런 전기 스탠드들이 여기저기 놓여 있었다. 가구들은 묵직하고 호화스러웠으며 조각이 되어 있었다. 앨버트 그림쇼 같은 인물과 어울렸던 릴리가 건장한 제러마이어 오델과 함께 값이 저렴한 가구점에서 가장 무겁고, 값져 보이고, 화려한 가구들을 들뜬 마음으로 고르고 있는 모습을 그는 쉽게 상상할 수가 있었다.

그가 속으로 웃으며 하던 상상은 집 주인 오델이 방으로 오는 바람에 뚝 그쳐 버렸다. 제러마이어 오델의 손이 더러운 것으로 보아 집 뒤 어디엔가 있을 차고에서 세차를 하다가 온 것이 분명했다. 몸집이 큰 오델은 더러운 자기 모습에 대한 인사도 없이 엘러리에게 앉으라는 손짓을 하고는 자기가 먼저 앉았다. 부인은 그의 옆에 서 있었다. "뭐요? 그 빌어먹을 조산가 뭔가 하는 것은 끝난 줄 알았는데. 이번에는 뭣 때문에 왔소?"

부인은 앉을 기미를 보이지 않았다. 엘러리도 그냥 서 있었다. 오델은 얼굴이 뻘개서 험악해 보였다. "그냥 말이나 몇 마디 하려고요. 공식적인 방문이 아닙니다. 뭘 좀 확인하려고⋯⋯."

"사건은 해결된 줄 알았는데?"

"그래요, 해결됐죠." 엘러리가 한숨을 쉬었다. "잠깐이면 됩니다

……별로 중요하지는 않지만, 설명이 안된 부분들을 개인적으로 풀어 보고 싶어서…….”

“우리는 말할 게 없소!”

“아, 진정하세요.” 하고 말하며 엘러리가 웃음을 띠었다. “사건에 관계되는 중요한 얘기는 없겠지요, 오델 씨. 중요한 것들은 우리가 전부 알고 있거든요…….”

“아니, 우리를 속이려는 거요, 뭐요?”

“오델 씨!” 엘러리는 놀란 표정이었다. “신문도 안 봤습니까? 당신을 속여서 무엇을 합니까? 퀸 경감님이 심문할 때 당신은 피하는 것 같더군요. 하지만, 지금은 사정이 달라졌지 않습니까? 당신을 의심하는 것이 아닙니다, 오델 씨.”

“알았소, 알았어요. 뭘 알고 싶소?”

“그 목요일에 베네딕트 호텔로 그림쇼를 찾아간 것에 대해 왜 거짓말을 했습니까?”

“이봐!” 하고 오델이 험악한 목소리로 말을 시작했다. 부인이 그의 어깨에 손을 얹자, 그는 부인을 보고 말했다. “당신은 빠져, 릴리.”

“아녜요.” 하고 부인이 떨리는 목소리로 말했다. “소용없어요, 여보. 이런 식으로 해선 부질없어요. 당신이 몰라서 그러는데, 경찰은 끝까지 물고 늘어질 거예요……. 퀸 씨에게 사실을 말하세요.”

“그것이 언제나 현명한 방법이지요, 오델 부인. 마음에 걸리는 것도 없는데 얘기하지 않을 필요가 있습니까?”

엘러리와 오델의 눈길이 부딪쳤다. 오델이 고개를 떨구고 손으로 턱을 쓸면서 오랫동안 생각에 잠겼다. 엘러리는 아무 말도 하지 않고 기다렸다.

“좋아.” 하고 결국 오델이 말을 시작했다. “말하겠소. 그렇지만 이것이 무슨 이상한 꾀를 내서 하는 짓이라면 가만두지 않을 줄 아시오! 당신은 좀 앉아. 그러고 있으니까 내가 불안하군.” 그녀는 고분고분 소파에 앉았다. “퀸 경감 말대로 그곳에 갔었소. 여자보다 조금 늦게 프런트에 갔지…….”

“그러면 당신은 그림쇼의 네 번째 방문객이 되는군요.” 하고 엘러리가 생각하며 말했다. "왜 갔습니까, 오델 씨?"

"그 그림쇼라는 쥐새끼가 출옥하고 나서 즉시 릴리에게 연락을 했소. 나는 릴리와 결혼하기 전의 과거는 몰랐었소. 알았다고 해도 대수롭지 않게 여겼을 텐데, 내가 나쁘게 생각할까 봐 바보같이 나에게는 말을 하지 않고 있었던 거요……."

"아주 현명하지 못한 행동이십니다, 오델 부인." 하고 엘러리가 나무라는 투로 말했다. "항상 자기의 마음의 짝에게는 믿음을 갖고 모든 얘기를 해야 합니다. 그것이야말로 완전한 부부 관계의 초석이 되는 것이지요."

오델이 잠깐 미소를 띠었다. "이 친구 얘기하는 것 좀 봐, 여보……. 내가 당신 과거를 알면 도망이라도 갈 줄 알았어, 여보?" 여자는 아무 말도 하지 않고 앞치마에 주름만 잡고 있었다. "하여튼 그림쇼 놈이 내 아내에게 연락을 해서——어떻게 알았는지는 모르지만 놈은 찾아냈소, 쥐새끼 같은 놈!——쉬크의 술집에서 억지로 만나자고 했소. 마누라는 만나 주지 않으면 내게 말을 할까 봐 겁이 나서 나갔소."

"무슨 말인지 이해가 됩니다."

"그놈이 마누라가 마음을 고쳐 먹었다는 말을 믿지 않고 무슨 계략이라도 꾸미는 줄 알았는지 베네딕트 호텔의 자기 방에서 만나자는 거야. 그래서 술집을 뛰쳐나와 집에 와서 내게 전부 이야기했소……너무 심한 지경에까지 왔다고 생각한 거지."

"그래서 당신이 한바탕 하려고 찾아간 것이군요?"

"그랬소." 오델이 뚱한 표정으로 자기의 상처투성이의 큰 손을 내려다보았다. "그 나쁜 놈에게 대놓고 말했소. 내 아내를 그냥 놔두지 않으면 혼을 내주겠다고. 그것뿐이오. 겁을 잔뜩 주고 나왔소."

"그림쇼의 반응은 어땠습니까?"

오델이 거북해 하는 표정이 되었다. "놈이 겁이 잔뜩 났던 것 같소. 멱살을 잡으니까, 얼굴이 하얗게 되어서……."

"아, 거칠게 다루셨나요?"

오델이 큰소리로 웃었다. "멱살 잡고 몇 번 흔드는 것을 거칠게 다룬다고 합니까, 퀸 씨? 우리가 술 취한 뱃놈들하고 한번 붙는 걸 봐야겠군……아니, 몇 번 흔들어 주기만 했소. 그놈은 겁쟁이라 총도 못 빼더군."

"그 사람이 권총을 갖고 있었습니까?"

"글쎄요. 없었는지도 모르지. 보지는 못했으니까. 그렇지만 그런 놈은 언제나 총을 갖고 다니거든."

엘러리는 생각하기 시작했다. 오델 부인이 겁먹은 작은 목소리로 말했다. "그러니 남편은 죄를 지은 게 없어요, 퀸 씨."

"한편으로는——진작 이렇게 말씀해 주셨으면 우리가 고생을 덜 했을 겁니다."

"놈을 죽였다고 의심받을까 봐 겁이 났소."

"오델 씨, 그림쇼의 방에 다른 사람은 없었습니까?"

"그림쇼뿐이었소."

"방이 흐트러졌거나 술잔이 있었거나, 다른 사람이 있는 흔적은 없었습니까?"

"흔적이 있었더라도 못 보았을 거요. 화가 잔뜩 나 있었으니까."

"그날 밤 이후, 두 분 중 누가 그림쇼를 봤습니까?"

두 사람이 같이 머리를 흔들었다.

"잘 알았습니다. 다시는 귀찮게 안하지요."

지하철로 집으로 가는 시간은 지루했다. 생각해 볼 것도 없고, 신문으로도 기분전환이 되지 않았다. 웨스트 87번가 3층 아파트의 초인종을 누를 때는 눈살을 찌푸리고 있었고, 쥬나가 얼굴을 내밀어도 찌푸린 눈살은 펴지지를 않았다.

쥬나는 엘러리의 기분을 알아차리고 기분전환을 시키려고 애를 썼다. 엘러리의 코트, 모자, 그리고 지팡이를 과장된 몸짓으로 받아들었고——이 행동이 보통때는 엘러리에게 미소를 짓게끔 했다——얼굴을 이상하게 찌푸리기도 하고, 뛰어가서 담배를 갖고 와서 엘러리의 입술 사이에 끼우고 불도 붙여 주고…….

그는 자기의 노력이 허사가 되자, "뭐가 잘못되었나요, 엘러리?" 하고 물었다.

엘러리는 크게 숨을 쉬고서 말했다. "모든 것이 잘못되었어. 이 사건에 있어서는 잘못되었다는 것은 내게는 잘된 것인데……."

쥬나는 무슨 말인지 전혀 알아듣지는 못했지만 계속하라는 듯이 미소를 지었다.

"쥬나." 하고 엘러리가 말을 계속하면서 의자에 털썩 주저앉았다. "내 얘기를 잘 들어 봐. 그날 밤 그림쇼에게는 다섯 명의 방문객이 있었어. 다섯 명 중 세 사람은 확인되었어. 죽은 길버트 슬론, 그의 부인, 그리고 오델, 이렇게 세 사람이지. 나머지 두 사람 중 한 사람은 자기는 아니라지만 워즈 박사가 분명해. 특별한 이유는 없을지도 모르고, 그 살인사건과는 관계가 없는 간단한 이유로 해서 찾아갔는지도 모르지만, 워즈 의사가 그 중에 한 사람이라면 남은 사람은 신원미상의 사나이뿐이야. 만일 슬론이 그림쇼와 같이 들어간 사람이고 살인자라면, 두 번째로 온 사람은 누구냐 이말씀이야."

"그렇군요." 하고 쥬나가 대답했다.

"완전히 내가 졌어. 내가 쓸데없는 말만 지껄이는 거야. 슬론 범인설을 비난할 것은 아무것도 못 찾았어."

"못 찾았군요." 하고 쥬나가 말했다. "좋은 커피를 부엌에 갖다 났습니다, 제가."

"'제가 부엌에 좋은 커피를 마련해 놓았습니다.' 라고 말해. 이 문법도 제대로 배우지 못한 애송이야!" 하고 엘러리는 엄하게 말했다.

여러 가지를 생각해 볼 때, 만족스럽지 못한 하루였다.

제26장 빛

그날 일이 전부 끝난 것은 아니었다. 그로부터 한 시간 뒤에, 며칠 전에 슬론 부인이 퀸 경감을 방문했을 때 심어 놓은 나무가 놀랍고도 예측하지 못했던 열매를 맺어, 아버지가 엘러리에게 전화를 걸었던 것이다.

"이상한 일이 생겼어." 하고 아버지가 쾌활한 목소리로 말했다.

"너도 듣는 것이 좋을 것 같아서 전화를 했다."

엘러리는 기대하는 눈치가 아니었다. "하도 여러 번 실망을 해서……."

"슬론이 범인이란 것에 대해 영향을 줄 수 없는 얘기이기는 하다." 경감의 목소리가 퉁명스러운 쪽으로 변했다. "얘, 너, 이 이야기 듣고 싶은 거냐, 싫은 거냐?"

"들어 보지요. 무슨 일인데요?"

엘러리는 아버지가 재채기를 하더니 기침을 하고 목을 가다듬는 소리를 들었다──못마땅할 때 하는 아버지의 버릇이었다. "얘기가 길어. 사무실로 오려무나."

"그러지요."

엘러리가 큰 기대감을 갖고 아버지를 만나러 간 것은 아니었다. 그는 지하철을 원래부터 싫어했고, 골치도 조금 아파서 기분이 썩 좋지 못했다. 게다가 아버지는 부하들과 회의중이어서 밖에서 45분이나 기다려야 했다. 그래서 다리를 질질 끌면서 아버지 사무실로 들어간 엘러리는 신경이 곤두서 있었다.

"세상이 깜짝 놀랄 만한 얘기가 무엇이지요?"

경감이 엘러리 쪽을 향해 발로 의자를 밀었다. "우선 앉거라. 오늘 오후에 네 친구──이름이 뭐더라?──그래, 수이자가 찾아왔더라."

"나시오 수이자가 제 친구라고요? 그래서요?"

"그가 슬론이 자살하던 날 밤에 칼키스 화랑에 갔었다고 하더라."

피로가 확 풀렸다. 엘러리가 벌떡 일어났다. "정말이에요? 그럴 수가!"

"흥분하지 말아." 하고 경감이 으르렁거렸다. "별것도 아닌데. 그는 칼키스 화랑의 예술품들의 설명서 작성을 할 것이 있었는데, 힘깨나 들고 오래 걸리는 일이라서 일을 빨리 끝내려고 그날 밤에 그곳에 갔다고 하더구나."

"그날 밤이 슬론이 자살한 날 밤이지요?"

"그래. 얘기나 끝까지 들어 봐. 그가 화랑에 도착해서 자기 열쇠로 문을 열고 들어가서 2층의 길다란 전시실로……."

"전기 도난경보장치가 작동중이었는데 어떻게 열쇠로 열고 들어갈 수 있었지요?"

"경보장치가 작동을 안하더라는 거야. 그 말은 안에 누가 있다는 얘기가 된다. 보통, 마지막으로 화랑을 나가는 사람이 경보장치를 작동시키고 그 장치를 설치한 도난방지회사에 전화로 연락을 한다더군. 어쨌든 2층에 올라가니 슬론 사무실에 불이 켜진 것이 보여서 슬론이 늦게까지 일하고 있는 줄 알고 설명서에 물어볼 것이 있어 그 방으로 갔다는 거야. 방안에 들어가서는 나중에 우리가 발견한 그대로의 슬론의 시체를 발견했대."

엘러리는 이상하게 흥분하고 있는 모습이었다. 눈은 최면이라도 걸린 사람처럼 경감의 얼굴에 못박혀 있었고, 습관적으로 담배를 꺼내 입에 물었다. "우리가 발견한 모습 그대로?"

"그래. 머리는 책상 위에, 권총은 축 늘어진 오른팔 밑 마루 위에 ── 모든 것이 그대로였다고 하더군. 참, 그가 발견한 시간은 우리가 가기 조금 전이었던 것 같아. 물론 수이자는 당황했지. 그를 나무랄 수만도 없어. 대단히 곤란한 입장에 처했으니. 그래서 그곳에서 자기가 발견되면 살인 혐의를 받을까 두려워서 아무것에도 손을 대지 않고 도망쳤다는구나."

엘러리의 눈이 불타고 있었다. "만일, 그렇게만 되었다면!"

"뭐가 어떻게 돼? 좀 앉아. 또 네 버릇이 나오는구나." 하고 경감이 퉁명스럽게 말했다. "엉뚱한 생각일랑 하지 마. 방안의 상태에 대해 수이자를 한 시간이나 심문해 봤는데 우리가 발견한 것이나 그가 발견할 때나 다름이 없었어. 슬론의 자살이 신문에 발표되자, 마음은 놓았지만 그래도 불안했던 모양이야. 다른 일이 더 일어나는가 살펴보다가 아무 일도 더 이상 일어나지 않으니까 양심에 걸리는 것도 있고, 말을 해도 괜찮을 것도 같아서 내게 와서 털어놓은 거야. 그게 전부야."

엘러리는 정신은 먼 곳에 두고 담배를 세게 빨고 있었다.

경감이 약간은 불안한 듯이 말을 계속했다. "그냥 있었던 일에 불과해. 슬론이 범인이라는 점에는 아무런 영향도 끼치지 않아."

"그래요. 그 점은 아버지 말씀을 인정합니다. 수이자가 결백하지 않았다면 그런 말을 하지 않았을 것이고, 또 사건이 해결됐으니 지금 말해 봐야 자기에게 살인혐의가 돌아올 수도 없다고 생각해서 그 얘기를 했다는 것은 명백해요. 저는 그것을 생각한 것이 아니고 ……아버지!"

"왜?"

"슬론이 자살했다는 것을 논리적으로 확인해 보고 싶지 않으십니까?"

"뭐라고? 확인?" 경감이 코방귀를 뀌었다. "논리는 무슨 놈의 논리. 그것은 밝혀진 사실이야. 하기야, 증거가 더 있다고 나쁠 것도 없지. 네 생각은 뭔데?"

엘러리는 잔뜩 흥분되어 있었다. "아버지가 말씀하신 수이자의 진술에는 슬론이 범인이라는 것을 뒤엎을 만한 아무런 사실도 없다는 사실은 맞습니다. 그렇지만 수이자에게 단 한 가지 질문만 하면 슬론이 자살했다는 아버지의 주장을 확인할 수가 있습니다. 아버지는 수이자가 화랑에 간 것이 슬론이 범인이라는 데 아무런 영향을 끼치지 않는다고 믿고 계시는 것은 알지만, 아주 작은 가능성이……그건 그렇고 그날 밤 수이자가 화랑을 떠나면서 도난경보는 작동시켰다고 합니까?"

"그래. 기계적으로 그랬다고 하더라."

"그렇군요." 엘러리가 벌떡 일어섰다. "당장 수이자를 만나러 가시죠. 그 질문의 답을 듣지 않고는 잠을 못 잘 것 같습니다."

경감이 아랫입술을 손으로 만지작거렸다. "그러고 보니 네 말이 맞다, 끈질긴 녀석. 아니, 내가 왜 그것을 물어 보지 않았지?" 그도 벌떡 일어나서 코트를 잡았다. "화랑에 간다고 했어. 가자!"

매디슨 애버뉴에 있는 칼키스 화랑에 가니 혼자 있던 수이자는 약간 불안해 하고 있었다. 보통때는 깨끗이 빗어 넘긴 머리가 오늘은 헝클어져 있었다. 판자로 막은 슬론의 사무실 건너편에 있는 자기 사무실에서 그들을 맞은 수이자는, 불안한 목소리로 슬론이 죽고 나서 슬론의 사무실은 사용하지 않고 있다고 설명했다. 마음의 동요를 감추려고 쓸데없는 소리를 하고 있는 것이 뻔하게 보였다. 골동품들이 어지럽게 널린 사무실 안에 있는 의자에 퀸 부자를 앉

힌 그가 불쑥 말했다. "뭐가 잘못됐습니까, 경감님? 다른 무엇이
라도······."

"불안해 할 것 없소." 하고 경감이 부드럽게 말했다. "내 아들이
물어 볼 것이 있어서 왔소."

"뭔데요?"

"제가 듣기로는," 하고 엘러리가 말을 시작했다. "슬론 씨가 죽
던 날 슬론 씨 방에 불이 켜져 있는 것을 보고 그 방에 들어갔다고
하셨다는데, 맞습니까?"

"꼭 그렇게 된 것은 아니지요." 수이자가 두 손을 꼭 쥐고 말했
다. "슬론에게 사실은 할말이 있었습니다. 전시실에 와서는 슬론이
자기 사무실에 있다는 것을 알았지요. 왜냐하면, 문에 달린 창으로
사무실 안의 불빛을 볼 수······."

퀸 부자가 전기의자에라도 앉아 있던 것처럼 몸을 크게 꿈틀거
렸다. "문에 달린 창으로 불빛이라······." 엘러리가 이상한 음성으
로 말했다. "그럼, 슬론 사무실은 문이 닫혀 있었단 말입니까?"

수이자는 어리둥절한 표정이었다. "아, 물론이지요. 그게 중요한
일입니까? 내가 말씀드린 것으로 알고 있는데요, 경감님?"

"말 안했소!" 그는 고함을 쳤고, 노인의 코는 입술까지 늘어져
있었다. "그리고 도망칠 때 문을 열어놨다는 말이지요?"

수이자는 더듬거렸다. "그렇습니다. 저는 굉장히 당황하고 있었
거든요. 그것이 뭐가······그런데, 물어 볼 것이 있다고 했는데, 뭐
지요?"

"대답은 벌써 하셨습니다." 하고 엘러리가 비꼬듯이 말했다.

입장이 완전히 바뀌었다. 30분 뒤에 그들은 자기 집 응접실에 있
었다. 경감은 화가 잔뜩 나서 혼자 중얼거리고 있었고, 엘러리는
기분이 좋아져서 놀란 쥬나가 새로 지핀 벽난로 불 앞에서 콧노래
를 부르며 서성거리고 있었다. 경감이 전화 두 통을 하고 난 다음
둘은 입을 열지 않았다. 엘러리는 조금 마음을 가라앉히기는 했으
나 눈은 불타고 있었고, 자기가 제일 좋아하는 의자에 앉아 벽난로
에 넣을 장작 위에 발을 얹고 타오르는 불길을 바라보고 있었다.

초인종 소리가 나자 쥬나가 얼굴이 뻘겋게 달아오른 지방검사 샘프슨과 지방검사보 페퍼를 안내했다. 쥬나는 눈이 더욱 둥그래지며 옷을 받았다. 둘이 다 안절부절못하고 있었고, 퉁명스럽게 인사를 한 뒤에 의자에 앉았다. 그들도 방안의 분위기처럼 화가 나서 눈을 부라렸다.

결국은 샘프슨이 말을 꺼냈다. "일이 잘됐군, 꼴좋게 됐어! 전화로 듣기는 틀림없는 것 같던데 어떻게 된 겁니까?"

경감이 엘러리 쪽으로 고개짓을 했다. "저애한테 물어 보시죠. 처음부터 저 녀석 생각이었으니까. 골치 아픈 녀석."

"어떻게 된 건가, 엘러리?"

모두가 말없이 엘러리를 보았다. 엘러리가 피우던 담배를 불에 던지고 돌아보지도 않은 채 천천히 말했다. "여러분, 앞으로는 제 잠재의식이 경고할 때는 주의를 기울여 주십시오. 제 친구 페퍼가 엉터리라고 할지도 모르는, 저의 경고가 진실로 나타났습니다.

그렇지만 그건 문제가 아닙니다. 문제는 이것입니다. 슬론을 죽인 총알은 머리를 관통하여 문을 통해 방 밖으로 나갔습니다. 그 총알은 방 바깥의, 문 건너편 벽에 걸린 양탄자에 박혀 있었습니다. 그렇다면 총을 쏘았을 때는 문이 열려 있었던 게 분명합니다. 슬론이 죽던 날 우리가 현장에 갔을 때는 문이 열려 있었고, 총알의 위치로 보아 모든 것이 딱 들어맞았습니다. 그런데 나시오 수이자 말로는 우리가 현장에 가기 전에 자기가 슬론이 죽어 있는 곳을 먼저 다녀갔다는 겁니다. 따라서 슬론이 죽는 순간에는 문의 상태가 어떠했었냐는 문제가 생깁니다. 수이자가 갔을 때 문이 열려 있었다면 슬론이 자살했다는 논리는 그대로 유지됩니다.

그런데 수이자는 문이 닫혀 있었다는 겁니다! 닫혀 있었다면 총알이 사무실 밖으로 나갈 수가 없습니다. 따라서 총을 쏜 다음에 문이 닫혔다는 말이 되죠. 그런데 이게 무슨 말입니까? 슬론이 머리에 총을 쏘고 나서 문으로 가서 문을 닫고 돌아와서 아까 총을 쏜 바로 그 자리에 꼭 그가 앉았던 자세대로 앉아 죽었다는 말입니까? 말도 안됩니다. 말이 안될 뿐만 아니라 불가능해요. 프라우티 박사님이 슬론은 즉사했다고 하지 않았습니까? 문 밖에서 머리에 총을 쏘고 들어와서 문을 닫고 의자에 앉아 죽었다는 말도 즉사한 이상 성립되지 않습니다. 그런데 수이자는 열려 있어야 하는 문이 닫혀 있었다고 하니…….

다른 말로 하면 슬론이 즉사하고 난 다음 수이자가 가기 전에, 누가 문을 닫았다는 얘기입니다."

"그렇지만, 퀸 씨." 하고 페퍼가 반대 의견을 말했다. "수이자 앞에 누가 왔다 갔다고 볼 수도 있지 않습니까?"

"훌륭한 생각입니다, 페퍼. 그리고 나도 그 말을 하고 있는 겁니다. 수이자 앞에 온 방문객이 있었는데, 그가 바로 슬론의 살인자라는 말입니다!"

샘프슨은 자기의 가느다란 턱을 화가 난다는 듯 만졌다. "그렇지만, 엘러리, 수이자처럼 결백한 사람이 왔다가 겁이 나서 도망쳤을 가능성도 배제할 수는 없잖아."

엘러리가 팔을 흔들었다. "가능성은 있지만, 제한된 시간 동안에 결백한 사람이 둘씩이나 왔다가 도망쳤고, 여지껏 한 사람은 말도 않고 있다는 것은 믿을 수 없습니다. 여러분도 자살설보다도 슬론이 살해됐다는 쪽이 더 믿을 만하다는 것은 인정하실 겁니다."

"그래, 네 말이 맞다." 하고 경감이 절망적으로 말했다. "슬론은 살해되었어."

그러나 샘프슨은 끈질겼다. "좋아. 슬론이 살해되었고, 범인이 나가다가 문을 닫았다고 치세. 범인은 총알이 슬론의 머리를 관통하고 문 밖으로 나간 것을 몰랐다는 거야? 범인은 바보인가?"

"생각을 해보십시오, 검사님." 하고 엘러리가 질렸다는 듯이 말했다. "사람 눈으로 총알이——힘이 빠진 총알이라도——날아가는 것을 볼 수 있을 것 같습니까? 물론 범인이 총알이 머리를 완전히 관통했다는 것을 알았으면 문을 닫지 않았을지도 모릅니다. 그렇지만 문을 닫았다는 것을 봐서는 관통한 사실을 범인이 몰랐다고 할 수도 있잖습니까? 슬론의 머리가 총을 맞는 순간 총을 쏜 사람의 반대쪽인, 총알이 나간 왼쪽을 밑으로 하고 책상 위로 엎어졌다는 것도 염두에 두고 보십시오. 머리 자체가 총알이 나간 구멍을 완전히 가렸고, 피도 대부분 가렸습니다. 또한, 범인은 도망가기에 급했을 겁니다. 그리고 또, 무엇 때문에 머리를 쳐들고 조사를 했겠습니까? 총알이 관통했다는 사실도 몰랐을 텐데요. 총알이 일반적으로 뚫고 나가지는 않거든요."

그들은 아무 말도 않고 있었다. 조금 뒤에 경감은 쓴웃음을 지으며 말했다. "우리가 졌어. 슬론은 살해된 것이 분명해."

그들은 우울하게 고개를 끄덕였다.

엘러리는 활발하게 말을 시작했으나, 칼키스 범인설을 설명할 때에 있었던 의기양양한 빛은 없었다.

"이제 이 사건을 다시 분석해 봅시다. 슬론이 살해되었다면, 슬론은 그림쇼를 살해하지 않았습니다. 그렇다면 그림쇼의 살해범이 슬론까지 죽였다는 말이 됩니다. 놈은 슬론이 그림쇼를 죽였기 때문에 궁지에 몰려 자살했다고 조작하려 한 겁니다.

그러면 우리가 한 처음의 추리로 돌아가 보지요. 칼키스를 범인으로 만들기 위해서는 녹스 씨가 레오나르도의 그림을 갖고 있다는 사실을 그림쇼의 살해범이 알고 있어야 한다는 말을 우리는 했었습니다.

또, 칼키스 범인설이 성립되기 위해서는 그림을 갖고 있다는 사실을 녹스가 발설하지 않을 것이라는 자신감을 살인범이 갖고 있어야 된다고도 했습니다. 따라서 이러한 일들은 그림쇼의 동업자만이 알고 있고, 그가——그림쇼의 동업자가——살인자라는 결론도 내렸습니다. 그런데 슬론이 살해되었다면 슬론이 그림쇼의 공범은 아닙니다. 그렇다면 살인범은 아직 살아 있고, 녹스의 비밀도 알고 있습니다.

그러니 슬론을 살해하고 또 한 번 증거 조작을 한 사람은 진짜 살해범입니다.

우선, 슬론이 결백하다면 호텔로 그림쇼를 찾아갔을 때 일어난 일에 대해 진술한 그의 말은 의심할 필요가 없습니다. 그러므로 슬론이 두 번째 방문자였다는 슬론의 말이 진실이고, 그 정체 모를 남자가 첫번째 남자로서, 그림쇼와 함께 314호로 간 것도 사실이라고 짐작됩니다. 신원을 알 수 없는 남자가 314호로 그림쇼와 함께 들어간 것은 엘리베이터 보이가 보았습니다. 그날 호텔에 간 다섯 사람의 순서를 정해 보면 그 정체 모를 남자 다음에 슬론, 다음에 슬론 부인, 다음에 제러마이어 오델, 끝으로 워드스 의사, 이렇게 됩니다."

엘러리는 집게손가락을 펴고 흔들었다. "논리적으로 머리를 쓰면 흥미로운 추리를 할 수 있다는 것을 보여 드리겠습니다. 길버트 슬론이 그림쇼의 형이라는 것은 세상에 아무도——이름만 갖고서는 동생인 그림쇼도—— 알지 못한다고 슬론이 말했습니다. 그렇다면 슬론과 그림쇼가 형제간이라는 밀고는 누가 했을까요? 그림쇼는 슬론이라는 이름을 몰랐으니까 못했을 것이고, 슬론도 아무에게도 말을 안했다고 했는데 형제라는 것을 아는 사람은 도대체 누구입니까? 그 사람은 슬론과 그림쇼가 함께 있는 것을 보고, 또 둘이서 형제간이라고 하는 얘기도 들었다가 나중에 슬론을 만나서 먼젓번의 모습과 목소리를 기억해 내어 밀고를 하게 된 겁니다. 그런데 놀랄 만한 일이 있습니다! 슬론 말에 의하면, 몇년 전에 이름을 슬론으로 바꾸고 나서 동생과 얼굴을 대한 것은 베네딕트 호텔에서 만난 단 한 번뿐입니다.

둘 사이가 형제간이라는 것을 누가 알았든, 그 사람은 슬론이 그림쇼의 방으로 갔을 때 그 방에 있었어야만 슬론이 누구인지 알아볼 수 있었을 겁니다. 그런데 슬론은 그림쇼가 방에 혼자 있었다고 했으니 어떻게 된 것일까요? 간단합니다. 그 사람은 옷장이나 화장실에 숨어 있었으므로, 슬론은 그를 볼 수 없었던 겁니다. 그림쇼와 함께 간 사람이 나오기를 기다렸는데도 안 나왔다는 슬론의 말과, 노크를 하고 조금 있다가 그림쇼가 문을 열더라는 슬론의 말을 생각해 보십시오. 그 사람은 슬론의 노크 소리를 듣고, 남에게 모습을 보이고 싶지 않아서 숨은 겁니다.

슬론과 그림쇼가 얘기하는 것을 이 미지의 사나이는 숨어서 들었습니다. 그 사람은 슬론의 목소리를 듣고 슬론이라는 것을 알았을까요? 숨어서 엿보고 슬론의 얼굴을 알았을까요? 나중에 슬론을 만났을 때 알아보았을까요? 어떻게 알게 됐는지는 모르나 한 가지는 분명합니다. 슬론과 그림쇼가 형제라는 것을 알아냈다면, 그 사람은 슬론이 찾아왔을 때 그림쇼의 호텔 방안에 있었어야만 했습니다."

"어찌되었든 사건의 진전은 있는 셈이군." 하고 샘프슨이 말했다. "계속해, 엘러리. 자네의 점쟁이 같은 머리가 알아낸 것이 또 있나?"

"논리이지 점이 아닙니다. 그림쇼의 방에 있었던 정체 모를 사람이 다음날 칼키스의 서재에서 그림쇼가 말한 공범이라는 것은 확실합니다. 그리고 그림쇼의 동업자이고 살해범인 그 사나이가 슬론과 그림쇼가 형제간이라고 경찰에 밀고한 것도 확실합니다."

"이치에 닿는 것 같아." 하고 경감이 중얼거렸다.

"그렇지요?" 하고 엘러리가 말하며 두 손을 목덜미에 깍지를 끼었다. "어디까지 얘기했지요? 따라서 슬론을 모함하기 위해서 경찰에 보낸 밀고장 내용은 다른 것들처럼 조작된 것이 아니라 사실입니다. 범인이 슬론을 모함하기 위해 밀고를 했다면 담배통에서 발견된 열쇠나 금고에서 발견된 시계도 범인이 조작한 단서라고 보아도 틀림없습니다. 그리고 칼키스의 유언장의 불에 탄 잔해도 범인이 남겨놓은 것이 분명합니다. 슬론이 유언장을 훔쳤다가 영원히 없애기 위해서 관 속에 넣기는 했겠지요. 그러나 그림쇼의 시체를 관 속에 넣을 때 유언장을 발견한 범인은 나중에 쓸모가 있을지도 모른다고 짐작하고서 그걸 꺼냈습니다. 그리고 그는 칼키스를 범인으로 모함하려던 것이 실패하자, 그 유언장으로 슬론을 모함했습니다."

페퍼와 샘프슨이 고개를 끄덕였다.

"그러면 범인은 왜 슬론을 그림쇼의 살해범으로 모함하려 했는가, 그 동기를 살펴볼까요?" 하고 엘러리는 말을 계속했다. "그것을 살펴 나가다 보면 대단히 흥미로운 점을 발견하게 됩니다. 물론 슬론이 동생 때문에 부끄러워서 이름을 바꿨고, 유언장을 훔쳐서 관 속에 감췄고, 찻잔을 조작할 수 있었고——이런 조건들이 범인으로서는 슬론에게 혐의를 씌우면 경찰도 쉽게 속으리라고 생각할 수도 있었겠죠.

그런데 누군가가 그림쇼의 시체를 관 속에 숨긴 수요일 밤에 슬론이 묘지로 가는 것을 보았다는 브릴랜드 부인의 말이 사실이라면 슬론은 살인범이 아니니까, 그는 시체를 관 속에 숨기려고 묘지에 간 것이 아니라 다른 이유에서 갔었던 것이 됩니다——브릴랜드 부인이 슬론은 아무것도 갖고 있지 않았다고 말한 점도 기억해 주십시오——그러면 무슨 이유로 슬론은 그 수요일 밤에 묘지에서 돌아다녔을까요?" 엘러리가 생각을 정리하려는 듯이 불길을 바라보았다. "저는 흥미 있는 답변을 생각해 보았습니다. 슬론이 그날 밤에 의심스러운 일을 목격하고 그 사람을 미행했다가, 범인이 시체를 관 속에 감추고 유언장을 꺼내는 것을 본 것이 아닐까?……이 생각은 황당무계한 것은 아닙니다. 이 가정 아래에서 슬론의 그 뒤의 행동을 점쳐 볼 수 있습니다. 슬론은 그림쇼의 살해범이 누군지 알았습니다. 범인이 시체를 감추는 것을 보았기 때문입니다. 그러면 슬론은 어째서 경찰에 그 사실을 알리지 않았을까요? 그것은 슬론을 유산 상속에서 제외시킨 유언장을 범인이 갖고 있었기 때문입니다. 나중에 슬론은 범인에게 접근하여 제의했습니다. 자기에게 불리한 유언장을 준다거나 없애면, 슬론도 범인의 정체를 밝히지 않겠다고 말입니다. 그렇기 때문에 범인은 슬론을 살해해서 자살한 것으로 꾸민 것입니다. 범인의 정체를 알고 있는 단 한 사람을 제거한 것이지요."

"그렇다면," 하고 샘프슨이 반박했다. "범인은 유언장을 슬론에게 주지 않을 수 없지 않나? 그런데도 범인이 어떻게 유언장 조각을 남겨놓을 수 있었단 말인가? 이치에 맞지 않는데."

엘러리가 하품을 했다. "검사님, 머릿속에 있는 국수처럼 생긴 것을 써 보시지요. 범인이 바보인 줄 아십니까? 범인이 한 일은 뻔하죠. '내가 이 유언장을 주면 당신이 입을 열지 모르니, 입을 다물게 할 담보로 이 유언장은 내가 갖고 있겠소.' 라고 하면 슬론은 그대로 하는 수밖에 없었겠죠. 슬론이 범인을 찾아갔을 때 그의 운명은 결정된 것입니다. 불쌍한 친구. 똑똑하지는 않았던 사람 같습니다."

그 다음에 일어난 일들은 빠르고 고통스러웠고 불쾌했다. 경감은 울며 겨자먹기로 신문기자들에게 수이자의 진술 내용과 슬론이 범인이 아니라는 사실을 발표했다. 신문들은 일요일에는 그것을 크게 다루지 않았지만, 보통 기사가 별로 많지 않은 월요일에는 크게 떠들어댔고, 뉴욕 시민들은 그 내용을 곧 알게 되었다. 비난의 대상이었던 슬론은 범인도 아니고 자살도 하지 않았으며 교활하고 극악무도한 살인자의 희생물이라고 경찰은 여기고 있다, 이제는 한 사람이 아니라 두 사람의 살인범을 경찰은 찾고 있다고 신문은 보도했다.

슬론 부인은 기뻐서 득의양양했다. 그녀가 귀중하게 여기는 집안의 명예도 되찾았고, 마지못해서 한 신문과 경찰, 그리고 검사실의 사과도 공개적으로 받았다. 슬론 부인은 고마움을 모르는 사람이 아니었다. 나시오 수이자가 진술한 사실의 배경에는 엘러리가 있다는 것을 느끼고, 그 사실을 신문기자들에게 알려서 엘러리를 난처하게 하였다.

샘프슨, 페퍼, 퀸 경감으로 말할 것 같으면……그 얘기는 하지 않는 것이 좋겠다. 샘프슨은 그때 흰 머리카락을 더 얻었고, 경감은 엘러리의 '논리'가 자기를 무덤으로 몰아넣고 있다고 생각했다.

제27장 반 환

10월 26일 화요일 아침 10시에 엘러리는 시끄럽게 울리는 전화벨 소리를 듣고 잠에서 깨어났다. 아버지에게서 걸려 온 전화였다. 뉴욕과 런던 간에 전문(電文) 교신이 있어서 긴장해야 할 일이 생긴 것 같았다. 빅토리아 박물관이 강경하게 나온 것이다.

"샘프슨 사무실에서 한 시간 뒤에 회의가 있다, 애야." 경감의 목소리는 늙고 힘없게 들렸다. "너도 참석하고 싶어할 것 같아서 전화한다."

"저도 참석하겠습니다, 아버지." 하고 엘러리는 말하고 낮게 덧붙였다. "힘내세요, 아버지."

한 시간 뒤에 엘러리가 지방검사의 개인 사무실에 갔더니, 성이 난 사람들이 모여 있었다. 경감은 화가 나서 침울해 보였고, 샘프슨은 불쾌한 표정이었고, 페퍼는 말없이 있었다. 그리고 높으신 제임스 J 녹스 씨는 굳은 표정으로 마치 옥좌에 앉은 듯 의자에 앉아 있었다.

그들은 엘러리의 인사를 받는 둥 마는 둥했다. 샘프슨이 손으로 의자를 가리키자 엘러리는 기대감으로 눈을 반짝이며 거기 앉았다.

"녹스 씨," 샘프슨이 녹스의 앞을 서성거리며 말했다. "오늘 아침에 오십사고 한 것은……"

"왜지요?" 하고 녹스 씨가 낮게 물었다.

"제 말을 들어 보십시오, 녹스 씨." 샘프슨이 작전을 바꾸었다. "알고 계시는지 모르겠습니다만, 요새 다른 일로 제가 바빠서 이 사건에는 직접 관여하지 못하고 있었습니다. 저 대신 페퍼가 일을 맡아 처리했지요. 하지만, 페퍼의 능력을 믿지 못해서가 아니라, 이제는 제가 직접 이 사건을 처리해야 하게끔 되었습니다."

"그렇게까지 됐나요?" 녹스의 말에는 비웃는다든가 비난하는 빛은 없었다. 싸울 태세만 갖추고 있었다.

"그렇습니다." 샘프슨의 목소리는 험악했다. "그렇게까지 되었습니다! 제가 왜 직접 뛰어들게 됐는지 아십니까?" 샘프슨이 녹스 앞에 걸음을 멈추고 눈을 부라렸다. "녹스 씨의 태도가 국가간에 심각한 말썽을 불러일으키고 있기 때문입니다."

"내 태도가?" 녹스는 우습다는 표정이었다.

샘프슨은 즉시 대답하지 않았다. 대신 자기 책상에서 묶어 놓은 전문들을 갖고 왔다.

"녹스 씨," 하고 말하는 샘프슨은 화를 참느라고 목이 막히는 모양이었다. "제가 여러 장의 전문을 순서대로 읽어 드리겠습니다. 이 전문들은 뉴욕의 퀸 경감과 런던의 빅토리아 박물관장간에 오간 겁니다. 마지막 전문들이 제가 말한 국가간에 말썽을 일으킬 소지가 있는 것들입니다."

"어째서 당신은 내가 흥미 있어 할 것이라고 생각하는지 모르겠소?" 하고 녹스는 희미한 미소를 띠면서 말했다. "그러나 나도 애국심이 있는 사람이니 말을 계속해 보시오."

경감의 얼굴이 경련을 일으켰다. 그러나 곧 화를 참으며 의자에

눌러앉았다. 그의 얼굴은 녹스가 매고 있는 넥타이만큼이나 시뻘
개져 있었다.

"첫번째 전문은," 하고 지방검사가 격렬하게 이야기하는 투로
말을 이었다. "칼키스 범인설이 깨지고 난 다음 선생님의 말씀을
듣고 퀸 경감이 처음으로 보낸 것입니다. 내용은 이렇습니다." 샘
프슨이 전문을 엄청나게 큰 목소리로 읽었다.

'지난 5년 간 귀(貴)박물관에서 레오나르도 다빈치의 명화를 도
난당한 일이 있습니까?'

녹스가 한숨을 쉬었다. 샘프슨이 주춤거리다가 말을 계속했다.
"이것이 시간이 지난 다음에 보낸 박물관의 답신입니다."

'그런 그림을 5년 전에 도난당했음. 실명(實名)은 그림쇼, 여기서
는 그레엄으로 가명을 쓰던 자가 범인으로 추정됨. 그림의 행방은
아직도 불명. 다 아는 이유로 해서 도난을 비밀로 하고 있음. 귀하
의 전문으로 보아 귀하는 그림의 소재를 알고 있는 것 같음. 속히
답변 바람. 비밀로 처리 바람.'

"잘못들 알고 있는 거요. 다들 잘못 알고 있어." 하고 녹스가 부
드럽게 말했다.

"그렇게 생각하십니까, 녹스 씨?" 하고 샘프슨이 얼굴이 빨개져
서 말했다. 그가 두 번째 전문을 넘기고 세 번째 전문을 읽었다.
경감의 답신이었다.

'도난당한 그림이 레오나르도의 것이 아니고 그의 제자나 다른
사람이 그린 것으로 값어치가 아주 작을 가능성이 있습니까?'

그에 대한 박물관의 답신.

'그림 소재에 대한 지난번 문의에 답변 바람. 당장 그림이 반환

되지 않으면 심각한 조치를 강구할 것을 고려중임. 유명한 영국 감정사가 감정했고, 값은 적어도 20만 파운드가 될 것임.

경감의 답신.

'시간을 주기 바람. 아직 이곳 사정이 확실치 않음. 피차를 위해 나쁜 평판을 피하고 복잡함을 피하려 노력중임. 이쪽에서 논의되고 있는 그림은 레오나르도의 진품이 아닐 가능성도 있음.'

박물관의 답신.

'그쪽 사정이 이해 안됨. 우리가 거론하고 있는 명화가 베치오궁(宮) 프레스코 벽화 작업이 포기된 뒤인 1505년에 레오나르도가 유채로 그린 '깃발의 전장의 묘사'라면 그 그림의 소유주는 우리 박물관임. 그쪽에서도 진품 여부를 논한 것으로 보아 그림의 소재를 알고 있다고 짐작됨. 귀측이 그림의 값어치가 얼마라고 생각하건 즉간 반환 바람. 그림은 빅토리아 박물관 물품이고, 미국에 있는 것은 도난에 의한 것임.'

퀸 경감의 답신.

'이곳 입장에 대해 시간을 주기 바람. 믿고 기다리기 바람.'

지방검사 샘프슨이 읽기를 중단했다. "녹스 씨, 골치를 썩일 가능성이 있는 전문 두 장 중 첫번째 것을 읽겠습니다. 퀸 경감의 답신에 대하여 온 것으로, 영국 경시청의 브룸 경감이 서명했습니다."

"매우 흥미 있군." 하고 녹스가 비꼬듯이 말했다.

"흥미 있고말고요, 녹스 씨!" 샘프슨이 녹스를 노려보고 떨리는 목소리로 경시청의 전문을 읽었다.

'빅토리아 박물관 사건이 우리에게 넘겨졌음. 뉴욕 경찰의 입장

을 해명 바람.'

"정말로," 화가 난 샘프슨은 말도 제대로 하지 못했다. "정말로 우리가 현재 처한 입장을 알아주시기 바랍니다, 녹스 씨. 여기에 대한 퀸 경감의 답변입니다."

'레오나르도는 경찰 수중에 현재 없음. 국제적인 압력은 그림을 완전히 잃게 할 수도 있음. 이곳 경찰은 귀측 박물관에 반환하려고 노력중임. 2주간의 여유를 바람.'

제임스 녹스가 고개를 끄덕였다. 그는 의자 끝을 꽉 잡고 있는 경감을 몸을 돌려 바라보면서 부드러운 목소리로 찬성의 뜻을 나타냈다. "답변을 아주 잘했소, 경감. 대단히 재치 있고 외교적으로 답변을 하셨소. 훌륭합니다."

경감은 그 말에 대답을 하지 않았다. 흥미가 고조되고 있는 엘러리는 얼굴에 아무 표정도 띠지 말아야겠다고 느꼈다. 경감이 침을 꿀꺽 삼켰고, 샘프슨과 페퍼는 얼굴을 마주보았다. 화가 나서 말을 쉽게 알아들을 수 없는 목소리로 샘프슨이 말을 이었다. "그리고 이것이 오늘 아침에 온 마지막 전문입니다. 역시 브룸 경감이 보낸 겁니다."

'박물관에서 2주 간의 여유에 동의했음. 2주 동안 연락을 취하지 않을 것임. 건투를 빕니다.'

샘프슨이 전문 다발을 자기 책상 위에 던지고 팔을 허리에 얹고서 녹스를 노려보는 동안 누구도 입을 열지 않았다.

"녹스 씨, 이 지경입니다. 저희는 솔직하게 모든 것을 털어놓았습니다. 사리를 아실 만한 분이 왜 그러십니까? 양보를 조금이라도 하셔서, 이 사건에 관계 없는 전문가가 그림을 보게라도……."

"그런 엉터리 같은 짓은 하지 않겠소." 하고 녹스는 여유 있게 말했다. "그럴 필요가 없소. 내 미술품 감정사가 레오나르도가 그린 것이 아니라고 했으니 나는 그것으로 충분하오. 그 사람은 전문 가이고, 나도 대가를 많이 지불했으니 그쯤이야 알 것 아니오? 박 물관 같은 건 신경쓰지 마시오, 샘프슨. 사태가 변한 것은 없소."

경감이 참지 못하고 벌떡 일어섰다. "고위층이고 뭐고간에," 하 고 경감이 소리쳤다. "이럴 수는 없소, 샘프슨! 내가 그냥 놔두는 가 봐, 이, 이……." 그의 말문이 막혔다. 샘프슨이 경감의 팔을 잡 고 구석으로 끌고 가서 낮은 소리로 무엇이라고 빨리 말했다. 새빨 갛던 빛이 얼굴에서 사라지며, 경감의 표정이 누그러졌다. "죄송합 니다, 녹스 씨." 하고 경감은 샘프슨과 돌아오면서 사과하는 빛을 띤 목소리로 말했다. "성질을 너무 낸 것 같습니다. 고명하신 분께 서 그까짓 것 박물관에 돌려주시지요. 좋은 일 하신 셈치고 손해 좀 보시지요. 그것보다 더 많은 돈을 사업상 손해보시고도 눈썹 하 나 꿈쩍하지 않으셨잖습니까?"

녹스의 얼굴에서 웃음기가 싹 가셨다. "좋은 일 하는 셈치고?" 그가 몸을 무겁게 일으켰다. "75만 달러나 주고 산 내 물건을 돌려 줘야 할 이유라도 있소? 그 말에 대답해 보시오, 경감."

경감이 또 성을 내는 것을 막으려는 듯이 페퍼가 재빨리 말했다. "선생님 자신이 의뢰한 전문가가 값어치가 별로 없다고 했으니 선 생님도 꼭 갖고 계실 필요가 없잖습니까?"

"게다가 그 그림은 장물입니다." 하고 샘프슨이 끼여들었다.

"증명해 봐요, 그것이 장물이라는 것을 증명해 보라고!" 이제 녹스는 화가 나 있었다. 턱을 앞으로 쑥 내밀었다. "내 말은 내가 산 그림은 박물관에서 도난당한 것이 아니라는 거요. 내가 산 그림 이 도난당한 바로 그 그림이라는 것을 증명해 보란 말이오! 당신 들이 나를 이렇게 밀어붙이려면 싸울 각오를 해야 될 거요."

"흥분하지 마십시오." 하고 샘프슨이 맥없이 말하는데 엘러리가 아주 낮은 소리로 물었다. "그런데 선생님의 감정사는 누구죠?"

녹스가 몸을 홱 돌렸다. 눈을 두어 번 껌벅거리더니 낮게 웃었다. "그야 내 일이지. 때가 됐다 싶으면 누구라고 알려주겠소. 당신들 이 너무 참견하면 그림을 갖고 있지 않다고 말하겠어!"

"그러시면 안되지요." 하고 경감이 말했다. "나 같으면 그러지는 않겠소. 그러시면 위증죄로 고발하겠습니다!"

샘프슨이 책상을 쾅 하고 내리쳤다. "그런 식으로 나오면 검찰과 경찰을 대단히 곤란하게 하시는 겁니다. 이렇게 계속해서 어린애같이 나오시면, 저는 이 사건을 미 연방정부로 넘기는 수밖에 없습니다. 영국 경시청도 가만히 있으려고는 안할 것이고 연방 지방 검사도 가만 있지 않을 겁니다."

녹스는 모자를 집어들고 문으로 뚜벅뚜벅 걸어갔다. 모든 것이 끝났다는 태도였다.

엘러리가 말꼬리를 길게 빼며 말했다. "친애하는 녹스 선생님, 미국 정부와 영국 정부 둘을 상대로 싸우실 건가요?"

녹스가 몸을 홱 돌리고 모자를 깊게 눌러썼다. "젊은이, 75만 달러라면 내가 누구하고 싸울지 상상도 못할 거야. 75만 달러라면 나에게도 과자값은 아냐. 전에도 정부를 상대로 싸워 봤고, 내가 이겼어!"

그리고 문이 큰소리를 내며 닫혔다.

"성경을 좀더 자주 읽으셔야겠군요, 녹스 씨." 하고 엘러리가 떨리고 있는 문을 보며 조용히 말했다. "'하나님은 약한 백성으로 하여금 강한 것을 무찌르도록 하셨으니…….'"

그러나 아무도 엘러리를 거들떠보지 않았다. 지방검사가 신음소리를 냈다. "사태가 전보다 더 나빠졌어. 이젠 어떻게 하지?"

경감이 자기 콧수염을 세게 잡아당겼다. "더 꾸물댈 수가 없소. 너무 몸을 사려 왔어. 며칠 안에 녹스가 그놈의 그림을 포기하지 않으면, 사건을 연방 지방검사에게 넘깁시다. 그가 영국 경시청과 싸우도록 하지요."

"그림을 차압하는 수밖에 없을지도 몰라요." 하고 샘프슨이 우울하게 말했다.

"제임스 녹스가 편리하게도 그림을 찾을 수 없다고 한다면?" 하고 엘러리가 물었다.

그들이 그 점을 생각해 보았으나, 그들의 표정으로 보아 묘안이 떠오르지 않는 듯했다. 샘프슨은 어깨를 으쓱했다. "평소 자네는 모든 해답을 알고 있는 것처럼 행동하던데, 자네라면 이 특별난 일을 어떻게 처리하겠나?"

엘러리는 하얀 천장을 쳐다보았다. "아무 조치도 취하지 않겠습니다. 지금은 가만히 있을 때입니다. 지금 녹스를 밀어붙여 봐야 화만 돋구게 됩니다. 녹스는 근본적으로 냉철한 사업가입니다. 여유를 주면……누가 압니까?" 엘러리는 웃음을 띠고 일어섰다. "적어도, 박물관에서 인정한 2주일 간을 기다려 보시지요. 다음은 녹스가 움직일 차례니까요."

그들이 하는 수 없다는 듯이 씁쓸하게 고개를 끄덕였다.

그러나 이번 사건에서 계속해서 틀렸던 것처럼, 엘러리의 말은 또 틀렸다. 다음 움직임은 다른 곳으로부터 왔다. 그 움직임은 문제를 해결하기는커녕 더욱 복잡하게 만들었다.

제28장 요 구

녹스가 미국과 영국, 두 나라와도 싸우겠다고 말한 지 이틀 뒤인 목요일에 일이 생겼다. 엘러리가 아버지의 사무실에서 비참한 기분으로 창 밖의 하늘을 바라보면서 빈둥거리고 있을 때 몸집이 깡마른 배달부가 전문을 갖고 왔다.

전문은 녹스가 서명한 것인데, 잘 이해할 수 없는 내용이었다.

'33번가에 있는 우체국으로 내가 보낸 작은 소포를 형사를 시켜 찾아가시오. 직접 경찰국으로 보낼 수는 없음.'

그들이 얼굴을 마주보았다. "이런 식으로 레오나르도를 보내는 것은 아니겠지, 엘?" 하고 경감이 낮게 말했다.

엘러리는 얼굴을 찌푸리고 있었다. "아닙니다." 하고 그가 답답하다는 듯이 말했다. "그림일 수가 없어요. 제 기억으로는, 그림은 가로 4피트에 세로 6피트(약 1.2×1.8m) 크기입니다. 작은 소포일 수가 없어요. 아닙니다. 다른 것이에요. 빨리 찾아오도록 하세요, 아버지. 녹스의 메시지가 절 혼동시키는데요——그래요, 아주 별나군요."

소포를 찾아오는 동안 그들은 답답함을 억지로 참았다. 한 시간 만에 형사가 찾아온 소포의 겉에는 주소도 없었고, 한 귀퉁이에 녹스의 이름만이 쓰여져 있었다. 안에는 편지가 든 봉투와 녹스가 경감 앞으로 쓴 종이가 따로 들어 있었다. 녹스의 짧은 전언을 먼저 읽었다.

'퀸 경감.

오늘 아침에 일반 우편을 통해 받은 성명 불명의 편지를 동봉합니다. 보낸 사람이 감시를 하고 있을까 봐 이런 식으로 보냅니다. 내가 취할 수 있는 조치는 무엇입니까? 우리가 용의주도하게 행동하면 이 사람을 잡을 수 있을지도 모릅니다. 몇 주일 전에 내가 그림 애기를 털어놓은 것을 이 사람은 아직 모르고 있는 것이 분명합니다. J.J.K.'

녹스의 편지는 손으로 쓴 것이었다. 녹스가 동봉한 편지는 흰 종이에 쓴 작은 것이었다. 봉투는 아무데서나 살 수 있는 싸구려였고, 녹스의 주소는 타자로 쳐져 있었다. 편지는 뉴욕 중심부 우체국을 통한 것으로, 스탬프에 의하면 전날 밤에 발송한 듯했다. 타자로 친 편지의 한쪽은 큰 종이를 아무렇게나 찢은 듯 울퉁불퉁했다.

경감은 종이 자체에는 관심이 없는 듯 내용만 눈이 둥그레져서 읽고 있었다.

'제임스 녹스 귀하.

본인은 당신이 갖고 있는 것을 원하며, 당신은 잔소리 없이 줘야 합니다. 내가 누군지 알고 싶으면 이 편지의 뒷면을 보시오. 몇 주일 전에 당신 앞에서 칼키스가 그림쇼에게 준 약속어음의 반쪽이라는 것을 알게……'

엘러리는 탄성을 질렀고, 경감은 소리내어 읽던 것을 중지하고 떨리는 손으로 편지를 뒤집었다. 칼키스의 벌레가 기어가는 듯한 글씨가 놀랍게도 거기 있었다.

"약속어음의 반쪽이 틀림없어!" 하고 경감이 소리쳤다. "중간을 잘랐어. 왜 그랬는지는 모르지만 반쪽을 낸 것은 틀림없고, 칼키스의 서명도 보여."

"이상하군요." 하고 엘러리가 말했다. "계속해서 읽어 보세요. 나머지는 뭐라고 썼나요?"

경감이 입술에 침을 바르고 편지를 뒤집어서 읽었다.

'당신은 이 편지를 갖고 경찰에 가는 바보 같은 짓은 않겠죠? 경찰에 알리려면 100만 달러나 나가는, 영국 박물관에서 훔친 그림을 고귀하신 제임스 녹스가 갖고 있다는 것도 털어놔야 하니까. 경찰에 알릴 자신이 있으면 알려 보시오! 당신에게서 잔뜩 짜낼 작정이오. 어떤 식으로 짜낼지는 다음에 알려주겠소. 이 말을 듣지 않으면 당신이 도난품을 갖고 있다고 경찰에 알릴 테니 알아서 하시오.'

편지에는 보낸 사람의 이름이 없었다.

"배짱 하나는 두둑한 놈이야." 하고 경감이 말했다. "녹스가 장물 그림을 갖고 있다고 협박을 하다니!" 그가 편지를 조심스럽게 책상 위에 놓고 기쁘다는 듯이 두 손을 비볐다. "얘야, 놈을 잡게 됐어. 잡은 거나 마찬가지지. 우리가 이 성가신 문제를 모르고 있어서 녹스가 우리에게 이 편지 내용을 알리지 못할 것으로 알고 있어. 그리고……."

엘러리는 멍하니 고개를 끄덕였다. 그리고, "그런 것 같군요." 하고 말하며 편지를 수수께끼를 풀듯이 바라보았다. "그렇더라도, 필적은 확인해 봐야 합니다. 편지가 너무 중요해요, 아버지."

"중요하다고!" 하고 경감이 말하고 낮게 웃었다. "중요하다뿐이야? 토머스! 토머스는 어디 있어!" 그가 문으로 급히 가서 바깥 사무실의 누군가에게 손짓했다. 벨리 경사가 쿵쿵거리며 뛰어들어 왔다. "토머스, 슬론과 그림쇼가 형제라고 한 밀고 편지를 가져와. 그리고 램버트 양도 데리고 와. 갖고 있는 칼키스의 필적을 몇 개 갖고 오라고 해. 몇 장 갖고 있을 거야."

벨리가 떠났다가 이내 머리카락에 새치가 있는 날카롭게 생긴 젊은 여자를 데리고 왔다. 그는 봉투를 경감에게 건네주었다.

"들어와요, 램버트 양, 어서 들어와요. 잠깐 수고를 해줘야겠소. 이 편지와 얼마 전에 본 편지를 비교해 줘요."

우나 램버트는 말없이 일을 시작했다. 편지 뒷면에 있는 칼키스의 서명과 자기가 갖고 온 것과 비교해 보았다. 다음에는 녹스에게 온 협박 편지를 성능 좋은 확대경을 사용하여 벨리가 갖고 온 것과 비교 검토했다. 그들은 그녀의 일이 끝나기를 조바심을 내며 기다렸다.

얼마 뒤에 그녀가 편지 두 장을 내려놓았다. "이 새로운 종이의 필적은 칼키스의 것이 틀림없습니다. 타자체는 같은 타자기를 쓴 것이 틀림없고요. 아마 같은 사람이 타자친 것 같습니다, 경감님."

경감과 엘러리가 같이 고개를 끄덕였다. "형제라고 밀고한 친구가 범인인 것이 확인된 셈이군." 하고 엘러리가 말했다.

"세부 사항은, 램버트 양?" 경감이 물었다.

"우선, 편지 두 장이 같은 언더우드 타자기를 사용해서 쳐졌다는 점입니다. 타자를 친 사람은 자기의 타자치는 특성을 감추려고 애를 많이 써서, 그 사람의 타자 습성은 전혀 편지에 나타나 있지 않습니다."

"우리는 교활한 범죄자와 상대하고 있어요, 램버트 양." 하고 엘러리가 냉담하게 말했다.

"그렇습니다. 우리는 글자의 간격, 행간(行間), 구두점의 위치, 각 활자가 타자된 힘의 강약 등으로 타자친 사람의 특성을 찾습니다. 이 편지에는 일부러, 그리고 성공적으로 그 사람의 타자 습성을 없앴습니다. 그렇지만 그 사람이 없앨 수 없는 것이 있지요. 그것은 활자 자체의 특성입니다. 각 타자기는 지문이라고까지 할 수 있는 특성을 활자에 갖고 있습니다. 두 편지는 같은 타자기를 사용한 것이 틀림없고, 맹세까지는 할 수 없지만 같은 사람이 쳤다는 것이 거의 확실합니다."

"당신 말을 믿겠소." 하고 경감이 미소를 지으며 말했다. "수고

했소, 램버트 양······토머스, 이 협박 편지를 실험실의 지미에게 주고 지문 조사를 시켜. 빈틈없는 놈이니까 지문은 없겠지만."

조금 뒤에 벨리가 협박 편지를 갖고 와서 '지문은 없다'고 보고했다. 타자를 친 면에는 아무 지문도 없었지만, 칼키스가 쓴 약속 어음 뒷면에는 칼키스의 지문이 뚜렷이 나 있었다.

"필적과 칼키스의 지문으로 어음이 진짜라는 것이 밝혀졌어." 하고 경감이 만족스럽다는 듯이 말했다. "어음 뒤에 타자친 놈이 범인이야, 엘러리. 그놈이 그림쇼를 죽였고, 시체에서 어음을 빼냈어."

"이것으로 적어도 길버트 슬론이 살해되었다는 제 추리가 증명됐군요."

"그래, 증명이 됐지. 이 편지를 갖고 샘프슨에게 가자꾸나."

샘프슨과 페퍼는 샘프슨의 개인 사무실에서 이야기를 하고 있었다. 경감이 협박 편지를 의기양양하게 보이고 밝혀낸 사항들을 얘기했다. 두 검사의 표정이 즉시 명랑해졌고 사건이 빠른 시일 내에 옳게 해결될 것이라는 기대감이 사무실 안에 감돌았다.

"경감, 또 다른 편지가 올 테니 당신은 손을 쓰지 말고 기다려야겠소. 다음 편지가 올 때는 우리측에서 누가 현장에 있어야겠지. 형사들이 있으면 놈이 겁을 내고 안 움직일지도 몰라요."

"그 말도 일리가 있군요." 하고 경감이 동의했다.

"제가 있으면 안되겠습니까?" 하고 페퍼가 가고 싶어했다.

"좋아, 자네가 바로 적임자야. 거기서 사태가 어떻게 전개되는가 보라고." 샘프슨이 악의에 찬 미소를 지었다. "일석이조의 효과를 볼 수 있겠군요, 경감. 편지를 보내는 놈도 잡고, 우리 사람이 있으니 그림 문제도 감시할 수 있고."

엘러리가 낮게 웃었다. "검사님 마음대로 하시죠. 누가 그랬죠? '교활한 사람에게는 내가 상냥하리니.'"

제29장 양 보

지방검사 샘프슨이 교활했다면 눈에 보이지 않는 상대도 교활
했다. 1주일 동안 아무 일도 일어나지 않았다. 매일 지방검사
보 페퍼가 녹스의 저택으로부터 협박자, 살인자에게서 아무 소식
도 없다는 보고를 했다. 빈틈없는 범인이 함정을 냄새맡고 동정을
살피고 있는지 모른다고 생각한 샘프슨은 자기 생각을 페퍼에게
말하고 가능하면 남의 눈에 띄지 않도록 하라고 지시를 했다. 녹스
──사건의 진전이 없는데도 이상하게 아무렇지 않은 듯했다──
와 그 일을 의논한 페퍼는 모험을 하지 않기로 작정했다. 며칠 동
안을 그는 낮에는 물론 밤에도 저택 밖으로 나가지 않았다.

하루는 제임스 J 녹스가 그림에 대한 말은 일체 하지 않으며, 이
야기를 끄집어내도 응해 주지 않는다고 페퍼가 보고하면서, 자기
는 조앤 브레트 양도 철저히 감시하고 있다고 말했다. 샘프슨은 페
퍼에게는 일이 따분하지만은 않은 모양이라고 생각했다.

11월 15일 금요일 아침에 일이 터졌다. 아침에 편지가 배달되자
녹스 저택엔 법석이 일어났다. 교묘한 계획이 열매를 맺은 것이다.
검은 에나멜 가죽으로 꾸민 녹스의 사무실에서 페퍼와 녹스가 방
금 배달된 편지를 승리의 기쁨으로 의기양양하게 검토한 뒤, 편지
를 안주머니에 깊이 간직한 페퍼가 모자를 눌러쓰고 하인 전용문
인 옆문으로 빠져나갔다. 전화로 대기시켜 놓은 택시에 올라탄 그
는 센터 가에 있는 지방검사실에 고함치며 뛰어들었다.

페퍼가 갖고 온 편지를 만지작거리는 샘프슨의 눈이 사냥개의
눈처럼 빛을 발했다. 둘은 아무 말도 하지 않고 경찰본부로 가기
위하여 방을 뛰쳐나갔다.

손톱을 깨물며 무슨 일이 일어나기만을 고대하고 있던 엘러리와,
편지들을 만지작거리고 있던 경감이 샘프슨과 페퍼가 뛰어들자 벌
떡 일어섰다. 말이 필요없었다. "두 번째 협박 편지요!" 하고 숨을
몰아쉬며 샘프슨이 말했다. "오늘 아침에 배달됐어!"

"어음의 나머지 반쪽 뒷면에 타자를 쳤습니다, 경감님!" 하고

페퍼가 외쳤다.

퀸 부자가 편지를 함께 검토했다. 페퍼 말대로 어음의 나머지 반쪽 뒤에 타자친 편지였다. 처음에 온 협박장을 꺼내서 맞추어 보니 찢어진 면이 꼭 들어맞았다.

두 번째 협박장도 첫번째처럼 보낸 사람의 이름은 없었다.

'녹스 씨, 첫번째로 지불해야 할 금액은 3만 달러요. 100달러 이하의 소액권으로만 준비하시오. 소포로 포장해서 오늘밤 10시까지 타임스 스퀘어에 있는 타임스 빌딩 물품보관소에 레오나르도 다빈치 앞으로 맡기고, 그런 사람이 찾으러 오면 내주라고 지시하시오. 당신이 경찰에 연락할 수 없다는 것을 명심하시오. 이상한 짓을 하는가 감시하고 있소, 녹스 씨.'

"이 친구, 유머가 있군요." 하고 엘러리가 말했다. "레오나르도 다빈치라고 하다니 익살스러운 친구로군. 웃기는 사람입니다."

"오늘밤이 지나기 전에 웃는 게 아니라 죽을 상판이 될 거야." 하고 샘프슨이 으르렁거렸다.

"자, 여러분, 익살을 부릴 때가 아닙니다." 하고 경감이 기분좋은 듯이 낮게 웃더니 인터폰에 대고 소리쳤다. 조금 뒤에는 필적 전문가인 우나 램버트와 지문 감식반장인 가냘픈 체구의 남자가 경감 책상 위에서 협박장을 검토하고 있었다.

램버트 양이 조심스럽게 말했다. "이 협박장은 먼저 것과 다른 타자기로 쳤습니다, 경감님. 글자체로 봐서는 레밍턴 신형 타자기로 친 것 같습니다. 협박장을 쓴 사람은……" 그녀는 어깨를 으쓱했다. "여러 가지를 보건대 지난번 협박장과, 형제라는 밀고장을 쓴 사람인 것 같습니다……약간 실수를 했군요. 3만 달러를 칠 때 달러 사인을 실수했습니다. 자만심이 센 사람이 신경이 예민해진 모양입니다."

"그래요?" 하고 엘러리가 나지막하게 말했다. "그 점은 잠깐 덮어둡시다. 쓴 사람이 동일인물이라는 것은 활자체로 증명할 필요도 없습니다. 약속어음을 두 장으로 찢어서 따로따로 보냈으니 같은 사람이라는 것은 확실합니다, 아버지."

"지문은 있나, 지미?" 하고 경감이 기대하지 않는 목소리로 물었다.

"없어요."

"됐어. 그게 전부야, 지미. 램버트 양도 고마워요."

"앉으시죠, 여러분, 앉으세요." 하고 엘러리가 앉으면서 말했다. "하루 종일 시간이 있으니 서두를 필요는 없습니다." 안절부절못하고 있던 샘프슨과 페퍼가 그 말에 순순히 따랐다. "이 새로운 협박장에는 이상한 점이 있습니다."

"뭐라고! 내게는 진짜로 보이는데." 하고 경감이 소리쳤다.

"진짜다 가짜다 하는 문제가 아니에요. 이 협박범 내지 살인범은 숫자에 이상한 취미를 갖고 있습니다. 3만 달러를 요구하다니, 이상한 금액이라는 생각이 들지 않으십니까? 그런 금액을 요구하는 협박장을 보신 적이 있습니까? 보통은 2만 5천 달러, 5만 달러, 또는 10만 달러를 요구합니다."

"쳇, 괜히 흠을 찾고 있는 거야. 나는 이상하다고 생각되지 않는데." 하고 샘프슨이 말했다.

"그것 때문에 논쟁하지는 않겠습니다. 그런데 그뿐만이 아닙니다. 램버트 양이 흥미로운 것을 지적했습니다." 그는 두 번째 협박장을 집어들고 3만 달러라고 쓰여 있는 곳을 가리켰다. 다른 사람들이 그에게 모여들자 엘러리는 말을 계속했다. "누구나 하는 실수를 이 사람도 했습니다. 램버트 양은 이 친구가 타자칠 때 신경이 곤두섰다고 했습니다. 겉으로 봐서는 그렇게 보입니다."

"그게 어쨌다는 거냐?" 하고 경감이 물었다.

"실수는 이래서 일어난 겁니다." 하고 엘러리가 침착하게 말했다. "달러 기호를 치기 위해서 시프트 키를 누른 다음에 3을 치기 위해서는 시프트 키를 놓아야 하는데, 시프트 키를 완전히 놓지 않고 3을 친 것입니다. 그렇게 되니까 3자가 분명히 찍히지 않아서, 한 칸을 되돌아가서 3을 다시 쳤습니다. 흥미로운 일입니다."

그들이 협박장에 나타난 엘러리의 설명을 보았다.

$ 30,000

"이게 뭐가 그렇게도 흥미롭지?" 하고 샘프슨이 물었다. "내가 둔해서 그런지는 몰라도, 자네가 말한 대로 실수를 하고는 지우지 않고 다시 친 것뿐이잖나? 램버트 양이 말한 대로 놈이 바쁘게 치려고 하다 보니 신경이 쓰여서 실수한 것으로 보이는데."

엘러리는 웃더니 어깨를 으쓱했다. "검사님, 제가 흥미롭다고 한 것은 실수 자체가 아니고——그 점도 신경이 쓰이기는 합니다만——이 협박장을 친 레밍턴 타자기가 표준 타자판을 갖고 있지 않다는 점입니다. 그것도 별것이 아닐지도 모르지요."

"표준 타자판이 아니라고?" 하고 샘프슨이 이상하다는 듯이 물었다. "그걸 어떻게 알지?"

엘러리가 다시 어깨를 으쓱했다.

"어쨌든," 하고 경감이 끼여들었다. "이놈이 의심을 하지 않게 해야 돼. 오늘밤에 돈을 가지러 타임스 빌딩에 나타날 때 잡을 거야."

불안한 표정으로 엘러리를 보고 있던 샘프슨이 알 수 없는 일은 잊으려는 듯이 어깨를 털고는 고개를 끄덕였다.

"조심해요, 경감. 녹스가 협박에 응하는 것처럼 돈을 보관시키는 척해야 돼요. 그쪽에서 모든 조치를 취할 테지?"

"내게 맡겨요." 경감이 미소를 지었다. "이걸 녹스와 의논해야겠소. 놈이 감시하고 있을지도 모르니 녹스의 집에 갈 때도 조심해야겠어."

경감의 사무실을 떠난 그들은 경찰이 제공한, 눈에 별로 띄지 않는 차를 타고 녹스 저택의 하인들이 쓰는 옆문으로 갔다. 경찰차 운전사는 녹스 주택 주위를 조심조심 돌면서 수상한 인물이 없다는 것을 확인한 뒤 차를 옆문 앞에 댔다. 그들은 급히 녹스 저택 안으로 들어갔다.

녹스는 사무실에서 침착한 모습으로 조앤 브레트에게 구술하고 있었다. 조앤은 특히 페퍼에게 예의바르게 행동했다. 조앤이 구석의 자기 자리로 가자 경감, 샘프슨, 페퍼, 그리고 녹스가 그날 밤

행해질 범인 체포 계획을 의논했다.

엘러리는 의논에 끼지 않고 휘파람을 불면서 방안을 서성대다가 조앤이 타자를 치고 있는 곳으로 할 일이 없다는 듯이 걸어갔다. 그는 그녀가 무엇을 하고 있는가 알고 싶은 것처럼 그녀의 어깨너머로 고개를 내밀며, "그 여학생 같은 표정을 언제나 짓고 있으세요. 아주 잘하고 있어요. 전망이 밝아요." 하고 그녀의 귀 가까이서 속삭였다. 그녀가 고개를 움직이지도 않으며, "정말이에요?" 하고 중얼거리자, 엘러리는 미소 띤 얼굴을 하고 다른 사람들이 있는 곳으로 돌아갔다.

샘프슨은 자기의 입장이 나아졌다는 것을 알고 녹스에게 강력하게 말하고 있었다. "녹스 씨도 입장이 바뀌었다는 것을 아실 겁니다. 오늘 저녁 이후에는 우리에게 큰 빚을 지시게 됩니다. 우리의 시민 녹스 씨를 우리가 이렇게 보호해 드리는데, 이만 그림을 우리에게……."

녹스가 별안간 두 팔을 번쩍 들었다. "좋아요. 내가 양보하겠소. 올 때까지 왔소. 그림 문제에 진절머리도 나고. 게다가 협박까지 당하고……그림을 갖고 가서 마음대로 하시오."

"빅토리아 박물관에서 도난당한 그림이 아니라고 하신 줄 아는데요." 하고 경감이 조용히 말했다. 안심했다는 표정은 없었다.

"내 주장은 아직도 변함이 없소! 그림은 내 것이오. 당신들이 감정을 하든지 맘대로 해보고 내 말이 맞으면 돌려주시오."

"오, 물론 우리는 그렇게 할 겁니다." 하고 샘프슨이 말했다.

"협박범 체포 문제를 먼저 결정하는 것이 급하지 않습니까?" 하고 페퍼가 걱정된다는 듯이 말했다. "만일 일이 잘못이라도 된다면……."

"당신 말이 맞소, 페퍼." 하고 경감이 기분이 좋아져서 말했다. "놈을 잡는 것이 급선무요. 아, 브레트 양." 경감이 다가오자 브레트 양이 미소로 맞았다. "수고스럽지만 전문을 보내 주겠소? 아니, 잠깐, 연필 가지고 있습니까?"

그녀가 연필과 종이를 꺼내자, 경감이 무엇이라고 급히 적었다. "이것을 빨리 타자쳐 주시오. 급합니다."

그녀는 급히 타자를 치기 시작했다. 타자를 치는 내용이 그녀의 심장을 고동치게 했다면 얼굴에서는 그것을 볼 수 없었다.

'브룸 경감 귀하.

영국 경시청. 대외비(對外秘)

레오나르도는 도난 사실을 모르고 15,000파운드에 산 미국 미술품 수집가 손에 있음. 빅토리아 박물관에서 도난당한 것인지 여부는 알 수 없으나 적어도 그것을 확인하기 위해서라도 박물관에 돌려주기로 약속받았음. 아직도 처리할 일이 약간 있음. 반환 일자를 24시간 내에 연락하겠음.

리처드 퀸 경감'

여러 사람들이 전문 내용을 돌려 읽고——녹스는 흘끗 보기만 했다——됐다고 하자 경감이 그것을 조앤에게 돌려주었고, 그녀는 전신국을 전화로 불러 전문 내용을 읽기 시작했다.

경감은 그날 밤의 계획을 간단히 다시 설명했고, 녹스가 지겹다는 얼굴로 고개를 끄덕이자 그들은 코트를 입으며 떠날 채비를 했다. 그러나 엘러리는 떠날 준비를 하지 않았다. "너는 안 갈 거니, 애야?"

"저는 조금 더 있다 가겠습니다. 아버지는 샘프슨 씨와 페퍼하고 먼저 가시죠. 나중에 집에서 뵙겠습니다."

"집에서? 나는 사무실로 간다."

"그럼, 사무실에서 뵙죠."

그들은 호기심 어린 눈초리로 엘러리를 보았다. 엘러리는 편한 자세로 웃고만 있었다. 그가 그들을 보고 가보라고 손짓을 하자 그들은 말없이 떠났다.

그들이 떠나고 문이 닫히자 녹스가 말했다. "젊은이, 꿍꿍이속은 모르지만 있고 싶다면 있어도 좋소. 이 계획에 따르면 내가 은행에 가서 돈을 찾는 것으로 되어 있더군. 샘프슨은 범인이 지켜보고 있다고 생각하는 모양이오."

"샘프슨은 빈틈없는 분입니다. 여기 있게 해주셔서 감사합니다."

"천만에." 하고 녹스는 말하고 훌륭한 비서가 하듯이 타자만 치고 있는 조앤 쪽으로 이상한 눈길을 보냈다. "다만, 브레트 양을 유혹하지는 말아요. 내가 비난받을 테니까." 녹스는 이렇게 말하고 떠났다.

엘러리는 10분을 기다렸다. 그는 조앤에게 말을 걸지 않았고 조앤도 타자치는 것을 중단하지 않았다. 그는 그 시간을 창 밖만 내다보며 아무 일도 하지 않고 있었다. 녹스의 큰 키가 현관 앞 차를 대는 곳에 나타나더니 대기하고 있던 타운카에 몸을 싣고 떠났다.

엘러리는 곧 활발해졌다. 브레트 양도 타자를 멈추고 짓궂은 장난기가 어린 미소를 입가에 머금고 엘러리를 바라보았다.

엘러리가 그녀에게 힘차게 걸어왔다. "어머!" 하고 그녀는 겁내는 시늉을 하며 몸을 피하려는 시늉을 했다. "벌써 녹스 씨의 암시를 그대로 이행하시려는 것은 아니시겠죠, 퀸 씨?"

"그런 소리 말아요. 둘만 있을 때 물어 볼 것이 있어요."

"그 말을 들으니 가슴이 두근거리네요." 하고 조앤이 아직도 장난기 어린 낮은 소리로 말했다.

"이 커다란 저택에서 심부름하는 사람들은 몇 명이나 되지요?"

그녀가 실망했다는 표정을 짓고 뾰로통한 체하였다. "몸을 지키려고 태세를 갖추고 있는 숙녀에게 이상한 질문을 하시는군요…… 몇 명이더라……." 그녀가 마음속으로 세었다. "여덟, 맞아요. 여덟 명이에요. 녹스 씨는 조용히 지내기 때문에 하인들이 많지 않아요."

"하인들에 대해서 알아보았습니까?"

"여자란 무엇이든지 배워 놓죠……물어 보세요."

"요즘 새로 채용한 하인이 있습니까?"

"천만에요. 이 집은 모두가 똘똘 뭉친 까다로운 집이에요. 하인들이 적어도 5~6년은 일하고 있어요. 어떤 사람은 15년이나 됐대요."

"녹스 씨는 하인들을 신임합니까?"

"전적으로."

"좋아요!" 하고 엘러리가 힘차게 말했다. "내 말을 잘 들어 봐요. 그들이 모르게 내가 그 사람들을 봐야겠어요."(그는 프랑스어로 말했다.)

그녀가 일어서서 허리를 깊게 굽힌 채 말했다. "분부만 내리십시오."(그녀 역시 프랑스어로 대답했다)

"내가 옆방에 들어가서 문틈으로 하인들을 볼 테니, 무슨 핑계를 대고 하인들을 차례로 불러서 내가 그들의 얼굴을 충분히 검토할 수 있도록 해줘요……아, 참, 운전사는 없겠군. 내가 그 사람은 봤으니 괜찮을 것이고……운전사 이름은 뭐지요?"

"슐츠."

"운전사는 그 사람뿐인가요?"

"네."

"좋아요. 그럼, 시작합시다."

엘러리는 옆방으로 가서 문틈으로 사무실을 훔쳐보았다. 조앤이 벨을 누르자 처음 보는 검은 옷을 입은 중년 부인이 들어왔다. 조앤이 무엇인가 몇 마디 물어 보자 부인이 대답을 하고는, 잠시 뒤에 부인이 떠났다. 조앤이 다시 벨을 누르자 단정하게 검은 하녀복을 입은 젊은 여자 셋이 들어왔다. 다음에는 키가 크고 여윈 집사, 깔끔하게 옷을 입은 얼굴이 번지르르하고 땅딸막한 남자, 그리고 마지막으로 깨끗한 요리사 복장을 한 몸집이 크고 땀을 많이 흘리는 프랑스 사람이 다녀가자, 엘러리가 숨었던 곳으로부터 나왔다.

"잘했어요, 중년 부인은 누구지요?"

"힐리 부인이라고 가정부예요."

"하녀들은?"

"그랜트, 버로스, 호치키스."

"집사는?"

"크라프트."

"땅딸막한 사람은?"

"녹스 씨의 시종(侍從)인 해리스."

"요리사는?"

"보생. 파리에서 이민온 알렉상드르 보생이에요."

"그 사람들이 전부가 틀림없지요?"

"슐츠를 빼고는 전부예요."

엘러리가 고개를 끄덕였다. "전부 모르는 사람들이군. 그렇다면

……첫번째 협박장이 오던 날 아침을 기억하시오?"

"네."

"그날 아침 이후 이 집에 온 사람이 있습니까? 내 말은 외부인으로서——방문객 말입니다."

"많은 사람들이 찾아오기는 했지만, 아래층 응접실에서 전부 돌려보냈어요. 그날 이후 녹스 씨가 아무도 만나지 않겠다고 해서 문앞에서 크라프트가 안 계시다고 하며 거의 전부 돌려보냈습니다."

"녹스 씨가 왜 그랬을까요?"

조앤이 어깨를 으쓱했다. "겉으로는 태연한 척했지만 협박장이 온 이후로 녹스 씨는 불안해 하고 있었어요. 어떤 때는 왜 사립탐정이라도 고용해서 보호를 받지 않나 하고 생각한 적도 있었어요."

"그럴 수는 없었겠지." 하고 엘러리가 험악한 얼굴로 말했다. "사립탐정이라면 경찰 출신이 많지요. 따라서 레오나르도의 문제가 있는 한 그 사람들을 이 집안에 들이고 싶지는 않았을 거요."

"녹스 씨는 아무도 믿지를 않았어요. 거래상 아는 사람, 개인적인 친구까지도 멀리했어요."

"마일스 우드러프 변호사는?" 하고 엘러리가 물었다. "칼키스의 유산 문제로 그에게 일을 시키고 있는 것으로 아는데."

"일은 시키지만 전화로만 얘기하지, 우드러프 씨가 이 집에 온 적은 없습니다."

"과연 그런 일이 있을 수도 있을까?" 하고 엘러리는 혼자서 중얼거렸다. 그가 조앤의 손을 덥석 잡자 그녀는 낮게 소리를 질렀다. 그러나 엘러리의 의도는 플라토닉한 것이었고, 여자에게는 모욕적이라고 할 정도로 냉담하게 그녀의 가냘픈 손을 꼭 쥐면서 말했다. "조앤 브레트, 오늘 아침은 대단히 흥미진진했어요. 수확이 괜찮은 아침이었어요."

아버지에게 곧 가겠다고 한 엘러리가 경찰본부에 나타난 것은 오후 중간쯤이었다. 무슨 좋은 일이라도 있는지 싱글거리며 어슬렁어슬렁 들어왔다.

다행히도 경감은 일에 쫓겨서 그를 보는 둥 마는 둥했다. 빈둥거리던 엘러리는 경감이 벨리 경사에게 그날 밤 타임스 빌딩에 형사를 보내는 지시를 듣고서야 노곤하게 꾸고 있던 백일몽에서 깨어나는 것 같았다.

"어쩌면," 하고 엘러리가 말했다── 엘러리가 거기 있다는 것에 경감은 놀라는 듯했다── "어쩌면 오늘밤 9시에 녹스 저택에서 만나는 것이 더 좋을지 모르겠습니다."

"녹스 저택? 무엇 때문에?"

"여러 가지 이유가 있습니다. 형사들을 그곳으로 보내더라도 우리는 녹스의 집에 모이는 것이 좋을 것 같습니다. 타임스 빌딩에는 10시까지 시간이 있잖습니까?"

경감이 호통을 치려다가 엘러리의 눈에서 강철 같은 무엇을 보고 눈을 두어 껌벅이더니, "쳇, 그러지 뭐." 하며 샘프슨에게 전화를 하려고 몸을 돌렸다.

벨리 경사가 나가자, 엘러리는 힘차게 일어나서 산같이 큰 덩치의 벨리 뒤를 쫓아나갔다. 바깥 복도에서 벨리의 단단한 팔을 잡고 아주 열심히, 아첨에 가깝게 말을 했다. 엘러리가 귓속말을 계속함에 따라 보통때는 무표정한 벨리의 얼굴이 점점 곤란해 하는 표정으로 변해 갔다. 몸의 중심을 양다리에 번갈아 싣고 곤란해 하던 그가 엘러리의 설득에 할 수 없다는 듯이 한숨을 쉬더니, "좋습니다, 퀸 씨. 그러나 잘못되는 날에는 경감님께 혼이 날 겁니다." 하고 말하고 도망치듯 그 자리를 떠났다.

제30장 퀴 즈

달도 뜨지 않은 그날 밤 두 사람씩 남의 눈에 띄지 않도록 조심해서 녹스 저택에 집합했다. 9시 정각에 퀸 부자, 샘프슨과 페퍼, 그리고 녹스 자신과 조앤 브레트가 모두 녹스의 사실(私室)에 모였다. 검은 창가리개가 내려져 있어서 밖으로는 불빛이 새어 나가지 않았고, 사람들은 긴장해서 자신들을 억제하고 있었다.

엘러리만이 예외였다. 오늘밤에 일어날 일은 걱정도 되지 않는다는 표정이었다.

"소포는 준비됐습니까, 녹스 씨?" 하고 경감이 신경질적으로 물었다. 경감의 콧수염은 축 늘어져 있었다. 녹스가 책상 서랍에서 누런 종이에 싼 작은 뭉치를 꺼냈다. "가짜로 준비한 것이오. 종이를 지폐만하게 자른 것이지요." 녹스의 목소리에는 긴장감이 깃들어 있었다.

"도대체 뭘 기다리고 있는 거요?" 하고 샘프슨이 소리쳤다. "녹스 씨, 출발하시죠. 우리가 뒤를 따르겠습니다. 그곳은 벌써 포위되어 있으니 놈은……."

"타임스 빌딩에 갈 필요가 없어졌습니다." 하고 엘러리가 천천히 말했다.

몇 주일 전에 칼키스 범인설을 설명할 때와 마찬가지로 독선적인 극적 장면을 엘러리는 연출하고 있었다. 저번과 마찬가지로 창피를 당할 염려가 있을 텐데도 엘러리의 모습에서는 그것을 찾아볼 수가 없었다. 타임스 광장에는 경찰차들이 모이고 형사들이 숨어 있는 떠들썩한 사실이 우습기라도 하다는 듯이 엘러리는 명랑한 표정으로 미소를 띠고 있었다.

경감이 작은 키를 6인치(약 15cm) 가량 늘리면서 물었다. "갈 필요가 없다니 무슨 소리야, 엘러리? 무슨 장난치라도 치는 거야?"

엘러리의 얼굴에서는 미소가 사라졌다. 그리고는 놀란 눈으로 자기를 보고 있는 여러 사람들을 바라보았다. 미소 대신에 날카로운 빛이 떠올랐다. "좋습니다." 하고 그는 심각하게 말했다. "설명을 드리죠. 그곳으로 가는 것이 쓸데없다고, 아니 바보스러운 짓이라고 제가 왜 말씀드리는지 아십니까?"

"바보 같은 짓이야!" 지방검사가 이빨을 드러냈다. "왜지?"

"왜냐하면, 검사님, 가봐야 헛수고이고, 범인은 거기 없을 것이기 때문입니다. 당신들은 속았습니다."

조앤 브레트가 숨을 들이마셨다. 다른 사람들도 숨을 들이켰다.

"녹스 씨." 하고 엘러리가 은행가 쪽으로 몸을 돌리며 말했다. "집사를 불러 주시겠습니까?"

녹스가 이마에 주름을 잡으며 벨을 누르자 키가 큰 노인이 즉시 나타났다. "부르셨습니까, 녹스 씨?"

그에 대하여 엘러리가 날카롭게 대답했다. "크라프트, 이 집안의 도난경보장치를 잘 알지요?"

"네."

"당장 조사해 보시오."

크라프트가 주저하자 녹스가 퉁명스럽게 손짓을 했고, 크라프트가 떠났다. 그가 눈이 튀어나올 지경으로 뜨고 허둥대며 뛰어들어올 때까지 아무도 말을 하지 않고 있었다. "누가 손을 댔습니다. 말을 듣지 않습니다. 어제까지도 괜찮았는데요, 주인님."

"뭐야!" 하고 녹스가 소리쳤다.

엘러리가 차갑게 말했다. "제 생각대로군요. 크라프트, 당신은 가도 돼요……녹스 씨, 당신과 나의 동지들에게 우리가 어디까지 범인에게 속았나 보여드리겠습니다. 녹스 씨, 그림이 어떻게 되었나 보시지요."

녹스의 마음속으로부터 무엇인가 끓어올라, 그의 회색 눈에 공포의 빛이 떠올랐다. 그 빛이 결단으로 바뀌더니 말없이 방 밖으로 뛰어나갔다. 엘러리와 다른 사람들이 급히 뒤를 따랐다.

녹스가 위층에 있는 크고 긴 방으로 갔다. 많은 명화들이 진한 색의 벨벳에 둘러싸인 전시실이었다……아무도 미술품을 감상할 마음이 없었다. 엘러리가 전시실 구석으로 가는 녹스를 바짝 뒤따랐다. 녹스가 갑자기 멈춰서더니 벽 한편을 더듬었다……아무 소리도 없이 벽면 한 부분이 옆으로 미끄러져 들어가고 빠끔히 벌어진 구멍이 캄캄하게 나타났다. 녹스가 그 속에 손을 넣고 끙끙거리며 더듬더니, 깜깜한 속을 들여다보고는…….

"없어졌어!" 하고 얼굴이 잿빛이 되어 소리쳤다. "누가 훔쳐 갔어!"

"바로 그것입니다." 냉담한 음성으로 엘러리가 말했다. "악마 같은 그림쇼의 동업자가 할 수 있는 간계입니다."

독자에게 도전한다

'그리스 관의 비밀'도 이 시점에서 독자의 기지에 도전하게 되었음을 개인적으로 무한히 기쁘게 생각한다. 어째서 내가 기쁘다고 하느냐 하면, 이 사건이 내가 해결한 어느 사건보다도 해결하기가 어려웠기 때문이다.

특히, "그것도 어려운 수수께끼라고 할 수 있어?" 또는 "나는 범인이 누구인지 당장 알아맞췄어." 하고 비꼬아 올 독자들에게, "마음대로 실컷 풀어 보십시오. 범인을 쉽게 찾지는 못할 것입니다." 하고 말할 수 있어 내 기쁨이 더욱 크기 때문이다.

내가 너무 낙관적인지도 모르겠다. 일은 끝났다. 독자들에게는 앨버트 그림쇼를 목졸라 죽이고, 길버트 슬론을 총 쏘아 죽였으며, 제임스 녹스의 그림을 훔친 범인만을 지적하는 올바른 해답에 이를 수 있는 모든 것이 주어졌다.

그러므로 마음속으로부터 우러나오는 즐거움과 겸손으로 독자들에게 말하겠다. 정신들 바짝 차리고 골치를 썩여 보시도록!

엘러리 퀸

제31장 종착점

엘러리가 말을 계속했다. "그림을 도난당한 것이 확실합니까, 녹스 씨? 그림을 이 안에 직접 넣으셨습니까?"

녹스의 얼굴에는 핏기가 돌아와 있었다. 그가 즉시 고개를 끄덕였다. "그림을 내가 본 것은 1주일 전이었소. 이 안에 있었소. 그 사실을 아는 사람은 아무도 없소. 숨기는 곳은 오래 전에 만들어 놓은 것이오."

"이 일이 어떻게 된 것인지 조리 있게 알아보자꾸나." 하고 경감이 말했다. "그림은 언제 도난당했는가? 도난범은 어떻게 들어왔으며, 녹스 씨 말이 사실이라면 그림이 있는 곳은 어떻게 알았는가 하는 점들을 말이야."

"그림이 오늘밤에 도난당하지 않은 것은 확실해." 하고 지방검사가 낮게 말했다. "그렇다면 도난경보는 어째서 오늘 작동을 안 하지?"

"어제는 작동했다고 크라프트가 말했었고, 그저께도 작동했을 텐데." 하고 페퍼가 끼여들었다.

녹스는 어깨를 들었다 놓았고, 엘러리가 말했다. "모든 것을 설명해 드리겠습니다. 다들 녹스 씨 사무실로 가시죠."

그는 자신이 있어 보였고, 모두가 조용히 그 뒤를 따랐다.

에나멜 가죽을 벽에 댄 방에 돌아오자 엘러리는 활발히 움직이기 시작했다. 우선 문을 닫고는 남들이 방해하지 않도록 페퍼에게 문가에 서 있으라고 말하고, 망설임 없이 마루 가까이 벽면 아래에 있는 스팀 난방 라디에이터 앞에 설치한 쇠틀로 갔다. 쇠틀을 만지더니 그것을 떼어서 바닥에 놓고 그 안으로 손을 넣었다. 거기에는 커다란 라디에이터 코일이 있었다. 엘러리는 그 코일들을 하프를 켜듯 만지면서 말했다. "이것 좀 보세요. 코일 여덟 개 중 일곱 개는 펄펄 끓는데, 하나는……아주 차갑군요." 그가 코일 아래를 잡고 돌리자 코일이 빠져나왔고, 그는 그것을 들고 일어섰다. "보시는 바와 같이 떨어져 나옵니다. 교묘하게 난방장치를 하셨군요, 녹스 씨." 엘러리가 코일을 높이 쳐들고 한쪽 끝을 힘주어 비틀자, 놀랍게도 그것이 돌려지면서 뚜껑이 빠졌다. 코일 속이 석면으로 둘려져 있었다. 엘러리가 뚜껑을 의자에 놓고 코일을 더욱 높게 쳐들고 힘차게 흔들자 둘둘 말린 오래 된 캔버스가 나왔다.

"그게 뭐지?" 하고 경감이 속삭였다.

엘러리가 그것을 폈다.

그림이었다——사치스러운 깃발을 빼앗기 위하여 중세풍의 군인들이 무리를 지어 싸우고 있는 장면을 그린 커다란 유화였다.

"믿지 못하실 테지만," 하고 엘러리가 말하며 그림을 녹스의 책상 위에 펼쳤다. "지금 보시고 계시는 것이 100만 달러짜리 그림입니다. 다시 말해서 없어졌다는 레오나르도의 그림입니다."

"쓸데없는 소리!" 하고 누군가가 말하자 엘러리는 입을 꼭 다물고 그림을 뚫어지게 보고 있는 제임스 녹스에게 몸을 홱 돌렸다.

"그래요? 오늘 이 집을 뒤져서 이 걸작품을 찾았습니다. 당신은 이 그림을 도난당했다고 하셨지요? 그런데 어떻게 이 집안에 있을까요?"

"내가 쓸데없는 소리라고 하면 쓸데없는 소리요." 녹스가 짧게 웃었다. "내가 당신을 과소평가한 모양이오. 그렇지만 당신이 틀렸어. 내가 레오나르도를 도난당했다고 한 말은 사실이오. 나는 내가 두 개의 그림을 갖고 있다는 사실을 감추어 왔고……."

"둘이오?" 하고 지방검사가 놀라서 소리쳤다.

"그렇소." 녹스가 한숨을 쉬었다. "내가 속인 거요. 이 그림은 두 번째 그림이오. 오랫동안 갖고 있었소. 이 그림은 로렌조 디 체레디 아니면 그의 제자가 그린 것이오. 로렌조는 레오나르도를 똑같이 흉내냈고, 그의 제자들도 마찬가지였소. 이것은 레오나르도가 1503년에 피렌체에서 베치오 궁(宮) 프레스코 벽화를 실패하고 나서 그림을 그대로 베껴서 그린 것으로……."

"강의는 필요없습니다." 하고 경감이 으르렁거렸다. "우리가 알고 싶은 것은……."

"내가 학교에서 들은 미술 강의가 생각나는데," 하고 엘러리가 재빨리 끼여들었다. "그에 의하면 레오나르도가 벽화의 중심부를 그리고 나서 열을 가했더니 색채가 흐르고 벗겨지는 바람에 벽화 작업을 포기하게 되었고, 그 벽화를 레오나르도가 캔버스에 유화로 옮겼다고 들었습니다. 그렇다면 레오나르도가 유화로 캔버스에 옮긴 것이 진품이고, 이것은 레오나르도의 진짜 유화를 당시에 누군가가 모사한 가짜라고 당신의 감정사는 생각한다는 말입니까?"

"그렇소. 어쨌든 그 두 번째 그림——은 레오나르도가 그린 진짜의 값어치보다 당연히 훨씬 떨어지지요. 내가 칼키스에게서 진짜를 샀을 때——그래, 좋아. 내가 진짜를 샀고, 그것이 진짜라는 것을 알고 있었다는 것을 고백하지요——나는 그 가짜라는 것을 갖고 있었소. 나는 가짜도 갖고 있다는 얘기는 하지 않았는데, 그 이유는……그림을 돌려줘야 한다면 그 가짜를 칼키스에게서 산 것이라고 하려고……."

샘프슨의 눈이 빛났다. "지금 하신 말씀을 들은 증인이 많습니다. 그런데 진짜는 어떻게 됐지요?"

녹스가 고집스럽게 말했다. "도둑맞았소. 그것은 벽 뒤에 있는 비밀 보관소에 감춰 두고 있었소. 젠장, 당신은 설마 내가……훔친 놈은 이 가짜 그림도 내가 갖고 있다는 것은 몰랐던 게 분명하오. 가짜는 언제나 라디에이터 가짜 코일 안에 있었소. 놈이 진짜를 훔쳐 갔어! 어떻게 훔쳤는지는 모르지만, 훔쳐간 것은 틀림없어. 말썽이 나면 가짜를 내놓으려 한 것은 인정해요. 그렇지만……."

지방검사가 경감, 엘러리, 페퍼를 구석으로 데리고 가서 낮은 소리로 의논했다. 엘러리가 심각한 표정으로 얘기를 듣다가 무엇이라고 그들을 안심시키는 말을 하고서는, 모두들 책상 위에 놓인 그림 옆에서 비참한 표정으로 혼자 서 있는 녹스에게 돌아왔다. 조앤 브레트는 벽에 등을 기대고 눈을 크게 뜨고, 가슴이 오르내리도록 큰 숨을 쉬면서 꼼짝도 않고 서 있었다.

"선생님." 하고 엘러리가 말했다. "상황으로 보아 선생님 말씀만을 갖고는 이것이 가짜라고 믿을 수 없다는 지방검사와 경감님의 의견입니다. 우리는 그것을 감정할 만한 전문가들이 아니니까 전문가를 부르는 것이 좋겠습니다. 제가 부를까요?"

녹스가 천천히 고개를 끄덕이는 것을 기다리지도 않고 엘러리는 누군가와 몇 마디 통화를 하더니 전화를 끊었다. "미국 동부에서 가장 유명한 미술품 비평가인 토비 존스를 불렀습니다, 녹스 씨. 그 사람을 아십니까?"

"만난 적은 있소." 하고 녹스가 짧게 말했다.

"곧 올 테니 그때까지 참고 기다리는 수밖에요."

토비 존스는 땅딸막한 노인으로 눈은 빛나고 있었고 나무랄 데 없는 복장을 한 침착한 사람이었다. 노인을 전부터 알고 있었던 엘러리가 다른 사람들에게 소개를 했고, 노인은 특히 녹스와 반가이 인사를 했다. 그리고는 왜 불렀는지 말해 주기를 기다리며 책상 위에 있는 그림에 눈을 두고 있었다.

엘러리는 노인의 질문을 예측하고 말했다. "좀 심각한 문제가 있습니다, 존스 씨. 그리고 이 방에서 일어난 일은 남에게 비밀로 해주셔야 합니다." 존스는 전에도 그런 주문을 받아 보았는지 고개를 끄덕였다. 엘러리가 그림 쪽으로 고갯짓을 하며 물었다. "저 그림을 누가 그렸는지 얘기해 주시겠습니까, 존스 씨?"

감정가가 만족스러운 미소를 띠며 책상으로 다가서서 그림을 방바닥에 펴는 동안, 모두는 손으로 잡을 수 있을 것 같은 침묵 속에서 기다렸다. 존스가 엘러리와 페퍼에게 그림을 쫙 펴서 들고 있으라고 말하고, 여러 개의 불빛을 그림에 비췄다. 아무도 입을 열지 않았고, 작은 노인의 표정도 변하지 않았다. 노인이 그림의 구석구석을 검토하기 시작했다. 특히, 깃발 주위에 있는 인물들의 얼굴에 많은 주의를 기울이면서…….

30분 동안 검토를 한 노인이 기분이 좋은 듯 고개를 끄덕이자 엘러리와 페퍼는 그림을 책상 위에 다시 놓았다. 녹스가 유감스럽다는 뜻으로 한숨을 가냘프게 쉬면서 노인의 얼굴을 바라보았다.

"이 그림에 대해서는 이상한 얘기가 있습니다." 한참 있다가 노인이 말했다. "사람들은 수년 동안, 아니 수세기 동안이라고 하는 것이 옳겠군요——이 그림과 똑같은 그림이 두 장——있다는 것을 알고 있었습니다. 두 그림은 한 가지를 빼고는 똑같았지요……."

누군가가 알아들을 수 없는 소리를 중얼거렸다.

"하나만 빼고 말입니다……그림 하나는 레오나르도가 직접 그린 것입니다. 피에로 소데리니가 피렌체에 와서 시뇨리 궁의 새로운 청사 벽에 전투 장면을 그려 달라고 레오나르도를 설득했을 때, 레오나르도는 1440년에 피렌체 공화국 장군들이 앙기아리 다리에서 니콜로 피치니노를 무찌르는 장면을 주제로 그림을 그리기로 했습니다. 그것의 밑그림 자체는——원래 스케치한 데다가 기교적인 면을 덧붙인 것으로서——레오나르도가 미리 그려 놓은 것인데, 실제로 '앙기아리의 전투'로 종종 불려지고 있습니다. 이것은 굉장한 벽화 작업이었는데, 우연히도 피사의 작업을 맡고 있던 미켈란젤로도 참여하게 되었지요. 녹스 씨도 아시겠지만, 레오나르도는 그 그림을 완성하지 못했습니다. '깃발의 전장'을 그리고 나서 구우려고 열을 가하니까 그림이 녹아내리고 벗겨져서 그리는 것을 중단하게 되었지요.

레오나르도는 피렌체를 떠났습니다. 벽화가 실패한 것에 실망한 그는 예술가로서 자기 정당화를 하기 위해서 벽화를 캔버스에 유화로 옮겼습니다. 어쨌든, 그 그림은 런던의 빅토리아 박물관 사람이 이탈리아 어딘가에서 찾기 전까지는 사람들 눈에 띄지 않고 있었습니다."

모두가 쥐죽은듯 조용했지만 존스는 그것도 모르는 듯이 말을 계속했다.

"이제," 그는 열기를 띤 목소리로 말을 이었다. "그 밑그림의 많은 현대판 복사화가 제작되었습니다. 알려진 바로는 젊었을 때의 라파엘, 프라 바르톨로메오와 그 밖에 많은 이들이 본떠서 그렸다지요. 그러나 정작 진짜 밑그림 자체는 그 복사자들에게 제공된 다음에는 사장되어 버린 것 같습니다. 그 밑그림은 사라졌습니다. 그리고 청사 벽의 벽화는 1560년에 새로운 프레스코 벽화로 덮여지게 되었습니다. 따라서 발견——소위 말해서——그 원 밑그림을 레오나르도 자신이 베낀 복사화의 발견은 예술계에서 엄청난 가치를 지니는 수확이었습니다. 이것이 우리에게 시사하는 그 이야기의 특이한 부분입니다.

내가 아까 한 가지 점만을 빼고는 똑같은 그림이 두 장 있다고 말씀드렸지요 ? 하나는 오래 전에 발견되어서 죽 세상에 전시되어 왔습니다. 6년 정도 전에 빅토리아 박물관이 새로운 것을 발굴하기까지는 누가 그린 것인지 몰랐습니다. 전문가들도 첫번째 것이 레오나르도가 그린 것인지 아닌지를 알 수가 없었습니다. 사람들이 믿기로는 그것은 로렌조 디 체레디나 그의 제자가 그린 것으로 알고 있었습니다. 모든 미술품에 대한 논쟁이 그렇습니다만, 이 문제도 말이 많았습니다. 그러나 그것은 빅토리아 박물관이 새로운 그림을 찾음으로써 해결이 났지요.

옛날의 기록이 하나 있습니다. 그 기록에 의하면 같은 그림이 둘 있는데 하나는 레오나르도가 그린 것이고, 다른 것은 레오나르도 의 그림과 똑같아 보이지만 사실은 다른 누가——그린 사람 이름 은 나와 있지 않았습니다——그린 것이라는 겁니다. 그 기록에는 두 개의 그림은 모든 면에서 똑같으나 깃발을 둘러싸고 있는 사람 들 얼굴의 색조(色調)가 다르다고 했습니다. 레오나르도의 그림이 다른 그림의 얼굴보다 검은 기운이 있다는 것입니다. 그 차이는 하 도 미미해서 두 그림을 같이 놓고 봐야만 구분이 된다고 하지요. 그래서……."

"흥미 있군요." 하고 엘러리가 중얼거렸다. "녹스 씨, 선생님도 이것을 알고 계셨습니까?"

"물론 알고 있었지. 칼키스도 알고 있었고. 아까도 말했지만, 나 는 다른 사람이 그린 것을 갖고 있었어. 그래서 칼키스에게서 그림 을 샀을 때 둘을 비교해 보고 어느 것이 진짜 레오나르도의 그림 인지 알 수 있었지. 그런데 그 레오나르도가 없어진 거야."

"네?" 존스가 놀라는 빛을 보이더니, 곧 미소를 지었다. "그런 문제는 내가 알 바가 아닙니다. 어쨌든 박물관은 둘을 비교할 만한 충분한 시간이 있었죠. 그러고 있다가 가짜——가짜라기보다는 사 본이라는 것이 좋겠군요——가 없어졌지요. 소문에는, 사본이라는 것을 알고도 미국의 유명한 수집가가 그것을 샀다고 하더군요." 그가 녹스에게 이상한 눈길을 보냈지만 다른 사람들은 아무 말도 하지 않고 있었다.

존스가 그의 좁은 어깨를 폈다. "따라서 박물관에 있는 레오나 르도의 그림 없이는, 그림 한 장만 갖고는 진짜 레오나르도인지 아 닌지 알기가 쉽지 않습니다. 불가능하다고 할 수 있습니다."

"이 그림은요, 존스 씨?" 하고 엘러리가 물었다.

"이것은," 하고 말하며 존스는 어깨를 으쓱했다. "둘 중의 하나 라는 것은 틀림없습니다. 그러나 다른 것이 없으면……." 하고 말 하다가 말고 자기 이마를 탁 쳤다. "그렇지! 내가 무슨 바보짓을 하고 있지. 진짜는 빅토리아 박물관에 있으니 이것은 가짜가 틀림 없소."

"그래요. 당신 생각이 옳아요." 하고 엘러리가 급히 말했다. "그 런데 두 그림이 그렇게 똑같은데 어째서 하나는 100만 달러나 하 고, 하나는 몇 천 달러밖에 안합니까?"

"무슨 말을 하는 겁니까!" 하고 감정가가 소리쳤다. "그런, 뭐라 고 해야 하나——어린애 같은 소리가 어디 있소? 세라틴 가구와 그 모조품하고 값을 비교할 수가 있나요? 레오나르도는 거장이었 소. 다른 것은 레오나르도가 그린 진짜를 보고 베낀 모조품이오. 하나는 걸작품이고, 하나는 초보자가 그린 가짜요. 레오나르도의 필체를 그대로 모방했다고 해서 진짜가 될 수 있습니까? 퀸 씨, 당신의 서명을 사진찍은 것이 당신 서명과 같은 효력을 발휘합니 까?"

존스가 가지가지 몸짓을 하면서 떠들어댔다. 엘러리는 사과를 하면서 그를 문으로 데리고 갔다. 존스가 평정을 찾고 떠난 다음에 야 다른 사람들은 생기를 되찾는 듯했다.

"미술품! 레오나르도!" 하고 경감이 정떨어진다는 듯이 말했다. "더 복잡해졌잖아. 경찰이란 직업이 발의 때만도 못하게 되어가는 꼴이라니." 경감이 두 팔을 높이 쳐들었다.

"그렇게까지 나쁘지만은 않아요." 하고 샘프슨은 생각에 몰두하 면서 말했다. "이것이 진짜인지 가짜인지 밝히지는 못했지만, 존스 의 설명이 녹스 씨의 말을 뒷받침하기는 했소. 이제는 그림이 두 장 있다는 것은 확인됐으니 다른 그림을 훔친 놈만 잡으면 돼요."

"박물관에서는 두 번째 그림에 대한 말은 어째서 하지 않았을까 요?" 하고 페퍼가 물었다.

"페퍼 씨," 하고 엘러리는 점잔을 빼며 말했다. "박물관에서 진 짜를 갖고 있는데 모조품을 갖고 골치를 앓을 필요가 없잖아요? 모조품에는 신경도 쓰지 않고 있었겠지……그래요, 검사님 말씀이 맞아요. 우리가 잡아야 할 사람은 또 하나의 그림을 훔쳤고, 협박 장을 썼고, 슬론과 그림쇼의 살해범이고, 그림쇼의 동업자이며, 칼 키스를 모함한 바로 그 사람이지요."

"훌륭한 추리를 하셨군." 하고 샘프슨이 비꼬아 말했다. "우리가 알고 있는 것만을 말했으니, 모르는 것도 말해 보시지. 범인의 이름 같은 것 말이야!"

엘러리는 한숨을 쉬었다. "검사님, 밤낮 저를 깎아 내리려고만 하시는군요. 정말로 그 사람의 이름을 알고 싶으십니까?"

샘프슨이 눈을 부라렸다. "범인의 이름을 알고 싶냐고? 아주 똑똑한 소리만 하는군!" 그의 눈빛이 날카로워지면서 말을 중단했다. "엘러리," 하고 그가 낮게 말했다. "자넨 정말로 이름을 안다는 말이야?"

"그래요." 하고 녹스가 말했다. "그게 누구요, 퀸?"

엘러리가 웃음을 지었다. "당신이 물어 보시니 반갑습니다, 녹스 씨. 많은 사람들이 여러 가지로 말한 것을 읽으셨을 것입니다. 라틴어로는 Ne quis nimis, 영어로는 '자신을 알라'입니다. 제임스 J 녹스 씨," 세상에서 가장 상냥한 음성으로 엘러리가 말했다. "당신을 체포합니다."

제32장 엘러리야나(엘러리다운 취미)

사람들이 놀랐느냐고?

지방검사 샘프슨은 놀라지 않았다. 처음부터 녹스에게는 이상한 점이 있다고 생각하고 있었다. 한편으로는 빨리 왜 그랬는지, 어떤 방법으로 그랬는지도 알고 싶었다. 그런 한편, 염려하는 기색도 보였다. 증거는 어디에 있는가? 그는 벌써부터 기소 문제를 생각하면서, 골치 아픈 재판이 될 것이라고 생각하고 있었다.

경감도 아무 말이 없었다. 한시름을 놓는 듯하면서도 아들의 옆얼굴을 훔쳐보고 있었다.

녹스는 신체적으로 허물어지는 듯하다가 이내 다시 제모습으로 돌아왔고, 조앤 브레트는 두려움으로 숨을 헐떡이고 있었다.

엘러리는 무대를 지배하고 있었으나, 크게 기뻐하는 빛도 없었다. 경감이 부른 형사들이 제임스 녹스를 연행해 가는 동안 어떻게 된 것인지 설명을 해달라는 요청에 고집스럽게 고개만 흔들고 있었다. 아닙니다, 오늘밤에는 아무 말도 안하겠습니다……내일 아침에, 그래요, 내일 아침에는 말씀드리겠습니다.

11월 6일, 토요일 아침에 설명을 들으러 사람들이 모였다. 엘러리는 사건에 관계된 사람들만이 아니라 신문에서도 와야 한다고 고집했다. 토요일 조간신문들이 녹스의 체포 사실을 대서특필했다. 대통령과 가까운 고위층 인사가 뉴욕 시장에게 직접 전화를 했다는 소문도 나돌았는데, 내용을 제대로 파악하지도 못하고 있는 경찰국장에게 사건 내용을 다그치느라고 시장의 전화가 오전 내내 통화중이었던 것으로 보아 그 소문은 사실인 듯했다. 지방검사 샘프슨은 시간이 지날수록 안절부절못하고 있었고, 퀸 경감은 높은 사람들의 질문 공세에 기다려 달라는 말만 되풀이하고 있었다. 라디에이터 코일에서 나온 그림은 재판할 때까지 잘 간수하라고 페퍼에게 맡겼다. 영국 경시청에는 그림이 재판에 필요한 증거로서 보관되어야 하겠지만, 제임스 J 녹스 씨의 운명이 결정되고 나면 소문이 나지 않도록 조심을 해서 돌려보내겠다고 통보했다.

퀸 경감의 사무실은 모든 사람들을 수용하기에는 너무 비좁았다. 선정된 신문기자들, 퀸 부자, 샘프슨, 페퍼, 그리고 수석 지방검사보인 크로닌. 슬론 부인, 조앤 브레트, 앨런 체니, 브릴랜드 부부와 나시오 수이자 및 우드러프 변호사. 경찰국장과 시장의 정치적인 친구라고 하는, 손을 자주 칼라 밑에 넣으며 안절부절못하고 있는 사람. 이 모든 사람들을 위해서 경찰본부에서는 커다란 방을 준비했다. 설명은 엘러리가 주관하게 되어 있었는데 샘프슨은 손을 비비고 있었고, 시장의 친구는 풀죽은 모습이었으며, 경찰국장은 인상을 찌푸리고 있었다. 그러나 엘러리는 동요하지 않고 있었다. 방에는 연단이 있었는데 엘러리는 그 연단 위에서 눈을 동그랗게 뜨고 쳐다보는 책상들에게 강의라도 하듯이 서 있었고, 그 뒤에는 칠판이 서 있었다. 방 뒤쪽에서 크로닌이 샘프슨에게 귓속말을 했다. "모든 것이 확실해야 합니다. 녹스가 스프링안 변호인단을 고용했다는군요. 실수라도 한다면 하는 생각을 하니 몸이 떨립니다." 샘프슨은 아무 말도 하지 않았다. 할말이 없었다.

엘러리가 작은 소리로 찬찬히 말을 시작했다. 여지껏 일어난 일들을 자세히 모르는 사람들을 위하여 사건의 개요를 낱낱이 설명했다. 협박 편지들이 온 데까지 설명을 마친 엘러리는 말을 중단하고 입술을 축이더니 숨을 크게 들이마시고 녹스 씨 체포의 핵심으로 들어갔다.

"따라서 협박장을 보낸 사람은 방금 설명드린 대로 녹스 씨가 박물관에서 도난당한 그림을 갖고 있다는 사실을 알고 있었습니다. 녹스 씨가 그 그림을 갖고 있다는 사실을 알고 있는 사람은 우리 수사관들말고 누가 있습니까? 단 두 사람뿐입니다. 한 사람은 아까 설명드린 바와 같이 그림쇼와 슬론을 살해한 그림쇼의 동업자입니다. 그림쇼는 자기 입으로 자기 동료만이 녹스가 그림을 갖고 있는 것을 알지, 다른 사람에게는 얘기하지 않았다고 했습니다. 두 번째 사람은 물론 녹스 씨 자신입니다. 우리는 녹스 씨는 염두에 두지 않았습니다.

협박장이 어음 뒷면에 쓰여져 있는 것으로 보아 협박범은 그림쇼의 동업자, 즉 슬론과 그림쇼의 살해범이라는 것도 밝혀졌습니다. 이 점을 염두에 두어 주시기 바랍니다. 제 설명에 아주 중요한 역할을 하니까요.

그러면 협박장 자체에서는 무엇을 찾을 수 있습니까? 첫번째 협박장은 슬론과 그림쇼가 형제라고 경찰에 알린 밀고장처럼 언더우드 타자기로 타자되었습니다. 두 번째 협박장은 레밍턴 타자기로 쳤습니다. 이 두 번째 협박장에 중요한 단서가 있습니다. 타자를 치면서 3만 달러의 3자를 잘못 쳤는데, 3자 위의 3자의 대문자 칸에 있는 글자가 보통 레밍턴 타자판에 있는 글자와 다르다는 것입니다. 여러분의 이해를 돕기 위해서 그 3만 달러를 그림으로 설명하겠습니다." 엘러리는 칠판에 3만 달러라고 다음과 같이 썼다.

"타자칠 때의 실수는 $기호를 친 다음에, 시프트 키를 완전히 올리지 않고 3자를 쳐서 생겼습니다. 그래서 3자의 윗부분과 3자 대문자 칸에 있는 글자의 아랫부분이 동시에 찍혔습니다. 타자를 친 사람은 그 실수를 알고 한 칸을 되돌아가서 3자를 다시 쳤지요. 제 말을 알아들으시겠습니까?"

많은 사람들이 고개를 끄덕였다.

"좋습니다. 그러면 일반적인 미국 타자기의 3자의 대문자 칸에는 무슨 글자가 있습니까?" 하고 엘러리는 말을 계속했다. "그것은 번호 기호입니다. 제가 보여 드리지요." 엘러리는 칠판으로 다시 몸을 돌려서, 기호를 썼다. "제가 말을 하고자 하는 것은, 두 번째 협박장을 친 타자기에는 # 기호가 3자의 대문자 칸에는 없다는 점입니다. # 기호의 밑부분이 아닌 다른 기호가 찍혀 있지 않습니까? 왼쪽에 작은 동그라미가 있고, 거기서 오른쪽으로 곡선이 나와 있는 것 말입니다."

모든 사람들이 엘러리의 말을 놓칠세라 경청하고 있었다. "따라서 두 번째 협박장을 친 타자기에는, 다른 타자기처럼 3자의 대문자 칸에 # 기호가 없고 다른 기호가 있다는 것이 확실합니다. 그렇다면 그 기호는 무엇이겠습니까? 제가 칠판에 쓴 것을 보아 주십시오."

모두들 열심히 보았지만 아무도 대답하는 사람이 없었다. "여러분들 모두가, 특히 신문기자 여러분들이 대답을 안하시는 것이 이상하군요. 그 기호는 필기체 대문자 L자의 밑부분이 틀림없습니다. 그 중간에 막대기 하나를 옆으로 그으면 £ 기호, 즉 영국 파운드 기호입니다!"

여기저기서 웅성이는 소리가 들렸다.

"자, 그렇다면 우리가 할 일은 레밍턴 타자기——이것은 미국산 (産)입니다——에 기호가 3자의 대문자 칸에 있는 제품을 찾으면 되겠습니다. 미제 레밍턴 타자기에 £ 기호가 있을 확률은 몇 백만 분의 일일 것입니다.

따라서 그 타자기만 찾으면, 그것으로 두 번째 협박장을 쳤다고 해도 무방할 것 같습니다."

엘러리는 크게 몸짓을 했다. "이 점이 중요하기 때문에 설명을 장황하게 한 것입니다. 우리가 슬론을 아직 범인이라고 생각하고 있을 때, 그리고 첫번째 협박장을 받기 전에, 저는 제임스 녹스 씨와 얘기를 하면서 그가 활자 하나를 고친 새 타자기를 갖고 있다는 것을 발견했습니다. 녹스 씨를 방문했다가 우연히 녹스 씨가 조 앤 브레트에게 새로 산 타자기 대금을 지불하라고 지시하면서, 타자 활자 한 개를 바꾼 값도 잊지 말고 지불하라는 말을 들었습니다. 게다가 그 타자기는 레밍턴이고, 녹스 저택 안에는 다른 타자기가 없으며, 헌 타자기를 자선기관에 기부한다는 사실까지 알았습니다. 브레트 양이 내가 부탁한 번호들을 치다가, '번호라는 말을 일일이 쳐야 하니' 하는 말을 하는 것도 들었습니다. 물론 그때는 그 말을 아무 뜻도 없이 들었습니다. 그러나 그것으로 우리는 녹스 저택에는 단 한 대의 타자기밖에 없고, 그 타자기는 레밍턴 타자기이며, 그 타자기에는 번호(#) 기호가 없다는 것을 알 수 있습니다. 번호 기호가 없는 레밍턴 타자기의 활자 하나를 바꿨다면, 바뀐 활자가 £ 기호인지 확인하면 족했습니다. 두 번째 협박장을 받고 난 뒤에 녹스의 타자기 타자판을 보니 # 기호 대신 £ 기호가 있었습니다. 사실은 샘프슨 지방검사, 지방검사보 페퍼, 그리고 아버지 퀸 경감께서는 타자기를 볼 필요가 없었습니다. 퀸 경감께서 영국 경시청에 전문을 보낼 일이 있었는데, 그 전문에는 '15만 파운드'라는 단어가 있습니다. 그런데 브레트 양은 '파운드'라는 말을 타자치지 않고, £ 150,000라고 쳤습니다. 제가 타자기를 직접 보지 않았다고 해도, 그 전문만으로도 알 수가 있었습니다. 이러한 모든 점으로 보아, 두 번째 협박장은 녹스의 타자기로 친 것이 틀림없습니다."

앞줄에는 신문기자들이 앉아 있었는데 그들의 노트는 점점 더 두꺼워졌다. 아무 소리도 들리지 않고 노트 위에 연필로 쓰는 소리만이 들렸다. 엘러리는 경찰본부의 규칙 같은 것은 아랑곳하지 않고 담배를 버리고 발로 비벼 껐다.

"자, 그럼, 다음으로 나갈까요?" 엘러리는 명랑하게 말했다.

"첫번째 협박장이 온 이후 녹스 씨는 아무도 집안에 들여놓지 않았습니다. 같이 일을 하고 있는 우드러프 변호사까지도 말입니다. 그 말은 녹스 씨 집에 있는 타자기를 쓸 수 있는 사람들이란 녹스 씨, 브레트 양, 그리고 녹스 저택의 하인들뿐이라는 얘기가 됩니다. 그런데 협박장을 어음 뒷면에 쓴 것으로 보아, 협박범은 살해범이며 그 협박범 내지 살해범은 이 사람들 중에 있다는 말이 됩니다."

엘러리가 뒤쪽에 앉아 있는 퀸 경감이 꿈틀거리는 것을 보고 말을 급히 이었다. "그러면 해당되지 않는 사람들을 지워 나가 볼까요?" 하고 경감이 반박하기 전에 재빨리 말을 계속했다. "그러면 하인들부터 검토를 해보지요. 하인들 중에 누가 범인일 수 있을까요? 아닙니다. 하인들 중에는 칼키스 저택을 방문한 사람이 없으며——이 점은 지방검사실에서 작성한 방문자 명단으로 알 수 있습니다——따라서 이들 중 누구도 칼키스나 슬론을 범인으로 만들기 위해서 증거를 조작할 수가 없었습니다."

또다시 뒤쪽에서 몸을 움직이는 것이 보였으나 엘러리는 다시 재빨리 말을 계속하였다. "그러면 브레트 양이 범인일 수가 있을까요? 브레트 양, 당신에게까지 혐의를 두는 것은 미안하지만, 여자분이라고 해서 냉정한 추리 전개에서 제외시킬 수는 없지요…… 그러나 브레트 양도 범인일 수가 없습니다. 브레트 양이 증거가 조작될 당시에 칼키스 저택 안에 있었다는 것은 인정되지만 그림쇼의 동업자일 수는 없기 때문입니다. 어떻게 알 수 있느냐고요? 간단합니다." 엘러리는 조앤 브레트의 눈에 적의가 없는 것을 보고 말을 계속했다. "그것은 브레트 양이 빅토리아 박물관의 비밀수사관이며 현재도 그 직책을 갖고 있다는 것을 저에게 고백했기 때문입니다."

사람들이 놀라서 떠드는 소리로 그는 말을 할 수 없었고, 회의가 중단될 것 같았다. 엘러리가 칠판을 탁탁 치자, 떠들던 소리가 조용해졌다. 자기를 비난과 분노가 섞인 눈초리로 보고 있는 샘프슨, 경감과 페퍼의 눈길을 피하며 엘러리는 말을 이었다. "그녀는 레오나르도의 그림을 찾기 위하여 칼키스에게 스스로 고용되었던 것입니다. 이 얘기는 슬론이 자살했다고 경찰에서 믿고 있을 당시 첫번째 협박장이 오기 전에 내게 말했습니다. 그때 그녀는 영국으로 돌아갈 배표까지 보여 줬습니다. 왜냐하면 그녀는 그림의 행방을 찾을 수가 없었고, 자기 힘으로는 찾을 가망이 없다고 보았기 때문입니다. 행방을 알았다면 뉴욕에 머물러 있었겠지요. 그런데 범인은 어땠습니까? 그는 그림의 행방을 알고 있었습니다! 따라서 브레트 양은 협박장을 쓰지 않았습니다.

그러므로 하인들과 브레트 양을 제외하면 녹스만 협박장을 쓸 수 있었다는 말이 되고, 따라서 녹스는 협박장을 쓴 그림쇼의 동업자, 즉 살해범인 것입니다.

그럼 녹스와 우리가 알고 있는 범인의 요건과 맞추어 볼까요? 그는 칼키스를 살해범으로 모함하는 증거 조작을 할 수 있는 시간에 칼키스의 집에 있었습니다. 여기에서 제 이야기의 주제를 잠시 떠나, 칼키스를 모함하기 위해서 그렇게 신경을 써서 증거를 조작하고는, 어째서 녹스는 자기가 칼키스를 방문했다는 말을 해서 그토록 애써서 조작한 증거를 깨버렸을까요? 그것은 브레트 양이 자기 앞에서 찻잔 얘기를 하여 그 모함이 소용없게 되어버렸기 때문이지요……그렇게 함으로써 수사에 협조를 하고 자기는 범인이 아니라는 것을 경찰에 보여 주려고 한 계략이었습니다. 그는 슬론 사건에도 딱 들어맞습니다. 그는 모습을 감추고 그림쇼와 같이 베네딕트 호텔에 갔고, 그곳에서 슬론과 그림쇼가 형제라는 것을 알았으며, 슬론을 모함했던 것입니다. 경찰에 그들이 형제간이라는 밀고를 했고, 칼키스의 관에서 나온 유언장 조각을 빈집에 남겼으며, 그림쇼의 금시계도 슬론의 금고 속에 넣어둘 수가 있었습니다.

그럼 어째서 자기 자신에게 협박장을 쓰고 그림을 도난당한 것처럼 꾸몄을까요? 훌륭한 이유가 있습니다. 슬론이 범인이며 막다른 골목에서 자살했다는 설이 깨지자, 경찰이 범인을 찾고 있다는 것을 알았습니다. 게다가, 그는 그림을 돌려달라는 압력도 받고 있었지요. 그래서 그 협박 편지를 보냄으로써 자기가 협박범이며 살인범이 아니라는 점을 강조하려고 했던 것입니다. 물론, 타자기 때문에 들통이 날 줄은 몰랐지요.

그리고 그는 그림을 자신으로부터 훔침으로써 다른 사람이 범인이라는 점을 강조하려고까지 했습니다. 도난경보장치를 미리 작동이 안되게 해놓고서, 타임스 빌딩에서 허탕을 치고 돌아와서는 다른 사람이 그림을 훔친 것처럼 만들려고 했습니다. 그렇게 함으로써 그림을 도난당했다고 하며 빅토리아 박물관에 돌려주지 않을 속셈도 있었겠지요. 하여튼 여러 면에서 안전을 도모하려 하는 계책이었습니다."

엘러리가 사람들 뒤쪽을 보며 미소를 지었다. "샘프슨 검사님이 녹스의 변호사들과 싸울 생각으로 고민하고 계시는 모습을 볼 수 있습니다. 녹스의 변호사들은 녹스가 친 타자 견본을 제시하면서, 협박장과 녹스의 타자 습관과는 다르다고 반론을 하시겠지요. 그 점은 염려 마십시오. 녹스는 협박장을 칠 때 자기의 타자 습관을 위장한 것입니다.

그림 자체의 문제를 보면, 거기에는 두 개의 가능성이 있습니다. 녹스는 자기의 주장대로 두 장을 갖고 있었든가, 아니면 칼키스에게서 산 한 장밖에 갖고 있지 않았든가, 둘 중에 하나입니다. 만일 한 장밖에 없었다면, 제가 그림 한 장을 나중에 찾았으니 거짓말을 한 것이지요. 그리고 제가 그림을 찾자, 진짜는 도난당하고 제가 찾은 것은 모사품이라는 말을 급조한 것입니다. 그렇게 함으로써 자신을 지키려고 했던 것이지요.

그러나 정말로 두 장을 갖고 있었다면, 제가 찾은 그림이 진짜인지 가짜인지는 두 장을 같이 비교해·보기 전에는 알 수 없지만, 한 장은 녹스가 감춘 것입니다. 지금 지방검사실에 보관중인 그림이 진짜든 가짜든간에, 한 장은 녹스가 감췄습니다. 그러니, 샘프슨 검사님, 나머지 그림을 찾고 그 그림을 녹스가 감췄다는 것만 밝히면 사건은 완전히 해결되는 것입니다."

샘프슨의 여윈 얼굴의 표정으로 보아, 엘러리의 설명의 기초는 모래성만큼이나 빈약하다고 생각하는 듯했으나, 엘러리는 그런 말을 할 기회를 주지 않고 말을 계속했다. "결론적으로 말하면, 범인은 세 가지의 요건을 갖고 있습니다. 첫째, 그는 칼키스와 슬론에게 혐의를 씌울 증거 조작을 할 수 있어야 했으며, 둘째, 협박장을 쓸 수 있었어야 했고, 셋째, 두 번째 협박장을 쓰기 위해 녹스 저택 안에 있었어야 했습니다. 이 세 번째 요건에 해당되는 사람은 하인들과 브레트 양, 그리고 녹스뿐이었는데 하인들은 첫째 요건에 맞지를 않아 해당되지 않고, 브레트 양은 두 번째 요건에 맞지 않아 지워졌습니다. 따라서 세 가지 요건들을 전부 충족시키는 녹스가 범인입니다."

퀸 경감은 아들의 공적(公的)인 승리에 만족하지 않았다. 설명 뒤에 반드시 따라오기 마련인 질문과 축하, 반론과 함께 몇 명의 기자들이 고개를 젓고 난 다음, 퀸 경감과 아들은 신성불가침의 경감 사무실에 둘이서만 있었다. 경감이 여지껏 참고 있었던 기분을 있는 대로 발산하여, 엘러리도 경감의 불쾌감을 느낄 수 있었다.

눈여겨볼 점은, 엘러리도 만족해 하는 표정이 아니었다. 그와는 반대로, 그의 홀쭉한 볼에는 깊게 주름이 파여 있었고, 두 눈은 피곤한 빛을 띠우며 충혈되어 있었다. 그는 맛없는 담배를 계속 피우고 있었고, 아버지의 눈길을 피하고 있었다.

경감이 자기의 불만을 있는 대로 쏟아놓았다. "네가 내 아들만 아니었대도 궁둥이를 차서 내쫓는 건데……네가 아래층에서 한 말도 안되는 엉터리 같은 설명이라니……." 경감이 진저리를 쳤다. "엘러리, 내 말을 잘 들어 둬. 앞으로 말썽이 날 거야. 너를 믿어 왔는데……이번에는 나를 실망시켰어. 그리고 샘프슨은……헨리는 바보가 아냐. 아까 방에서 나가는 모습을 보니, 앞으로 녹스의 변호사들과 싸울 걱정이 태산 같은 표정이었어. 재판에서 이길 수가 없어. 절대로 안돼. 증거가 없잖아. 그리고 녹스의 범행 동기(動機)는 뭐야? 너는 동기에 대해서는 한마디 말도 없었어. 네 그 잘난 논리인가 추리인가로 봐서는 녹스가 범인이라고 하는데, 그가 무엇 때문에 그림쇼를 죽였느냐 말이야. 배심원들은 논리가 아니라 증거나 동기를 원해."

경감은 침을 튀기며 말하고 있었다.

"녹스는 미국 동부에서 유명하다는 변호사들을 고용했고, 그들은 너의 알량한 논리에 스위스 치즈처럼 구멍을 낼 거야……."

엘러리가 움직인 것은 이때였다. 여태까지는 어떤 때는 경감의 말이 맞다는 듯 고개를 끄덕이기까지 하면서 참고 있었으며, 경감이 그런 말을 할 것은 예상하고 있으면서도 할 수 없어서 참고 있다는 표정이었으나, 이때 엘러리는 똑바로 앉으며 걱정을 하는 표정을 보였다. "무엇처럼 구멍이 나요? 무슨 말씀이세요?"

"하!" 하고 경감이 큰소리로 말했다. "왜, 정신이 번쩍 드니? 너는 네 애비가 바본 줄 알고 있니? 헨리는 생각을 못했는지 모르지만, 나는 알았어. 그리고 너도 그 점을 생각하지 못했다면, 너는 생각보다 더한 바보야!" 경감이 엘러리의 무릎을 톡톡 쳤다. "내 말을 잘 들어 봐, 엘러리 셜록 홈즈 퀸. 너는 하인들 중 누구도 칼키스 저택에 가지 않았기 때문에 범인이 될 수 없다고 했지?"

"그래요?" 하고 엘러리가 천천히 물었다.

"그래, 좋아. 진실이고 아주 훌륭해. 그렇지만 똑똑치 못한 내 아들아," 하고 경감이 씁쓸하게 말했다. "그들이 살해범은 아니더라도, 살해범의 사주를 받고 타자를 친 동업자는 왜 안되느냐는 말이다."

엘러리는 대답을 하지 않았다. 경감은 불만으로 씩씩거리며 의자에 앉았다. "그런 것을 빼먹다니……다른 사람도 아닌 네가! 정말 놀랐어. 이 사건으로 머리가 어떻게 된 거야. 범인은 녹스 저택 안에 들어가지 않더라도 집안 사람에게 타자를 치게 시킬 수는 있잖아? 내 얘기는 그렇게 됐다는 것보다는, 녹스의 변호사들이 그렇게 반박을 한다면 네 논리라는 것은 어떻게 되지? 내 참, 너의 논리는 엉터리야."

엘러리는 맞는다는 듯이 고개를 끄덕였다. "훌륭하십니다, 아버지. 아주 훌륭해요. 다른 사람들은 그런 생각을 하지 않기를 빌겠어요."

"아직은," 하고 경감이 저기압이 되어 말했다. "샘프슨은 그 생각을 못하고 있어. 그 생각을 했다면 여기에 당장 뛰어와서 떠들어댈 텐데. 그것만이라도 위로라면 위로라고 할 수 있지……내 말 들어 봐, 엘. 내가 지적한 논리상의 허점을 너도 알고 있는 것 같은데, 어째서 나나 샘프슨의 모가지가 떨어지기 전에 빨리 틀어막지를 않지?"

"왜 틀어막지 않느냐고요?" 엘러리가 어깨를 으쓱하고는 팔을 머리 위로 쳐들고 기지개를 켰다. "아유, 피곤해!······이유를 말씀 드리죠. 그것은 막으면 안되기 때문입니다."

경감이 고개를 저었다. "네 머리가 도는 모양이구나. 막으면 안된다니 그게 무슨 소리야? 그 따위 말이 어딨어? 좋아, 녹스가 범인이 틀림없다고 하자. 그렇지만 재판에서 이겨야 범인이 되는 거야! 무슨 확실한 것을 보여 달란 말이야. 너만 자신 있다는 기미를 보이면 나는 너를 끝까지 밀어 줄 거라는 사실쯤은 너도 알잖아?"

"제가 누구보다 더 잘 알지요." 하고 엘러리는 미소를 지었다. "부정(父情)이라는 것은 좋은 것이지요. 그것보다 더한 것은 모성애뿐이지요······아버지, 지금은 진지한 말을 더는 할 수가 없어요. 원체 못 믿을 놈이 하는 말이라서 믿기 어려우실 테지만······이 사건의 중요한 고비는 아직 안 지났습니다."

제33장 규 명

이 때 아버지와 아들 사이에는 깊은 골이 생겼다. 경감의 심정이 이해되기는 했다. 잔뜩 걱정은 되고 감정은 시달림을 받아서 격해 있어서, 아무 말도 안하고 있는 엘러리가 조금만 잘못해도 덤빌 기세였다. 노인은 무엇이 잘못되었다는 낌새를 느끼고 경감 특유의 반응을 보였다. 고개를 숙이고 앉아 있는 아들 모습을 화가 나서 삐딱하게 보면서 부하들만 못살게 굴었다.

경감은 몇 번이나 사무실을 뜨려고 했으나 그때마다 엘러리가 말렸고, 둘의 사이는 점점 벌어졌다.

"자리를 떠나시면 안돼요, 아버지. 여기에 계셔야만 해요."

한번은 경감이 정말로 떠나자, 긴장을 하면서 전화기 곁에 앉아 있던 엘러리가 안절부절못하며 피가 나도록 입술을 꼭 깨물었다. 그러나 경감도 마음이 약해서, 얼굴이 빨개져서 오만상을 찌푸리고 돌아와서는 이유도 모르고 사무실을 지켰다. 엘러리의 얼굴이 즉시 펴지고, 긴장감이 사라지면서 끈기 있게 전화 옆에서 기다리고, 기다리고…….

전화가 단조롭게 규칙적으로 왔다. 전화가 올 때마다 엘러리는 전화만이 자기를 살려줄 수 있다는 듯이 잽싸게 집어들었다. 그때마다 그는 실망의 빛을 띠고 진지하게 몇 마디를 하고 고개를 끄덕이고는 전화를 끊었다.

한번은 벨리 경사를 찾으니 어제 저녁부터 그 믿음직한 경사가 경찰본부에는 나타나지도 않았고, 벨리 부인까지 포함해서 아무도 그의 행방을 모르겠다는 것이었다. 이것은 심각한 문제로, 경감의 표정으로 봐서는 나중에 경사를 가만히 놔두지 않겠다는 태도였다. 자기를 믿지 못하는 아버지에게 화가 약간 난 엘러리도 벨리에 대해서 설명하지 않았다. 오후에 그림쇼 사건에 필요해서 형사들을 찾은 경감은 놀랍게도 자기가 믿고 있던 심복 부하들인 헤이그스트롬, 피겟, 존슨 등도 이유 없이 자리를 뜨고 없는 것을 알았다.

엘러리가 조용히 말했다. "벨리하고 다른 형사들은 중요한 임무를 수행중입니다. 제가 명령했습니다." 엘러리는 아버지의 고통을 더 이상 보고 있을 수가 없었던 것이다.

"네 명령이라고!" 화가 머리 끝까지 난 경감이 겨우 큰소리로 소동을 부리는 것을 참았다. "누구를 미행시키고 있구나?" 하고 애를 써서 참으며 말했다.

엘러리는 전화기에서 눈을 떼지 않으며 고개를 끄덕였다.

누구는 한 시간 간격으로, 다른 누구는 30분 간격으로 엘러리에게 전화로 기묘한 보고를 했다. 경감은 솟아오르는 성질을 참고 산더미같이 쌓인 일상업무에 사납게 파고들었다. 두 사람은 배달시킨 점심을 침묵 속에서 먹었고, 엘러리의 손은 언제나 전화기 곁에 있었다.

저녁식사도 경감 사무실에서 배달된 음식으로 맛도 모르면서 음침한 분위기 속에서 기계적으로 끝냈다. 경감이나 엘러리나 사무실에 불을 켤 생각은 하지도 않았고, 컴컴해서 일을 못하게 된 경감은 화를 내며 일손을 놓았다. 둘은 아무 일도 안하고 앉아만 있었다.

그리고 나서 문이 잠긴 사무실 안에서 엘러리는 아버지에 대한 정을 되찾았고, 부자간에 무엇인가 불꽃이 튀었다. 엘러리가 말을 시작했다. 몇 시간을 냉철하게 검토한 추리가 엘러리의 뇌리에 확실하게 새겨져 있었던 까닭에 말을 거침없이, 정확하게 토해냈다. 엘러리의 말이 계속됨에 따라 경감의 불쾌했던 표정이 사라지고 백전노졸로 어지간한 일에는 익숙해져 있던 경감의 얼굴에 경악의 빛이 떠오르며 자기도 모르게 중얼거렸다. "믿을 수 없어. 불가능해. 어떻게 그런 일이 있을 수가 있어?"

엘러리가 설명을 끝내자 경감의 눈에 사과의 빛이 나타난 것도 잠깐, 곧 경감도 눈을 빛내며 전화기를 지켜보기 시작했다.

퇴근시간이 되자 경감은 비서를 불러서 몇 마디 지시를 했고, 비서가 사무실에서 나갔다.

15분 뒤에는 경감이 제임스 녹스의 변호인단과 싸울 힘을 기르기 위해 퇴근했다는 소문이 경찰본부 안에 퍼졌다.

그러나 경감은 불도 켜지 않은 사무실에서 엘러리와 함께 직통 전화로 연결된 전화기를 지키고 있었다.

경찰 건물 앞에는 두 사람의 경찰관을 태운 경찰차가 시동을 건 채 오후 내내 대기하고 있었다. 그들도 퀸 부자와 마찬가지로 무엇인가를 기다리고 있었다.

기다리던 전화가 걸려온 것은 자정이 지나서였다. 퀸 부자의 몸이 용수철처럼 튀었다. 엘러리가 전화기에 소리쳤다. "어떻게 됐어요?"

남자의 굵은 목소리가 전화기를 통해 울려왔다.

"지금 출발할게요!" 하고 소리치고 엘러리가 전화를 끊었다. "녹스 저택이에요, 아버지!"

둘은 코트를 걸치면서 사무실을 뛰쳐나갔다. 대기하고 있던 경찰차에 몸을 던지다시피 뛰어오른 두 사람을 태우고, 엘러리의 힘찬 지시에 따라 경찰차는 사이렌 소리도 요란하게 업타운 쪽으로 급히 떠났다.

그러나 엘러리의 지시대로 간 곳은 녹스의 저택이 아니라 칼키스 저택과 교회가 있는 54번가였다. 목적지에 도착하기 전에 사이 렌 소리를 끄고 컴컴한 길가에 소리를 내지 않고 차가 멈추자 엘러리와 경감이 급히 내렸다. 주저함도 없이 그들은 칼키스 저택 옆에 있는 녹스의 빈집 지하실로 통하는 문으로 다가섰다…….

그들은 유령과 같이 소리를 내지 않으며 움직이고 있었다. 벨리 경사의 큰 몸집이 낡은 계단의 그늘진 곳에서 나타나서 손전등 불빛으로 그들을 확인한 다음 손전등을 끄면서 속삭였다. "안에 있습니다. 빨리 움직여야겠습니다. 형사들이 집을 완전히 포위했습니다. 도망은 못 갑니다. 빨리 가시지요!"

냉정함을 완전히 되찾은 경감이 고개를 끄덕였고, 벨리가 지하실 문을 조심해서 밀어젖혔다. 지하실 입구 안에서 사람이 나타났다. 퀸 부자는 말없이 손전등을 받아 쥐고, 퀸 경감의 지시에 따라 손수건으로 입을 막으며 셋이서 빈 지하실 안으로 들어갔다. 지하실 내부에 익숙해진 벨리 경사가 앞장섰다. 손전등 빛이 겨우 길을 비치는 가운데, 귀신같이 커다랗게 서 있는 난방로를 지나 집안으로 올라가는 계단이 있는 곳으로 인디언들처럼 미끄러져 갔다. 계단 꼭대기에서 벨리가 걸음을 멈추고 그곳을 지키고 있던 형사와 귓속말을 몇 마디 주고받더니, 따라오라는 손짓을 하고는 소리를 죽이고 캄캄한 현관 홀 쪽으로 갔다.

복도를 가다가 그들은 소리 없이 다시 섰다. 앞에 있는 문틈으로 방안의 불빛이 새어나오고 있었다.

엘러리가 벨리의 팔을 가볍게 건드리자 벨리가 돌아보았다. 엘러리가 무엇이라고 조용히 말하자 주머니에서 권총을 꺼냈다.

벨리가 앞쪽에 손전등을 잠깐 비치자 그 자리에 사람의 모습이 소리 없이 나타났다. 목소리를 들어 보니 피것 형사였는데, 그는 도망칠 수 없도록 모든 곳을 막았다고 말했다. 경사의 손짓으로 불빛이 새어 나오고 있는 문 앞으로 갔다. 벨리가 숨을 크게 들이마시고 피것과 다른 형사——가냘픈 모습으로 봐서 존슨 형사였다——와 셋이서 준비를 했다.. 벨리 경사가, "하나, 둘, 셋!" 하고 고함치는 것과 동시에 어깨로 문을 힘차게 들이받자, 문이 성냥갑처럼 부서지면서 세 형사가 방안으로 곤두박질치면서 밀려들어갔다.

엘러리와 경감도 급히 뛰어들고 문 안에 흩어져 섰다. 가구가 하나도 없는 방의 먼지 낀 바닥에다 똑같은 두 장의 그림을 펴놓고 검토하고 있던 사나이, 그들이 찾고 있던 범인의 순간적으로 얼어붙은 모습이 여러 개의 손전등 불빛에 밝게 비쳤다.

모든 사람들이 말을 하지 못하고, 범인이 얼어붙었던 순간도 잠깐이었다. 놈의 목구멍에서 어린애가 칭얼대는 듯한 끓는 소리가 나더니, 짐승처럼 이빨을 드러내고 울부짖으며, 표범처럼 몸을 틀면서 흰 손으로 코트 주머니에서 권총을 꺼냈다. 그리고는 소동이 일어났다.

문가에 흩어져 있던 여러 사람 중에서 엘러리의 큰 키를 찾은 사나이는 권총의 방아쇠를 당겼다. 동시에 여러 자루의 경찰 리볼버 권총이 불을 뿜었다. 분노로 얼굴이 하얗게 된 벨리 경사가 놈을 향해서 급행열차같이 몸을 날렸다……그는 종이 인형처럼 괴이한 모습으로 쓰러졌다.

엘러리는 놀란 신음 소리를 내고 눈을 크게 뜨더니, 얼어붙은 아버지 발 앞에 쓰러졌다.

10분 뒤 불빛은 아무런 움직임 없이 서 있는 사람들의 모습을 비추고 있었다. 던컨 프로스트 박사가 형사들이 더러운 방바닥에 깔아 놓은 자기들의 외투 위에 누워 있는 엘러리의 몸 위로 몸을 굽히고 있었다. 옆에 떠다니고 있는 먼지처럼 얼굴이 창백한 경감이 도자기처럼 차갑고 깨어지기 쉬운 표정으로 핏기 없는 엘러리의 얼굴을 박사의 어깨너머로 미동도 하지 않고 보고 있었다. 자빠져 있는 범인의 모습을 둘러싸고 있는 형사들도 아무 말이 없었다.

프로스트 박사가 고개를 움직였다. "총 솜씨가 없는 놈이군요. 엘러리는 괜찮을 겁니다. 어깨의 살갗만 약간 다쳤습니다. 자, 보세요, 깨어나고 있습니다."

경감이 숨을 들이마시는 소리가 들렸다. 엘러리가 눈시울을 실룩거리더니, 아픔으로 인해 눈살을 찌푸렸다. 손으로 왼쪽 어깨를 만지니 붕대 감은 것이 손에 닿았다. 경감이 아들 옆에 쭈그리고 앉았다. "엘러리, 애야. 곧 괜찮아질 거야. 기분은 괜찮니?"

엘러리는 미소를 지었다. 그가 몸을 떨더니 아버지의 부축을 받고 일어섰다. "휴!" 하고 숨을 내쉬더니 어깨가 아픈 듯 얼굴을 찡그렸다. "안녕하십니까, 박사님? 언제 오셨지요?"

엘러리가 둘러서 있는 형사들을 바라보다가 앞으로 나서자 벨리 경사가 어린애같이 죄송하다고 중얼거리며 비켜섰다. 엘러리가 경사의 어깨를 오른손으로 잡고 기대면서 바닥에 누워 있는 모습을 바라보았다. 그의 눈에 승리감은 없었고, 손전등 불빛, 떠다니는 먼지, 사람들의 심각한 표정과 어두컴컴한 그림자들과 섞여 뚱한 모습을 보였다.

"죽었나요?" 하고 입술을 핥으며 물었다.

"배에 네 방 맞았습니다." 벨리가 굵은 목소리로 말했다. "완전히 뻗었습니다."

엘러리가 고개를 끄덕이고 누가 아무렇게나 치워 놓은 듯 한쪽 구석의 먼지 위에 뒹굴고 있는 그림 두 장을 바라보았다. "어쨌든," 하고 엘러리는 말하고 희미한 미소를 지었다. "그림은 찾았군요." 그가 죽은 사람을 다시 내려다보며 말했다. "운이 나빴어, 자네는 운이 없었던 거야. 자네는 나폴레옹처럼 모든 전쟁에서 이겼지만 마지막 전쟁에서 진 거야."

그가 죽은 사람의 뜬 눈을 보다가 몸을 떨더니 염려스러운 듯이 자신을 보고 있는 경감을 바라보았다.

엘러리는 힘없이 웃음을 띠었다. "아버지, 불쌍한 녹스 씨를 석방하셔야지요. 그분은 일부러 범인 흉내를 내셨고, 목적도 달성했으니……녹스 저택의 먼지 쌓인 바닥에 아버지가 원하는 범인이 있습니다. 저 혼자서 일을 전부 저지른 협박범, 절도범, 살인자이지요……."

그들은 모두 나가떨어져 있는 범인의 얼굴을 내려다보았다. 마루 위에 죽은 채 누운 사람은 마치 앞을 볼 수 있다는 듯이 대담하고 악당 같은 미소를 지으며 이빨을 드러내놓고 있었다. 그것은 지방검사보 페퍼의 얼굴이었다.

제34장 핵심

"**당**신이라고 해서 설명을 듣지 말라는 법은 없지요, 체니 씨." 하고 엘러리는 말하고 있었다. "당신하고 또……." 그때 초 인종 소리가 나서 엘러리는 말을 중단했고 쥬나가 문으로 뛰어갔 다. 조앤 브레트 양이 거실 문에 나타났다. 조앤 브레트도 앨런 체 니가 그녀를 보고 놀라는 만큼이나 앨런을 보고 놀라고 있었다. 앨 런은 벌떡 일어나 훌륭한 윈저풍(風)의 의자를 힘껏 잡았고, 조앤도 별안간 서 있기가 힘에 부치는지 문설주를 꽉 잡았다.

누워 있던 소파에서 일어나면서, 엘러리는 이래야 사건이 제대 로 해결되는 것이지 하고 생각하였다. 그의 왼쪽 어깨는 붕대로 감 겨 있었고 얼굴은 약간 창백했으나, 오래간만에 명랑한 얼굴을 하 고 있었다. 그와 함께 세 사람――겸연쩍어하는 표정의 퀸 경감, 어젯밤의 충격에서 깨어나지 못하고 있는 샘프슨 지방검사, 잠깐 동안 경찰 신세를 지고도 아무렇지 않다는 표정의 제임스 J 녹스 씨――이 일어나서 조앤에게 허리를 굽혀 인사를 했지만, 그녀는 의자에 얼어붙은 것처럼 서 있는 청년에게 최면이라도 걸린 듯이 대꾸도 못하고 있었다.

그리고는 그녀의 푸른 눈이 움직여서 미소짓고 있는 엘러리의 눈을 보았다. "저는……저를 부른 이유는……."

엘러리는 그녀에게로 가서 팔을 꽉 붙들고 푹신하고 안락한 의 자에 끌고 와서 앉혔다. "내가 왜 불렀다고 생각했는데요?" 하고 엘러리가 부끄러운 듯 의자에 앉는 조앤에게 물었다.

그녀는 엘러리의 왼쪽 어깨를 보고 소리쳤다. "다치셨잖아요!"

"거기에는 다른 영웅들이 보통 하는 식으로 대답해야 하겠군요. '별것 아니오. 살짝 스쳤을 뿐이오.' 체니 씨, 당신도 앉아요!"

체니가 앉았다.

"빨리 시작해!" 하고 샘프슨이 답답해서 소리쳤다. "다른 사람 들은 몰라도 내게는 해명을 할 의무가 있어, 엘러리."

엘러리가 소파에 다시 눕고 한 손으로 담배 불을 붙였다. "자, 이제 편한 자세가 되었으니," 하고 말하면서 제임스 녹스의 눈을 보았다. 둘만이 알고 있는 생각에 서로 미소를 보냈다. "설명을 해야지요."

엘러리가 설명을 시작했다. 그리고 그 다음 30분 간 엘러리의 말이 콩볶는 소리를 내는 동안 조앤과 앨런은 자기들의 두 손을 꼭 잡고 한번도 서로에게 눈길을 보내지 않았다……

"네 번째 해결책, 이 사건에는 네 번째 해결 방안이 있었습니다." 하고 엘러리가 말을 시작했다. "칼키스 범인 안(案)이 첫번째인데, 거기서는 페퍼가 제 코를 끌고 다녔지요. 슬론 범인 안에서는, 슬론이 범인일 수가 없다고 믿고 있었지만 수이자의 말을 들을 때까지는 증거가 없어서 반박을 할 수 없었기 때문에 서로가 비겼다고 할 수 있습니다. 세 번째 안인 녹스 씨 범인 조작은 제가 페퍼를 끌고 다닌 꼴이니까, 1, 2, 3안을 통틀어 페퍼와 저는 비겼다고 할 수 있습니다. 네 번째 해결안——페퍼 범인 안——이것이 올바른 답안이었습니다. 여러분께서는 페퍼가 범인이라는 점에 대단히 놀라신 것 같습니다만 사실은 맑은 낮에 햇빛을 볼 수 있는 것과 같이 환한 답안이었습니다. 페퍼는 영영 그 햇빛을 못 보겠지만……." 엘러리는 말을 잠깐 끊었다. "겉으로 보기에는 훌륭한 지방검사보 신분인 청년이 깊은 상상력을 동원하여 아무렇지도 않게 일을 저질렀다는 것은 그가 어떻게, 그리고 왜 그랬느냐는 것을 모르면 제대로 알 수가 없습니다. 그러나 페퍼는 저의 냉정한 친구인 논리, 앞으로도 그러한 범죄자들을 파멸의 구덩이로 빠지게 할, 그리스어로는 로고스, 즉 이성에 의해 붙잡힌 것입니다."

엘러리는 쥬나가 깨끗하게 청소해 놓은 카펫에 담뱃재를 마구 뿌렸다. "녹스 씨 저택에서 일어난 일——협박장과 그림 도난사건——이 있기 전까지는 저도 범인이 누구인지 몰랐다는 것을 솔직히 고백합니다. 달리 말해서, 페퍼가 슬론의 살인으로 일을 그쳤다면 그를 잡지 못했을 것입니다. 그러나 이 사건에서도 다른 사건과 마찬가지로 탐욕 때문에 자기 손으로 자기가 걸릴 덫을 놓았던 것입니다.

따라서 녹스 씨 저택에서 일어난 일이 이 사건의 해결에 중요한 역할을 했으니, 그 점부터 시작하겠습니다.

어제 아침에 저는 설명할 때 범인의 요건 세 가지를 말했습니다. 첫째, 칼키스와 슬론에게 혐의를 씌운 증거의 조작이 가능해야 하고, 둘째, 협박장을 썼어야 하고, 셋째, 두 번째 협박장을 타자하기 위해서는 녹스의 집안에 있는 사람이어야 했다고 했었지요."

엘러리가 미소를 지었다. "이 마지막 요건에 대한 어제 아침의 저의 설명은, 앞으로 제가 왜 그랬느냐는 것이 설명되겠지만 고의적으로 제가 틀리게 말한 것입니다. 어제 가짜 설명회가 끝나고 저와 단둘이 있을 때 아버지도 제 설명이 틀렸다면서 그 부분을 지적하셨습니다. 저는 고의적으로 '집안에 있는 사람'이란 말을 '집안 사람', 즉 녹스 씨 댁에서 상주하고 있는 사람에게만 국한시켰습니다. '집안에 있는 사람'이란 말은 더 넓은 뜻을 가진 말입니다. 그 사람은 그 집에 상주하고 있지 않아도 됩니다. 그 '집안'에 있는 타자기를 사용할 수 있는 사람이면 누구나 전부가 포함됩니다. 그 점을 염두에 두어 주시기 바랍니다.

그러므로 이러한 논리에서 생각해 보면, 범인은 타자를 치는 순간에만 녹스 씨 저택에 있었으면 됩니다. 그러나 저의 고명하신 아버님께서 지적하신 바와 같이 그것만이 사실일 수는 없습니다. 아버님은 어째서 타자를 친 사람은 범인이 아니고 범인의 사주를 받은 사람이며, 범인은 녹스 씨 저택에 발도 들여놓지 않았다는 논리가 성립될 수 없는가 하고 반박하셨습니다. 이 말은 범인은 녹스 씨 집안에 들어올 수 없다는 말이 됩니다. 자기가 들어올 수 있었다면 남을 시켜 타자를 치게 할 필요가 없었을 테니까요. 그것은 치밀하고 정당한 반박이었습니다. 저는 어제 아침에 그 점을 고의적으로 설명하지 않았습니다. 페퍼를 덫에 걸리게 하려는 저의 계략에 맞지 않았기 때문입니다.

좋습니다! 만일 범인이 녹스 씨 집안에 동조자를 들여보낼 수 없었다는 것만 증명하면, 범인이 녹스 씨 집안에서 직접 협박장을 타자쳤다는 것이 증명됩니다.

그러나 그것을 증명하기 전에 녹스 씨의 무죄를 증명해야지, 그렇지 못하면 이 사건은 논리적으로 해결할 수가 없습니다."

엘러리가 게으르게 담배 연기를 내뿜었다. "녹스 씨의 무죄는 간단히 증명할 수 있습니다. 놀라셨습니까? 그것은 이 세상에서 단 세 사람, 즉 녹스 씨, 브레트 양, 그리고 저만이 알고 있는 정보로 아주 쉽게 증명되었습니다. 덧붙여 말할 수 있는 것은, 페퍼가 이 사실을 몰랐기 때문에 자기가 세운 계획에 차질이 생긴 겁니다.

그 사실이란 이렇습니다. 여러 사람들이 슬론을 범인이라고 생각하고 있었던 시기에, 녹스 씨가 자발적으로——이 점을 꼭 기억하십시오——브레트 양이 있는 자리에서, 그림쇼와 함께 칼키스를 만나던 날 밤에 그림쇼에게 50만 달러에 대한 선불조로 주기 위해서 칼키스가 녹스 씨에게서 1,000달러짜리 지폐 한 장을 빌려서 그림쇼에게 줬다는 얘기를 저에게 했습니다. 녹스 씨의 눈앞에서 그림쇼는 그 지폐를 작게 접어서 금시계 뒤뚜껑을 열고 넣었고, 돈이 든 시계를 주머니에 넣고 떠났다는 겁니다. 녹스 씨와 제가 즉시 경찰에 가서 금시계 뒤를 열어 보니 돈이 그대로 있었습니다. 제가 지폐 번호를 확인해 보니까 그것이 틀림없었습니다. 그런데 녹스 씨가 범인이었다면, 경찰 손에 들어가면 자기에게로 추적될 수 있는 지폐를 없애기 위해서 최대한의 노력을 했을 겁니다. 그런데도 그 지폐는 시계 안에 그대로 있었습니다. 그가 범인이었다면, 그림쇼를 죽인 자리에서 그 지폐를 쉽게 빼낼 수가 있었습니다. 그 지폐가 어디 있는지를 정확히 알고 있었으니까요. 직접적으로 범인이 아니라 범인의 공범이었다 하더라도, 시계가 범인의 손에 오랫동안 있었으니까 범인에게 그 사실을 알려주어 없앨 수 있었습니다.

그런데 그 돈이 시계 속에 그대로 있더란 말입니다! 게다가 녹스 씨는 그런 돈이 시계 속에 있다는 것을 꿈에도 생각지 못한 수사요원인 제게 자발적으로 말했습니다. 그의 행동은 범인이라면 택할 행동에 완전히 상반되는 것이었습니다. 그래서 저는 이렇게 생각했습니다. '어디에 범인이 있든지 녹스 씨는 범인이 아니다' 하고 말이지요."

"내게는 다행스러운 일이었군." 하고 녹스 씨가 굳은 음성으로 말했다.

"그런데 그때는 무의미했던 일이 어떤 방향으로 논리를 끌고 갔나 보십시오. 협박장을 약속어음 뒷면에 쓴 점으로 보아, 살인범 또는 공범이 있었다면 그 공범만이 협박장을 쓸 수 있습니다. 그런데 녹스 씨가 범인 또는 공범이 아니라면, 어제 아침에 파운드 기호로 추리해서 증명한 대로 협박장은 녹스 씨의 타자기로 친 것이었지만 녹스 씨가 치지는 않았다는 결론을 얻게 됩니다. 그러므로 ──이것이 놀라운 점입니다──두 번째 협박장을 쓸 때 범인은 녹스 씨의 타자기를 고의적으로 썼다는 말이 됩니다. 그러면 왜 그랬을까요? 고의적으로 3자를 잘못 쳐서 타자기를 녹스 씨의 것으로 추적되게끔 함으로써 녹스 씨가 협박장을 쓴 살인범이라고 모함하려 했던 겁니다. 칼키스와 슬론을 모함한 일이 실패로 끝나자 세 번째 모함을 한 것이지요."

엘러리는 이마에 주름을 잡고 생각하며 말했다. "이제부터는 좀더 예리한 추리를 해야겠습니다. 범인이 생각할 때, 녹스 씨를 모함하더라도 경찰측에서는 그 증거를 받아들일 것이라는 확신이 있었던 것입니다. 경찰에서 녹스 씨가 범인이 아니라는 확신을 갖고 있다고 범인이 생각하고 있었다면 녹스 씨를 모함하지는 않았을 겁니다. 따라서 범인은 1,000달러 지폐 얘기를 모르고 있었다는 말이 됩니다. 알았다면 녹스 씨를 모함하지 않았을 것이니까요. 그러한 면으로 볼 때, 또 한 사람도 범인이 아니라고 자동적으로 확정지을 수가 있습니다. 그 사람은 얼굴이 점점 더 빨개지고 있는 아름다운 브레트 양입니다. 그녀가 빅토리아 박물관의 수사관이라고는 하나 그 자체만 갖고는, 그럴 가능성은 희박하지만, 범인이 아니라고 단정할 수는 없었습니다. 그러나 녹스 씨가 제게 그 1,000달러짜리 지폐 얘기를 했을 때, 그녀도 같이 그 얘기를 들었습니다. 그녀가 범인이었거나 공범이었다면, 녹스 씨를 모함하거나 범인이 모함하도록 놔두지는 않았을 것이기 때문입니다."

조앤은 엘러리의 말을 듣고 놀라서 허리를 폈다가 힘없는 미소를 지으며 다시 주저앉았다. 앨런 체니는 눈을 껌벅거리다가 발 밑의 양탄자의 무늬가 세상에서 가장 중요한 것이라도 되는 것처럼 발 밑만 보고 있었다.

"따라서──'따라서'나 '그러므로'를 너무 많이 쓰는군요──녹스 씨와 브레트 양을 두 번째 협박장을 쓴 살인범 또는 공범의 혐의로부터 제외시켰습니다.

자, 그렇다면 하인들 중에 살인범이 있을까요? 범인이라면 칼키스 저택 안에 들어가서 칼키스와 슬론을 모함한 증거들을 남겼어야 하는데, 검찰측에서 갖고 있는 방문자 명단에 의하면 하인들 중에는 방문한 사람이 없습니다. 그러면 두 번째 협박장을 타자만 쳐 준 협조자는 하인 중 누가 될 수 있을까요?"

엘러리는 미소를 띠었다. "아닙니다. 제가 증명할 수 있습니다. 녹스 씨를 모함하는 데 타자기를 썼다는 점으로 보아 처음부터 타자기를 사용해서 녹스 씨를 모함해야겠다는 생각을 범인이 갖고 있었음을 알 수 있습니다. 특히, 녹스 씨를 모함하기 위해 남겨놓은 구체적인 증거는, 녹스 씨의 타자기로 두 번째 협박장을 쳤다는 것뿐입니다. 이것이 모함의 요점입니다. 범인이 녹스 씨 타자기의 특성을 모르고 있었다고 하더라도, 타자기를 어떻게라도 이용해서 모함해야 하겠다고 생각했던 것만은 틀림없습니다. 그렇다면 첫번째 협박장도 녹스 씨의 타자기를 쓰는 것이 범인 쪽에 더욱 유리했을 텐데, 녹스 씨의 레밍턴 타자기가 아닌 언더우드 타자기로 첫번째 협박장을 치고 두 번째 협박장만 녹스 씨 타자기로 친 점으로 보아, 첫번째 협박장을 칠 때에는 녹스 씨의 타자기에 접근할 수 없었다는 말이 됩니다. 그러나 하인들은 첫번째 협박장을 쓸 때에도 녹스 씨의 타자기에 가까이 갈 수 있었습니다. 하인들은 적어도 5년 이상을 그 집에서 살아 왔으니까요. 그러므로 하인들 중에는 범인이나 범인의 동업자는 없다는 말이 됩니다. 하인들 중에 있었다면 첫번째 협박장도 녹스 씨의 새 타자기를 사용했을 것이니까요.

그래서 녹스 씨나 브레트 양, 또는 하인들은 범인 또는 공범이 아니라는 것이 확실해졌습니다. 그런데 두 번째 협박장은 녹스 씨의 타자기를 사용했는데 이것은 어찌된 일일까요?"

엘러리는 담배를 벽난로 불에 던졌다. "이것으로 우리는 협박장을 쓴 범인이 첫번째 협박장을 쓸 때는 녹스 저택에 없었고, 두 번째 협박장을 쓸 때에야 녹스 저택에 있었다는 것을 알 수 있습니다. 또한, 우리는 단 한 사람을 빼고는 첫번째 협박장이 배달된 다음에 녹스 씨 집에는 아무도 안 왔다는 것을 알고 있었습니다. 첫번째 협박장은 녹스 씨 집 밖에서 누구라도 쓸 수가 있었습니다. 그러나 두 번째 협박장은 그것이 배달되기 전에 녹스 씨 집에 들어가는 것이 허용된 단 한 사람뿐이라는 결론에 이르렀습니다. 또한, 그것으로 다른 문제 하나도 해명이 되었습니다. 저는 첫번째 협박장은 무엇 때문에 필요했는가 하는 점을 생각해 보았습니다. 그것은 쓸데없는 협박장이었습니다. 협박범들은 처음부터 무엇인가를 요구하지, 쓸데없는 건방진 소리나 하는 협박장은 보내지 않습니다. 첫번째로 나는 협박할 것이다 하는 것을 보내고 두 번째로 무엇을 어떻게 해라 하는 식으로 협박을 하지 않습니다. 그러나 범인에게는 쓸데없는 첫번째 협박장을 보낼 필요가 있었던 겁니다. 무슨 목적이었을까요? 그건 물론 녹스 씨 집안에 들어가기 위한 수단이었습니다. 뭘 하려고 녹스 씨 저택에 들어가야 했을까? 녹스 씨의 타자기로 두 번째 협박장을 쓰기 위해서! 모든 것이 딱 들어맞았습니다……

그런데 첫번째 협박장을 받고 두 번째를 받기 전에 그 집에 들어간 사람은 누구였나요? 이상하고 믿기 어려웠으나 우리 편 중 하나인 지방검사보 페퍼였습니다. 그 집안에서 며칠을 보냈고, 그것도 두 번째 협박장을 그곳에서 기다리겠다고 자청한 우리의 페퍼였습니다!

대단히 간사한 짓이었습니다. 악마같이 천재적인 짓이었지요.

제 첫 반응은 자연스러운 것이었습니다. 믿을 수가 없었어요. 불가능하게 보였지요. 그러나 아무리 놀랍다고 하더라도, 특히 처음으로 그런 생각을 하는 입장에서 제가 택해야 할 길은 뻔했습니다. 혐의자를——이제는 혐의자가 아니고 논리적인 범인을——논리적 사고의 결과를 믿을 수 없다는 마음 때문에 부정할 수는 없었습니다. 그래서 페퍼가 상황들과 어떻게 맞아떨어지는지 조사해 보지 않을 수 없었지요.

페퍼 자신이 그림쇼를 5년 전에 변호했다고 털어놓았습니다. 완전히 모른다고 했다가 나중에 연관이 있다는 것이 밝혀지면 의심받게 될지도 모르는 것을 예방한 것이지요. 결정적인 단서는 될 수 없는 작은 일이었지만 의미 있는 일이었습니다. 아마도 둘의 관계는 5년 전에 변호사—의뢰자의 관계로 시작되었다고 생각됩니다. 그림쇼가 빅토리아 박물관에서 그림을 훔친 뒤 다른 사건으로 교도소에 가게 되어 그 때문에 대금도 받지 못했는데, 그때 페퍼에게 칼키스가 보관하게 된 그림의 뒷처리를 부탁했겠지요. 그림쇼가 출옥하고 난 뒤 첫번째로 한 일은 칼키스를 찾아가서 그림 값을 요구한 것이었습니다. 그림쇼를 조종한 배후의 인물은 페퍼였고, 페퍼는 겉으로 모습을 나타내지 않았습니다. 그림쇼와 페퍼의 관계는, 페퍼의 전 변호사 사무실 동업자였던 조던에게 물어 보면 알 수 있겠지요. 조던은 결백하리라고 생각됩니다만."

"우리가 알아보고 있는 중이야." 하고 샘프슨이 말했다. "그는 평판이 좋은 변호사야."

"그럴 테지요." 하고 엘러리가 비꼬는 듯 말했다. "페퍼는 악당과 공개적으로는 관계를 맺지 않을 테니까요……그러나 우리에겐 페퍼가 범인이라는 확인이 필요합니다. 페퍼가 그림쇼를 교살한 동기는 무엇이었을까요?

그 금요일 밤에 그림쇼, 녹스 씨, 그리고 칼키스가 담판을 하고, 그림쇼가 지참인불 약속어음을 받은 다음 녹스 씨는 그림쇼와 칼키스 저택을 나와서 떠났습니다. 그때 그림쇼는 집 앞에 서 있었습니다. 무엇 때문이었을까요? 그의 동료를 만나려고 기다렸겠지요. 페퍼는 근처에서 그림쇼를 기다리고 있었을 것입니다. 둘은 만나서 으슥한 곳으로 가서 그림쇼가 그날 밤에 있었던 모든 일을 얘기했습니다. 그러자 그림쇼가 필요없다는 생각이 들고 위험한 인물이라는 생각도 들었겠지요. 그림쇼가 없으면 칼키스에게서 받는 돈도 나눌 필요가 없다고 느끼고 죽일 마음을 먹었습니다. 약속어음은 지참인 지불로 되어 있으니 칼키스에게서 50만 달러라는 돈은 받을 수 있고, 녹스 씨에게도 나중에 협박해서 돈을 갈취할 가능성도 있었습니다. 그래서 페퍼는 그림쇼를 녹스 씨의 빈집 지하실 입구나 지하실 안에서 죽였습니다. 지하실 열쇠는 미리 준비해 두었겠지요. 어쨌든 그림쇼의 시체를 지하실 안에 놔두고, 약속어음과 그림쇼의 시계——나중에 어디에다 써야겠다는 막연한 생각에——를 빼내고, 전날 밤에 슬론이 뉴욕을 떠나 달라며 준 5,000 달러까지 빼앗았습니다. 그때는 시체의 처리 방법을 따로 생각했거나, 아니면 영원토록 지하실에 시체를 놔두려고 마음먹었겠지요. 그런데 그 다음날 아침에 칼키스가 예상치도 않게 죽자, 그림쇼의 시체를 칼키스의 관 속에 넣자는 생각이 떠올랐을 겁니다. 놈은 운도 좋았습니다. 칼키스의 장례식 날 우드러프가 유언장 실종사건으로 지방검사실에 수사 의뢰를 한 것입니다. 그때 페퍼가 유언장 수색 일을 맡겠다고 자청하고 나섰습니다. 페퍼가 브레트 양에게 너무 많은 관심을 보이고 있다고 검사님이 페퍼에게 핀잔을 줄 때 말씀하셨습니다. 이것도 페퍼가 범인이라는 또 하나의 심리적인 지적입니다.

칼키스 저택에 정식으로 드나들 수 있게 되고부터는 일이 쉬웠습니다. 장례식 다음날인 수요일 밤에 녹스 씨의 빈집 지하실에 있던 낡은 트렁크 속에 처박아놓은 그림쇼의 시체를 꺼내서 묘지로 갔지요. 흙을 파내고 철문을 열어 관을 꺼내서는, 관 속에 있던 쇠상자에 든 유언장을 발견했지요. 그때까지 페퍼는 유언장의 행방을 몰랐을 겁니다. 새 유언장으로 손해보는 사람은 슬론이라는 점으로 미루어 보아, 슬론이 유언장을 훔쳐서 관 속에 넣었다고 보는데, 페퍼는 그렇게 생각하고 나중에 슬론을 협박할 목적으로 유언장을 챙겼습니다. 그림쇼의 시체를 칼키스의 시체 위에 쑤셔넣고, 관을 다시 묻고 떠났지요. 물론 묘지를 파헤칠 때 쓴 도구와 유언장이 든 쇠상자는 갖고 떠났습니다. 여기에도 페퍼가 범인이라는 작은 증거가 있습니다. 그것은 그날 밤 늦게 브레트 양이 서재를 돌아다니고 있는 것을 보았다는 페퍼의 진술입니다. 그 말은 페퍼도 그날 밤 늦게까지 자지 않고 있었다는 말이 되니까요. 아마도 브레트 양이 서재를 떠난 다음에 시체를 묻는 끔찍한 일을 했을 것입니다.

그렇다면 슬론이 그날 밤 늦게 묘지로 갔다는 브릴랜드 부인의 말도 끼워맞출 수가 있습니다. 슬론은 페퍼의 행동이 이상하다고 느끼고 페퍼를 뒤쫓다가 페퍼의 행동 전부를 보았겠지요. 캄캄한

밤중이라 시체가 누구인지는 몰랐겠지만, 시체를 감추고 유언장을 꺼내는 것을 보고 페퍼가 살인범이라는 것을 알았을 테지요."

조앤이 몸을 떨었다. "그, 그렇게 선량해 보이던 청년이……믿을 수가 없을 정도예요."

엘러리가 날카롭게 말했다. "좋은 것을 배우셨을 겁니다, 브레트 양. 확실한 사람하고만 사귀라는 것을……어디까지 얘기했지요? 아! 페퍼는 안전하다고 생각했습니다. 시체는 감췄고, 아무도 시체를 찾을 이유는 없었지요. 그런데 그 다음날 제가 유언장이 관 속에 있을지도 모른다는 말을 했을 때 페퍼는 머리를 빨리 굴려야만 했습니다. 그림쇼의 시체를 발견되지 않게 하려면 묘지에서 시체를 다시 파내어 다른 곳에 감춰야 했는데 그건 위험이 따르는 일이었지요. 그런데 갑자기 생각을 바꿔 살인을 이용해서 득을 볼 수도 있겠다는 판단을 하게 되었습니다. 그래서 칼키스 저택 안을 마음대로 헤집고 다닐 수 있는 입장에서 죽은 칼키스가 범인이라고 모함하기로 한 것입니다. 제 추리 능력을 짐작한 페퍼는, 눈에 잘 띄는 확실한 증거 조작을 하지 않고 은근한 증거 조작을 해서 저를 놀린 것이지요. 그가 칼키스를 범인으로 모함하려고 한 데는 두 가지 이유가 있습니다. 하나는 그런 식의 해결이 제 취미에 알맞을 것이라고 생각했기 때문이고, 또 하나는 칼키스가 죽었기 때문에 반박을 할 수 없다는 점이었습니다. 더욱이나 그의 마음에 든 점은, 자기의 계략이 성공한다면 생존해 있는 다른 사람에게는 피해가 없을 것이라는 것이었습니다. 페퍼는 습관적인 살인마가 아니었거든요.

처음부터 제가 지적했던 대로, 녹스 씨가 그림을 갖고 있고 그 사실을 감추기 위해서 그림쇼와 같이 칼키스를 방문했다는 사실을 녹스 씨가 털어놓지 않을 거라고 생각지 않았다면 칼키스를 범인으로 만드는 증거 조작은 하지 않았을 것입니다. 그런데 녹스 씨가 그림을 갖고 있다는 것을 알고 있었다는 점으로 볼 때 그가 그림쇼의 동료였으며──이 점은 제가 여러 번 설명했습니다──또한, 베네딕트 호텔에 그림쇼와 함께 간 정체 불명의 사나이였습니다.

브레트 양이 찻잔 문제를 말하는 바람에 칼키스 범인설이 깨어지자 페퍼는 난감했을 것입니다. 그러나 자기가 증거 조작을 하기 전에 누구이건 찻잔의 모순을 발견할 수는 있었으니 그 점에서 페퍼의 계획이 잘못된 것은 아닙니다. 게다가 녹스 씨가 예상 밖으로 자기가 칼키스의 방문객이었다고 솔직히 털어놓자, 페퍼는 자기의 계략이 실패했을 뿐만 아니라 증거가 조작됐다는 것을 제가 알아차리게 되었다고 생각했지요. 그래서 페퍼는 제가 아는 것을 전부 알 수 있는 유리한 입장에서, 으스대고 떠벌리는 저를 비웃으며, 제가 생각하는 방향으로 사건을 이끌고 가기로 결정했습니다. 칼키스가 죽은 마당에 페퍼가 갖고 있는 약속어음은 휴지와 마찬가지로 아무런 가치가 없다는 것을 알았지요. 다른 방법으로 이득을 볼 수 있는 길은 무엇이 있었습니까? 예상 밖으로 녹스 씨가 그림 이야기를 경찰에 털어놓았기 때문에 그림 건으로 녹스 씨를 협박할 수는 없었습니다. 녹스 씨가 그림이 값어치가 없는 가짜라고는 했지만 그림을 놓기가 싫어서 거짓말——이 말이 사실이라는 것을 선생님도 인정하셔야 합니다——을 교묘하게 하고 있다고 생각하고 녹스 씨 말을 믿지 않았습니다."

녹스가 신음 소리를 냈다. 괴로워서 말도 하기 싫은 모양이었다.

"어쨌든," 하고 엘러리는 침착하게 말을 계속했다. "페퍼가 득을 보는 방법은 녹스 씨가 갖고 있는 그림을 훔치는 것뿐이었습니다. 그는 녹스 씨가 값비싼 진짜 레오나르도의 그림을 갖고 있다고 믿고 있었습니다. 그러기 위해서는 자기가 방해를 받지 말아야만 했습니다. 경찰이 살인자를 찾으려고 눈이 벌개져 있었으니까요.

그래서 슬론 사건이 생겼습니다. 페퍼는 어째서 슬론을 두 번째 모함 대상으로 삼았을까요? 그것을 대답할 만한 확증과 추측 자료를 우리는 갖고 있습니다. 언젠가 그 문제에 대해서 아버지와 의견을 나눈 적이 있습니다. 기억나세요, 아버지?" 경감이 말없이 고개를 끄덕였다. "슬론이 페퍼가 그림쇼를 관 속에 넣는 것을 그날 밤에 보았다면 슬론은 페퍼가 살인범이라는 것을 알았을 것입니다. 그러나 페퍼는 슬론이 알고 있다는 것을 어떻게 알았을까요? 슬론은 페퍼가 관에서 유언장을 꺼내 가는 것을 보았습니다. 보지를 못했더라도 나중에 칼키스의 시체를 꺼냈을 때 유언장이 없어진 것으로 짐작은 할 수 있었겠지요. 슬론은 그 유언장을 없애기를 바랐습니다. 그래서 페퍼에게 살인범이라는 것을 알고 있다고 하면서 유언장을 주면 자기는 입을 다물고 있겠다고 했습니다. 그래서 페퍼는 자기의 안전을 위해 유언장은 자기가 보관하지만 남에게는 보여 주지 않겠다고 타협을 했을 것입니다. 그러나 자기에게 위험 인물인 슬론을 제거해야겠다고 속으로는 작정했습니다.

그리하여 페퍼는 슬론을 살해하고 자살한 것처럼 꾸며서 슬론이 그림쇼의 살해범인 것처럼 했던 것입니다. 그리하여 유언장의 불에 탄 조각, 빈집 지하실 열쇠, 그림쇼의 시계 등으로 훌륭하게 슬론을 그림쇼의 살해범으로 만들 수 있었습니다. 덧붙여서 말씀드릴 것은, 아버지, 리터 형사가 빈집 난방로 속에 있던 유언장 조각을 못 찾은 것이 아닙니다. 리터가 그곳을 수색할 때는 유언장 조각이 없었습니다. 수색하고 난 뒤에 페퍼가 유산 상속자란에 그림쇼라는 칼키스의 필적만 남도록 조심해서 유언장을 태운 것이지요……슬론을 살해하는 데 사용한 슬론의 권총은 슬론의 방에 있는 담배통에 열쇠를 넣을 때 훔쳤겠지요.

페퍼는 슬론의 입을 막기 위해서 슬론을 살해했습니다. 문제는 경찰에서 슬론이 왜 자살을 했나 하고 의아하게 생각하는 데 있었습니다. 그것은 슬론이 그림쇼의 살해범이라는 것이 발각되어── 증거는 페퍼가 전부 조작해 놓았으니까──자살한 것으로 하면 되겠다고 페퍼는 생각했습니다. 페퍼는 자신에게 물었습니다. '어떻게 발각되었다고 해야 경찰에서 의심을 하지 않을까?' '누가 가르쳐 주었다고 하면 된다.' 이것은 당시의 페퍼의 생각을 제가 추측하는 것입니다. '그러면 누가 가르쳐 주었다는 증거를 어떻게 남기지?' 그것은 간단했습니다. 그렇기 때문에 우리는 슬론이 '자살' 한 날 밤에 칼키스 저택에서 걸려 왔다는 이상한 전화 문제에 봉착하게 되는 것입니다.

슬론에게 전화가 와서 슬론이 범죄가 탄로난 줄 알고 자살했다던 그 전화 건을 기억하십니까? 그리고 불에 탄 유언장 조각의 진위를 알기 위해서 우리 눈앞에서 페퍼가 우드러프 변호사에게 전화했었던 사실도 기억하십니까? 페퍼가 전화를 걸더니, 잠시 뒤에 통화중이라며 전화를 끊었다가 다시 걸어서 우드러프의 집사와 통화를 했습니다. 사실은 첫번째 전화는 칼키스 화랑에 건 것이었습니다. 나중에 전화가 추적될 수 있으니 그의 계획에 안성맞춤이었지요. 슬론이 전화를 받자 페퍼는 아무 말도 않고 전화를 끊었습니다. 슬론은 이상한 일이라고 생각했겠지만 칼키스 저택에서 화랑으로 전화한 기록은 남게 되었습니다. 더욱 교활한 점은 우리들 코앞에서 그 일을 했다는 것입니다. 다이얼 전화였기 때문에 우리가 들을 수 있도록 교환에게 전화번호를 말할 필요가 없었지요. 슬론 부인이나 체니같이, 전화를 했을 법한 사람들이 전화를 하지 않았다는 점도 페퍼가 범인이라는 또 하나의 간접적인 증거라고 볼 수 있습니다.

페퍼는 우드러프를 만나서 유언장 조각이 진짜인지 알아본다며 즉시 떠났습니다. 그러나 우드러프에게 가기 전에 그는 화랑으로 갔습니다──슬론이 들여보내 주었겠지요──그리고 슬론을 살해하고 자살한 것으로 보이게끔 손을 약간 보았습니다. 나중에 슬론 자살설을 뒤엎은 문을 닫은 문제는 페퍼의 입장에서 보면 실수가 아니었습니다. 그는 총알이 슬론의 머리를 관통해서 문을 통해 방밖으로 나간 사실을 몰랐습니다. 슬론은 총알이 빠져나간 머리쪽을 밑으로 하고 엎어졌습니다. 페퍼는 시체에는 손도 안 대었을 겁니다. 손을 대었더라도 최소한이었겠지요. 총알이 문 밖에 걸려 있는 두꺼운 양탄자에 박혔기 때문에 총알 박히는 소리도 없었을 것입니다. 그러한 상황의 희생자가 된 페퍼는 범죄자가 취하는 거의 본능적이고 필연적인 행동을 떠날 때 한 것입니다. 문을 닫은 것이죠. 따라서 무심코 저지른 실수로 자기의 속임수를 뒤엎은 겁니다.

거의 2주일 간 슬론 범인설이 인정을 받자, 페퍼는 녹스 씨로부터 그림을 훔쳐도 방해될 것이 없다고 생각했습니다. 그때 페퍼의 계획은 녹스 씨를 살인범으로 만들자는 것이 아니라, 녹스 씨가 박물관에 그림을 돌려주기 싫어서 그림을 녹스 씨 자신이 훔친 것으로 하자는 것이었습니다. 그런데 수이자 씨가 진술을 하는 바람에 슬론 범인설이 깨어지자, 그리고 그 사실이 공표되자 페퍼는 경찰이 아직도 범인을 찾고 있다는 것을 알았습니다. 그렇다면 녹스 씨를 자기 그림을 훔친 사람일 뿐만 아니라 슬론과 그림쇼를 살해한 범인으로 만들면 되겠다는 생각을 했습니다. 그의 잘못은 아니었지만, 그의 계획이 잘못된 점은 그는 녹스 씨를 범인으로 만들어도 의심할 사람이 없다고 생각했던 것입니다. 녹스 씨가 왜 살해를 했는지 살해 동기는 확실치 않겠지만 녹스 씨가 1,000달러짜리 지폐 얘기를 제게 하지 않았더라면 그렇게 될 수도 있었겠지요. 그때는 슬론 범인설이 인정을 받고 있을 때라서 저는 그 얘기를 아무에게도, 아버지에게까지도 하지 않았습니다. 그래서 페퍼는 녹스 씨 모함 계획을 거리낌없이 추진했고, 두 번째 협박장이 왔을 때는 녹스 씨가 범인이 아닌 것을 아는 저는 설명드린 대로 추리를 하여 페퍼가 범인인 것을 알았습니다."

"자, 애야, 물이나 좀 마셔라. 목이 타겠다. 어깨는 어떠니?" 하고 경감이 처음으로 말했다.

"그저 그래요……이제는 어째서 첫번째 협박장을 녹스 씨 집 밖에서 타자쳐야 했고, 그 사실로써 페퍼가 범인이라는 것을 알게 됐는가 하는 점을 이해하실 겁니다. 그림이 어디 있는가를 찾는 동시에, 첫번째 협박장을 타자칠 시간만큼 오랫동안 페퍼가 녹스 씨 집에 머무를 정당한 핑계는 없었습니다. 그러나 첫번째 협박장을 보냄으로써 수사를 핑계로 녹스 저택에 오랫동안 머무를 수 있었지요. 녹스 씨 저택에 페퍼가 자청해서 갔다는 사실 역시 페퍼가 범인이라는 쪽으로 저울추를 기울게 하는 아주 작은 보탬이 되겠습니다.

두 번째 협박장을 보내서 녹스 씨를 모함하는 행위는 계획의 끝에서 두 번째의 일이었습니다. 최종 목표는 말할 것도 없이 그림을 훔치는 것이었지요. 페퍼가 녹스 씨 집에서 근무하는 동안 그림을 찾기 시작했습니다. 그는 그림이 두 장 있다는 사실은 물론 몰랐습니다. 그는 전시실 비밀장소에서 그림을 찾아 54번가 녹스 씨의 빈 집에 숨겼습니다. 천재적인 은닉처였습니다! 그리고는 두 번째 협박장을 보내고 나서는 그가 할 일은 전부 한 셈입니다. 그가 할 일이란 샘프슨의 부하인 법의 수호자로서 정의의 사나이처럼 기다리면 그만이었습니다. 제가 녹스 씨 타자기의 파운드 단서를 발견하지 못하면 자기가 나서서 그 단서를 찾아 녹스 씨를 범인으로 만들면 그만이었죠. 그리고 나서 모든 것이 조용해지면 비양심적인 수집가나 장물아비에게 그림을 팔려고 했던 것입니다."

"도난경보장치 문제는?" 하고 제임스 녹스가 물었다. "왜 작동이 안되게 해놨지?"

"아, 그거요! 그가 그림을 훔치고 두 번째 협박장을 쓰고 나서, 경보장치를 작동하지 못하게 한 것입니다. 그는 우리가 타임스 빌딩에 갔다가 허탕을 치고 오리라고 생각했지요. 돌아와서 경보장치가 작동하지 않는 것을 보고, 그림을 훔치기 위해 집 밖으로 유인하느라고 보낸 협박장에 속았구나 하고 생각하기가 십상이지만, 녹스 씨가 범인이 되면, '저것 보라고! 자기가 경보장치를 작동하지 못하도록 해서, 바깥 사람이 침입해서 그림을 훔쳐간 것처럼 해놓았지만, 사실은 녹스 씨 자신이 그림을 숨겼어' 하고 생각하게끔 하려던 책략이었습니다. 주도면밀하게 생각해야만 속임수를 완전히 알 수 있는 복잡한 계획이었습니다. 그것으로 봐서 페퍼의 사고력의 교활함을 알 수 있습니다."

"그런 것들은 전부 잘 알겠는데," 하고 샘프슨이 갑자기 말했다. 그는 엘러리의 설명을 한마디도 빼놓지 않고 듣고 있었다. "두 장의 그림 문제와 녹스 씨를 체포한 까닭은 뭐야?"

처음으로 녹스 씨의 엄한 얼굴에 미소가 나타났고, 엘러리는 큰소리로 웃었다. "우리는 녹스 씨가 좋은 분이라고 여러 번 말해왔습니다만, 얼마나 좋은 일을 하셨는지를 말하면 답변이 되리라고 생각합니다. 검사님께 마리 말씀을 드려야 하는 것이었지만 똑같은 두 장의 그림이 있었느니, 진짜와 모사품의 차이는 피부색의 명암이었느니 하는 말은 전부가 과장된 연극이었습니다. 두 번째 협박장을 받은 날 오후에 저는 페퍼가 범인이고 그의 목적이 무엇이라는 것을 추리로 알았습니다. 그러나 제 입장이 묘했습니다. 그를 고발하여 당장 체포할 만한 증거가 하나도 없었을 뿐만 아니라, 그림도 그가 갖고 있었습니다. 그를 폭로하면 그림을 영영 되찾지 못하게 될지도 모른다는 생각이 들었고, 또 저는 레오나르도를 원래의 소유주인 빅토리아 박물관에 돌려주고 싶었습니다. 한편으로, 페퍼가 그림을 갖고 있는 현장을 덮칠 수만 있다면 그림을 갖고 있는 행위 자체가 그가 범인이라는 증거가 될 뿐만 아니라 그림도 찾을 수 있으니까요!"

"아니, 피부색의 명암이니 뭐니 하는 게 지어낸 것이었다는 말이야?" 하고 샘프슨이 다그쳤다.

"그렇습니다. 페퍼가 저를 갖고 논 것처럼 제가 페퍼를 데리고 논 것이지요. 저는 녹스 씨에게 모든 것을 털어놓았습니다. 누구에게 어떻게 녹스 씨가 모함되고 있다는 이야기 전부를 말입니다. 녹스 씨도 나중에 그림 문제가 말썽이 나서 되돌려주는 문제가 생기면 가짜를 주려고 칼키스에게서 그림을 산 뒤에 복사화를 들여놓았다고 솔직히 말씀을 하시더군요. 물론 전문가가 보면 첫눈에 형편없는 가짜라는 것을 알 수 있겠지만, 녹스 씨의 위치도 있고 해서 녹스 씨의 계획이 성공할 수 있다고 보았습니다. 녹스 씨는 모사품을 가짜 라디에이터 코일 속에 감추고 진짜는 전시실 비밀 장소에 숨겼는데, 페퍼가 진짜를 훔친 것입니다. 그 사실을 알고 나에게 한 개의 아이디어가 떠올랐습니다."

그때 일을 생각하는 엘러리의 눈빛이 춤을 추고 있었다.

"저는 페퍼를 잡기 위한 계략으로 녹스 씨를 구속하겠다고 녹스 씨에게 말했습니다. 녹스 씨를 모함하려는 페퍼의 책략이 성공한 것처럼 보이게 하기 위한 저의 계략을 전부 말씀드렸지요. 녹스 씨는 훌륭하게 협조를 해주셨습니다. 이 사건에 녹스 씨를 끌어들인 페퍼에게 복수를 하고 싶었고, 박물관을 가짜 그림으로 속이려고 한 데 대한 보상도 해야겠다는 생각에서 범인 노릇을 하신 것입니다. 그래서 금요일 오후에 '토비 존스를 불러서 페퍼가 어쩔 수 없이 걸려들게끔 계획을 짰습니다. 만일 페퍼가 낚시 바늘에 걸리지 않을 때를 대비해서, 녹스 씨를 체포하는 것은 범인을 체포하기 위한 계략이라는 것을 증거로 남기려고 모든 계획을 녹음해 두었습니다.

전문가가 설명하는 말을 들은 페퍼의 입장이 어떻겠습니까? 당대의 유명화가들의 이름을 들먹이고 역사적인 사실들과 전설들을 말하며, 두 그림의 차이점 등을 그럴듯하게 말하는 전문가의 설명이었으니 페퍼는 넘어가지 않을 수 없었겠지요. 원래부터 레오나르도 그림은 하나밖에 없었고, 녹스 씨가 만든 모사품은 그림을 아는 사람이면 금방 알아볼 수 있는 현대 작품이었지요. 그런데 유명한 미술품 감정가인 존스 씨의 입에서 진짜 레오나르도와 오래 되기는 했지만 모사품인 가짜를 구별하는 방법은 두 그림을 같이 놓고 볼 수밖에 없다는 말을 들은 것입니다. 그래서 페퍼는 제가 원한 대로 이렇게 생각을 했겠지요. '내가 훔친 그림이 진짜인지 가짜인지 모르겠어. 녹스의 말은 믿을 수가 없어. 그러니 샘프슨이 내게 보관하게 한 그림하고 훔친 그림을 같이 놓고 비교할 수밖에 없어.' 둘을 비교해서 진짜는 자기가 갖고 가짜를 검사에게 되돌려 줘도, 한 장만을 갖고는 구별이 안된다고 했으니 아무도 모를 거라고 생각한 겁니다!

제 계략은 천재적이었습니다. 그 생각을 한 제가 자랑스럽습니다……아니, 박수도 안 치십니까?……물론 상대가 미술에 조예가 깊거나, 그림을 그린다든가, 아니면 아마추어 애호가쯤만 됐더라도 존스에게 그런 엉터리 이야기는 시키지 않았을 겁니다. 그렇지만 페퍼는 그림에는 문외한이었고, 녹스 씨의 구속, 신문의 대서특필, 영국 경시청에의 통보 등 모든 것이 훌륭해서, 페퍼는 그 말을 그대로 믿을 수밖에 없었습니다. 샘프슨 검사님이나 아버지도 수사관으로는 훌륭하시지만 미술품에 대해선 쥬나만큼이나 모르셨습니다. 겁나는 사람은 브레트 양뿐이었는데 그날 오후에 충분한 설명을 해주었기 때문에 녹스 씨가 구속되었을 때 적당히 놀라고 무서워하는 연극을 할 수 있었지요. 특히 제 연기가 볼 만했죠?……별것 아니었던 모양이군요……어쨌든 밑져야 본전인 페퍼의 입장에서는 단 5분 동안 두 장의 그림을 같이 놓는 수고를 하지 않을 수가 없었지요……그것을 제가 노린 것입니다.

녹스 씨를 제가 범인으로 몰아세울 때 아버지에게 대한 충성이 지극해서 아버지 모르게 일을 한다는 생각 자체에 몸을 떠는, 싫어하는 벨리 경사를 설득해서 페퍼의 집과 사무실에 혹시 그림을 감추었나 찾아보도록 했습니다. 물론 그림은 없었지만 저는 확실히 해야만 했으니까요. 그리고는 금요일 밤에 검사 사무실로 갖고 가라고 그림을 일부러 페퍼에게 주었습니다. 그래야만 페퍼가 항상 그림에 손을 댈 수가 있었으니까요. 그날 밤과 어제 하루 종일 페퍼는 아무 짓도 안하다가, 아시다시피 어젯밤에 움직였습니다. 페퍼가 그림을 어디에 감추었는지 몰랐기 때문에 벨리와 그의 부하들이 사냥개처럼 페퍼를 뒤따르고 있었고, 페퍼의 행동을 제게 자주 보고했습니다.

그가 제 심장을 향해 총을 쏜 것으로 보아," 엘러리가 자기의 어깨를 살짝 만졌다. "제가 자기 계획을 망쳤다는 것을, 그는 발견당하는 순간에 알아차렸습니다.

이것이 전부입니다."

모두가 크게 숨을 쉬고 몸을 움직였다. 미리 약속이라도 한 것처럼 쥬나가 차를 준비해서 갖고 왔다. 잠깐 동안 사건에 대한 일은 모두 잊어버리고 담소를 했지만 브레트 양과 앨런 체니는 끼지 않았다. 곧 샘프슨이 말했다. "좀더 설명해야 할 것이 있어, 엘러리. 자네는 협박장을 쓴 놈이 범인 자신이지 공범일 수가 없다는 자네 추리에 신경을 많이 써서 분석을 했어. 그러나——" 그는 유능한 검사가 재판정에서 증인을 심문할 때 하는 식으로 둘째 손가락을 세워서 공기를 가르며 의기양양하게 말했다. "자네의 처음 분석은 어찌된 건가? 칼키스를 범인으로 모함하기 위해서 증거를 조작하려면 그것을 할 수 있는 사람은 범인이라고 했지?"

"그래서요?" 엘러리가 생각을 하는 듯 눈을 껌벅거렸다.

"그렇지만 범인이 아니고 공범자도 증거 조작을 할 수 있잖나? 꼭 범인이어야 하고 공범자란 말은 꺼내지도 않았잖나?"

"흥분하지 마십시오. 그에 대한 해답은 자명합니다. 그림쇼가 동업자는 한 사람뿐이라고 했습니다……맞지요? 그 동업자가 그림쇼를 살해한 것을 증명했습니다……맞지요? 그리고는 그림쇼를 살해했으니 동업자는 그것을 남에게—— 첫번째는 칼키스였습니다 —— 덮어씌우려고 증거 조작을 했다고 제가 말했었지요. 지금 물어 보시는 것이 어째서 공범자가 증거 조작을 할 수 없는가 하는 것인가요? 그 대답은 간단합니다. 범인이 그림쇼를 살해한 것은 공범자를 없애기 위해서입니다. 공범자를 죽인 놈이 증거 조작을 위해서 다른 공범자를 구하겠습니까? 칼키스를 모함하려던 증거 조작은 범인의 자발적인 행동이었습니다. 즉, 인정받을 만한 사람이면 아무도 모함의 대상이 될 수 있었습니다. 당연히 가장 편리한 사람으로 했겠죠. 공범자를 없애면서 다른 공범자를 만든다는 것은 형편없는, 이해할 수 없는 방법입니다. 따라서 범인의 명석함과 교활함을 인정한다면 범인 자신이 모든 증거 조작을 했다고 봅니다."

"알았어. 알았다고." 하고 샘프슨이 말하며 졌다는 듯이 두손을 들었다.

"브릴랜드 부인은 어떻게 된 거냐, 엘러리?" 하고 경감이 이상하다는 듯이 물었다. "나는 슬론과 그 여자와는 애정 관계가 있는 것으로 생각했어. 그런데 그녀가 슬론이 묘지에 가는 것을 보았다고 우리에게 일러바치는 것은 말이 안 맞잖아?"

엘러리가 담배를 든 손을 흔들었다. "별것 아닙니다. 슬론 부인이 베네딕트 호텔로 남편을 미행한 것으로 보아 슬론과 브릴랜드 부인은 밀회를 즐기고 있었던 것 같습니다. 그런데 슬론이 칼키스 화랑의 운영권을 손에 넣는 방법은 자기 부인을 통하지 않으면 안 된다는 것을 알고는 브릴랜드 부인과의 관계를 끊고 자기 부인에게 잘 보이려고 했겠지요. 그러나 브릴랜드 부인은 인품도 그렇고, 또 채이기까지 했으니 당연한 반응을 보여서 슬론에게 될 수 있는 한 해코지를 하려고 한 것입니다, 아버지."

앨런 체니가 별안간 잠에서 깬 사람처럼 난데없이 물었다. 아직도 조앤 쪽은 보지 않고 있었다. "그 워즈 의사라는 사람은 누구요, 퀸? 지금 어디 있지요? 왜 도망을 갔소? 이 사건과는 무슨 관계가 있소?"

조앤 브레트는 자기 손에 정신이 팔려 있는 듯했다.

"그 점은," 하고 엘러리가 말하며 어깨를 으쓱했다. "브레트 양이 대답할 수 있으리라고 보는데요. 나도 짚이는 데는 있지만…… 브레트 양이 대답하는 게 어때요?"

조앤 브레트가 앨런 쪽을 보지 않으며 고개를 쳐들고 상냥하게 웃다. "워드스 의사는 저와 같이 일하는 분이었어요. 영국 경시청의 유능한 수사관이에요."

그 대답이 앨런 체니의 마음에는 꼭 든 듯했다. 놀란 기침을 하더니 양탄자를 더욱 열심히 바라보았다. 조앤은 상냥한 웃음을 지으며 말을 계속했다. "그분이 말을 하지 못하게 해서 퀸 씨에게는 얘기를 안했어요. 경찰의 방해를 받지 않고 경찰이 모르게 그림의 행방을 찾으려고 몸을 숨긴 거예요. 그림 행방을 찾는 일이 되어가는 꼴에 정나미가 떨어지셨거든요."

"칼키스 저택 안에는 당신이 계획적으로 들여놓은 것이군요." 하고 엘러리는 말했다.

"그래요. 그림의 행방을 찾는 일이 제 힘에 부치자 전 박물관에 증원을 요청했지요. 그림 도난사건을 극비로 하고 있어서 경시청에서도 모르고 있었는데, 박물관에서는 어쩔 수 없이 경시청의 협조를 구했던 거예요. 그분은 실제로 의사 면허가 있고, 전에도 사건 수사에 의사 노릇을 한 적이 있어요."

"그 사람이 그날 밤에 베네딕트 호텔에 갔었지요?" 하고 지방검사가 물었다.

"맞아요. 그날 밤에 저는 그림쇼를 미행할 수가 없었어요. 그래서 워드스 선생님이 그림쇼를 미행했지요. 그림쇼가 미지의 사람과 만나는 것도 보고……."

"물론 페퍼였지." 하고 엘러리가 중얼거렸다.

"……그림쇼와 페퍼가 엘리베이터를 타고 가자 호텔 로비에서 어슬렁거렸지요. 슬론, 슬론 부인, 그리고 오델이 올라가자 의사도 올라갔지만, 그림쇼의 방에는 들어가지 않고 밖에서 염탐만 했습니다. 그림쇼와 같이 처음에 올라간 사람을 제외하고 다른 사람들이 전부 떠나는 것도 보았습니다. 하지만, 그분은 자기 신분을 노출시키지 않고는 이런 얘기는 할 수도 없었고, 또 신분을 밝히기도 싫어했지요……그래서 아무것도 밝히지 못하고 워드스 선생님은 칼키스 저택으로 돌아왔습니다. 그 다음날 그림쇼와 녹스 씨가——그때는 녹스 씨라는 것은 몰랐지만——칼키스 씨를 방문하던 날 밤에는, 육감으로 브릴랜드 부인도 그림과 관계가 없을까 해서 의사 선생님은 불행하게도 브릴랜드 부인과 외출했어요."

"그 사람 지금은 어디 있을까?" 하고 별로 신경쓰지 않는다는 듯 앨런이 양탄자에게 물었다.

"제가 알기로는," 하고 조앤이 담배 연기가 자욱한 방안에 대고 말했다. "영국으로 돌아가느라고 바다 한가운데 있을 거예요."

"아!" 하고 대답이 마음에 들었는지 앨런은 말했다.

녹스와 샘프슨이 떠나고 난 뒤에, 경감이 숨을 커다랗게 쉬고는 조앤의 손을 아버지처럼 쥐어 주고, 앨런의 어깨를 가볍게 두드린 다음 자기 볼일을 보러 떠났다. 신문기자들을 만나고, 그림쇼── 슬론── 페퍼 사건이 진척됨에 따라 의기소침해 있던 상관들을 만나는 신나는 일을 하기 위해서이리라…….

조앤과 체니하고만 남은 엘러리는 어깨 상처에만 신경을 쓰고 있었다. 손님 접대는 엉망이었고, 실제로 조앤과 앨런이 떠나려고 일어섰다.

"아니, 벌써 가시려고요?" 하고 엘러리가 소리치며 소파에서 일어나서 그들을 보고 바보처럼 웃었다. 조앤의 상아 같은 코끝이 보일 듯 말 듯 쫑긋거렸고, 앨런은 한 시간 동안이나 계속해서 보고 있었던 양탄자를 발로 긁고 있었다.

"아직 떠나지 말아요. 내가 브레트 양이 특히 흥미를 가질 만한 것을 갖고 있으니."

엘러리가 어디론가 급히 나갔다. 그가 없는 동안 둘은 마치 싸우고 있는 어린애처럼 서로를 보지 않고 있었다. 엘러리가 오른팔 밑에 둘둘 만 캔버스를 끼고 침실에서 나오자 둘은 함께 한숨을 쉬었다.

"이것이," 하고 조앤을 보면서 엘러리는 심각하게 말했다. "그 많은 말썽을 일으킨 그림입니다. 이 가엾은 레오나르도는 이곳에서는 필요가 없게 됐어요. 페퍼가 죽었으니 재판도 없을 테고……."

"이것을……이것을 제게…….." 조앤은 천천히 말을 시작했고, 앨런은 눈만 멀거니 뜨고 있었다.

"그래요. 런던으로 돌아갈 거죠? 그러니 싸워서 쟁취한 명예로운 전리품을 갖고 돌아갈 수 있도록 이 그림을 주겠소, 브레트 부관."

"오!" 그녀의 장미빛 입술은 곡선을 그리며 약간 떨고 있었고, 그 일이 별로 내키지 않는 표정이었다. 그녀가 그림을 받아서 세 사람의 생명을 앗아간 그림을 어떻게 해야 할지 모르겠다는 듯이 오른손에서 왼손, 그리고 다시 오른손으로 옮겼다.

엘러리는 찬장으로 가서 술병을 꺼냈다. 오래 된 자주색 병으로 사람들을 유혹하는 듯 반짝이고 있었다. 엘러리가 작은 소리로 지시하자 쥬나가 부산을 떨며 식당으로 가서 사이펀과 소다수 등 술 마시는 데 필요한 여러 가지를 갖고 왔다. "스카치 소다 하시겠습니까?" 하고 엘러리는 쾌활하게 물었다.

"오, 아뇨!"

"그러면 칵테일이라도 한잔?"

"친절하시지만, 술은 좋아하지 않아요, 퀸 씨." 조금 전에 보여주었던 혼란스러운 표정이 없어지고, 남자들이 보기에는 이상하다고 느껴질 만큼 차가운 브레트 양의 본래 모습이 되었다.

앨런 체니는 술병을 목이 마른 듯 바라보고 있었다. 엘러리는 바삐 움직여서 높은 술잔 가득히 거품이 이는 액체를 채워서, 세상 물정에 통달한 사람이 하는 식으로 앨런에게 권했다.

"좋은 술이오." 하고 엘러리가 낮게 중얼거렸다. "당신이 이런 것을 좋아한다는 걸 알고 있지요……아니, 당신도……?" 엘러리가 놀란 표정을 지었다.

조앤 브레트 양의 엄한 눈초리를 받고 있는 술꾼으로 이름난 앨런 체니 씨가 그 향기로운 음료를 거절했기 때문이다. "싫소." 하고 앨런이 고집스럽게 중얼거렸다. "고맙지만, 싫소, 퀸. 그런 것 안 마시기로 했소. 유혹당하지 않을 거요."

조앤 브레트 양의 얼굴이 해맑게 바뀌었다. 말을 제대로 표현하지 못하는 사람이라면 웃고 있다고 했을 모습이었다. 냉정했던 모습이 눈 녹듯 사라지고, 괜히 얼굴을 붉히며 그녀도 발로 양탄자를 긁기 시작했다. 100만 달러의 값이 매겨진 레오나르도의 그림이 마치 야한 캘린더인 양 무시를 당해서 끼고 있던 옆구리에서 빠지기 시작했다.

"휴!" 하고 엘러리는 말했다. "내 생각에는……할 수 없지요!" 그가 낙심한 것처럼 건성으로 어깨를 으쓱했다. "브레트 양, 3막에 가서 주인공이 잘되어 끝나는 신파 연극같이 됐군요. 체니 씨가 어머니의 값나가는 재산을 관리 운영하게 되었다는 소문을 들었습니다……그렇소, 체니?" 앨런은 숨도 못 쉬고 고개를 끄덕였다. "그리고 법적인 문제가 해결되면 칼키스 화랑도 운영하게 되겠지요."

그는 쓸데없는 말을 계속 늘어놓다가 손님이 듣고 있지 않은 것을 알고 말을 멈추었다. 조앤이 충동적으로 앨런 쪽으로 돌아서자, 이해 같은 것이 두 사람 사이에 다리를 놓았고 조앤이 얼굴을 다시 붉혔다. 조앤이 그들을 섭섭한 눈길로 바라보고 있는 엘러리 쪽으로 몸을 돌렸다. "런던으로 돌아가지 않을 것 같아요. 제게 친절하셨어요……."

그들이 떠나고 문이 닫히자 엘러리는 브레트 양의 팔 밑에서 떨어진 캔버스를 보고 한숨을 쉬었다. 그리고는 어린 나이지만 술 마시는 것을 좋아하지 않는 쥬나의 혹독한 비난의 눈초리를 느끼며 혼자서 스카치 소다를 마셨다……그의 갸름한 얼굴에 나타난 황소 같은 만족스러운 표정을 보아서는 즐거운 모양이었다.   〈끝〉

작가와 작품에 대해서

「그리스 관의 비밀」(The Greek Coffin Mystery)은 이 작품을 공동 집필한 프레드릭 더네이(Frederick Dannay, 1905~1982)와 맨프리드 베닝턴 리(Manfred Bennington Lee, 1905~1971)의 필명이자 주인공의 이름이기도 한 엘러리 퀸이 활약하는 국명(國名) 시리즈 중에서 네 번째 작품이다. 제목에 나라의 이름을 붙였다고 해서 국명 시리즈로 불리는 9개의 작품은, 그들이 '버나비 로스'라는 필명으로 쓴 「X의 비극」, 「Y의 비극」, 「Z의 비극」과 같은 걸작들과 더불어 그들의 작품 활동이 가장 왕성했던 시기를 장식한다. 이 시기는 작가의 처녀작인 「로마 모자의 비밀」을 냈던 1929년부터 1935년에 이른다. 이 작품들은 사촌 형제 사이인 작가가 태어나고 교육을 받았으며 삶을 가꿔 나간 뉴욕을 중심으로 전개된다.

「그리스 관의 비밀」은 「로마 모자의 비밀」에 이어 발표된 「프랑스 분(粉)의 비밀」(1930), 「네덜란드 구두의 비밀」(1931), 「이집트 십자가의 비밀」(1932)에 뒤 이은 역작이다. 이때 작가들의 나이는 20대 후반으로서 아주 의욕이 왕성한 나이였는데, 같은 해인 1932년에는 「X의 비극」을 발표하고 「이집트 십자가의 비밀」을 내놓았으며, 추리소설사상 걸작으로 꼽히는 「Y의 비극」을 집필하고 있었다고 하니 이 작품이 얼마나 생명력이 넘치는 때에 씌어졌는지 짐작할 수 있다. 그러한 활력이 젊고 예리하며 기운이 넘치는 탐정 엘러리 퀸을 만들어 냈다고 해도 무리는 아닐 것이다.

엘러리 퀸의 소설들은 독자에게 무언가를 숨기는 법이 없다. 탐정이 알고 있는 사실이라면 독자도 알고 있다. 공평하게 주어진 증거와 사실을 가지고 탐정과 독자가 정정당당하게 범인을 찾는 시합을 하는데, 이러한 해결 구조가 독자로 하여금 책을 손에서 떼지 못하게 한다.

또한, 이 소설들의 가장 큰 매력 중의 하나는 예측할 수 없는 결과와 급작스런 반전의 묘(妙)이다. 뜻밖의 사건 전개는 심리적으로 허술한 독자들을 깜짝 놀라게 하여, 책을 덮을 무렵에는 신선한 충격으로 말미암아 오랫동안 놀라움에서 깨어나지 못한다.

작가가 창조해 낸 인물의 성격이 매우 인간적이며 사람의 마음을 끈다는 사실도 빼놓을 수 없다. 성미가 급하고 불꽃 같지만 아들을 극진히 사랑하는 늙은 경감, 경감에게 헌신적인 무뚝뚝한 경사, 어려운 말을 인용하는 걸 좋아하고 걸핏하면 잘난 척을 하지만 사실은 유머가 풍부하고도 속이 깊은 젊은 탐정 등등. 용의자로 지목된 사람들의 성격 묘사도 흥미롭다.

이 소설을 읽는 도중, 엘러리가 대실수를 하고 난 뒤 아버지와 나누는 대화 중에서, "제아무리 작은 단서라도 설명되지 않고 모든 것에 대해 완전무결하게 답을 구하지 못하면 사건을 설명하지 않겠다." 하는 말이 나온다. 이 말이 바로 이 소설의 난제를 푸는 열쇠이자, 엘러리 퀸이라는 명탐정을 있게 한 것이다. 독자들이 이 말을 주목하면서 이 작품을 읽는다면 더욱 깊은 묘미를 느끼게 될 것이다.

「이집트 십자가의 비밀」은 나오자마자 100만 부 이상 팔렸고, 「Y의 비극」은 60년이 지난 지금도 베스트셀러이지만, 이 「그리스 관의 비밀」도 추리 문학의 옹골찬 열매 중에서도 손색이 없는 작품이라 말하고 싶다.

그리스 관의 비밀

2001년 11월 20일 중쇄 인쇄
2004년 8월 25일 중쇄 발행

지은이 엘러리 퀸
옮긴이 이 제 중
펴낸이 이 경 선
펴낸곳 해문출판사
주 소 서울시 마포구 합정동 392-2 써니힐 101호
전 화 325-4721
팩 스 325-4725
등 록 1978. 1. 28 제3-82호

값 6,000원

ISBN 89-382-0301-8 04840
ISBN 89-382-0290-9 (세트)

※잘못 만들어진 책은 교환해 드립니다.